U0027204

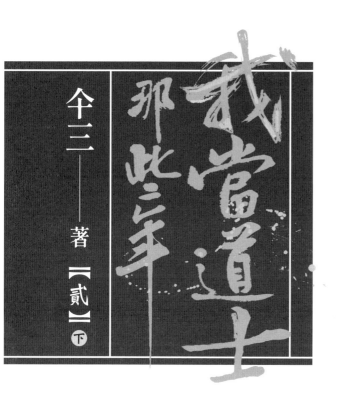

仐三——著

【貳】

下

我當道士那些年

高寶書版集團

# 第一章　靈覺的用處

師傅看出了我的震驚，說道：「一張平安符，可以擋住很多事情，我不能施展逆天改命之術為你李師叔添壽，可是一張平安符卻能讓他無病無痛無意外，很順利，這樣也算一種保命的手段，一般的平安符只能化解一些小小的不順，可是大作用的平安符確是可以長期使用，擋住諸多壞事的，我要畫一張不是逆天改命之術，卻很逆天的平安符給你李師叔。」

我有些沉默，銀色符，師傅有把握嗎？其實，我知道，他們師兄弟的感情是極其深厚的。

可是師傅做事，是不需要我來評論的，我沉吟了一陣兒，乾脆不再糾結於這個話題，而是開口對師傅說道：「師傅，為什麼朱砂裡要混入寶石粉末之類的東西呢？」

「寶石粉末？那又算什麼，真正的黃金粉有時也會用到，你要問我為什麼，我確實還沒有很大的理論依據來說明，畢竟我曾經說過，有些事情只是祖上傳下來的，要我這麼做而已，原因卻不會細說。但是有一點你可以去思考一下，知道西方的術士嗎？或者他們叫做魔法師，他們施展功力，溝通五行氣場的時候，需要一根法杖，法杖的杖頭，往往就是一顆寶石，品質越上等越好，越純淨越好，個頭越大越好，對此，你怎麼想？」師傅目光灼灼地望著我。

我一抬頭，說道：「或許一顆寶石能更好的聚集氣場，還能放大這種作用？」

確實，符籙千變萬化，作用也紛繁複雜，但是很大一部分符籙之所以起作用，或是在凝聚氣場，或是在分散氣場，朱砂之所以是畫符的首選，究其原因，是因為朱砂就對氣場有一種莫名的融合性。

這個東西放淺顯來說，就比如朱砂畫出來的東西，紅得是那麼刺目醒目，甚至看久了，還會有一種想逃避的感覺，甚至眩暈。這就是一種氣場被影響的感覺，這是任何紅色的顏料都達不到的效果。

有些東西解釋起來，也就那麼簡單，可也微妙，不可言傳，只能意會。

師傅聽到了我對寶石的見解，說道：「嗯，理解得不錯，所以一顆寶石，就是石頭，為什麼人人都很難抗拒？覺得喜歡呢？它不像黃金那樣是被賦予貨幣的價值，可也被捧上了天，是因為稀少嗎？顯然不是！稀少的還有各種稀有礦石呢。你能對那些東西由衷的喜歡嗎？顯然不能！這就是寶石本身的氣場影響到了人類。」

「嗯，確實是這樣，可是師傅，我更希望鐵塊有氣場。」我很嚴肅地說道。

「為啥？」師傅覺得莫名其妙，原本是要喝酒的，一聽我這話，酒都不喝了，拿瓶子的手就直接停在了半空。

「因為女人都愛寶石，那玩意兒那麼貴，如果以後我娶那麼大一顆寶石的戒指咋辦？」我用手比了個半個拳頭大小樣子的圖案，然後歎息一聲說道：「如果是鐵塊的話，她全身上下掛滿我都沒意見。」

這個問題真是煩人啊，我又不是什麼有錢人，看師傅那樣子，我覺得我以後也不會多有錢，如果真是如此，我以後不得問承真借錢？相字脈的最有錢了。

師傅愣愣地望了我半天，忽然一腳就踢翻了我屁股下面的凳子，我沒反應過來，直接摔了個底朝天，師傅罵罵咧咧地說道：「狗日的，敢看不起山字脈，哭窮是吧？」

我沒哭窮，可現在屁股痛得快哭了。

從天津回來以後，師傅就進入了類似閉關的狀態，原本就有那麼多符要畫，這確實是一個不小的負擔。

在另外一個城市的承心最近倒是常常上門來，一個月來了四、五次，每次都是來送些藥丸的。

這些藥丸有補氣血的，有補神靜心的，全部是拿來給師傅補的。

至於承真也來過一趟，送來了不少錢，那意思是，這段時間，珍貴的食材按照陳師叔開的方子，給我師傅補用上，錢不用擔心。

我知道，這是他們幾個師兄弟，聯合起來，下定決心要給李師叔做一張逆天的平安符。

我幫不上什麼忙，只是修行越發用心起來，我覺得自己真的是實力低微，到現在都不能為師傅分擔。

一個月以後，我學校的事情基本忙完了，答辯也順利通過了，而這一個月以來，師傅的成果也豐富了起來。

黃色符成二十張。

藍色符成七張。（除了買的五張，師傅還有兩張以前存下的）

紫色符成三張。

剩下的就是那銀色的符了。

這一天，師傅很嚴肅地把我叫到了跟前：「三娃兒，你為我弟子，你知道你最大的天分在哪裡嗎？」

「知道啊，靈覺強，可是我覺得除了開眼以外，沒什麼用。」我開口說道。

確實，我覺得除了能開天眼以外，用處真的不大，手訣啊、畫符啊、陣法啊，這些都要靠時

間的累積，細細地去學習，去領悟，去提高功力，根本不能取巧。

「錯了，我教你東西是循序漸進，從基礎做起，但是有些東西，如果我有心教你，你比太多人幸運，你會很快上手的。」師傅很是嚴肅地說道。

「那你為啥不教我？」我有些不滿，搞不懂這師傅心裡在想些啥。

「只因為你年紀太輕，心性尚未成熟，教你就好比我曾經給你打過的一個比喻，在小孩子手裡放刀子一般，你懂？」師傅很認真地給我說道。

「我又不是壞人！」這話我可不愛聽，忍不住言語就有了幾分衝動，賭氣的成分。

「這跟好與壞固然有關係，可實際上我擔心的不是這個，而是因為你經驗尚淺，萬一被有心人利用呢？又萬一衝動起來不考慮後果呢？你知道，我玄學一脈的東西，忌諱頗多，一不小心就會沾染因果，悔之不及。而造成的傷害，也許有時比炸彈還厲害，忘記餓鬼墓的事情了嗎？」師傅這一次可是非常的認真，前所未有的嚴肅。

我低頭思考，卻也知道師傅說的是認真的，就如我當年在北京的大街小巷到處打架，萬一氣狠了，說不定就用所學害人呢？事後後悔還有用嗎？

且不說其他的，我害了別人之後，我自身也會承受很強的反噬因果，加上自己是童子命……

我不禁冷汗涔涔而下，師傅在那段日子放任我，何嘗又不是對我心性的考驗？那時我也不會什麼厲害的術法，但是有心去引一個遊蕩的鬼魂，卻是可以做到的……

但是我沒有，就這樣走過了那段歲月！

另外，師傅真的是對我很保護，如果我會一點兒不那麼麻煩的術法呢？

幸好，經歷了那麼多，我的心性大概也算磨礪得比較好了，至少不會像以前一樣，別人一挑

囂，我就會衝動得要去打架了。

「懂我的意思了嗎？」師傅看見我臉色都變得蒼白了，這才開口問道。

「師傅，我懂了，那些年，你對我說的練心，現在我是真的懂了。」是啊，一顆透明的石子，在溪水裡始終會是透明的，如果扔到墨水裡呢？拿起來後，如果還能洗盡髒汙，回歸透明，這才算是心性定了。

師傅真的是用心良苦，那些年忍著心疼，頂著壓力，也要讓我練！

這是道家的一種苛刻，卻也是無法避免的。當然，有些脈，原本不重心性，只求目的，就不能算在其中。

「既然你懂了，我就可以告訴你，靈覺的重要在哪裡？至少道家幾個非常厲害，也非常重要的手段，靈覺就是最關鍵的，這些手段功力尚可排在後面，只要自身能承受就可以。」師傅淡淡地說道。

「是什麼？」我不禁著急的問道。

「就如請神術，就如上中下三茅之術！」師傅認真地說道。

我一下子就震驚了，我見過師傅施展下茅之術，是如此的厲害，可師傅從來沒有詳細地給我說起過這些術法，就連關於這些術法的書籍都小心收起，原來如此啊！

我天生就比較適合練習這些術法？

師傅喝了一口茶，繼續說道：「靈覺，就是精神力、感應力、溝通天地的力量，也包含一定的念力，當然念力和功力也是密不可分的。而請神術、上中下三茅之術，首先要做的就是溝通，而靈覺強大的人，精神力也強大，靈覺強大之人，當然念力和功力也是密不可分的。而靈覺強大的人，自然能輕易地找到它們，溝通起來也很方便。而靈覺強大的人，精神力也強大，

008

可以承受這些術法帶來的精神壓力，而使自身不那麼容易崩潰，你現在懂我為什麼說你適合練這兩個術法了嗎？」

我當然懂了，師傅還沒說完的是靈覺強大的人，肉身的極限也強大，因為陰陽總是互補，一邊強大了，另外一邊的極限也就被放大了。

上中下三茅之術，是要上身的，身體的強大也意味著承受能力更大。

師傅看我懂了，輕輕地吹了一下手中的熱茶，又慢慢地喝了一口，才說道：「我原本是打算在你二十五歲以後，再一一教你這些，可惜時不待我，也是因為情勢所逼，我必須要教你這些了。」

我一聽，直接失聲喊道：「師傅，這不可能！」

我不太能理解師傅話裡的意思，什麼叫時不待我，什麼又叫情勢所逼啊，我正開口要問，師傅卻擺擺手，阻止了我發問，而是說道：「靈覺強大的作用不好說，你的功力也許還畫不好符，你的功力或許能支撐畫完此符，可卻再沒能力結那符煞，只能靠你了，平安符結符煞的口訣你是知道的，手訣你也是知道的，你覺得難在哪裡呢？」師傅的神情竟然頗為悠閒。

「難在哪裡？師傅，這還用說嗎？你曾經說過，越是強大的符，這符煞就越難結上去，因為功力太過強大，符煞難以融入，我……」我急急地爭辯道。

「沒什麼不可能的，平安符要結的符煞，或者說要請的符神是關二爺，不算什麼太難的事情，難就難在這是銀色的平安符，要凝聚於符上的功力所需強大，我的功力或許能支撐畫完此符，可卻再沒能力結那符煞，只能靠你了，平安符結符煞的口訣你是知道的，手訣你也是知道的，你……」師傅擺擺不好陣，手訣步罡威力都有限，但是有一件兒關鍵的東西，你卻很有優勢，那就是結符煞！這張銀色的符，我們師徒共同完成吧。」

「看來我是把你保護得太好了，什麼事你都會本能的依賴我，我剛才說，情勢所逼，還有一點我沒說明，那就是四川的任務馬上就要成行，所以有些東西不得不教你，你雖然功力尚淺，但是危機時刻也有保命的本錢，這個小小的符煞就把你難住了？」師傅厲聲問道。

我低頭不敢再說，心想，為什麼我大學一畢業，你就那麼急躁地要我出任務了。

不過，事關李師叔，我也想承擔一點責任，低頭想了一會兒，我就答應了師傅。

幾天以後，一個適合畫符的良辰吉日，師傅一身道袍，早早就設好了法壇，閉目站在法壇之前了。

話說在以前，師傅畫符幾乎不考慮日子、時辰的問題，幾乎都是隨時開畫，可今天他卻是分外嚴肅，要借用天時，還特別設法壇、上香，形成地利，加上我在旁邊幫手，暗合人和。

可見這銀色的符是多麼難以畫成。

師徒倆沉默地等待了十分鐘，師傅忽然睜開了眼睛，然後三枝清香點上，插入香爐，下一刻，師傅就結了一個手訣，那手訣非常簡單，拜三清。

拜過三清以後，師傅凝神，屏氣，終於拿起了放在法壇上的毛筆。

「承一，調朱砂。」師傅的話剛落音，我就趕緊地實施。

這個所謂的朱砂，可是特別的畫銀色符的朱砂所配的水，也是無根之水，也就是說那是沉澱過後的雨水，雨水不沾地氣兒，意味著不再陷入輪迴，也就沒了因果。

銀色符太過逆天，最好是用沒因果的水。

而朱砂必須在落筆之前調和，就是它的氣場還沒散發的時候調和，所以師傅才會在拿起符筆

010

的時候，讓我去調和朱砂。

另外，師傅跟我說過，他考慮過請神上身之後才去畫那銀色符，這樣借助神力，畫符更加輕鬆。

可問題是，這樣的符包含的念力就會少許多，本心是誠心為師兄求得平安，請神之後，這份心意就會少了很多，念力自然大大不如用自身功力硬畫而成。

師傅是要死磕！可我真的很擔心，太過危險。

朱砂很快就調和好了，師傅下筆沾滿了朱砂，然後凝神望向銀色符紙，深吸了一口氣，腮幫鼓脹，再不流露出半點氣息。

畫符之時，氣息不能散。

落筆，行符。

我緊張地站在一旁，看見師傅落筆的瞬間，臉就脹紅了，眼神也變得凝重無比，這種銀色的符，原本要灌注功力就是不易，何況是灌注全部的功力。

終於，我看見師傅那紅色的朱砂順利地落在了銀色的符紙之上，已經成功了畫下了痕跡，我的一顆心終於輕鬆了一點兒，卻不想此時在我們這個小小的院子，竟然吹起了大風！

夏日原本就少風，何況是這樣突如其來的大風，我的臉色一下就變了。

忽然就想起了師傅的一個說法，逆天之物，終有違天道，遭天妒，總是會有異象產生的，莫非這大風就是？

如果說師傅原本功力就可以輕鬆畫出這銀色符，那大風也沒啥，因為風起之時，符已成，可是師傅那麼吃力……

我生怕大風吹迷了師傅的眼，一個閃身，就擋在了法壇的前面，現在傻子都能看出，風是朝著法壇吹的。

我面對著師傅，那風吹得我頭髮都亂了，我從來沒想過夏天的風竟然都能吹出一股冷列之意，那冷是冷在心裡的，不是那種陰冷，而是那種凍結你心的冷，讓人下意識就想避開！終究是天道之威啊！

可我不敢避開，我看見師傅臉上已浮現出密密麻麻的汗珠，一顆一顆的幾乎布滿了臉頰，連脖子上都是青筋鼓脹，行符非常之慢，我的心都提到了嗓子眼。

原本行符之時，講究一氣呵成，氣息不斷，筆力不斷，符紋不斷，速度當然是要快一些，如果慢下來，符紋很容易就斷開，也不能保持均勻的筆力，可我想開口叫師傅放棄，也不敢。

我幾乎想開口叫師傅放棄，可我看見師傅雖然慢，但是氣息、筆力，甚至符紋都沒斷開，連顫抖都沒有一絲，我更不敢影響師傅。

大風吹得我實在難受，而我看見師傅的臉已經越來越紅，連眼珠子都紅了，這時間已經過了一分鐘，也就是說師傅已經憋氣了一分鐘，原本動用功力，血氣就會急速上湧，何況在憋氣的情況下？

我真的快忍不住叫師傅停筆了，可我看見師傅的眼神中忽然出現一股狠色，下一刻行符竟然快了起來，只用了不到十秒，竟然符成了。

「噗」一口鮮血從師傅的口中噴出，他大喊道：「承一，結符煞！快！」

我來不及多想什麼，飛奔到法壇背後，直接就打出了結符煞所需的手訣，下一刻，心中已經開始默念口訣，當口訣念完之際，我就陷入了存思的狀態。

012

關二爺，關二爺，現在我的腦中全是關二爺的形象，溝通如果成功，腦中自有異象表明。

這時，我強大的靈覺終於發揮了作用，關二爺的形象在我腦中栩栩如生，在某一個時刻，符煞異象成，我毫不猶豫地對著銀符打出了結的手訣，意味著符煞將結於其上。

可此時，我也敏銳地感覺到了有一股天大的阻力在阻止我一般，這是一種很玄妙的感覺，就像我如果想的話，我可以很輕鬆地伸手摸到眼前的這張銀色的符，但是這阻力卻這麼清晰。

這是非修道之人不能感覺的，這也是修習的苛刻之處，沒有靈覺的人，根本無力感受這些。

我幾乎是調動了全身的精力、思想，全部用於結符煞之上，想把這符煞打進去，過程卻如此的艱難。

我知道現在誰也幫不上我，可師傅結成符如此艱難，我不能辜負了他，在下一刻，我的眼睛幾乎瞪到了最大，從它的熱度來看，我幾乎不用想，都知道我現在的眼睛有多紅。

我忽然就大喊了一聲，腦中全是關二爺走進符籙的景象，給老子結！

下一刻，我的眼前就一片黑，出現了那種昏迷之前的那種恍惚，我噌噌噌地倒退了幾步，勉強才站穩了身子，可終究是忍不住，「哇」地一聲就吐了。

鼻子癢癢的，我一摸，是鮮紅的鼻血。

一隻溫暖的手搭在了我的肩膀上，我知道那是師傅，他關切地望著我，嘴邊是沒有擦乾淨的鮮血。

他沒有問我符煞結成與否，這時候，只是擔心地望著我，我一把抹去了鼻血，有些虛弱地對師傅說道：「師傅，成了，關二爺走進了符裡。」

師傅微微一笑，說道：「我不用問的，我一開始就知道你能行。」

我也笑了，雖然現在感覺自己很是虛弱，可心裡卻全是滿足感，但在下一刻，我的眉頭卻深鎖了起來，師傅他，師傅的臉色竟然成一種異樣的灰白色。

很多高深的術法我不懂，可是我有基本的常識，我一眼就看出了問題，忍不住大喊道：「師傅，你是不是動了本源功力？這樣是會損壽元的！」

所謂本源功力，就是常練氣功之人，聚於丹田之下的一股氣息，有意的去聚，但是效果甚微，往往經久數年才能得到一絲聚於丹田之下。

這就是氣功難練的地方，這就是武家的內功為什麼會失傳的原因，兩者有極大的相似之處。

而這股氣息還有一個別名，叫精氣，每個人都含有生命的精氣，這精氣說就是道家推崇備至的胎息術，而胎息所得的氣息就是天地間最純淨的氣息，這氣息是天地靈氣，也就是人的先天元氣。

先天元氣充足者，自然身強體壯，壽命悠長，這先天元氣不足者，則身體孱弱，壽元有限。

而這股氣息，在母腹之中，胎兒浸泡在羊水中，和母親一同呼吸，所用呼吸法就是道家推崇備至的胎息術，而胎息所得的氣息就是天地間最純淨的氣息，這氣息是天地靈氣，也就是人的先天元氣。

道家有一個說法，通俗的說，就是下等食法是為食五穀雜糧，中等食法是食丹，而最上等的食法則是食氣。

可見食氣是多麼不易的事情，先天元氣，除非你的氣功已經練到了胎息的程度，才能得到補充，一般練氣只能反覆的提純雜氣而已。

而且這先天元氣，原本抽離出來，到丹田中溫養就極為不易，據我瞭解，師傅第一還沒完成全部先天元氣的提煉。第二，他的氣功也沒高深到胎息的境界。

修者，一邊要從繁雜的氣息中提煉出這股先天元氣到丹田溫養，一邊又要吸收新的氣息。

在此刻，為了畫符，動用先天元氣，不是減壽又是什麼？

我幾乎全身都在顫抖，我不能接受師傅的壽命減少一絲一毫，我要師傅長命百歲，瞬間我的眼圈就紅了，原來師傅畫符之時的那一抹狠色，就是準備動用丹田的精氣，他早就如此打算了吧？怪不得後面行符會如此順利！

師傅扶起我，卻比我坦然許多，他說道：「三娃兒，你別擔心我，你為修道之人，自然知道丹石藥丸是能補充自身損耗、延年益壽的，這點壽元的損失算不得什麼。」

我知道師傅的說法，古時候一個個突破人類壽元極限的，無不是精通藥理，善用草藥食補之人，只是到了現代，資源已經難找……

師傅知道我要說什麼，拍了拍我肩膀，說道：「你陳師叔送來的藥丸很是珍貴的，王師叔送來錢，不也是一種資源嗎？再則，你師傅我也有很多珍藏的，你又不是不知道。」

珍藏？珍藏幾乎都給我了！我又不是不知道。

我想到這裡，我竟然鼻子一酸，哭了出來，師傅把我摁在凳子上，無奈地說道：「都多大了，咋跟一個小孩似的，你我道家之人，常習氣功也是延年益壽之法，這一兩年的壽元算得了啥？陳師叔承一，你是男的，又不是大姑娘，給我收！」

我不敢哭了，一把抹去了眼淚，師傅其實現在是越來越討厭我懦弱，也不知道為啥？再說，師傅說的也有道理，他的氣功境界已經非常高深，說不定是真的可以補回來的。

見我不哭了，師傅拿出一個瓷瓶兒，倒出裡面的藥丸，給了我一顆，自己也吞了一顆，這藥丸我知道，小時候就吃過，靜心養神的，是承心送來的。

銀色的符，由我出面，送給了李師叔，當李師叔接過符的時候，一隻手都在顫抖，雖說他是

命卜二脈的人，可也粗通山字脈的一些常識，知道這銀色的符是有多麼的不易。

「不是師傅一人的功勞，這其中陳師叔送藥、王師叔送錢，這是他們全部人的心意。」我在旁邊解釋道。

偌大的辦公室內，就我和李師叔兩人，這是我第一次來這個辦公樓，發現說話倒也方便，而且這是師傅一再強調，要給李師叔言明的事情。

李師叔是個嚴肅的人，表情向來少有變化，可此刻我明明就看見他的表情真是十分豐富，感動、生氣、哀傷，簡直是各種表情生動之極。

過了好久，李師叔才把疊成三角形的符小心地揣進了胸前的口袋，平靜了很久才說道：「我年紀最大，反倒要他們來照顧我，心意我領了，回去得好好的，親自縫製一個紅布包裝上這符才行。」

我覺得有點兒好笑，李師叔想儘量表現出平靜、淡定，可那句親自封布包還是出賣了他，我很難想像一個如此威嚴的男人，拿個針線縫東西的樣子。

見沒事兒，我就想走了，和李師叔那麼嚴肅的人待在一起，我總覺得壓力很大。

另外，在這辦公樓我全身不舒服，要知道前幾年我還跟個街頭小混混似的。

卻不想，李師叔根本不理解我的心意，忽然叫我坐下，要和我話。

談什麼呢？我一和李師叔談話就緊張，老是會想起上次他不動聲色訓我的場景，還透露出了他查我的底牌，這能自在嗎？

可是李師叔卻很輕鬆，問我：「我送你的那枚銅錢呢？」

怎麼忽然問起這個？說起這個，我還有些迷糊，當日我拿了銅錢回去，就讓師傅看過，問這

銅錢是啥東西？師叔給我是啥意思？

說真的，銅錢也是道家常用的法器，因為錢幣一類沾染人氣極多，對陰邪之物有天生的克制作用，難不成李師叔是送我一枚法器嗎？

可師傅看過，卻大笑不已，說道：「好好戴著吧，不要離身。銅錢嘛，當然是充滿銅臭味兒的值錢之物啊。」

這師傅真的莫名其妙。

此刻，李師叔問起，我不由得從褲兜裡掏出那枚銅錢，說道：「在這兒呢。」

李師叔先是很吃驚地看著我從褲兜裡掏出銅錢，接著是帶著生氣的眼神，看我把銅錢隨意丟在了桌上，他非常沉默望著我，接著我看見他手第二次顫抖了起來。

一拍桌子，生氣的吼道：「要不是你的虎爪是你師傅在幫你溫養去穢，我怎麼可能給你這枚銅錢？你竟然如此對待它！」

我一愣，我咋了？這不就是一枚銅錢嗎？李師叔至於這樣嗎？這銅錢到處都可以找到，買到的……

不過，我也得到了一個消息，讓我欣喜不已，原來我的虎爪並沒有遺失在餓鬼墓啊，師傅竟然給我收揀了起來，並且在溫養去穢，這老頭兒竟然不給我說！害我難過了那麼久！

看來，師傅在餓鬼墓一定有不少事情瞞著我！

我想得正出神，忽然被一陣兒咆哮聲拉回了現實：「臭小子，你有沒有聽我說話？我真的太生氣了，你看清楚，這是天成元寶！這是你師祖親手溫養的法器啊！」

天成元寶，啥東西？我愣住了！聽見李師叔因為激動，聲音都變得尖厲了起來，我冷汗直流。

我決定說點兒什麼，於是小心翼翼地開口：「李師叔，天成元寶是什麼？這是銅錢啊，怎麼成了元寶了？元寶是金子銀子之類的吧？那個，是不是師祖溫養過，就叫元寶了？」

李師叔一拍額頭，被我的話刺激得差點暈了過去，嘴上喃喃地念道：「你故意的，不然就是你師傅故意的，是嫌棄這沒那虎爪珍貴吧，肯定是！」

# 第二章　殭屍地的殭屍說

騎車在回去的路上，我的腦袋都還有些眩暈，天成元寶，此刻安靜躺在我衣兜裡的天成元寶，竟然那麼值錢。

李師叔的話還在耳邊縈繞：「知道啥是天成元寶嗎？五代十國時期的銅錢，出土極少，每一枚都價值不菲，如果是小平錢倒也罷了，頂多算是珍品，可你手上這枚，你可知道，是折十錢，存世稀少，甚至考古界都不承認它的存在，可一旦用高科技儀器分析出它的年份，就是稀世之寶啊！」

我不懂什麼是小平錢，更不懂什麼是折十錢，李師叔給我上了一課，我才明白小平錢就相當於是一元錢，而折十錢比小平錢大得多，相當於是十元錢。

而我衣兜裡這一枚天成元寶，是存世不知道才幾枚的折十錢，這都不算重要的，重要的是它經過了我師祖的溫養，所含的法力驚人。

我就是那麼暴殄天物的！

另外，李師叔怕我以後再糟蹋東西，狠狠地跟我說道：「你那虎爪珍貴之處在於那是一隻活了五十年以上的老虎身上取得的，你師祖說那老虎幾乎可稱之為百年虎妖，幾乎就要開靈智了，更重要的是，你師祖在收拾了牠以後，用收魂符收取了牠的一魂一魄，封入了虎爪，你自己掂量這分量吧！百年妖虎，你自己再去掂量掂量這分量吧！

「你手上的沉香，是奇楠沉，煞氣最重的一根爪子，要擱現在去測個骨齡，會引起轟動。

「你師祖愛好收集奇珍，做為法器之物更是千挑萬選，你師傅那裡得到的是最多的，我個人偏好銅錢，得到了全部，這次給你的也是其中的上品了，你竟然這樣對待。」

「更重要的是，這些東西都蘊含了你師祖的法力在其中，一件兒最為平常的玉，只要溫養成了靈玉，都價值不菲，你小子身懷重寶，竟然不知道珍惜。」

太陽很毒，熱辣辣地曬得我更加恍惚，可比不上我心情的恍惚，敢情，我師傅他們幾個都是有錢人？我想起了師傅那幾個大箱子，曾經隨意取出來的都是一幅懼壽平的畫，我後來上了大學偶然才知道懼壽平的畫那叫一個價值千金，只是沒多想。

李師叔的話算是提醒我想起了這一茬，我忽然覺得我師祖真的很神奇！連帶著我現在都沒啥安全感，為啥？虎爪啊，整整一串兒奇楠沉都在身上了，哦，還揣了個天成元寶折十錢，這不TM一個移動金庫走在路上嗎？咋可能還有安全感？

回到家，我就這事兒興沖沖地去問師傅，師傅卻瞟了我一眼，淡淡地說道：「別打這些東西的主意，都是你師祖留下來的，給我一代一代的傳下去！法器這些東西，你隨便用；古玩啥的，留著當擺設，餓死都不能動。」

這時，我才從有錢的驚喜中清醒了過來，是啊，師祖留下的東西，紀念意義更大於金錢的意義，作為徒子徒孫的我們，只能再去充實這些東西，讓我們這一脈的底蘊更足，怎麼能去打它的主意呢？

「收拾一下，後天出發去四川吧。」師傅對於這些事兒根本不在乎，隨口就轉了個話題。

我的心態轉變以後，也變成了從前的不在乎，也不再去想這些事兒了，就問道：「師傅，去四川哪兒啊？」

「南充。」說話間，師傅拋給了我一件兒東西，我接過一看，不就是和我分別了八年的虎爪嗎？

「總算溫養去穢到位了，戴上吧，好好養著，在你不能佈置大陣，驅魂之前不能再動它了，我也不會再動它了。」

「嗯。」我非常地開心，後天就可以回到我魂牽夢繞的四川了。

四川南充，一個在四川普通的城市，祖祖輩輩生活在這裡的人們，和其他中國人並無不同，日出而作，日落而歸，勤勞、本分、善良……

要說這裡有什麼不同，那就是關於殭屍的傳說特別多，尤其是下屬南充的一個縣，南部縣。

＊

＊

＊

一九九〇年，南部縣，一個普通的村子。

孟大偉在這個夏天的早晨起了一個大早，現在並不是農忙的時節，可他卻不得不起一個大早，只因為今天村民們要刨他爸的墳，他做為兒子不能反對，還必須協助大家的行動，想起來還是有些苦澀。

家裡有比他起得更早的人，是他的媳婦兒，聽見孟大偉的動靜之後，他媳婦兒麻利兒的打了一盆洗臉水，擰了帕子就遞給自己男人了。

四川男人疼老婆是出名的，平日裡孟大偉的媳婦高燕可不興那麼伺候孟大偉，只是今日裡特殊，得溫柔點兒待著自己男人，畢竟誰爸的墳要被刨了，心裡會痛快啊？

悶悶地擦了臉，簡單地洗漱了一下，孟大偉就坐在自家門口發愣，望著早晨六點多，就已經有些明晃晃的天，他有些想不通，咋偏偏就是我爸呢？村裡的方士是不是弄錯了啊？

高燕歎息了一聲，把手裡熱騰騰的紅油素麵遞給了孟大偉，想著自己男人今天不開心，她一狠心，特別在麵裡臥了兩個雞蛋，吃得香點兒，心情也會好點兒吧？高燕是這樣想的。

孟大偉接過麵，稀裡呼嚕地就開始吃了，可是吃到一小半，歎息了一聲兒，又把麵放下了，連麵裡的雞蛋都沒有動。

她覺得有必要開解開解自己男人了。

「大偉，心情還是不好？」高燕端張小凳子，挨著孟大偉坐下了。自己媽曾經教育過高燕，不能讓男人把心事兒憋心裡，憋壞了，身體就不好了，身體不好了，誰還能撐起來這個家啊？

面對高燕的問題，孟大偉沒直接回答，歎息了一聲，只是悶聲說道：「香火、蠟燭、紙錢準備得多不？」

「多，買了一百多塊錢的，大偉啊，大偉啊，你的心意你老漢能曉得了。」高燕握住自己男人的手，柔聲安慰道。

孟大偉眼圈一紅，快速地抹了一把，然後才開口說道：「妳說，咋能是我老漢呢？放今天這一燒，我這輩子連拜祭我爹都不行了，就今天能拜最後一回了，我真的想去問問袁道士，他到底弄清楚沒有，咋能是我老漢呢？」

「大偉啊，我也不想是我公公啊，這樣事哪個村沒有？遇見了就必須要處理啊！公公的墳裂得那麼不正常，周圍草都不長一根，還有人路過的時候聽見了怪聲兒，你說……哎……」說到這裡，高燕也歎息了一聲，心裡更多的是恐懼，雖然自己是孟家的媳婦兒不假，但是從心底來講，對公公這份感情絕對沒有自己對爸爸的感情深，她是害怕的。

從感情因素來講，她覺得這樣還是有些殘酷，但從更多的方面來講，她還是希望早點燒了了

事。

孟大偉再次抬頭望著明晃晃的天兒，悶聲說道：「今天肯定太陽毒得很，我老漢怕是今天躲不過了，爸爸啊……」想到心酸處，孟大偉忽然就流下了眼淚。

「算了，大偉，吃麵嘛，等會還要幹力氣活兒。」高燕看見自己男人哭了也揪心，只能把麵遞給孟大偉，柔聲地勸道。

孟大偉接過麵，賭氣似地大吃了起來，吃了幾口，他抬起頭來，狠狠地說道：「今天要是開棺，沒得任何問題，我就要那袁道士上門來給我家擺十桌壩壩席，當著全村的人給我道歉，給我老漢敬酒三杯。」

高燕不說話，看來自己男人還是抱有那麼微末的希望，即使特徵已經那麼明顯了，她的沉默望，卻不想村裡有名望的幾個人領著大家已經來了。

還沒進門，就聽見眾人嚷嚷著：「大偉，出門了，要做事兒了。」

只是不想打破自己男人的希望，但是她卻不認為自己男人說的話，能夠實現。

吃完麵，整理了下屋子，再帶上了要拜祭的東西，時間已是八點整了，高燕剛說出門去望。

在全村人的目光之下，那一堆厚厚的紙錢終於快要燃盡，墳前的幾對紅燭滴下的蠟也已經把那一小片兒地面染紅了，孟大偉悲傷地朝天扔出手中最後一疊紙錢，然後再次對著墳頭狠狠地磕了三個響頭。

「老漢啊，兒子不是不孝，而是你要是變成了那個東西，害的就是全村的人！這是祖上傳下來的規矩，兒子也不得不從。不過，老漢，你放心，如果是受了冤枉，兒子是拚盡性命也要給你

討個公道的。」這幾句話，孟大偉幾乎是聲嘶力竭地吼出來的，在場的村民無一不聽了個清清楚楚。

但沒有人說話，現場沉默得可怕，這攤誰身上都是不太好接受的，要是受了冤枉，討個公道也算正常。

高燕默默地扶起孟大偉，兩人站到了一邊，十一點左右，就會開始刨墳了，開棺的時間一般在午時三刻，也就是十一點四十五的樣子，那時的陽氣最盛，過了這個時間，陽氣會猛然轉陰，那時會有可怕的後果。

此時完成祭拜，不過十點多一些，大家都默默地等待著，這事兒雖然不是每年都有，可是這一片的許多村子，哪個不是過二、三年就會這樣做一次？對圍觀在旁的村民來說已經不新鮮了。

今日裡幾乎沒人下地幹活，因為規矩定下的就是五歲以上的，七十歲以下的男丁必須來，用陽氣鎮場子，這樣一來自然就沒人幹活了。

高斌是高燕的弟弟，也是孟大偉的小舅子，此時也在現場，他算是見過世面的人，當建築工跑了好幾個城市，這好不容易回來休假，就趕上這檔子事兒，也算晦氣，重要的是，等下八個開棺人，其中一個就有他，誰叫他是孟大偉的小舅子呢？

看見姐姐和姐夫難過的樣子，高斌有些煩躁，從兜裡摸出一根兒紅梅燃點上了，他跑過好些城市，漸漸地覺得自己出生這片兒村子的規矩真的有些不靠譜，其他地方吧，也能聽說燒屍的事兒，可遠遠沒有這裡來得頻繁，這裡連小孩都ＴＭ知道殭屍啥的，有了些見識，高斌就常想，這是不是以訛傳訛啊？一點點事情都搞得疑神疑鬼的，還弄得人那麼難過。

此時，袁道士正巧走了過來，遞給高斌一個小布包，還有一個口罩，說道：「規矩都知道吧？

待會兒可別大意，小心讓屍氣兒沖了身，那可難辦了。」

高斌有些不耐地接過這些東西，說道：「都知道，把這小布包放口罩裡，掩住口鼻，放心吧。」

袁道士在高斌胸前的口袋裡塞了一把糯米，說道：「要好好做，這可不能放心哦，你曉得隔壁村的王老頭兒不？他就是逞強，開棺的時候不肯用布包掩住口鼻，非要抽他的旱菸，結果被屍氣兒沖了身，回去就全身青白，臉發黑，送醫院都來不及了，然後死了還得燒，不能下葬。」

這事兒，高斌聽說過，那時高斌還是小孩子，不僅是王老頭兒，這樣被屍氣兒沖身的人，聽說這十里八村的還有好幾個，都是不小心，不像王老頭兒，是個人嚚張中的槍。

想起這些，高斌又有點兒信服了祖上傳下來的規矩，他一把拉過袁道士，遞了一根菸給他。

袁道士接過菸一看，紅梅菸，很不錯，微微一笑收起菸，說道：「馬上，還有最後一個人沒分到東西，弄完了，我來和你說。」

過了一會兒，袁道士挨著高斌蹲下了，問道：「你要找我吹啥子？」

「殭屍，我哪兒能見到？能見到的都死了！你問這個，不是跟我扯淡嗎？」袁道士點上菸也吸了一口，顯然，高斌那聲袁哥他是受用的，說話也就不神叨叨的了，而是很實在。

「袁哥，你幹道士那麼久，你給我說實話，你見過殭屍沒有？」

「既然沒見過，為啥還要燒屍？這個不是有點兒對不起先人嗎？」高斌其實就是不忍心見到姐姐、姐夫那個樣子。

「這話你就說得不對了，你從小到大在這片兒長大，難道你聽說的還少嗎？莫名其妙死的牲口，還有被咬死的人，你敢說你小時候沒見過？」這話袁道士可不愛聽，做為這裡的道士，做為

這裡土生土長的人，雖然沒有親眼見過殭屍，耳濡目染聽過的，見過的事兒可不少。

高斌沉默了，他確實在小時候是見過慘死的牛，死得莫名其妙，全身到處是傷口，而且乾瘡瘡的感覺，不是說是乾屍的感覺，就是有一種乾瘡瘡的感覺。

後來，那牛死了之後，村裡還有一戶人家半夜聽到動靜，然後爬起來一看，自己豬圈裡的老母豬也死了，這事兒鬧得挺大，直到燒了一具屍體後才得到的解決，至少村裡就沒鬧過所謂的殭屍了。

聽說當時鬧得最大的時候，還來過什麼科研人員，語焉不詳地給大夥說了一通是什麼牲口的傳染病，牛有傷口，豬身上沒有，是因為牛在死前，曾經掙扎過什麼的。

就在高斌想起這一茬，沉思的時候，袁道士已經急吼吼地說道：「高斌，你也是村裡的男丁，別的不說，挖出來的屍體你總見過的吧？七十幾年，形勢那麼嚴峻的時候，村裡也燒過屍體，那具屍體鼎鼎有名的，李槐立的屍體，你還想得起不？」

高斌臉色一白，他一輩子都不想回憶的那個場景，開棺，李槐立的屍體被拖到陽光下曝曬時，那爪子，那牙齒，甚至身上還有暗紅色的污痕，有人說那就是他吸了牲口的血，留下的痕跡！

甚至有人翻過棺材板兒，還看見棺材板上有不甚明朗的痕跡，說是李槐立用爪子刨的！

李槐立變成厲害殭屍的說法，幾乎是傳遍了這裡的十里八村的。

高斌還想起，燒這屍體的時候，莫名其妙的兩聲怪叫，有點兒像蛤蟆，又有點兒像人在喊，高斌一直不太願意回想，由於本能的逃避，他幾乎都忘了，或者已經開始變得不真實起來。

這回憶有些恐怖，高斌一直不太願意回想，由於本能的逃避，他幾乎都忘了，或者已經開始變得不真實起來。

這時，袁道士提起這一茬，他終於想起來了，狠狠地罵了一句：「槌子（四川罵人的方言，應用極廣）哦！」高斌不說話了。

袁道士見高斌信服了，彷彿完成了一件兒他職業生涯的大事兒，滿意地點點頭，就要離去，畢竟說服一個見過世面的人，去相信老祖宗這一套，還是極有困難的，不是？

見袁道士要離開，高斌不願意了，他還有一個最大的疑問，他一把拉過袁道士，有些急切地說道：「袁哥，我就想搞明白一件事兒，為啥我們這一片兒特別鬧殭屍？別的地兒這樣的說法就很少？」

這個問題實在是太刁鑽了，袁道士有些為難地撓撓腦袋，想了半天，才說道：「我也沒太去過別的地兒，反正很多農村也是鬧的，不管南方，北方吧！我們這一片好像是四川鬧得比較厲害的地方，我想只能有一個說法。」

「養屍地兒是啥？」高斌確實不懂這個概念。

袁道士重新蹲下，然後說道：「養屍地兒特別容易出殭屍，但具體我也不知道為啥，這個除了和養屍地兒有關係，還跟下葬的各種忌諱啊，啥子的有關係，反正你也曉得，一旦起屍，那些殭屍吃夠了牲口，要吃人的話，第一個找的就是自己至親的人！你也不要為你姐姐、姐夫難過了，這是為他們好。」

高斌有些沉重地點了點頭，心裡的疑問還沒得到徹底的解答，可是以袁道士的水準，能答到這個程度也算不錯了。

忽然，高斌就想起一個問題，這姐夫的爸爸，埋的地方離李槐立埋的地方很近啊，姐夫為此還鬧過彆扭！

不過，這個村子孟姓的祖墳幾乎都集中在一片兒，眼看著祖墳地兒越來越小、耕地又多，選這一片兒也是無奈，莫非……

高斌心裡又不舒服了，也就在這時，村裡的老輩子喊了一聲：「時間到了，大家開始挖墳吧。」

挖墳的工作進行得很快，因為要趕在午時三刻開棺，所以人們必須抓緊時間。

整個現場很沉默，包括圍觀的人群，畢竟這不是什麼愉快的事情。

在十幾個壯年男丁的全力挖掘下，這座墳墓很快就挖開了，黑色的棺材全部露了出來。

這時，人們停手了，全部默默地退開了去，現場有一種壓抑的靜謐，已經換上了道袍的袁道士鄭重地走了出來，先是在棺材周圍，墳周圍灑了一圈兒糯米，然後開始對著墳，走著不規整的步罡，念起了一段人們也不咋聽得懂的咒語。

做完這一切後，袁道士焚了三枝清香，然後在早已準備好的柴禾堆上貼了一張符紙，看了看錶上的時間，已經十一點四十了，算上撬開棺材的時間，差不多就能趕在午時三刻開棺了。

「開棺。」隨著袁道士這聲兒話語的落下，早已經戴好口罩的八個大漢，就拿著撬子，先把棺材拖了上來，然後把撬子插進了棺材板，就開始用力地撬開棺材了。

孟大偉看著這一幕，捏緊了拳頭，畢竟棺材裡睡著的是自己的爸爸，不能入土為安，這是極大的不孝，如果爸爸真的變成了那玩意兒，沒給爸爸選一塊兒好好的埋屍地兒……

孟燕在旁邊，緊緊地挽著孟大偉，她擔心的是另外一件事兒，她也在乞求，自己公公最好別變成那玩意兒，要不然自己家在村裡不知道要被議論多久，這真的不是啥光彩的事兒。

高斌有些恍惚，甚至心裡有些害怕，有些退縮，究其原因，當然是因為袁道士的那番話，可

是這事兒已經落到了自己身上，可不能當著全村人的面兒慫了，高斌也乞求自己能看見一具正常的屍體，哪怕是腐爛的，就是別再看見奇怪的玩意兒了。

隨著「嘣」的一聲，棺材鬆動了，說明棺材釘已經被撬了起來，接著就是難聽的木材摩擦的聲音，高斌的心也隨著這些聲音提了起來。

「一、二、三，起！」隨著領頭那個人的大呼，八個漢子一起用力，「轟」的一聲，棺材板兒最終被撬開了。

「砰」是棺材板兒落地的聲音，裡面的屍體到底有沒有屍變，就是這一刻了。

此時，現場的所有人，心跳都同時加快了，就算這種場景對於這裡的人來說，已經不算陌生了，可是真正面對起來的時候，還是會心跳。

人都有一種獵奇的心理，想看看殭屍什麼的，這些年也不是每次開棺都有什麼發現，很多次，都是要全村人湊錢，給主人家擺個謝罪酒什麼的，錢其實不算是問題，主要是沒看到那新鮮，心裡總是掛著。

至於還有一些情況，那就是特徵極其不明顯，勉強算是有些特徵，也就草草地燒掉了，弄得人們心裡很懷疑，也不算是件高興的事兒。

人們咋想的，孟大偉不知道，可此時他卻緊張得心臟都要跳出喉嚨了，高燕也緊張地指甲都掐進了孟大偉胳膊上的肉裡，至於高斌就是覺得一陣兒一陣兒的恍惚，心想，千萬別屍變，否則我還得把這玩意兒拖出來。

棺材板落地的餘音未散，忽然袁道士因緊張而顯得尖厲的聲音就在人群中炸響，難為他也戴著口罩，還能發出那麼尖厲的聲音。

「快，灑糯米！」袁道士是一直站在棺材跟前觀察情況的，一見這屍體，首先就穩不住了，幾乎是聲嘶力竭地吼道。

孟大偉「啪」的一聲就坐到了地上，從袁道士喊出這句話，他就知道完了，他爸爸一定屍變了，而且袁道士那麼激動，這可不是那種似是而非的屍變。

至於高燕蹲下就哭了。

八個大漢幾乎是同時從胸前的口袋掏出糯米，朝著棺材裡狠狠地灑下，至於高斌，他不敢看，灑糯米的手都在抖。

密密麻麻的糯米幾乎覆蓋了屍體的全身，這是一種難聞的屍臭也漸漸的瀰漫開來，人們紛紛拿起手裡的乾艾草點燃，驅散這種味兒，不然誰吸多了，中了那所謂的屍毒，可不是好玩的事兒。

「把屍體拖出來。」袁道士大聲的吩咐道，然後大步地走到棺材面前，一根削得非常尖銳的桃木樁子也不停頓的，狠狠地插在屍體的心臟。

那一刻，袁道士幾乎瘋了，他當道士那麼久以來，按照老祖宗留下的規矩一絲不苟的辦事兒，在他親自主持的事情裡，這情況還是第一次遇見，那桃木樁子插下去，不見屍血，就流出一點點黑色的，幾乎是半凝固的東西！聽師傅說，當年他處理李槐立的屍體時，也是那情況，甚至更凶一點兒，下桃木樁子的時候，那屍體有些微微的動靜，在白天都有起屍的徵兆。

屍變，確認無疑的屍變。

袁道士沒由來的也一陣兒緊張，大聲吼道：「把屍體拖出來，我下了桃木樁，這又是大太陽，沒事兒的。」

高斌終於不能逃避了，他抖抖索索地拿著繩索，靠近了棺材，拿眼睛一看，頭皮就炸了，從

現在開始，他是徹底地相信了屍變一說。

棺材裡的老人，是他姐姐的公公，他是熟悉的，去年送葬的時候，他還專門回來過，卻不想一年的時間，竟然變成了這個樣子。

沒有腐爛，全身呈一種詭異的灰黑色，只是乾扁了下去，就像曬乾的臘肉，手上的指甲非常的長，非常的尖利，牙齒也很長，也很尖利，特別是身上，竟然起了一層非常細，還很稀疏的白毛。

這要咋解釋？事實就在眼前！另外一個大漢已經開始給屍體的一隻手套繩索了，農村裡有膽兒的人不少，高斌不想丟了面子，也流著冷汗，勉強把繩索套上了。

隨著四肢繩索的捆綁完畢，八個大漢一起把屍體拖了出來，直接置身在了熱辣的太陽底下。

「嘩」，當屍體從棺材裡拖出來的一瞬間，人群開始騷動，譁然起來，這屍體只要有常識的人，都知道是徹底的屍變了。

有一個有經驗的老人對旁邊的一年輕後生說道：「這傢伙厲害啊，看見那些白毛了嗎？還沒長成，長成我們全村人就遭殃了啊，這是白凶！」

「白凶？秦老爺子，啥是白凶？你見過沒有？」那年輕後生顯然接受了科學的教育，對祖上傳來來那些規矩似信非信的，也似懂非懂的，今天見到這奇異的場景，因為人多，說不上怕，可是好奇總是有的。

「我活了七十幾歲，開棺燒屍經常見，黑白雙凶真是見得少啊，一般都是長了牙齒和指甲，這長白毛兒的麼，噴噴，加上今天才是第三回，我說孟家老爺子的墳裂得凶，必有怪，看來果然如此啊。」那秦老爺子感慨地說道，同時祈禱自己以後千萬別變成這玩意兒。

按照老祖宗的說法，這半死不活，沒有靈智的傢伙，可是入不了輪迴的。

「那秦老爺子，你說黑白雙凶，這是黑兄弟厲害點兒，還是白兄弟厲害點兒？你見過黑的沒？」

秦老爺子一陣兒緊張，小聲說道：「這可不能胡亂開玩笑，啥子白兄弟，黑兄弟的，小心它們來找你！你要那麼問，我只能告訴你，絕對是黑凶厲害！」

「你見過嗎？」

「嗨，哪能沒見過啊，還是我們的村的，就在十幾年前，那李槐立的屍體就活脫脫變成了黑凶，見血食就吃，要不是處理得及時，我們村的人都要死好多。」

「啊！」年輕後生終於嚴肅了起來，那李槐立的事兒，他聽父輩說起來過。

就在老人和年輕人討論的時候，孟大偉忽然發了瘋般地從人群中衝了出來，大喊著：「爸爸啊……」

袁道士立刻緊張地吼道：「把他給老子按住，就算在太陽底下，沾了至親之人的氣兒，這殭屍也要起屍的。」

# 第三章　趕屍人

孟大偉最終被人群給按住了，別看那具乾屍躺在地上，人們不是那麼害怕，要起屍了就不是開玩笑的了，這裡的人們都知道，這殭屍力大無窮，打不死，要燒它，還得用加了符的特殊火，哪能讓它起屍？

所以孟大偉是被十幾雙手狠狠地按住的，孟大偉是個孝子，全村都出了名的孝子，大家對於他這樣的行為是理解的，同情的，但也是絕對不能允許的。

屍體在陽光下曝曬了兩個小時，這是規矩，必須曬滿兩個小時，此時孟大偉被一群人圍著，勸解著，卻還是時不時地看一眼屍體，掉兩滴眼淚兒。

剛才自己是衝動了，可是被活生生拖出棺材的，是自己的親爹啊。

事情已經無力扭轉，孟大偉歎息了一聲，想著自己爹從此以後不入六道輪迴，心裡就一陣兒悲傷。

兩個小時，頂著正午的毒辣太陽，全村的男丁都堅持了下來，這事兒除了陽光，還要陽氣鎮，誰都不敢馬虎，眼看著，時間也就快到了。

袁道士穿著道士袍，抱著一捆乾艾草，莊重地走到了堆好的柴禾面前，在周圍均勻地灑下了艾草，然後喊道：「把屍體拖過來吧。」

聞言，人們就立即把屍體拖了過去，置放在了柴禾堆裡，袁道士又念了一段不知道是啥的咒語，然後才大聲喊道：「點火。」

火把遇見了乾柴禾，立刻熊熊地燃燒了起來，袁道士看著這旺盛的大火，心裡有一種淡淡的自豪，自己的手裡總算處理過了一隻白凶，也算對得起自己的職業生涯了。

至於孟大偉，看見大火燒起的一瞬間，就不顧人群的阻攔，爆發般地衝出了人群，朝著火堆的方向跪下了，然後大喊了一聲：「老漢啊，你沒福氣，得不到兒子以後的拜祭了，兒子今天就在這兒，把一輩子該給你磕的頭，都磕完。」

見到這一幕，村裡的人都很心酸，這裡有個說法，是下輩子做豬做狗，都不要變成殭屍！果然這是悲劇！

但很快，人們就被另外一幕奇異的場景吸引住了，那就是燒這屍體燒出來的，黑騰騰的濃煙，竟然非常的凝聚，一點兒都不散。

袁道士則給大家解釋道：「這就是燒黑白雙凶特有的事兒，大家不用擔心。」

熊熊的烈火，沖天而起的黑煙，瘋狂磕頭的孟大偉，低聲哭泣的高燕，恍惚的高斌，莊重無比的袁道士以及每一個眼神中都帶有一種莫名敬畏的村民……

這一幕就這樣被定格了，不管時光如何的流逝，都刻在了人們的心裡。

十幾年後的二〇一二年，在這片土地上，依然還會時不時的發生燒屍的事兒，只不過頻率比起從前，變得很低了，畢竟火葬的推行，已經慢慢的讓古老的土葬傳統漸漸被淹沒在歷史的塵埃中，哪怕是農村也慢慢的開始改變。

此時的高斌已經是一個小包工頭，在城裡也立足了下來，有一次兒子在看電視的時候，入神了，高斌好奇就問兒子：「小子，在看啥呢？」

「講殭屍的。」那小子頭也不回地說道。

高斌忽然就想起了一些事兒，臉色一沉，吼道：「都高三了，還賴著看什麼電視，做作業去，殭屍可不是啥好玩意兒。」

「爸，我這是在學習科學知識呢！你別這麼迷信好不好？根本就沒有啥殭屍，那是古代人愚昧，看見牙齒啊，手指甲啥的長長了，就以為是啥屍變。其實不是這樣，是因為肌肉萎縮，露出了齒根兒，手指甲根兒，才造成的這誤會，你看，電視不是在講嗎？」

高斌沉吟了一陣兒，忽然就想起了曾經的那具屍體，那尖利的指甲和牙齒真的是因為肌肉萎縮？肌肉萎縮指甲能長到幾乎三寸那麼長？牙齒呢？兩寸多長的獠牙，就算肌肉不萎縮，人的嘴也包不住啊？而且光萎縮獠牙那裡了？

高斌有疑惑，也自然地盯向了電視，此刻電視正在講，之所以棺材板上有時會出現劃痕，是因為某種病啊，人假死啊，被活埋之類的，才出現的。

或許有白毛，黑毛，是因為某種細菌，就像做黴豆腐不也會長白毛？

看著上面的科學家振振有詞地解釋著這一切，高斌有些默然，到底什麼才是真相？忽然他又有些釋然，自己現在生活幸福，還去刻意追尋什麼真相，如果這個世界的大趨勢是相信科學，那自己就徹底的相信科學吧，至於在村子裡發生的一幕幕，高斌是不打算給兒子講的，一個迷信的孩子在學校裡，可是被人看不起的。

是啊，除了生活安穩，子女健康成長，自己還需要什麼呢？這才是最重要的吧？至於曾經發生過的，那些帶著濃厚的迷信色彩的事情，就讓它隨風而去吧。

※

※

※

火車行駛在鐵道上，哐啷哐啷的聲音讓人昏昏欲睡，在一間只有兩人的包廂裡，看起來像是

祖孫的兩個人，此時卻面對面的沉默著，並沒有選擇舒服地睡下，氣氛甚至有些壓抑的哀傷。

「爺爺，這次為什麼帶我去四川？你不是說我還小嗎？有些本事不傳給我，你的病是不是不行了？」開口說話的是那個看起來才十七、八歲，一張臉還有些稚嫩的男孩子，他一開口，如果是湘西人，立刻就能聽出來，這生硬的普通話裡，帶著一股濃重的湘西味兒。

「生老病死，聽天由命，我的病沒什麼好瞞你的，屍氣入體，我怕是沒幾年好活了，我的手藝不傳給你，又傳給誰？我現在對你就兩點兒要求，第一是學好手藝，第二是練好普通話，以後去大城市生活。」那老人的面色倒是坦然，對生老病死的事兒真的看得很輕，很輕。

「爺爺……」那男孩一下子眼眶就紅了，他以為爺爺還是要刻意的隱瞞下去，沒想到，在火車上，爺爺竟然乾脆的給他承認了。

又是沉默了半晌，那男孩抬起頭來說：「爺爺，我想過了，我不要再繼續學這些手藝了，這手藝把爺爺害成了這個樣子，我學它做什麼？現在我們也很少再能接到活兒了，除非是非常偏僻的農村，也賺不了幾個錢，你還要我去大城市生活，我不學了，我堅決不學的！」

「啪」的一聲，那老頭兒就激動了，那聲音是他拍桌子的聲音，他激動地吼道：「我們這一脈就要失傳了，我讓你學，不是要你學到討生活，我是要你把這門手藝傳承下去。」

「傳承的總要是好的東西！沒用的東西，這樣傳承下去有什麼意思？我恨這門手藝，我不學！」那孫子倔強地說道。

聞言，那老頭兒的巴掌高高地舉起來，但是看著孫子的眼神，終究還是心軟了一番，又放下了，還是坐下來，這一刻，他整個人都顯得更老，更憔悴了幾分。

歎息了一聲，當孫子的一看，爺爺都變成這樣了，也心軟了，畢竟是血脈至親，誰還能忍心看著誰難過？

孫子一把拉住爺爺的手，講道：「爺爺，我是想著你的病，說氣話呢。你別生我氣，好不好？我要認真的跟你學手藝的。」

那老頭兒歎息了一聲兒，說道：「在以後，這門手藝可能真沒用了，現在時興火化，一把火燒卻了所有的煩惱，燒卻了後患，可是也燒卻了祖祖輩輩的一些傳承。或許這樣是好的，哎……」

「爺爺……」那男孩有些心疼地拉住了老人的手。

可不料那老人卻忽然笑了，拍拍男孩子的肩膀說道：「也許吧，這手藝最終會失傳，但是現在它還有用，而我不能左右後輩的事兒，我只能保證我這一輩子，要把它傳承下去。知道為什麼我說它還有用嗎？」

「不知道。」那男孩有些迷茫的搖搖頭，他哪能知道這個，就算這次帶他去四川，他都有些摸不著頭腦，只以為接了一筆生意，而從前，爺爺教他一些手藝，卻從沒帶他出過生意，也由此他才懷疑爺爺的病。

「是因為這次去四川，我們是為國家做事兒。」那老人自豪的笑了。

「為國家做事兒？趕屍匠還能為國家做事兒？」那小孩兒一下瞪大了眼睛。

面對孫子吃驚的態度，老頭兒笑了，這笑容裡有一些自豪，他摸了摸孫子的腦袋，說道：「這天下那麼多門手藝，哪一門能做到極致，都是了不起的，為國家做事兒也正常，你說這次要不是為國家做事兒，我們坐火車，還能有專門的軟臥，就咱們兩個人？」

那男孩兒也開心地笑了，問爺爺道：「爺爺，你意思你是趕屍匠裡最厲害的嗎？」

「哈哈，算什麼最厲害？只不過算沒糟蹋了這門兒手藝。」老頭兒的言語謙虛，可是那眉角，眼角的自豪是再也掩飾不住了。

「我知道我爺爺是最厲害的，那爺爺你以前為國家做過事兒沒？」男孩兒忽然興奮地問道。

老頭兒的笑容一下止住了，然後有些慌亂地換了一個平靜的表情，再然後才開始在隨身攜帶的包裡翻翻找找。

「爺爺，你幹嘛呢？你還沒回答我的問題呢，你找什麼？」男孩兒沒注意到老頭兒的神色變化，有些好奇地問道。

「哦，我找旱菸葉子，想抽一管了，好像這軟臥裡不能抽菸，我在外面的走廊上坐著抽去。」老頭兒淡淡地回答道，說話間，已經翻出了旱菸葉子，就要朝外走去。

「爺爺，你還沒說你以前為國家做過事情沒呢？」

「哦，那是沒有的。」那老頭兒的身子稍微停了一下，就頭也不回地朝外走去了。

軟臥包間外的走廊上，坐在了那單人桌的板凳上，老頭兒的表情一下子變得很複雜，有懷念，有畏懼，有悲傷⋯⋯目光也變得深邃了起來。

由於想事情太入神，手上的旱菸點了幾次都沒有點著，抽了幾口發現沒滋味兒，這老頭兒才回過神來，苦笑了一聲，仔細的點著了旱菸。

深深地吸了一口，老頭兒吐出了濃濃的煙霧，看著升騰而起的煙霧，老頭陷入了回憶。

\*

\*

\*

一九三七年，一個戰火紛飛的年代，每一天國家都在承受苦難，而每一天這裡的人民都有不同的悲劇上演。

四川、湖南等地算是在那個混亂的年代比較安穩的地方了，畢竟深處內陸，可是這也阻礙不了戰火燒到這裡，只是影響較為小些。

也就在那時候，湖南客死異鄉的人特別多，由於老祖宗的規矩，落葉總是要歸根的，必須入土為安，一群神秘的人，開始特別地碌起來。

這一群人就是湖南湘西的趕屍匠。

趕屍是有限制的，不可能趕著屍體大江南北地亂跑，過了一些地界兒，屍體就趕不動了，所以他們的生意主要是針對客死在四川的湖南人，或者說客死在湖南的四川人。

自古就有蜀道難，難於上青天的感歎，而湘西這一片也多崇山峻嶺，道路艱難不下於四川，趕屍人這門兒生意有多難做，就可想而知。

平常人都知道，趕屍這門活計，除了要克服那艱難的道路，還有諸多苛刻的條件，比如說屍體到地兒的時候必須不腐不爛，比如說還有一定的時間限制，必須在規定的時間趕到，再比如說，不能衝撞了生人。

知道趕屍的人，都有這個忌諱，遇見了趕屍匠帶著屍體走，是要到八輩子楣的。

這其實是一個誤傳，趕屍匠行走於夜間本屬無奈之舉，應為行業裡有忌諱，哪裡會讓人倒楣？只不過人們出於對鬼神的畏懼，自然就會添加一筆神秘的色彩來渲染。

無論這些傳說是怎樣的，總之在那個年代，趕屍匠的活動是頻繁的，戰爭給一切做死人生意的人都帶來了財富，甚至在當時的四川重慶，還有專門的趕屍辦事處。

這一年，孫魁十六歲，在十一歲時立了字據跟了師傅，五年後，終於可以跑第一趟生意了，這一次是去重慶，這是湖南那邊的一個富貴人家的生意，要求把兒子的屍體從重慶趕回湖南。

說起這門兒生意，孫魁想起來也覺得新鮮，因為主顧是個富貴人家，還有點兒小勢力，也阻止不了得罪了軍閥的兒子，在重慶要被槍斃。

這就是混亂年代的悲哀，法律的約束力幾乎很小，你有權勢，有身分又如何？出了這片地兒，人家地頭蛇也能壓死你，除非你權勢滔天還差不多。

這個年代，是一個苦難的年代，是權勢與權勢之間的碰撞，普通老百姓在夾縫中生存的分外艱難。

刑場依然是在菜市口兒，只不過劊子手由以前的拿大刀，變成了現在的拿槍，人們保持了一定的距離，畢竟槍彈無眼，這可不比當年，一刀下去，除了死囚，誰也傷不了。

此時，還沒到午時三刻，執行的劊子手或許已經習慣了這場景，正在輕鬆地聊天，至於等死的死囚則面色灰白，一言不發。

孫魁的師傅，人們都稱呼他為老孫，就是因為和孫魁是本家，加上孫魁也有吃這行飯的本錢，才收了孫魁這個弟子。

此時，老孫指著其中一個長得還算清俊，只是此刻已經面無人色，抖得如篩子似的年輕人說道：「等下你去收屍的時候，認仔細了。他就是趙家三少爺。」

孫魁看著那張比自己成熟不了多少的臉蛋兒，心裡有些不落忍，悄聲對師傅說道：「這麼年輕，就要槍斃啊？犯了啥事兒？殺人放火了？」

「殺人放火是沒有的，只是年輕人難免熱血衝動，喊著要推翻誰誰的，人家能不槍斃他嗎？哎，這個亂世能安安穩穩過日子就算不錯了，何必去當那出頭鳥兒呢？」老孫有些感慨，看那神色也是為那年輕人可惜。

「師傅，待會兒我把屍體帶走，人家能讓我帶嗎？」孫魁有些擔心了，他不傻，自小跟著師傅跑江湖，心思縝密著呢，師傅的話雖然簡單，可他聽出了很多資訊，就比如這個軍閥一定是很

霸道的，人家年輕人喊兩句口號就得槍斃了。

「這個你放心，上下的關係已經打點好了，等下你記得動作要快，不然魂魄都散乾淨了，這屍也就趕不成了。」老孫簡單地說道，顯然他不想評論什麼，免得禍從口出。

「嗯，師傅放心，這點兒小事兒，我還能做好！」孫魁認真地點頭。

就在師徒聊天的時候，時間已經不知不覺到了午時三刻，隨著一聲準備的號令響起，劊子手們紛紛舉起了槍。

此時，刑場響起了一片兒鬼哭狼嚎的聲音，不用問，是那些死囚發出來的，不要以為刑場的人都是好漢，都是英雄，人在這一刻崩潰是很正常的。

有喊媽媽的，有喊饒了我吧，我再也不敢的，有強行喊到老子二十年後又是一條好漢，其實褲子已經尿濕的，總之根本就是一齣慘劇。

人，是感情動物，難免會有兔死狐悲的想法，孫魁第一次見到這種刑場的慘劇，在看見趙家三公子抖得更加厲害，臉上已經是淚水，鼻涕滿臉的時候，他終於不落忍了，側過了頭。

旁邊有人罵道：「好臭啊，那些人屎尿都嚇出來了。」話剛落音，孫魁就聽見槍聲響起一片兒。

行刑的過程很快，在確定了死囚是否已經真死了，需不需要補槍以後，行刑的隊伍就離開了現場，這時人群也已經開始要慢慢地散去。

老孫立刻大喊道：「孫魁，快一點兒，把屍體背到指定的地兒，一口陽氣散了，神仙也沒辦法，我去做準備工作了，你快些，這趟三公子就是這一趟生意最後一個人了。」

孫魁應了一聲，快速地衝出人群，直奔趙三公子的屍體而去，這時候，眼尖的孫魁發現，另外兩具屍體，已經有人在打理了。

呵，同行可真多，孫魁感歎了一句，人已經跑到了趙三公子面前。

在這一行裡，有這麼一個規矩，就是千萬不能看將死之人，或者剛死之人的眼睛，否則你會一輩子都忘不了那眼神兒。

孫魁是第一次接觸死人，在觸碰到趙三公子的屍體時，那身體還是熱的，還是軟的，他有些心虛，忍不住就看了一眼趙三公子的臉，結果那雙沒閉上的眼睛，就跟死死地盯著他一樣，孫魁的冷汗一下就冒了出來。

也瞬間就想起了千萬別看眼睛這條規矩，這規矩說起來和鬼神的事兒無關，而是會讓人鬧心很久，這時，孫魁就體會到了，那眼睛包含著一種世間最絕望的情緒！

失了生機的眼睛，再沒有眼神，那一片兒死寂，不是絕望是什麼？

這時，他剛才看到的兩個同行，已經背著屍體飛快地走了，他想起了師傅不能耽擱的話，眼下不敢多想，抓出兜裡的朱砂，就給塞在了死者的鼻孔和嘴裡，然後在口鼻間封上了一張師傅給的符，接著就背起屍體飛快地走了。

死人的身子背起來分外地沉重，貼著孫魁的背，孫魁能感覺自己背上的身子，在一點點兒變冷，一點點兒變硬，這可不是什麼愉快的體驗，但好在孫魁身強力壯，師傅辦事兒的地方離刑場也不算太遠，這已經到了。

推開虛掩著的門，老孫看見孫魁回來了，立刻就迎了上去，說道：「快，把屍體放這裡。」

屋子裡黑洞洞的，除了兩張凳子，就沒任何的擺設，最顯眼的就是擺在屋當中那兩扇大門板，門板上整整齊齊地放著六具屍體。

普通人見這陣仗，估計會發瘋，可孫魁已經習慣了，把趙三公子的屍體放在最邊上，然後扯

起衣服擦了兩把汗。

這時，老孫來不及理會孫魁，而是端起一碟朱砂，分別在趙三公子的屍體前胸、後背、兩個掌心、腳心，還有腦門上畫了一個符號。

孫魁很有興致地看著師傅做這一切，他知道，三魂七魄，散得最快的就是魂，他堵住了死者的口鼻，貼上了封印符，就是為了封住死者的最後一口陽氣，最後一口陽氣不散，死者最少能留住兩魄。

不過，這也是暫時性的作法，身體還有七個竅門，可以散魂散魄，那七個地方就是師傅剛才用朱砂畫封鎮符號的地方。

畫好七個符號，老孫鬆了一口氣兒，叫過孫魁，指著屍體說道：「記住這符號的畫法了嗎？你也知道我們趕屍匠人，有所謂的三趕三不趕，所謂三趕，總結起來就是指死得有怨氣的人，並不一定局限在三趕的特殊例子裡，只有怨氣重的人，他才會不甘自己死了，所以魂魄散得較慢，我們做起事情來就容易得多。」

孫魁知道師傅這是在藉機教自己，趕忙連連點頭稱是，老孫見孫魁這態度，倒也滿意，兀自地拿出七張符紙貼在了剛才畫符號的七處，這才算鬆了口氣兒。

這七張符紙的作用和剛才孫魁封屍體口鼻的那張符紙，作用是一樣的，都是為了封鎮，不過，這樣做的話，屍體如果遇到一點兒什麼情況容易屍變，變成殭屍就不是好玩的了，所以在晚上，月亮升起的時候，他們就必須開始趕屍，否則後果就會很嚴重，只因為屍變這事兒真的說不準，誰也找不到很肯定的規律，說變也就變了。

老孫已經在一旁休息，夜裡還要起屍，這一步驟非常的重要，他現在需要養神。

而孫魁則在一旁，忙碌地給死者換起了衣服，趕屍不能衝撞到生人，而且屍體的樣子總是可怕的，還是遮掩點兒好。

衣服都換成了統一的黑袍子，臉用斗笠遮起來，孫魁搞了半天，才得到歇息，給四肢僵硬的死屍換衣服，那真真是體力活兒。

去洗了個澡，孫魁換上了一身道袍，頭上戴上了道士專戴的混元巾，然後也坐到師傅旁邊休息了，自然就會退避。

「師傅，這一次趕七具屍體能行嗎？」孫魁有些擔心，這是門技術活兒，趕得越多，壓力越大。

其實按師傅的說法，他們算不得道門中人，是沒資格穿這身兒衣服的，但因為趕屍這事兒偶爾也有道士做，漸漸的，人們就比較接受道士這形象了，只要拿上了鈴鐺，人們就知道是趕屍匠了。

「不行也得行，這次我和別人爭第一，這可是行業裡的名聲，他帶五具，我就帶七具，總要壓過他才是。」老孫不缺錢，到了一定的程度，他要的是名聲。

「行，師傅，我們就把這趟生意好好做成了。」孫魁憨笑著說道。

老孫頗為感動地看了自己徒弟一眼，覺得自己這個弟子也沒收錯，趕屍人一般都相貌醜陋，自己這徒弟也是，可說起來，他卻有一顆非常憨厚、善良的心，比起那些相貌俊美之輩，不知道要好多少！

時間過得很快，一轉眼就到了晚上十點多，起屍一般是在晚上十一點起，所以這時老孫已經開始忙碌地做起了準備工作。

這是一種心理安慰大於實際意義的行為。

解力中，任何東西都脫離不了五行，這五色就代表了五行，有了五行之力，神符才能運轉自如。

貼好了神符，老孫用一根五色的繩子繫好了這些符，為什麼用五色呢？因為在趕屍匠人的理

屍體幾乎失去五感，也非常簡單，增強了剩下的兩魄，這其實是一種相當於喚醒死屍的符，所以如此重要。

解釋起來，也非常簡單，增強了剩下的兩魄發揮作用，這其實是一種相當於喚醒死屍的符，所以如此重要。

才能刺激剩下的兩魄發揮作用，這其實是一種增強魂魄之力的符，原本人死魂魄散，強行留下的兩魄也非常的虛弱，貼上了這符，

其實是一種增強魂魄之力的符，原本人死魂魄散，強行留下的兩魄也非常的虛弱，貼上了這符，

這種符可不是趕屍人能畫的，得找有名望的道士買，這符趕屍人稱之為神符，而在道家這符

天就要換一次，但在起屍之時，還有一張關鍵的符紙必須用。

說起封鎮符，這每一個趕屍人都會畫，而且在趕屍的過程中，總要準備一大疊，因為每隔兩

七張符。

做，抹完朱砂以後，老孫在每具屍體的脖子上都貼上了一圈兒封鎮符，最後他神情肅穆地拿出了

念完禱文之後，老孫開始在每具屍體的脖子上塗抹朱砂，孫魁也在幫忙，這點兒小事他還能

們的帶路人，你們好好配合，別找麻煩啊，各位大哥。

祭亡魂，順便讓已經散掉的另外三魂五魄緊緊跟上，一起魂歸故里，最後一層意思則是，我是你

此時，老孫已經完了起屍之前的拜祭禱文，這次七具屍體，可得串好了，別走丟了一具。

而孫魁則在準備著草繩，這次七具屍體，可得串好了，別走丟了一具。

此時，老孫已經完成了起屍之前的拜祭禱文，這禱文是趕屍人世代口口相傳的禱文，用來拜

「孫魁，時辰到了嗎？」做完這一切，老孫休息了幾分鐘，然後問到孫魁。

孫魁嚴肅地點點頭，說：「師傅，時間差不多了。」

這時，老孫站了起來，孫魁趕緊去打開了門，以前起屍時，師傅都不讓看，這次自己再咋也要見識一下。

打開門後，孫魁只見老孫刺破了左手的中指，然後在每個屍體面前把帶血的中指在鼻子前過了一下，屍體就有了一些動靜，老孫趕緊地跑開，用紙一下包住了中指，然後非常大聲的喊一聲：「起！」

孫魁這輩子最難忘的一幕出現了，那七具屍體竟然整整齊齊地站了起來。

# 第四章 老李

行走在夜間的山林，只能靠一盞幽暗的燈籠照明，孫魁終於知道趕屍匠這一行飯有多麼難吃了，和死人打交道不說，還得走夜路，白天休息，走夜路也不說了，還必須挑著偏僻的地方走，這個山路難行啊。

孫魁走在最後，手上提著一盞燈籠，老孫搖著鈴鐺，重複地念叨著一句晦澀難懂的咒語，走在最前面，中間就是七個用草繩串起來的屍體，木然地走著，只是仔細觀察的話，它們的肢體動作非常的不靈活，磕磕碰碰了，還要孫魁去拉住，總不能帶具傷痕累累的屍體給別人的家人吧？

一般的情況下，四肢上還是會綁一些保護的身體的東西的。

這條道兒是屬於趕屍人的道兒，這一千百年來已經形成了道兒，平日裡只有白天有普通人行走，夜裡幾乎是沒有生人的，老孫在這條道兒上走了幾十年，已經非常的熟悉了，他不像孫魁第一次走，覺得山路如此難行，他覺得自己閉著眼睛都能走出去。

孤寂的鈴鐺聲兒，幽幽的咒語，在這夜裡聽來分外地瘆人，孫魁走在最後，忍不住心裡還是有些毛毛的，儘管老孫給他解釋過，這咒語的意思只不過是「跟上、回家了」的意思。

兀自感受著那份恐怖，孫魁不敢盯著前面屍體的背影看了，就這樣在沉默的埋頭趕路中，天已經泛起了一小片兒魚肚白，月亮就快下去了。

老孫說了，如果今天的腳程不能趕到專門的停屍客棧，就只能在山野裡隨便找個背陰的地兒休息了，至於屍體是要放在背光的大石頭後面，用樹葉什麼的擋住的。

孫魁不想留宿荒野，看來師傅也是一個心思，師徒兩個已經在加快腳程了，只要月亮完全下去了，不管是什麼天氣，都必須得停下，這是規矩，如果遇見個雨天，露宿山林該是一件兒多麼慘的事兒啊？

就在孫魁埋頭趕路的時候，忽然聽見走在前面的師傅喊道：「帶客死異鄉人回家，生人回避。」說話間，那鈴鐺搖得更響了。

孫魁一驚，師傅說過他趕屍生涯那麼多年，遇見生人的次數屈指可數，自己怎麼才能第一次趕屍，就遇見生人了啊？

其實趕屍匠也挺怕遇見生人的，有時避之不及被別人指著脊樑罵，還得吭一聲兒，讓人有苦難言。

孫魁心裡正想著，就聽見前面路段有一個渾厚的聲音傳來：「你們但過無妨，我們師徒幾人不忌諱這些。」

這一喊，不僅是孫魁，連同老孫臉上都流露出了一絲兒感激的神色，他們這一行收入豐厚，但是並不太受普通人的待見和尊重，普通人怕他們、忌諱他們、躲著他們，根本不會給他們一點點尊重。

前面喊話那人，話語雖然簡單，但這話裡流露出來的坦然和尊重，孫魁和老孫都聽得出來，這是頭一次他們聽見這樣的話，感動是難免的。

既然前面的人這樣說了，老孫和孫魁也就坦然了，趕著屍體繼續往前走，他們根本不怕是劫道兒的，因為誰會去搶趕屍匠啊？

走了不遠，他們終於看清楚了前面的人，原來不是一個人，而是五個人，其中一個人是個中

老年人，另外三個都是年輕人，還有一個更稚嫩一些，是個少年人。

老孫感激地朝著幾人抱拳行禮，畢竟剛才別人給了他們尊重。

幾個人也紛紛回禮，這時，那個年紀最大的開口了……「再快幾步吧，這天就要亮了，前面有家客棧的。」

老孫點頭說道：「這個我知道，按這腳程能趕到，不容易啊，我們規矩多，哪怕走到門前了，這月亮一下去，都得停下，我們就先走了。」

那人點頭，老孫正準備走，卻不想那人忽然叫住了他，眉頭還微微地皺起，老孫心裡一咯噔，這萍水相逢，難道還有啥事兒說不成？

想起了自己和另外一個趕屍匠的賭約，老孫覺得不安心了，這使絆子的事兒也不是沒發生過。

那人盯著那七具屍體看了一會兒，然後說道：「我叫老李，我就是想提醒兄弟一聲兒，你路上注意一下第五具屍體，我覺得有些不對勁兒。」

「啊？」老孫覺得這算啥？開口那麼直接，卻又不說清楚原因，讓人摸不著頭腦。

可是江湖中異人畢竟多，老孫還是下意識地朝著屍體看了一眼，看有沒有停下來之後，四肢不受控制，微微顫抖的現象，可是沒有啊，很正常，很安靜！

在趕屍匠裡有一個說法，那就是會屍變的屍體在停下來之後，四肢會輕微顫抖，那就是屍變的徵兆，因為這動作就意味著它在掙脫趕屍匠的控制，千百年的經驗傳下來，這的確是一個簡單而又有效的觀察法。

老孫在觀察了之後，一顆心放了下來，不過人在江湖走，還是不能太過得罪人，不管這眼前的老李是出於什麼心理來提醒他這事兒，總之就當好心來處理吧，老孫一抱拳，誠懇地說道：「謝

謝老哥提醒，我會注意的。」

老李不說話，只是仔細地看了老孫一陣兒，然後才說道：「命不該絕，這一劫也不是必死，你我說不得有緣，老李就言盡於此了。」

這又算什麼？還是直來直去，卻沒有任何解釋的話，老孫心裡有些不忿這老李的說話方式，特別是他說的還不是啥吉利話兒，開口就是啥劫啊啥的。

饒是老孫剛才再感動於老李的話，還是有些忍不住了，他勉強克制了一下自己，衝著老李一抱拳，然後走了，他急著去客棧。

師傅的憤怒連孫魁也感覺到了，不過，他倒是沒多說啥，他只是個小輩，衝著幾人憨厚地笑笑，也趕緊走了。

「師傅，這趕屍匠，竟然把好心當驢肝肺啊，要不，咱們偷偷去幫他把那要屍變的傢伙解決了吧？」在老孫師徒走後，忽然一個年輕人就開口對那老李說道。

老李斜了那年輕人一眼，然後才開口說道：「立淳，我說了多少次了，咱們玄學一脈，行走江湖，可不是行俠仗義，因為各人有各人的緣法，如果在其中，我們不能提前干預。當然，遇上了，少不得要管一管，那是該我和他的緣分，咱們走吧，該遇上的跑不掉。讓他當驢肝肺去吧，我說話就這毛病，人不當我的話是驢肝肺，我還不高興呢，哈哈哈……」

笑聲在這黎明前的山谷裡傳了很遠，惹得老李身後的幾個年輕人一陣兒無言。這師傅，喜歡直接說結果，一點原因也不給，正常人能接受才怪。

可老李才不理會幾個年輕人的情緒，大喊了一聲：「咱們也上路。」就瀟灑地走在前面去了。

幾個年輕人趕緊地跟上，最小的那個少年忍不住拉著剛才被喚作立淳的人的手，問道：「師

兄，打贏殭屍你有幾分把握？」

「沒有把握，那玩意兒厲害，得師傅出手。」很直接的回答。

這個老李就是當年帶著那個放牛娃兒走出山村的老李，最小的少年，是他新收的徒弟，叫做王立樸，另外兩個顯得沉穩些的則是李立厚和陳立仁，他們就那麼巧合的出現在了這夜裡幾乎罕有人跡的山谷，遇見了孫魁師徒。

這就是命運中的緣分，因為相遇，才會扯出了那剪不斷的因果。

而此時，孫魁師徒已經投宿了客棧，這客棧是專門為趕屍人開的，沒有大門，只有後門，懂行的人一看就知道。

在這客棧，有一個專門的院子，裡面放著門板，用來停放屍體，當孫魁師徒趕到客棧的時候，月亮是真的快要下去了。

停放屍體的後院兒，已經停放了好些屍體，看來這客棧生意不錯，畢竟是處在「交通要道」。

安頓好屍體以後，孫魁師徒也沒多說什麼，各自休息了。

只是老孫有些輾轉難眠，那話什麼意思？命中有一劫？第五具屍體？這樣想著，老孫直到日頭已經掛得老高了，才迷迷糊糊睡著。

# 第五章　屍變

又是一個淒冷的山林之夜，老孫領著孫魁沉默地走在山道上，師徒兩個的心情都不平靜，從那天遇見那個叫老李的人到現在已經過去了整整五天，師傅倆做夢都盼望再遇見他一次。

為啥？因為他曾經隨口說了，第五具屍體有問題，師徒倆曾經不當一回事兒，可從前天開始，第五具屍體已經越來越不對勁兒。

手腳顫抖這種小事兒，自然就不用說了，到了今天，已經有好幾次不受控制，要掙脫草繩了，最恐怖的一次，是師徒倆中途停下來休息，喝口水的時候，那具屍體忽然就扭頭，衝著老孫咆哮了一聲。

差點沒把老孫嚇得尿褲子！

趕屍那麼多年，老孫自問從來沒有遇見到詐屍之事兒，這種陣仗他沒見過，屍體是用斗笠遮著臉的，老孫在想，如果沒遮住臉，絕對是殭屍啊。

人都說鬼嚇人，其實要論形象恐怖，他當時可能已經嚇尿褲子了。

不過，沒有金剛鑽也不攬瓷器活兒，對付詐屍這種情況，老孫也不是完全沒有辦法，辦法也很簡單，就是每天在屍體的七竅塞進糯米。

民間流傳的，對付殭屍的玩意兒不知道有多少，可做為趕屍匠的老孫明白，這其中最有用、使用最簡單的，絕對是糯米，至少是防止殭屍起屍的最好東西。

所謂起屍，不單單是指殭屍坐起來的這一過程，而是指殭屍恢復意識。

「師傅啊，我看這第五具殭屍又有點不受控制了，我們停一下吧，換點兒糯米。」孫魁走在後面，看得很清楚，原本趕屍，屍體都是木然地跟著鈴鐺，幾乎走的是直線，不會有超出隊伍一說，這時候，這第五具屍體又開始歪歪斜斜地想要衝出隊伍了。

老孫心裡一咯噔，趕緊說道：「那在前面就停下吧。」

走了兩步，來到一塊大石前，老孫收起了鈴鐺，停下了隊伍，一眼就看見第五具屍體顫抖不已，老孫想也不想的，就把糯米在它腳邊灑了一圈，然後挨著孫魁坐下了，這會兒可不敢給它換七竅裡的糯米，萬一被咬一口呢？

孫魁喝了一口水，問道：「師傅，我們這還有多久才能到湘西的地界啊？找到大司，這事兒還有得救啊。」

所謂大司，當然是趕屍匠人出身，只不過除了趕屍，他們還會各種法門，也會一點兒蠱術、巫術，比起趕屍匠他們可受尊重多了，甚至是一個寨子的精神領袖。

孫魁非常地擔心這事兒，當然指望能早一點解決，換糯米的工作，當然是他這個當徒弟的來負責，前一天換下來的糯米整個都成黑色兒，孫魁咋能不擔心。

要知道，正常人用糯米撥屍毒，糯米才會變成黑色，只有殭屍才存在屍毒，如果糯米用來呈現黑色，只能說明一個問題，這具屍體的屍氣已經沖天，糯米都已經鎮不住，隨時會屍變。

鎮壓殭屍，都是這樣呈黑色了，只能說明這就是一隻殭屍了，隨時要起屍的殭屍。

面對孫魁的問題，老孫歎息了一聲，說道：「道路難行，咱們又盡走偏僻地兒，雖然已經走了六天，要到湘西寨子裡，起碼還得兩天，要是遇見個下雨耽擱啥的，就更難算日子了，現在只有用糯米儘量地拖住啊。」

孫魁的臉色也頗為沉重，咬了一口乾糧，對老孫說道：「師傅啊，這第五具屍體是誰啊？咋會屍變？咱們接活兒都很仔細的，咋會遇見這事兒？」

「這第五具屍體嘛……」老孫拿出旱菸管，抽了一口旱菸，開始細細地回想起來，忽然他眼皮一跳，有些驚恐地望向孫魁，說道：「沒道理啊，不可能啊！」

「師傅，咋了？」孫魁乾糧也不吃了，看師傅這表情，就知道有事兒！

「你知道，我們的生意除了自己聯繫，就是在重慶的辦事處給咱們聯繫，這七個單子裡面，有四個倒是他們去接的生意，這第五具屍我記得，是一個在重慶做生意，結果受風寒死了的人，這絕對沒啥問題，不是咱們三不趕裡的那種忌諱屍體，而且這單子生意是老滿幫我接的，我去接手的時候，老滿把屍體基本已經處理了一次，你說有沒有道理？」

老孫的話讓孫魁也愣了，辦事處有幾個幹事，其中幾個是趕屍匠人出身，趕屍手藝一點兒不會，其中幾個就是趕屍匠人出身，這老滿就是趕屍匠人出身的，不然他也不可能提前幫老孫處理好屍體。

「師傅，屍變這回事兒，從來都是沒譜兒的，也沒啥規律可尋，可能就是咱們自己倒楣吧。」

老孫瞇著眼睛，砸吧了兩口旱菸，說道：「是啊，算是咱們自己倒楣吧。」

過了一會兒，那屍體徹底安靜下來了，孫魁也正好吃完乾糧，拍拍雙手，然後說道：「師傅，我去把糯米換了，然後咱們趕路吧。」

說起來，這樣提前處理好屍體也是正常的，為的是防止屍體腐爛，一般都會這麼做。

另外，老滿和老孫的關係非常的鐵，所以老孫想到這一層才會說沒道理啊，不可能啊。

孫魁為人憨厚，想到這件事兒，也覺得是不可能，於是就出言安慰道：「師傅，屍變這回事

054

老孫點點頭，也不咋說話，雖說他願意相信是巧合，可心裡怎麼也有根刺兒，能巧合到這地步？他行走江湖也算多年，心眼可比孫魁那實在孩子多多了。

「嘖嘖……師傅，你看……」孫魁此時正在用一個竹籤兒撥弄出屍體七竅裡的糯米，看見糯米的顏色，孫魁忍不住感慨地讓老孫過目。

昨天糯米就發黑了，但是都屬於米心子裡發黑，外面還有層兒白殼子，今天再看，整顆的糯米是黑得透亮。

老孫一看，心裡又是一沉，心裡琢磨著，實在不行，這具屍體得在路上燒了，回去哪怕是在寨子裡受罰，客人面前賠款都行，這樣子怕是堅持不了兩天了啊。

孫魁沒想那麼多，反正有師傅在，撥弄完糯米，孫魁從隨身的包裡掏出一把糯米，正準備往屍體的嘴巴裡塞先塞一把，卻不想這時候，從那邊的樹林子裡走出來一個人。

「誰？趕屍人過路，生人回避。」老孫立刻警惕大喊了一聲，原本帶的屍體裡有屍變，已經夠倒楣了，老孫可不願意再承受闖到生人，受人詛咒的下場。

要知道，這次決定燒屍，是趕屍人的一大忌諱，回去的徵罰不知道有重，而且賠的錢款也不是一個小數目，更重要的是自己的名聲也會一落千丈，老孫的心情不好，語氣也自然生硬了起來。

老孫這一喊，孫魁的動作不自覺就停了下來，注意力被吸引到來人身上了。

可那人顯然是聽見了老孫的話，但他卻並不退避，反而是朝這邊大踏步走了過來，並且喊道：「如果我是你的話，我絕對不會再往那屍體口中塞糯米，小心被咬，撥毒才麻煩呢！」

這聲音很陌生，也很年輕，不是前幾天提醒他們那個老李，孫魁有些驚疑不定，手裡抓著糯米，有些不自覺的就朝著那具屍體看去。

原本死屍的眼睛都是閉上的，就算是死不瞑目那種趕屍匠都會想辦法讓它閉上，或是用手去

合攏，或者一邊勸一邊合，是絕不允許屍體睜著眼的，因為那樣不吉利。

可此時，孫魁一轉頭，卻發現那屍體直愣愣的盯著自己，一雙木然的，沒有啥生氣兒的眼睛

看著是分外的恐怖、

孫魁一下子嚇傻了，抓著糯米的手不自覺就在顫抖，只得抖抖索索地喊出了一句：「師⋯⋯

師傅⋯⋯它⋯⋯」

此時，老孫一下子站了起來，他知道糟了，起屍了。

而那個年輕人大喊了一聲兒小心，然後大踏步衝了過來。

忽然，孫魁就看見那屍體的表情很詭異，因為它張開了嘴，僵硬的肌肉，讓它張嘴這個表情

很詭異⋯⋯

孫魁此刻是完全呆住了，人在驚恐到極限的時候，大腦往往會有一兩秒的空白期，孫魁現在

就處於這樣的情況。

老孫也愣住了，他完全沒想到，這個屍體說屍變就屍變，其實這事兒仔細想來不是無跡可

尋，真正對付這種狀況有經驗的趕屍人都知道，每次換糯米的時候，都是最危險的時候，一般觀

察糯米的顏色是其次，重要的時候，要弄出一竅的糯米，又趕緊換新的糯米進去，這樣可以延遲

起屍的時間。

而且殭屍最不能碰的，就是生人氣兒，一旦觸碰，是最容易起屍的，孫魁換糯米的時候，竟

然不知道屏住呼吸，能拖到今天已經算是運氣了。

老孫對於這種事情沒有經驗，所以連帶著徒弟一起都吃了虧，此時，他面對忽然的變故也嚇

呆了，下意識的想要救徒弟，可是身子卻不聽指揮似的。

可是屍變的殭屍卻沒那麼多顧忌，它張開了嘴，此時身體也動了，伸出了兩隻爪子就要逮住孫魁。

那爪子上指甲鋒利無比，那嘴裡的獠牙給人的感覺也是無比的犀利，老孫暗罵自己一聲糊塗，因為屍體穿著黑色長袍，戴著斗笠，自己就沒仔細觀察過。

可眼下根本不是自責的時候，要是徒弟就這樣交代在這裡了，老孫覺得自己這一輩子都不會好過，這樣的想法，讓他熱血上湧，一下子身子也能動了，他衝了出去，可是來得及嗎？

孫魁覺得自己完了，唯一能做的反應就是抱住了腦袋，他覺得下一刻那殭屍就能抓住自己，然後狠狠咬下來。

也就在這時，孫魁覺得自己的腰部一痛，身子狠狠飛了起來，待到他「啪嗒」一聲掉到地上的時候，就看見一個身影用標準八極拳裡的貼山靠的動作，狠狠撞開了那具殭屍。

孫魁不是習武之人，可卻是個愛好武功的人，那個年代，習武之人遠比現在多，八極拳的貼山靠這個動作非常有名，做為衝撞和打擊的動作，十分有效果，可是這個動作看著容易，做到標準和力道恰當，卻是非常的不易。

孫魁有種做夢的感覺，覺得武林高手來救自己了。

其他的屍體一動不動，但是在衝撞之下，卻難免束倒西歪，至於那具殭屍，被這一撞，撞了出去，同時也掙脫了草繩。

「你把這傢伙扶好，那玩意兒我去對付，真是不省心啊，陪師傅來打個狐妖，還要救你們。」來人很快對老孫說了一句，然後朝著殭屍衝了過去。

老孫一愣，什麼打狐妖、救你們的？難道真是高人？狐妖？老孫覺得自己汗毛都立起來了，

他常走這條路，前段時間是聽說這邊山腳下的村子死了，失蹤了不少小孩，說是山魈作怪，難道是狐妖？

他沒心思去扶正那些屍體，而是專心看著來人到底要如何做。

殭屍這東西難對付是出了名的，他只有這個概念，可這人根本不害怕的樣子。

只見那殭屍已經朝著來人撲了過去，那人根本不躲閃，手上不知道什麼時候多了一把桃木劍，看著撲來的殭屍，一個掃堂腿，就把那四肢有些不靈活的殭屍絆倒在了地上，然後起手一張符就貼在了殭屍的額前，接著那把桃木劍就狠狠插進了殭屍的心口處。

殭屍徹底不動了，來人很輕鬆的轉身，然後拍拍手，一臉無所謂的樣子。

那麼快？那麼快就對付了一隻殭屍？老孫簡直不敢相信自己的眼睛，要知道這玩意兒雖然四肢不靈活，但是動作極快，而且身體非常硬，爪牙尖利，又無痛感，只要不打到要害，簡直就是打不死的……而且循著人氣兒，還會不死不休，非得咬人喝血不可！

就在老孫感慨的時候，孫魁已經衝了過去，常聽江湖人說，高手過招，分秒就見生死，果然如此，這是遇見真高手了！

跑到來人面前，孫魁先是非常江湖氣兒的一抱拳，然後有些口齒不清的說道：「高……高手……？」

來人有些無語，說道：「我可不是啥高手，這只不過是一隻最普通的殭屍，連毛都沒一根兒，沒啥難對付的，普通人力氣大些，動作快些都能拍死它。我叫姜立淳，別叫我高手了啊。」

「那……立淳兄……」孫魁又口齒不清的說道。

姜立淳無語地翻了一個白眼，說道：「別這樣啊，我只是奉師傅之命過來，他算到今天晚上你們得經過這兒，離我們打狐妖的地方不遠，就讓我來解決了。他說了，如果我按著這個時辰來，沒遇見，就算我們沒緣分；；遇見了，就必須出手。」

這時，老孫已經過來了，非常恭敬地說道：「小哥你的師傅是？」

「哦，我師傅你們見過，就前幾天遇見你們趕屍，還提醒了你們了，忘記了？」姜立淳有些無所謂地說道，可能這隻殭屍在他看來，真的只是小事兒。

老孫神色肅穆，朝著姜立淳連連作揖不止，他知道，這次是真正的遇見那種傳說中的高人了。

所謂高人，他曾經聽說過，不是隱藏在深山老林中，就是跟市井小民無二，平常人就是見著了，也不知道自己遇見了，往往就那麼錯過。

所謂仙風道骨的，所謂儀表不凡的，如果不是什麼特殊場合的需要，就那麼出現在平常生活裡，基本上都是江湖神棍，真正有本事的人，根本就不需要這一套來證明什麼，更不需要說些似是而非的話，顯得自己很高明，沒那必要。

如今世道不安寧，老孫做為一個常跑江湖的人兒，隱隱也知道江湖一個門派，就是專門的江湖騙子門派，手段極其高明，這些年大家漸漸的不信鬼，不尊神，也是這個門派給攪和的——江相派！

老孫知道這緣由，所以對那些道貌岸然的，口舌生蓮的人多是警惕，還暗想真正的高人咋就不出來為自己正個名兒。今日得見，才知道人家根本就是普通的樣子，普通的生活，也許根本不在乎那名聲兒。

想到這裡，老孫的神態更加恭敬，一抱拳問道：「小哥兒，可否過來一敘，雖然殭屍已除，

也想叨擾一下小哥，問問這事情的緣由。」

姜立淳也是一個直接的人，說道：「好吧，那邊妖狐的事情也不用我去幫忙，自有師傅在，我來也是要給你說一聲緣由的。畢竟沒緣分就算了，有緣分事情就要解決徹底。」

說完，姜立淳轉身就去拔出了自己的桃木劍，就算是隻最普通的殭屍，身體上的肉也早已僵硬，桃木劍入肉並不深，不過二寸而已，但這已經夠了，它身體裡的兩魄，已經被桃木劍打散，再也不可能起屍了。

說起來，姜立淳也清楚，這中間主要的功勞，是師傅給的一張符。那符紙專鎮人魄，魂管思維，魄管行動，鎮住了魄，殭屍自然不能再動，打散它的兩魄，只是為了更加的安全。

幸好也只是一隻普通殭屍，要是厲害點兒的白凶，自己今天可能就狼狽了，萬萬不能那麼瀟灑的就對付得了。

不過想起有了師傅給的符，姜立淳又覺得有了信心，白凶又如何？不過費些拳腳功夫罷了。

思考間，姜立淳已經走到大石處，挨著老孫坐下，而孫魁此時正在把那些東倒西歪的屍體扶正。

「這次真的是謝謝小哥救命之恩了。」見姜立淳坐下，老孫抱拳肅然說道，要知道救命之恩可是大恩。

「真不必謝我，謝你自己的運道吧，如果沒緣分，我也不可能救得了你。師傅常說，劫是緣，恩是緣，與其謝人謝地謝天，不如謝自己的因果。多為善，少作孽，自可吉人天相，這世不報下世報，難道還能逃脫了去？」姜立淳的神態瀟灑，竟然和老李有那麼幾分相似。

竟然不讓自己道謝，而是讓自己謝自己？老孫愣住了，心說，這高人的見解就是不一般啊。

沒等老孫發問，那姜立淳就自顧自的說道：「這事兒說起來不也大，沒有擠兌你們的意思，這殭屍是人為的弄出來的東西，根本不算厲害，只是最下等的貨色，如果你能抱起一塊大石頭，砸爛它的腦袋也是能打死它的。厲害的傢伙，你扔一塊石頭去，它也能給打爛了。」

老孫的神色有些驚恐，人為的？那麼……他拱手問道：「小哥兒，這其中到底是咋回事兒，能仔細跟在下說說嗎？」

姜立淳看了老孫一眼，拍拍肚皮，說道：「給點兒吃的吧，剛才活動了一下拳腳，肚子餓呢，你別那麼客氣，客氣就不好玩了。」

老孫一頭冷汗，眼前這人這……這不說有高人風範，連普通的風度都沒有，可那動作自然，神態自然，語氣自然，偏偏還不讓人討厭。

倒是孫魁哈哈大笑，說道：「就是，我這就去給高手拿去，我一勞動了，肚子都還覺得餓呢。」

「要有肉，別拿乾饅饅給我吃，我知道你們有肉乾的。」姜立淳大聲的說道，回應他的是孫魁的大笑，至於老孫，有些汗顏地抹了一把汗，要有肉……

「師兄，你個騙子，你說打不過殭屍的，結果你打過了，還騙肉吃。」忽然間一個還顯得有些稚嫩的聲音插了進來，姜立淳回頭一看，不就是自己的小師弟王立樸嗎？

跟著就聽見一串兒腳步聲，不是師傅他們又是誰？

姜立淳接過肉，哈哈大笑地站起來，給師傅行了一禮，就坐下了，對王立樸說道：「這個傢伙，是個軟腳蝦，在我眼裡還算不得殭屍，要說殭屍，黑白雙凶，才是入門的貨色吧。等你師兄我厲害了，打隻旱魃給你看看。」

「旱魃，哼，這牛都給你吹上天去了。」冷哼一聲的正是老李，他氣度沉穩，雖說那風塵僕

僕的樣子就像一個老農，可自有一股吸引人的氣度。

「師傅，吹牛又不咋的，說一句心裡痛快還不行？」姜立淳的臉色一下就變了，他知道自己師傅可不是有啥幽默感的人，說一就是一，說二就是二。

「明天回客棧，所有的行李你背。」老李大剌剌地坐下，也不多言，就對姜立淳說了一句話。

姜立淳知道這就是吹牛的後果，也不敢爭辯，無奈聳了一下肩膀，開始大口大口吃東西，一邊吃一邊問王立樸：「不是打老狐狸嗎？咋這麼快就跟來了？」

「師傅說了，陣法已經布好，就等那老狐狸自投羅網，他說殭屍在六道之外，攪亂天機，也窺不出一絲因果，所以也不能非常肯定這屍變會變成什麼貨色，也許一個不好，就是個厲害角色，所以陣法一布完，我們就跟來了。」王立樸說道。

聞言，姜立淳心裡一陣兒感動，師傅這人說話說半截，衣服好幾天不洗，吃飯吃得轟隆隆的響……反正毛病一大堆，可他終究是掛心著自己的。

見一群「神仙」來了，老孫激動得難以自持，挨個的就要見禮，卻被老李給拉住了，說道：

「別這樣，老孫，自然點兒好，都是人，自然的往來，自然的幫助，才為正道，內心之善。禮節就免了。」

老孫執意如此，老李也不敢勉強，只是恭敬說道：「老神仙……」

「老李！」

「額，老神仙你是……」老孫硬是沒反應過來。

「老李！」

「老李！」

老孫苦笑道：「老李師傅，我就想問……」

「老李！」

老孫真的服了，只得叫道：「老李，我就問問你是怎麼看出來那屍體要屍變的？你徒弟說是人為的，又是怎麼回事兒？」

「我自然能看見這具屍體屍氣纏繞，我說它是人為的，是因為……你當我聞到了陰血之氣吧，這屍體在死後被強行灌入了一碗血，這血可是有講究的。總之，茅山的那些傢伙對這個最是在行，流傳出來一點兒皮毛，也是能害人的。有人故意為之，就是想讓這屍體屍變，這殭屍說不上厲害，普通貨色也算不上，但是暴起傷人，總是難以預防的。」老李講話就這特色，完全沒解釋。

我能看見屍氣，我能聞見陰血氣兒，總之就是這結果，沒有為什麼。

我師傅他們倒是早就習慣了這一套，也不以為意，至於老孫的臉色就陰沉了下去，他知道這次是有人害他了。

「那屍體被我徒弟打散了兩魄，怕是趕不動了，燒了罷，帶回去！你的禍事，總要有個果，這次能逃掉性命，已經是大善，我就言盡於此了。」老李很簡單地說道。

老孫自然能領會話裡的意思，做人不能太貪心，自己不損不傷得以活命，已經是祖上積德了，一些懲罰和後果，倒也算不了什麼了。

但是，這事兒的前因後果，總是要上報才是，不能白白便宜了那暗中使壞的人，真是出手狠毒，直衝人性命而來。

這時，孫魁又殷勤的給姜立淳遞了一塊兒肉乾，在旁邊憨笑著，姜立淳一拍孫魁的肩膀，大聲說道：「我看你順眼，以後咱們交個朋友吧？」

孫魁當然求之不得，說道：「交朋友當然沒問題，可是我哪兒找得到你？」

「我也不是居無定所之輩，雖然和師傅常年在外面飄著，但我在湖南也是有個住處的，就在……」姜立淳非常豪爽地說道。

老李也不阻止，合了眼緣也是緣，緣分又怎麼能人為干涉？

交換了住地兒，姜立淳拍著孫魁的肩膀說道：「其實，你們也很厲害的，趕屍的法門是你們獨傳的東西，師傅說過，真正厲害的趕屍人，能做到大司那個地位的，甚至都夠短暫的控制非常厲害的殭屍，黑白雙凶都是小玩意兒。不過，我師傅也說，這趕屍一脈會隨著一些事情，在以後沒落。但我想，等到我入江湖斬妖除魔了，只說盡自己的本分。」

「行！就怕我到時候沒那麼厲害。」孫魁憨厚地笑著。

「哪能啊？你專心專研吧，我師傅說了，任何手藝做到極致，都是厲害的。那麼多行業，只要能做到極致，就能稱得一聲大師！記住，以後幫襯著找我啊。」姜立淳灑灑的笑笑。

升騰的煙霧漸漸散去，那老頭兒的回憶也到這裡戛然為止。是的，他就是當年那個孫魁，已經老了。在後來，他也真的和姜立淳成了朋友，兩人常有往來。到後來，姜立淳也不再說斬妖除魔了，只說盡自己的本分。到後來，自己的把這一行做到了極致。到後來，趕屍人真的沒落了。

一管兒旱菸已經抽完，想起姜立淳那個老頭兒，孫老頭兒不由得咧嘴笑了笑，這老頭兒到後來，也真的讓自己幫襯了，只不過一出手，就是一個棘手的角色，因貓起屍的殭屍，那是殭屍嗎？明明就是被邪惡的東西占了身體，最難應付的一種妖屍！

想到這裡，孫老頭兒的臉上又閃過了一絲畏懼，為國家做事兒不容易啊，用得著他們出手

064

的，都是嚇人之極的事兒，簡直不想再去想第二次！這次，姜老頭兒又找上了自己，怕是輕省不得了。

不過朋友相交到這份兒上，算算已經好幾十年了，就算會搭上性命，自己也會推脫，何況自己這條老命，那老頭兒是三番五次地搭救了好幾次，從十六歲開始就是了！

再則，自己的性命也不長了，常年趕屍，孫老頭兒是清楚自己的情況的。

這時，包廂裡孫子在叫爺爺了，聽到這聲爺爺，孫老頭兒又笑了，傳承總是不斷的，自己這一輩兒終究會離開，下一輩兒會繼承很多東西吧。

聽說姜老頭兒收了個徒弟，他徒弟會和自己的孫子成為朋友的吧？

# 第六章 荒村

坐火車對於我來說，基本上是一件很好玩的事兒，不用做早課，任何的功課都不用做，想睡就睡，想吃就吃，用好玩來形容，都不足以表達了，應該是天堂。

此刻，我瀟灑地躺在軟臥上扔花生米，用嘴接著玩兒，楊沁淮看得新鮮，也跟著學，然後整個軟臥包間花生米、花生殼亂飛，終於楊沁淮一個失手，一顆花生米打在了我師傅的腦袋上。

「啪」、「啪」，我和楊沁淮一人挨了一顆花生米，終於安靜了下來，我那師傅太陰險，天知道他用手彈個花生米都能彈出那麼大的勁來，弄得我身上現在還火辣辣的疼。

「楊沁淮，這次要不是你爺爺的面子，我說什麼也不同意你跟來四川，也不知道你爺爺咋想的，這屬於機密的事情都讓你來參加。」我和沁淮還沒有說話，我師傅已經冷冷地開口，他對楊沁淮跟來這事兒很不滿，認為簡直是在胡鬧。

楊沁淮抓抓腦袋，說道：「姜爺，您千萬別那麼說，我以後是要和您一個部門工作的，還能有啥秘密呢？再說，我已經生是陳承一的人，死是陳承一的鬼了，姜爺，你不能拆散我們啊。」

我嘴裡包著好幾顆花生米在嚼，一聽這話，「噗」的一聲，就忍不住噴了楊沁淮一臉的花生沫子，這小子讀了幾年大學，雖說不像當年一樣能鬧能打，和我胡混了，可那張嘴卻越來越扯淡。

我師傅一聽，眉毛一揚，說道：「承一對你做了啥不好的事兒啊？我會為你作主的！只不過，我認為承一終歸是會找個黃花大閨女結婚的，你當二房吧。」

楊沁淮無語了，他是不知道我那師傅扯淡起來，比任何人都厲害，他抹掉花生沫子，幽怨的

看了我一眼，又幽怨的看了我師傅一眼，然後說道：「兩俗人，都不知道什麼叫友情天長地久，

這話一說，我們三個同時翻起了白眼，楊沁淮霍地一聲站起來，說道：「不行了，哥兒我演不下去了，我得去吐了。」

這樣鬧了一台，氣氛倒也輕鬆，挨到吃飯的時間，楊沁淮摸出兩瓶子好酒，摸出一些滷味，乾糧啥的，擺在我師傅面前，殷勤地說道：「姜爺，您吃飯，我以後就得到這部門工作了，您得照應一下。」

說話間，還給我師傅滿上了一杯酒，我師傅冷哼了一聲，不過面色總算緩和了許多，接過酒喝了，問道：「你爺爺咋想的，把你放這部門來，好玩嗎？這次竟然還讓你跟任務！」

「嗨，姜爺，您也知道，我從小沒個正形兒，學習也是敷衍著走，去哪個部門掛閒置不是掛啊？我和承一是哥們兒，再說了，我對這個部門真的很感興趣，工作起來熱情也大。而且我不是戰鬥在第一線，能有什麼危險？您部門也有很多普通人，參與調查啊，整理資料什麼的，這些我也會做啊。」楊沁淮熱忱地說道。

說起來楊沁淮的爺爺是個很大的官兒，這個部門的存在，對很多人來說是秘密，對沁淮的爺爺來說，就不是秘密了，事實上，楊沁淮說的也是實話，這個部門除了戰鬥第一線的人，確實也有很多普通人，畢竟很多事情要經過事前的調查，也要整理資料，參與管理的，也是普通人。

畢竟從戰略觀點出發，從事玄學的人，可不懂戰略統籌，更不會懂得什麼叫事後消除輿論，這些是需要專業人才的！

不過任何部門都有閒差，我師傅所在的部門也有，以楊沁淮爺爺的能耐，弄他進來也屬正常，這個部門津貼挺高的，退休後待遇也是極好的，估計這就是楊沁淮爺爺能同意的原因吧？

當然，一切只是我猜測的，畢竟為啥要讓他跟著出任務，這事兒我想不通，我們哪次幹的事情不危險？不過，楊沁淮的爺爺和我師傅都達成了共識，他只能待在指揮部，其他的地方想也別想去。

看著沁淮殷勤的模樣，我忽然就想起了一個人，酥肉！

沁淮這小子這八面玲瓏的樣兒，一會兒就把我師傅籠絡得服服貼貼了，這一點兒和酥肉很像，如果他和酥肉能認識，一定能成為鐵哥們兒吧？

我忽然發現，我很想念酥肉啊，這才坐上火車第一天，還要等待，我等著能看見四川那熟悉的山水，感受四川那熟悉的風，熟悉的潮濕溫暖……

就在我胡思亂想的時候，一個雞腿塞在了我嘴裡，是楊沁淮幹的，他說道：「我說陳承一，你一個人又在悶啥？該不會是在痛心拋棄了一往情深的學妹吧？」

「給老子滾一邊去，誰有心思想那個？我就是……就是在想，咱們這次去四川的任務是啥？」我咬了一口雞腿，油膩膩的手直接在楊沁淮身上抹了一把。

師傅，都已經上火車了，你說說唄。」

楊沁淮再次幽怨地望著我，說道：「陳承一，不准你這麼玩的！」

「想聽故事就閉嘴，不然我師傅不說了，再說，我這是跟你親熱呢。」我知道楊沁淮這性格，一定會報復，說不定會把滷肉啥的扔我一臉，我趕緊用別的事兒堵住了他的嘴。

果然，楊沁淮不說話了，他從自己的資訊管道知道了我和師傅要出任務，死乞白賴跟上的，但具體是啥，他就不知道了。他從小就知道我師傅是做啥的，很感興趣，但所知有限，這次一說到任務，這小子果然老實了。

我師傅聽我們問起這個，斜了我們兩個小子一眼，然後咻溜喝了一口酒，楊沁淮見狀趕緊又

068

給滿上了。

師傅望了我一眼，我趕緊夾了一片兒滷牛肉，「親切」的說道：「師傅，您張嘴......」

師傅得意地吃下牛肉，然後隨意在衣服上抹了一下兒，接著從包裡拿出一張地圖，鋪在了桌子上，說道：「國家開始計畫全國性的修路，修高速路，你們知道嗎？」

我茫然，楊沁淮忙點頭，這小子在體制內，消息就是靈通。

然後師傅指著四川的某地兒，說道：「這裡要修路。」

我一看，這個地方在四川的南充市，正是我們的目的地，我和楊沁淮對望一眼，然後楊沁淮不由得開口：「姜爺，這不好玩啊，敢情我第一次跟任務，就是去修路啊？這跨部門也跨得太嚴重了吧？」

我也想那麼問的，難道我們是要去考察修路的情況？這不好玩啊！我隱約聽師傅說過，這次任務不輕鬆的，臨出發前，還特意教了我簡單版的請神術，讓我自己熟悉口訣啊，手訣啊啥的，咋這次是去修路啊？

然後他又喝了一杯酒，面不改色地說道：「這個地方才是我們這次行動的目標。」

「修路啥的我不懂，可是我知道這條路要經過這一帶。」師傅指著地圖上的一個地方說道，「這次任務，就是去修路啊？」

「這個地方能有啥？」我看著地圖也沒特別的標出什麼，就搞不懂這個地方能有啥？

「這個地方確切的說，啥有沒有，因為這個地方是荒村，接連的整整四個荒村。」師傅不緊不慢地說道。

「荒村？」楊沁淮的臉色變了，這小子想像力豐富，荒村讓他咂摸出了一絲恐怖的味道了。

「曾經不是的，但是從五十幾年以後就是了，不過那一帶的人也得到了上面的解釋，這幾個

地方鬧過瘟疫，才造成了這種情況。」師傅解釋道。

「然後，我們是去檢查那裡還有沒有瘟疫？」我問道。

楊沁淮像看傻子一樣的看著我，說道：「哥們兒，你傻了吧？穩定民心的說法，你也能當真？虧你還是姜爺的徒弟！」

# 第七章　老村長

我看著沁淮那鄙視的眼神，心裡一陣兒抽抽，恨不得把這小子按在地上揍一頓，可是那也顯得我太沒品了，我只好望向師傅，聽師傅接下來會咋說，希望別給沁淮那小子說中。

師傅才沒注意到我那些小情緒，只是感歎了一聲這五糧液不錯啊。

沁淮馬上瞇著眼睛笑呵呵就接口說道：「姜爺，我偷我爺爺的，就用來孝敬您了。」

我師傅非常滿意，大手一揮的說道：「沁淮就是會來事兒，比承一這木頭好多了！沁淮說得對，民心是要穩的，有些事兒知道了對百姓也不好，讓他們幸福安樂的生活吧。這事兒確實不是瘟疫。」

我的臉一陣青一陣紅，氣狠狠地看了楊沁淮一眼，那小子非常得意地吼了一句：「踏著灰色的軌跡，盡是深遠的水影⋯⋯」

這歌不錯吧？別和我生氣，這盒帶我送你，我再去搞一盒兒。

我一聽，忍了，我那時也非常迷戀 BEYOND，可惜我沒楊沁淮那麼廣的路子，總是能第一時間搞到最新的原版盒帶。

楊沁淮得意地吹了一聲口哨，一把攬住我，說道：「哥們兒，咱倆誰跟誰啊？」

我師傅不解風情的斜了我倆一眼，說了一句：「唱的啥啊，鬼哭狼嚎的，還不如聽段京劇。」

鬧了一陣兒，我說道：「師傅，那到底是因為啥，你繞那麼大一個圈子，你倒是說說啊？」

我師傅沉吟了一陣兒，然後才說道：「這裡面有一個故事，實際上，只有一個村子的人全部死在了祠堂，其他的三個村子，是因為臨近那裡，是怕才全部搬走了。後來，有關部門出面去消除了一下影響，那時是建國之初，原本也有些瘟疫病。後來，影響消除了，也就算了，這次因為要修路，所以才重新提起這檔子事兒。」

「修路和荒村有聯繫？」楊沁淮迫不及待的問到，他就是一個喜歡獵奇的人兒。

「原本沒聯繫，可是這次涉及到一個關鍵的事兒，就聯繫上了。」我師傅的神色開始變得嚴肅起來。

我也跟著嚴肅起來，我知道事情不簡單。

「因為什麼聯繫起來了？」楊沁淮迫不及待地問道。

「因為殺死整個村子人的元兇，在當年沒有找到，而當年全村沒有人員傷亡，也就算了。可現在修路，我們必須去那一片尋找，把兇手抓住，滅掉，就是這樣。」師傅嚴肅地說道。

「哪兒來的殺人狂啊？殺一個村子的人？我說姜爺，這已經過去三十幾年，能找到嗎？抓一老頭兒？然後還得咱們這部門出手？」楊沁淮的臉色有些蒼白。

估計和我一樣，想著一個人殺人全村的人，覺得簡直不可思議！確切的說，我從小接受玄學教育，不覺得鬼比人可怕，這種沒人性的殺人兇手才是最可怕的。

我師傅端著酒杯，沉默不語，過了半天才放下酒杯，摸出旱菸點上了，這姜老頭兒可沒啥規矩，他愛在包廂裡抽旱菸，還真沒人能管住。

隨著煙霧的升騰，我和楊沁淮都快被好奇心折磨瘋了，這老頭兒才說道：「這裡面有一個故

事，是搬走的鄰村人說的。你們知道，相鄰的村子，因為婚姻的關係，總是特別多的親戚，在出事兒之前，那個村的村民曾經說過這事兒！當時，能走掉的都走了，不能走的，是因為不信邪，想搏一把，也有確實不想離開祖祖輩輩生活的土地的，也想鬥上一場。」

「結果就是全部被殺了？那殺人兇手有練《九陰真經》？」楊沁淮這小子倒吸一口涼氣兒，他和酥肉一類貨色，最愛看武俠小說，反正《九陰真經》在那小子眼裡就是最厲害的武功。

只有我知道，那種飛簷走壁，一葉渡江是多麼扯淡的事兒，武功不是那麼回事兒，沒有什麼武林高手，能在上百人的圍攻下還殺光所有人！這不可能！

所以，我已經有了個感覺，這事兒不是人幹的。

我師傅吐了一口菸，望著楊沁淮說道：「沒有武林高手，也沒有《九陰真經》，那一年的事兒，我也參與了，那個現場估計是我這輩子看過的，最不想回憶，最恐怖的場景之一，到處都是斷肢碎肉，當晚在祠堂的人沒一個生還。」

我和楊沁淮都試著去想像了一下那場景，一般鄉下很多村子是有祠堂的，用來供祖宗的牌位，那屋子不算大，加上院子，估計可以擠下百來個人吧。

但是百來個人都死在祠堂，那場景……跟屠宰場都沒啥差別了啊！

「那一夜之後，隔壁村的人看見了那場景，當場就被嚇瘋了一個！這不誇張！後來，我們做過調查，勉強拼湊出了整個事件，也在那一片範圍拉網似的搜索過，沒有找到那個兇手，當時有另外一件危機的事情要處理，我們……」師傅有些沉重地說道。

楊沁淮一拍桌子說道：「我知道你們咋做的，故意讓傳說流傳開去，不急於否認，甚至推波

助瀾地讓附近的人都搬走，然後才開始消除影響是吧？」

我師傅詫異地望了楊沁淮一眼，說道：「行啊，小子！你咋知道的？」

「呵呵，這個，承讓，承讓。」楊沁淮要寶似的抱拳拜了拜，然後才說：「這很簡單嘛，瘟疫怎麼會讓那些固執的村民離開他們世世輩輩耕耘的土地，一定得有更恐怖的事兒，你們沒找到兇手，又有急事兒要處理，當然又怕兇案再次發生，肯定最好的辦法就是讓他們走啊，這可難不倒哥兒我。」

「呵，看來你小子也沒白白有個當官兒的爺爺和爸爸啊，還是學到了些本事兒，嗯，我以前還以為你不學無術呢。」我師傅一樂，笑呵呵地說道。

楊沁淮不好意思呢，他這人是別人說他混混、頑主兒、不學無術，他倒是挺樂呵；一表揚他，他就怪不得了。這也怪不得他，這是犯賤，因為被罵習慣了，不罵還不行了。

我的心都被楊沁淮在那兒跟個大姑娘師似的害羞，就問師傅：「師傅，你倒是說說具體的，你看我急得。那兇手到底是誰？」

我師傅也許是被升騰的煙霧迷了眼，眯著眼睛說道：「那一片兒，是自古以來就出了名兒的養屍地兒，自古就多出殭屍啊，但是具體原因卻不知道。」

「師傅，我說兇手啊，兇手到底是誰？」我急得耐不住了。

「哦，老村長。」

「老村長？」我和沁淮同時驚呼了一聲，這村子裡還與村長殺人？一殺殺全村？這世界也太

TM瘋狂了吧？

「是的，兇手就是那個村子裡的村長，一個德高望重的老村長。」師傅此刻已經平靜了，一

074

管旱菸已經抽完，他磕了磕菸鍋，相比於我和沁淮的大驚小怪，他淡定得很。

「師傅，你們搞錯沒有？一個村長，好吧，拋開他的身分不說，一個老頭兒，咋能殺光全村的人？扯淡吧？」我很失望，結果是一個村長做的啊？我原本已經判斷這絕對不是人的範疇了，可是剛才師傅又說養屍地兒？

「我知道了！」沁淮一拍桌子，吼道：「要殺光全村的人，只能投毒，往井水裡投毒！」

沁淮這思路不錯啊，確實只能往井水裡投毒，才能做到這件事兒，可是我又想到一個可能：

「不對啊，投毒咋行？你沒聽我師傅說啊？現場那麼血腥，顯然是廝殺啊！中毒了，不都是默默死去嗎？」

我師傅看了我們一眼，說道：「承一總算還不傻，井水裡投毒？沁淮啊，你怕是小說看多了吧？那得多大的分量才能讓井水有足夠毒死的人的毒性？就勉強說分量夠了吧，那水也早就變味兒了，你以為是真正的小說裡描述的那樣，無色無味嗎？那樣的毒可是很稀少的，平常人哪裡弄得到？」

「師傅，我們知道了，你還是趕緊說吧。」我著急了。

「我說過，那是一個養屍地。」師傅淡淡地說道。

出生玄門，其實從師傅第一次說起養屍地這個說法開始，我就知道，這事兒和殭屍脫不了關係了，只是他又說一個什麼老村長，我才明白師傅為什麼一直感慨那裡是養屍地，這個養屍地，和楊晟以前

直到後來的後來，我才開始特別的不瞭解。

釋的養屍地可不同，楊晟的觀點裡，養屍地是因為酸鹼不平衡、是因為細菌、是因為生物學，可師傅口中的養屍地，是出於特殊的原因，那個地方多出殭屍。

從古至今的記載有多少，那個可以略過，而在那邊，燒屍的情況一直保持到了二千年初，直到火葬的實行，才改變了這一習慣。

一個地方的民風的形成，往往不是偶然，總是有歷史的痛或者教訓，才能形成一種習慣。

後來的後來，我無意中上網，看見了一條消息，大概是盜墓賊，在那一片兒挖出了古棺，結果一開棺，發現裡面塞滿了糯米，還貼有很多符，扔下棺材就跑了。

再後來棺材被一個上山放牛的老頭兒發現，彙報了有關部門。

有關部門的處理是直接用噴火器燒了，而上面的態度是批評，畢竟古屍是很有研究價值的。

這個消息當時在網上引發了軒然大波，怎麼又是N城？上面的批評恐怕只是一種態度，至於那古屍或許可以不燒，懂行的都知道，其實那古屍在下葬時，就已經有高人處理過，不然……

我自己的猜測，之所以讓有關部門冒天下之大不韙，頂著輿論的壓力燒掉古屍的原因，是因為那個村子發生的一些事兒，自從古屍出土後，那個村子的信號受到了嚴重的影響，會常常出來莫名其妙的聲音。

就如打電話時，就如看電視，就如聽收音機……

不想有更大的麻煩，當然只有果斷的燒掉。再後來，那條消息就沒有了，當時貼出的很多照片也莫名其妙消失了，到今天，能搜索到的，都是記得那事兒的人發的一些假圖片。

其實很多人在猜測，為什麼會影響到信號？也許在很多年以前，身為玄門中人的我也不理解，可是那一次在火車上聽了師傅的故事以後，我忽然就能理解了。

全村人都接二連三做了同一個夢，是什麼概念？那故事是很恐怖！連師傅都承認，他經歷無

數，若論恐怖，那故事該排得上號！

所以，小小的影響一下信號，也是正常。

人有氣場，由內而外，正常點兒理解為人的氣質！強大了，就是氣場強大的

人，往往會讓人們不自覺的接受他的意見，認同他的領導，強大到一定的地步，就是靈魂的力量，人的內在！

如果靈魂，也就是三魂七魄中的任何一個強大到一定的地步，這氣場當然就能影響到信號！

空氣中瀰漫著各種波段，靈魂的正確理解應該從這裡出發。

我在後來回想，為什麼師傅會一再地強調養屍地，也是一種感歎吧，那裡確實流傳了太多傳

說，至於火葬，應該是一個正確的決定。

那一天，在火車上，師傅再次強調了養屍地以後，我終於耐不住了，說道：「師傅，不就是

殭屍嗎？你一直兜圈子幹啥？你直說啊！」

楊沁淮站我身邊，一下子就抓住了我的袖子，吼道：「我×，哥們兒，你沒開玩笑吧？殭屍？

不不，哥兒我有心理準備，咳……沒問題，就算金角大王、銀角大王來了，哥兒我也得去鬥鬥。」

我像看傻子似的看著楊沁淮，這小子在死撐呢，連西遊記裡的金銀角大王都扯出來了，都已

經開始胡言亂語了，這不是嚇傻了，是啥？

我師傅看著我們倆在那兒激動，非常淡定地拿了個滷雞翅啃了起來，說道：「都坐下，等我

吃完了這些東西再給你們講咋回事兒，等會兒講了故事，該吃不下了。」

師傅這話一說，我和沁淮同時鬆了一口氣兒，端端正正地坐好，眼巴巴望著師傅在那兒吃吃

喝喝。

師傅被我們盯得不自在，胡亂吃了兩口，說道：「我真服了你們了，不吃了，給你們說下那

段往事吧。」

「好！」我和沁淮竟然同時鼓起掌來。

我們是如此的興奮，可在聽完故事以後，我們才發現這興奮是多麼的可笑，這個故事足以讓人毛骨悚然。

\*

中國地大物博，人口眾多，有人口稠密的地方，自然也有地廣人稀的地方。

故事就發生在N城，N縣，一個偏僻的小山村。

\*

這裡是一個安靜的小村，也是一個風景秀麗的小村。

那麼便利的交通，讓世人見識不到它的美麗。

隔著一座不大的山脈，這個小村附近有幾個臨近的村子，可是那幾個綿綿密密的山脈，只是因為不富足得多。

\*

一座山脈就阻斷了這個小村的路，沒有路，生活的水準自然高不上去。

可是自古以來，蜀地就是一個頭疼的地兒，因為蜀地多山，交通原本就不容易便利，需要路的地方多了去了，也不知道啥時候才能輪到這個小村子。

老村長一直在為這個問題煩惱，村子偏僻，所以村子裡的婚姻往往就是和鄰村的人互通，這往來一多，生活水準一比較，大家就不滿意了。

對於這一點，老村長覺得很愧疚，從解放以來，他就一直擔任這裡的村長，村裡人不管誰見了他，都會親切的叫聲老村長，可是他卻沒有把大家帶上富裕的路子。

可是老村長也很為難，這裡都是山，可以耕種的地兒很少，農民沒有地，要怎麼富？

富裕要靠自己想路子啊，那個時候，風風火火的公社運動還沒開始，大家對勞動的積極性還是很高的，當然也希望付出以後得到豐厚的回報。

沒有地啊，沒有多少地，老村長想著這個問題就覺得煩悶，午飯也沒咋吃得下，隨便敷衍了一點兒，就出了門，開始在村子裡轉悠，想著能不能有啥辦法，讓大家富裕起來。

走上路上，總有村民看見老村長，每個看見老村長的人，都會很親切的跟他打招呼，老村長也熱情的回應。

可是村民越尊重他，他越覺得肩膀上的擔子重，要帶著大家富裕。

就這樣滿懷著心事，老村長走啊走啊，走到了繞著村子流淌的那條大河面前，這條河的水世世代代的養育著這裡的人，可是他能讓村子的人富裕起來嗎？

望著眼前滔滔不絕的流水，老村長忽然眼前一亮，說不定這條「母親河」真的能給大家帶來富裕！

沒有地，但是這裡有水啊，可以養魚的嘛！魚可是好東西，比地裡的玩意兒值錢多了，說不定可以在這上面做文章！

想到這裡，老村長興奮了，他是一個實幹派，既然想到了，就一定得去做。

他去了鎮上，請了技術員，然後來探討這個想法的可行性，最終，經過技術員的指導，這事兒真成了，技術員指導大家在河裡養魚，因為那片兒小村地少，魚塘什麼的肯定不現實。

村民們也激動了，這就是一條康莊大道啊！

再說了，因為村裡窮，路不通，村民們幾乎家家戶戶都有條小船兒，一是為了在河裡捕些魚吃，二是從這條河出村最方便，現在開始河裡養魚了，船都不準備了，真是件天賜的好事兒。

是的，這是一件好事兒，可是這也成了災難的源頭。

河裡養魚在大家的積極勞動下，很快就得到了實施，河面的一部分變成了養魚場。

這樣養魚的好處頗多，技術員曾經說過，這種魚的肉沒有魚塘養出來的魚肉那種腥臊味兒，而且還能保持一定的河魚的鮮美度。

大家滿懷著希望，等待著養魚場的收穫，收穫了，就能換來財富。

雖說這裡陸路不太通暢，可是靠著水路，靠著那一艘艘的小船兒也能把魚兒運出去。

每個人都在憧憬，這其中也包括老村長，他無兒無女，有一個老伴兒，也在三年前過世了，他現在一門心思只放在工作上，他希望能幹出成績，不為名，不為利，就是淳樸的想給大家辦事兒。

春去秋來，一轉眼時間就快過了一年，養魚場快收穫了。

大家都很激動，可偏偏這個時候有一個人來給老村長潑冷水了。

這個人是一個村裡的老人，主要做的事兒就是管理村裡的祭祀啊什麼的，聽說懂得神神鬼鬼的事情不少，規矩也頗多。

隨著這裡得到解放，新的思想漸漸得到傳播，村裡人也就漸漸不咋尊重這個老人了，認為他搞迷信。不過，也沒人明說什麼，畢竟村裡人還是注重對祖先的祭祀的，這個工作還得他主持。

這一天，他上門找到了老村長。

「我覺得應該搞一次祭祀河神的活動，畢竟在河神手底下討飯吃，得有點兒表示。」他如是對老村長說道。

老村長皺起了眉頭，作為一個村幹部，他是很反對這勞民傷財的一套的，他接受了新的思

想，新的教育，認為這是一個堅決不能姑息的陋習。

可是對方這畢竟是主持村裡祭祀工作的老人，還是得尊重，於是老村長委婉拒絕了：「我覺得吧，現在村裡窮，搞祭祀得活牛活豬的扔下河裡去，大家承受不起啊。以後，等村裡富裕了，可以搞搞這樣的活動，划划龍船什麼的也不錯嘛。」

那老人是個明白人，知道這話其實就是拒絕了，這祭祀活動根本不可能進行，搞不好別人還會認為他趁機生事兒，沽名釣譽，歎息了一聲，那老人對老村長說道：「河神不滿意了，是要收去人命的，說不定收穫也會收回去。算了，好自為之吧。」

這樣的說法，讓老村長心裡有些火大，這絕對是利用封建迷信來恐嚇，可是老村長還是強壓著怒火，尊重地把老人送出了門，不管怎麼樣，老村長是個與人為善的人，他不願意對一個老人發火。

其實祭祀是否陋習，我不想評論，畢竟那時候總有人喜歡把事情做到極致、極端，反對一件兒東西，就連帶著全部否定了。

到現在，其實這樣的祭祀活動反而被鼓勵了，算是保護民俗文化之類的吧，有的祭祀還成為了招攬遊客的手段。

這祭祀重新興起到底有怎樣的原因，這不是探討的重點，重點是老村長拒絕了要祭祀的請求，他自認為是黨員，就該堅持一些原則，而且祭祀確實有些鋪張浪費，這貧窮的小山村承受不起。

臨收穫的季節越來越近了，不管老村長是個怎麼堅定的人，心裡還是有些打鼓，就像你再怎麼不相信一個人，當他煞有介事地在你面前說過一句話，心裡還是會有些陰影。

這一天，老村長決定親自去漁場看看，他駕著自己的小舟，連同幾個在漁場忙碌的人，一起巡視起來，這些人裡，其中有一個人還是老村長的侄兒，算是他村子裡最近的血親了，誰不高興？

巡視的氣氛很愉悅，畢竟這是個風和日麗的好天氣，畢竟不時的看著魚兒從水中躍起，誰不高興？

可是當巡視到漁場最邊緣的地方的時候，忽然天氣就陰沉了下來，還刮起了大風。

村裡人是有經驗的，像這種情況，一般都會靠岸，這風一大了，這種小舟容易不受控制，現在在漁場的最邊緣，雖然離河中央還有一定的距離，可是也危險。

就在大家紛紛急著要靠岸的時候，這風陡然就加大了，快不受人力的控制了，而且水面也開始不平靜起來，剛才還時不時躍出水面的魚兒紛紛都開始沉底。

「大家別慌，慢慢來啊。」老村長划著自己的小舟，還算鎮定的指揮著大家。

這裡是川地的一個小村，由於山脈眾多，風勢再大也大不到哪兒去，這種情況，大家在這裡居住多年，也不是頭一次遇見，雖說秋天刮這樣的風有些奇怪，可老村長一喊，大家都很快鎮定下來。

其中一個年輕後生還開玩笑似的吼道：「老村長，要不我們比賽吧，看誰先划到岸邊？」

老村長樂呵呵地就要答應，可不想這風忽然又變得再大了一些，而且剛才只是有些不平靜的水面竟然開始翻騰起來，變得非常狂暴，這是這條河從來沒有過的情況。

老村長心裡「咯噔」一下，忽然就想起了村裡那個祭祀老人的話，要祭河神，不然得用人命來填！

可此時說什麼已經晚了，老村長心底有自己的堅持，他雖然開始懷疑，也只是半信半疑，但

不管咋樣吧，自己眼皮底下就是不能出人命，他一邊拚命的抵擋這狂風帶來的影響，一邊喊道：

「大家努力划，哪個先到岸邊，叫人來幫忙啊！」

但是事與願違，在大自然面前，人力是可笑的，不到二分鐘，這些船就紛紛被風力和水流帶到了河中央，不停在河中央打著旋⋯⋯

在河中央打旋算怎麼回事兒？所有人都既驚又怕！畢竟大風以前不是沒有過，最好的經驗就是別亂划，讓風力帶著船兒流動，只要保持著船兒不翻，風總有停下來的時候。

這種打旋，嚴格說來只有一個可能，那就是巨大的漩渦！

這時，大雨忽然傾盆而下，伴隨著雷電，像是老天發怒了一般，讓人更感覺到心慌。

老村長在此時已經完全相信了河神的說法，因為一轉眼，他們的船就在河裡打旋了十分鐘，想著漁場，或者來漁場巡視的親戚，趕來了河邊上，在也在這時，有村民看見了這狂暴的天氣，

岸上大呼小叫。

不一會兒，人越積越多，幾乎全村的人都出動了，大家都在七嘴八舌的商量，有行動派準備拿繩子，希望能拋給在河中央打旋的人兒。

可這可能嗎？這河算不上什麼大河，可是老村長一行人離岸起碼也有五十米左右，哪兒能拋得過去？更不可能，這天氣，人怎麼游得過去？

屋漏偏逢連夜雨，此時一個眼尖的人忽然吼道：「那是啥啊？」

人們這才注意到，水面竟然開始冒泡，跟沸水一般，船上打旋的人早已有些絕望，因為這些水面冒泡的情況他們早就注意到了，能不注意嗎？就在他們的船的周圍冒泡。

「轟」一聲悶雷打了下來，那水面忽然不冒泡了，風也暫時停了下來，一切就像有一隻神奇

的大手，掐住了風暴的命脈，讓它戛然而止，連雨也小了。

人們一下子驚喜了，好了，緊張只是暫時的，在船上的人得救了。

可是生活就像一幕悲喜劇，這短暫的驚喜還沒能讓人們長抒一口氣兒，忽然就起了大浪，那浪花不是水面正常的翻騰，而像是有什麼巨大的東西在水面下游弋。

況出現了，因為在距離船不到兩里的地方，忽然就起了大浪，那浪花不是水面正常的翻騰，而像是有什麼巨大的東西在水面下游弋。

「走蛟啦！」村裡有經驗的老人喊道。

「惹怒河神了啊，河神來收命了啊！」忽然人群中爆發出一個聲音，是那個祭祀老人的，他一邊喊一邊就跪下了。

村裡人聽見這一句，都開始變得有些驚疑不定起來，其實無論是走蛟了，還是真的河神來收命，都不是一件兒好事兒，總之每個人的心口都懸了起來。

那老頭兒在跪拜之後，毅然轉身走了，滿臉的哀傷。

他這一走，原本圍繞在岸邊的許多人猶豫了一下，竟然紛紛都退開了去，甚至有些人也跟著直接扭頭走了，這不是他們不道德，面對這種生死危機，有幾個人能淡定？

只有少數人留在了岸邊，那少數人是船上這些人的親戚，他們不能走開，因為畢竟有血緣擺在那裡，放不下啊。

情況有些糟糕，但不是到了絕境，至少現在風小了，雨小了，連雷也不打了，這樣意味著，如果划快一些，船能及時靠岸。

這個道理岸邊的人懂，船上的人也懂，大家都卯足了勁兒的往岸上划，這時一秒鐘都是自己活命的機會。

老村長也在努力的划動著他的小船，只是比起其他人的爭先恐後，他還注意著別人的情況，看有人落下了，他會用船槳推一把，他不是多偉大，就一個想法，別在他眼皮子底下出人命。

但也就在這時，老村長感覺到了不對勁兒，因為他感覺雙腿冰冷，低頭一看，老村長就發現了一個讓他毛骨悚然的事情，他的船漏水了，而且漏得很嚴重，那水的漲勢幾乎是以肉眼看得見的速度在猛漲。

照這種漲勢，不要說划到岸邊，能撐過一分鐘不翻船都得感謝老天爺。

老村長絕望的抬頭，對著離他最近的一艘船喊道：「我船漏水了，搭我一把吧。」

沒有回答，那船徑直地還在划，雖然風小了，可是風還在刮著，划著也很費勁，眼看那大浪頭越來越近……

老村長有些不敢相信的望著前方不遠的身影，那個人是村子的村民，和他很熟悉，關係也很是不錯，他甚至還幫過那人的忙。

老村畢竟是個淳樸的人，他覺得應該是別人不知道他在喊誰，於是又大聲喊了一次：「李元，我船漏水了，搭我一把啊？」

依然沒有任何回應，那人連頭都沒有回一下。

老村長嚥了一口唾沫，眼神中閃過一絲哀傷，這時他小船裡的水已經漫到了膝蓋，船身已經開始傾斜，一起的十來條船裡，他是划在前面幾個的，畢竟年輕時，他是捕魚的一把好手。

整理了一下情緒，老村長發現身後又一條船要輾上了，離他很近，他又喊道：「梆子，我船漏水了，搭我一把啊。」

梆子平時是個憨厚實誠的人，應該會幫他吧？

結果，梆子只是划船的動作稍微停頓了一下，船兒又飛快朝岸邊划去，和他船身交錯時，甚至沒看他一眼。

這都是咋了？老村長眼中的哀傷更濃了！

他知道的，此刻誰都不想停下來，因為誰都不想死，包括他自己。

再退一步說，死其實無所謂，可誰願意面對這麼未知、恐怖的存在去死？

老村長試著理解大家，然後他看著身邊又划過了幾條船，他又喊了幾個人，沒有一個人理會他，他的船快翻了，其實就算他不喊，明眼人都能看出來，可是……

老村長的眼中終於閃過了一絲憤怒，可情況不容他再拖延，因為翻船時，水中會產生不小的吸力，也就是會產生一個漩渦，到時候就算那未知的怪物不來，他也會被漩渦拖到深深的水裡去，也是個死。

這時候，顧不上憤怒，顧不上迷茫，老村長也是個果斷的人，他棄船跳到了水裡，奮力的游離那艘即將沉沒的小船兒，可是該往哪裡游呢？到岸邊……？

老村長回頭看了一眼那浪潮，已經不足一里了，如果是單純的游泳，自己根本游不到岸邊，自己得自救啊，老村長一咬牙，看著一條船朝自己划過來，他一咬牙，朝著那條船游去，這時他忽然明白一個事實，在生死面前，人都是自私的，再喊也沒用。

老村長游泳的技術還是不錯的，很快他就游到了那條船邊上，伸手握住了船沿，既然你們不願意停下來耽誤時間，我自己上船總好了吧？

這種船原本就是那種極小的船，窄而細，老村長一拉船沿，船就免不了傾斜了一下，船上那人忍不住瞪了老村長一眼，現在誰還願意多事兒啊？

老村長莫名覺得有些歉疚，喃喃的解釋道：「我船翻了，我⋯⋯」

結果，讓老村長意料不到的一幕出現了，那人竟然高高的舉起船槳，狠狠砸向老村長拉著船沿的手。

老村長的目光忽然絕望了，心很痛，痛到連手上的疼痛都忽略了！他忽然覺得船上那個人很陌生，是他關心著的，無私幫助著的村民嗎？

還是他那可愛的，親切的鄉親嗎？

他死死抓著船沿，不願意放手。

「老村長，你就原諒我吧，你知道這船一載兩個人，那速度⋯⋯不要拉我去死啊！」說完，那人的船槳又狠狠的砸了下來。

刺骨的疼痛，讓老村長終於鬆開了手，他挨不住了！

可是他還沒徹底絕望，他不信，他不信他的鄉親們會這個樣子，他深深的看了一眼那個人絕塵而去的背影，不死心的游向下一條船⋯⋯

不到兩分鐘，也許只有一分鐘，老村長得到了答案，答案就是他那已經鮮血淋漓，扭曲變形的雙手，那些人太狠，連手都給他敲骨折了！

他望了一眼岸邊，有人已經激動地接到了自己的親人，然後看也不看一眼這邊的情況，拉著親人轉身就跑。

貌似岸邊很喧鬧，可他沒聽見一個人為他吶喊，為他說一句公道話，他在村裡原來只是一個沒有老伴兒，沒有兒女的老頭兒罷了！這個時候，誰會擔心他？

可是還有最後的希望吧？老村長看見自己侄兒的船朝著這邊划來，他侄兒是個年輕人，操作

小船兒還不算拿手，所以是最慢的一個。

老村長收拾好心情，忍著雙手的疼痛，努力游向了侄兒的船，在這時他已經決定不當村長了，侄兒救了他的話，他以後就對侄兒一個人好。

是親人吧，總該相信血脈的力量吧？

老村長游到了侄兒的船邊，此時他雙手已經虛弱得握不住船沿，他用渴求的眼神望著侄兒，希望他能拉自己一把。

侄兒的眼中卻閃過一絲痛苦的神色，輕聲說了一句：「老舅，我還年輕……」

他沒有用船槳去砸老村長，只是用船槳一把推開了老村長，因為此時已經沒有必要去砸他的雙手了，他的雙手比一堆爛肉好不到哪裡去。

望著侄兒遠去的背影，老村長的心已經結成了一塊冰，他忽然爆發了，對著岸上大吼道：「你們救救我，救救我啊，我們是鄉親啊！」

沒有一個人下水，沒有一個！

此時，那股子浪花已經翻騰而來，在船上的有個人忍不住回頭一看，看見了老村長漸漸沉沒的身體，以及一個讓他一輩子也忘不了的眼神！

刻骨銘心的絕望，以及讓老天都會害怕的仇恨！

接下來，一場惡夢就要在這村子裡開始了！

事情已經過去了十天，村子裡沒人提出為老村長收屍，甚至沒人提起老村長這個人，連有時小孩兒問起，大人都會刻意的回避，因為這回憶實在不怎麼光彩。

人都有一種鴕鳥心理，遇到自己不太能接受的事情，而且是關於自己的，本能的都會選擇逃

避。

可直到那天，人們發現逃避不了了，因為有人在河邊發現了一雙鞋。

河邊有一雙鞋，這真的算不得什麼大事兒，在河邊住的人都知道，偶爾河水捲上來的雜物裡常常就會有一兩隻也不知道是誰的鞋子。

只因為，人們下水常常是要脫鞋的，而一不注意，鞋子被捲走了也算正常。

可是，這雙被人偶然發現的鞋子，卻在村子裡引起了軒然大波，可和往常的軒然大波不同的是，這次沒有任何一個人議論什麼，每個人知道消息以後，反應都是一愣，然後沉默的不評論什麼，可在心底情緒卻是翻湧得如驚濤駭浪一般，什麼猜測都有。

為什麼一雙鞋子會引起村民如此大的反應呢？

說說這鞋子的特徵吧，首先它是一雙皮鞋，在那個年代皮鞋可不是什麼便宜貨，也不是什麼人都能擁有的，何況是在這樣一個小村子裡？所以，誰有一雙皮鞋，全村人都會慢慢知道，是正常的事兒。

第二，這雙皮鞋中的一隻，在側邊有一塊明顯的補丁，顯然它的主人穿它穿久了，舊了破了，捨不得扔，就補上了那麼一塊補丁。一雙鞋子上有一塊黑布的補丁，這樣也算比較奇怪了，會讓人印象深刻，如果它的主人常常穿著它，走街串戶，人們自然會記得。

更讓村民不安的是，這雙鞋子被發現的時候，就整整齊齊地擺在河岸，鞋裡全是淤泥，這種淤泥，村民們再熟悉不過了，因為這淤泥是河底的淤泥！

以往，在河裡撈水草的時候，常常補上來的不就是這種淤泥嗎？

一雙被人們熟悉的鞋子，河底的淤泥，人們回避不了了了——老村長！

還用問嗎？這雙鞋子是屬於老村長的！整個村子裡就他一個人擁有過皮鞋，這是為了去參加

先進表揚大會而特意買的，大家都印象深刻！穿得久了，老村長給上了個補丁，大家也都知道。

鞋子裡帶滿了河底的淤泥，這說明了什麼？沒人敢想，想到了也不敢說出來，老村長的事情

如同在村民們心底的一根刺。

村民們沉默，可是有一個人卻不沉默，那就是村裡的老祭祀！

在他得到消息的那一天，忽然就跟瘋了似的，先是狂奔到村裡的大路，然後在隨著這條路，

在村子裡來回走了幾圈，直到夜深了。

有人勸說：「你年紀那麼大了，回去休息吧？這麼走啊走的，腳步聲也吵得人睡不著啊！」

那個老祭祀卻不回答，就會吼一句：「你們曉得啥？」

村民們不勸，任他走，可是過了夜裡十二點，村民們卻再次被吵醒，只因為那夜裡傳來又

哭又笑的聲音，讓原本神經就緊繃的村民們感覺到恐懼。

男人們紛紛出門看情況，卻發現原來是老祭祀真的瘋了，在村裡的路上來回狂奔，又哭又

笑，那聲音跟鬼嚎似的。

這是一個新的年代，國家才剛剛結束苦難，也在普及教育，破除一些陋習，做為農村人，一

邊在接受新思想，一邊在艱難的遺忘一些曾經深信不疑的事兒。

也許這個村子裡的村民也快成功了，可是老祭祀的表現，無疑引發了他們已經埋藏在心底的

恐懼，讓他們害怕！畢竟，身為一個偏僻小村的人，什麼都可以沒聽過，關於鬼鬼神神的傳說卻

聽過不少。

人們忍不住了，終於有人出手去拉老祭祀，可他力氣大得出奇，竟然掙脫了，又開始來回

跑，來回笑！虧他那麼大的年紀，卻有如此旺盛的精力！

畢竟有人開始，就意味著有更多的人參加，終於七、八個漢子，費了九牛二虎之力，終於把老祭祀按住了。

反正也睡不著，送回院子的過程中，有不少人跟隨著。

可是進了院子，老祭祀忽然開始狂笑不已，那笑聲尖厲又淒涼，聽得人直發毛，終於有個脾氣暴躁的漢子忍不住了，一巴掌給老祭祀搧去，吼道：「你清醒點兒，村裡都給你攪得雞犬不寧了。」

那老祭祀果然不笑了，臉被搧得紅腫，他連摸都不摸一下，他忽然轉身對著眾人吼道：「我把村子攪得雞犬不寧？你們曉得個屁！我們村全部都要死，全部都要死！你們救不了是一回事兒，不救卻是另外一回事兒！這下好了，他回來了，回來了……」

死一般的沉默，現場除了老祭祀在瘋狂吼叫外，每個人都死死沉默著，老祭祀的話就如同一柄大槌，狠狠搥在了每個人的心口！

「哈哈哈，怕了嗎？怕了吧？等著吧，每個人都要死，河神的使者可是厲害的怨鬼，我們都要不得好死，我就要去看看我們村子，它就要不在了，哈哈哈……」老祭祀語無倫次，又開始瘋了一般的大笑！

終於，有人忍不住了，人在脆弱的時候，心神緊張的時候，總是敏感而暴躁的，一個人衝了出去，狠狠給了瘋子一般的老祭祀一腳：「你亂說啥？亂說啥？攪得人心不安，你有好處？老子打死你個狗日的！」

「哈哈哈……死，就是全部都要死……」老祭祀根本不管挨打與否的這件事兒，只是笑，只

是念叨著這一句。

越來越多的人忍不住，越來越多的人上去廝打老祭祀，可無論人們咋動手，他都是笑，都是那句話，「死，全部都要死，跑不掉囉。」

終於有個婦人家看不過去了，喊了句：「不要打了，就是一個老人，造的孽還不夠多啊？」

這句話，終於讓人們清醒了一點兒，紛紛散開了去，可那樣子卻如入了魔一般，都還是一副氣憤的樣子，人們已經忘記了，他是在毆打一個老人。

這不是他們惡毒，而是因為他們脆弱得承受不起一點點風吹草動，儘管這風吹草動只是一個老人家帶來的。

「哈哈哈……現在才說造孽，晚了，晚了……」那老祭祀趴在地上，頭髮散亂，鼻青臉腫，甚至鼻子嘴角還有血跡，可是他猶自說道。

一個男人忍不住，上去又要打，卻被他的女人拉住了，那女人說道：「你說我們造孽，你當時是第一個走的人，我看見了的！而且，你不要在這裡亂說，河水捲起來一雙鞋子是好正常的事情哦。」

女人的說法得到了人們紛紛的贊同，是啊，河水捲起來一雙鞋子很正常的嘛！忽然，人們就覺得輕鬆了，自己是不是太敏感了？草木皆兵的樣子。

氣氛輕鬆下來了，人們忽然就不憤怒了，有人點起了菸，有人終於開始恢復良知，開始扶起老祭祀，開始道歉，開始給他擦臉。

可那老祭祀根本不領情，只是說道：「我走，所以我也要死……我看見河神出現，我就知道要死人，不想看見死人，所以我走。我走……所以我也要死……」

「全部都要死！」老祭祀忽然又大聲吼了一句。

可是，人們已經心安，就懶得再和他計較，幫他打理了一下傷口，隨便安慰了兩句，就紛紛的散了。

這一夜，人們睡了一個好覺，河水捲起來一雙鞋子，太正常了嘛。

梆子在那天晚上也去看了熱鬧。

可他沒有參與毆打老祭祀，儘管在老祭祀發瘋的時候，他也捏緊了拳頭，差點控制不住，那天他也是見死不救的一個，老祭祀觸碰到了他最脆弱的那一根弦。

但是，他還是沒有，他本性還是憨厚質樸的，總覺得打一個老人有點那啥，所以他忍住了。

後來，那個婦人的說法，讓他心安了，就開始同情起老祭祀來，這些迷信的老人啊，總是神經兮兮的，這就是梆子全部的想法。

心安了以後，他和大多數村民一樣，睡了好覺。

只是第二天早上起來之後，梆子又忍不住回想起這事兒，忽然就想到一點，讓他的心又開始不安。

咋河水捲上來的鞋子會整整齊齊的擺在河邊呢？

想到這裡，梆子就開始強烈的不安，他記得在上岸後，他忍不住心裡的內疚，回頭看了一眼，恰好就看見老村長在水裡嘶喊的那一幕，看到了最後老村長被浪頭淹沒之前，那怨恨的眼神。

那眼神……梆子一想起，不自覺就抖了一下，身上竟然起了一串雞皮疙瘩。

可還容不得梆子多想，他的房間門就嘩的一聲被推開了，接著一個聲音就吼道：「梆子，出事兒，快，我們也去看看。」

梆子原本就陷在恐怖的回憶裡，這一驚一乍的，把梆子嚇了一跳，好不容易才平復了一下心情，不由得怒火沖天的吼道：「媽，妳這是幹啥嘛？妳不曉得一驚一乍會嚇死人的啊？」

其實梆子在平時是不敢和媽這樣說話的，可不知道為啥，這幾天火氣就是大，一下子就竄起來了。

說完了，梆子也有些後悔，可此時梆子媽也懶得和梆子計較，急吼吼地過來說道：「梆子，村裡那個老祭祀死了啊！」

「死了？妳說啥？他死了？是昨天那些人下手太重，給打死了，在這種非常時期，死一個人無疑是件沉甸甸的事兒，何況，昨天還鬧了那麼一齣！

現在村裡人的心思都脆弱，生怕再造孽，要是這樣死的話，說不得……

其實，這段日子，村裡忽然就出現很多默默做好事兒的人，什麼主動的維護村裡的公共設施啊，什麼幫老人做那的……以前，這些都是老村長操心的事兒。

事後後悔還有什麼用？梆子忽然想起了老祭祀的這句話。

面對梆子的問題，梆子媽說道：「不是村裡人給打死的，是他在自己院子的門樑前上吊了，嘖嘖……你說這個人咋就想不開呢？哎……」

梆子媽說這番話的時候，語氣還稍微有些輕鬆，估計她的心情和梆子一樣，只要不是被活活打死的就好啊。

梆子也鬆了口氣兒，感歎道：「是啊，我昨晚看他的樣子就是有些瘋了，哎……這人瘋掉了，怕是啥事兒也做得出來，我去看看吧。」

「嗯，去看看，村裡的人商量著要給他厚葬啊，一個孤寡老人也不容易。」梆子媽顯得分外

094

心軟地說道。

不止梆子媽這樣心軟，村子裡的人都這樣，這些日子變得分外心軟，又分外敏感脆弱暴躁，老祭祀的瘋癲觸動了他們那根敏感的神經，老祭祀的死又觸動了他們心裡的柔軟。

老祭祀順利下葬了，因為他留下了一封信，也就是遺言，信裡說的是，他先走一步了，他只希望能入土為安，所以必須先走一步。

村裡的人一致出錢出力給他辦了一場風光的葬禮，生怕有一點點紕漏，老祭祀只是希望能入土為安，村裡人卻叩足了勁兒，大辦葬禮，生怕這葬禮不風光。

另外，參加葬禮的村子裡的人一個個都哭得跟老祭祀的親生兒女似的，特別是那天晚上參與了毆打老祭祀的幾個人，更是在墳前長跪不起，響頭磕得震天動地的。

這場葬禮在外人看來是如此的荒謬，死後做那麼多事兒，有用嗎？可是村子裡的人卻不那麼認為，在他們看來，彷彿只有這樣，才能宣洩他們心裡那無處發洩的慈悲。

老祭祀就這樣走了，在整個故事裡，他也許是唯一睿智的人，看到了很多的事情，也悲涼的看透了人性的卑鄙面，可是他喊著是怨鬼回來殺全村人，可那是怨鬼嗎？

顯然，老祭祀也許懂一些玄學，可他並不精通，所以也算不到回來的那個到底是什麼，但我想，他也不想算到，更不想知道回來的那個，到底是不是怨鬼。

風光葬禮後，村裡的日子又變得平靜起來，那雙在十天以前發現的鞋子，也慢慢的變得不再讓村子裡的人那麼敏感了。

當然，無論如何議論，人們最終都會笑著，以河水捲上來一雙鞋是巧合為結束的議論，最後越來越多的人開始議論起這件事兒了，這件事不再是那個「禁閉的傷口」了。

再溫情而禮貌的道別，要說這段日子最大的改變是什麼，無疑就是整個村子的人開始變得溫情起來。

晚飯時分，梆子和梆子媽在吃飯，飯菜算得上豐盛，畢竟除了兩個素菜，一個魚頭湯外，還有一碗紅燒魚。

這段日子，梆子媽一改以前節儉的習慣，總是把飯菜做得很豐盛，他們家就兩母子相依為命，要改掉這節儉的習慣對於梆子媽來說，是很不容易的。

梆子吃得很香，吃了很多魚，也吃了很多飯，吃得滿意，桌上盡是他吐的魚骨頭了。

「媽，妳最近做飯又好吃了很多啊。」吃得滿意，當然少不了讚美。

「能不好吃嗎？頓頓都有葷菜。」梆子媽一邊給梆子夾菜，一邊說道。

「媽，妳咋變得那捨得了？」

「我就想著，這人啊，說不定啥時候就走了，還是該吃吃吧。」梆子媽忽然就很有感慨。

「媽……」梆子忽然抬頭喊道，他其實不願意想這些事兒。

「哎……真的，媽有感慨啊，你說當時我們要是救了老村長，心裡也不會那麼折磨了，」說到這裡，梆子媽頓了一下，又說道：「雖然鞋子是河水捲上來的，可是心裡想著總是不安啊，可是現在後悔啊……」

梆子沉默了，過了好半天，梆子才說道：「媽，我其實也很內疚，我也不知道當時咋會這樣，你想，那浪頭底下不知道啥怪物……，大家都在拚命划船，我……我生怕自己趕不上！而且……而且……不是有人一開始就沒救嗎？我想總有人救，我當時就……」

「算了，兒子，你也別解釋，媽當時都在岸上看著呢！媽當時也想，你別因為啥事兒耽誤

096

了，趕緊回岸上，我也沒想著讓你救人的，我想別人去救也好。可是……哎……」梆子媽沉默了，這種事情每個人心裡的想法不也就一樣？

就像一件壞事兒，偏偏又是關係到自己生死的，有第一個人大著膽子去做了，總是有人會跟上去做，然後大家就都去做了。

這個就如同西方傳說裡，潘朵拉的盒子，一旦打開一條縫隙，災難噩運就已經飛了出來，再也關不上。

夜，安寧。

懷著這樣的心情，梆子和梆子媽各自睡下了。

同村的李元也在這個時候睡下了，不知道咋的，李元在這天晚上心事很多，老想到很多事兒，都是關於老村長的。

在這夜裡，李元做了一個夢。

做夢原本是正常的事兒，可是這個夢，卻……

在夢裡，李元先是夢到了老村長生前的種種，全是黑白色的，像放電影似的，一幕幕展現在李元的面前，夢裡的時間彷彿很長，涵蓋了老村長的一生，夢裡的時間彷彿又很短，一幕幕就跟閃電似的就過去了。

在這夢裡，李元看見了老村長和自己打招呼，也看見了老村長幫助自己家度過困難時的場景，有好幾次在夢裡，李元的眼睛都濕潤了，他是第一個拒絕救老村長的人，他心裡難受，愧疚，他想上去跟老村長說聲抱歉。

可是這個夢卻是如此的奇怪，他就像是一個徹底的旁觀者，根本不能做任何事，哪怕走上前

去道歉。

李元很急，很急，可是夢終於像放電影似的，放到了老村長生前的最後一幕，那天河裡的事情是他一輩子都不願意再想起的回憶，在夢裡重溫，是何其可怕？更可怕的是，那個彩色的夢境是李元這一輩子都不願意回憶的場景。

就在這時，夢由黑白色，變成了彩色！

那天河裡，那條河，那天的陽光，他們一群人划著小船兒，去巡視漁場……

李元很急，很急，可是夢終於像放電影似的，放到了老村長生前的最後一幕，那天

他看見老村長的船開始漏水，看見自己翻船，看見自己冷漠不回應老村長，他都被迫仔細地看。

他看見老村長的船開始漏水，看見自己翻船，看見自己冷漠不回應老村長，看見人們兇狠地舉起船槳，最後他看見了老村長絕望和怨恨的眼神，接著被浪頭淹沒……

在看見那個眼神的時候，李元就想醒來，可是他發現自己醒不來，那感覺就是明明知道自己在做夢，可是偏偏被扣留在了夢裡。

李元一身冷汗，在心裡呼號著，自己到底什麼時候才能醒來！

這時，夢變成了一片黑沉沉，可是能感覺那是在冰冷的水裡，這麼黑的環境裡，原本是看不見什麼的，可李元就是知道那裡有一團水草以及淤泥。

他直覺這團水草和淤泥裡，有讓他恐懼的事物，可是他就是不能挪開眼睛，像是有人把他的眼神固定住了一樣。

周圍黑沉沉的水開始變得明亮卻又渾濁，整個河底開始冒泡，開始沸騰……

李元覺得很恐怖，很想喊，很想跑，更想醒來，可是他根本動不了，接著，那團水草開始慢

098

慢的蠕動，就像是有什麼東西被束縛在了水草底下，要拚命掙出來。

李元快哭了，他在心裡拚命喊著，不要出來，不要出來……他知道，這水草底下的東西一出來，絕對是恐怖之極的，能把他活生生嚇掉半條命的存在。

他有感覺，那水草底下的是老村長！

也許是李元的祈禱起了作用，這時，他忽然就醒來了，當睜開雙眼的剎那，李元真的哭出了聲兒，清晨的陽光照在他身上，他覺得是那麼的珍貴。

一個夢，已經到了清晨！

他的哭聲驚醒了他的媳婦兒，當他媳婦兒關切的問他什麼事兒的時候，他不想再提及那個噩夢，就簡單地說了句，夢見我媽了，就哭了。

李元和他媽媽的感情極深，而他媽媽在三年前去世了。

李元不知道的是，這個夢，在村子裡不止他一個人夢到，而是有好幾個人都夢到了，可是每個人都選擇了隱瞞。

一天很快過去了，一轉眼又是晚上。

李元特意給自己泡了濃濃的茶，就是想熬夜，想晚一點兒再睡。做為一個成年人，李元知道，噩夢也許會接二連三，但是總會過去的，自己安然處之也就算了。

可是那個夢太真實，真實到他恍然陪老村長過了一生似的，連很多細節都在重現，這些細節偏偏還是他不知道的。所以，他又覺得分外恐怖，不想睡覺，為的就是不想再做夢！

濃茶是有效果的，李元固執的坐在堂屋裡看書，熬夜，到了十一點多，媳婦兒催了幾次沒用，就先去睡了，可是李元還是精神著。

但農村人白天的活兒重，就算是濃茶，效果也不是無限的，到了凌晨二點多，李元開始撐不住了。

他強忍著不想睡覺，夜越深，他就越感覺睡過去的話，可怕的夢還是會再來，可是當秋天帶著一絲絲愜意的風吹進屋子的時候，他終究還是撐不住了，他幾乎是在自己都不太知情的情況下，披著衣服睡了過去……

當進入熟睡的瞬間，李元再次來到了那個熟悉的場景，明亮又渾濁的河中，沸騰的河底，蠕動的水草，只是這一次，水草蠕動得更加厲害了。

「不要，不要……」李元在心裡嘶吼著，可是這次沒有用了！

夢中，他看見河水一剎那變成血紅的顏色，遮蓋了一切，包括他的雙眼，當河水再恢復成明亮又渾濁的時候，他發現那團水草空了，像是原本鼓脹的肚皮被掏空了似的，變成了扁扁的樣子。

水草裡的東西出來了?李元想轉頭四處尋找，可是他根本一點點都不能動，他開始驚慌，想拚命地掙扎出夢境。

可這時，一個聲音忽然在他耳邊響起：「你是在找我嗎?」

這個聲音很陌生，說不上難聽，卻讓人從心底覺得恐懼，在現實的生活中，一個人的聲音不管怎麼冷漠，總是帶有一絲情緒，可是這個聲音，完全不帶任何人類的感情，就是純粹的聲音。

更要命的事，原本是不帶一絲情緒的聲音，偏偏還能讓人感覺到那股毀天滅地般的恨意，這種就是恐怖！

「不……不……不……我不找……」李元發現自己只能說話了，他幾乎是哭著在大喊。

在夢裡，他也想閉上雙眼，可是他閉不了，只能這樣被固定著，睜開。

「你剛才明明是在找我的！」忽然，一張臉杵在了李元的面前，離他的鼻尖不過一釐米的距離。

看見了，終究是看見水草團底下的東西，是老村長！

可是真是看見老村長嗎？李元的心臟開始劇烈跳動，大腦因為恐懼，竟然出現了大片大片的空白，他看見的是一張泡脹的臉，幾乎看不清五官，臉上有傷口，翻開的傷口如同一條條發白的蟲子趴在臉上，偏偏又可以看見裡面被泡成了粉紅色的肉。

原本泡脹的屍體，李元不是沒看見過，這條河在夏日裡漲水的時候，也不是沒吞噬過生命，但是那些屍體因為發脹，眼睛是幾乎看不見的。

但是眼前的這個，眼睛偏偏瞪得很大，眼珠子都快掉出來了。

這是老村長，李元在笑，可這不是吧？難以辨認的五官。

「嘿嘿嘿……」夢裡的人在笑，李元看見他牙齒寒光閃閃的，竟然有四顆長長的獠牙。

「啊……啊……」終於被刺激得有了反應的李元，開始在夢中大叫，可是並沒有回應他！

「這個樣子，不認識了，對吧？」面前的人忽然說道，接著他開始恢復正常，不再像一個人一個發泡的饅頭，但是恢復正常後，他的肉竟然開始一塊一塊的掉。

面前這個人竟然還嫌棄肉掉得不夠快，竟然伸手扯掉了那些要掉不掉的肉，剩下的地方開始大片大片地長出銀色的毛。

這些毛不長，不是黑色，也不是白色！

是銀色！

李元在夢裡嚇得開始大哭，他涕淚橫流，哭喊著：「老村長，我錯了，老村長無疑！這些毛不長，讓人終於能看清眼前人的人形兒，是老村長，我錯了，我錯了，你放過我吧。」

可是夢中的老村長根本不理會他，只是不停移動著他那半腐爛的身子，圍繞著李元繞圈，這種沉默，這種不停的在他眼前閃現，才是最磨人的，李元想要老村長給他一個痛快。

他想自己乾脆死了算了。

也就在這時，老村長忽然停了下來，陰惻惻的一笑：「還有十五天，十五天，這些毛掉光，就等十五天。」

李元已經木然了，只知道流眼淚。

下一瞬間，李元出了夢境，當睜開雙眼的時候，他有種再世為人的感覺，有些麻木地摸了摸自己的臉，發現上面全是鼻涕和眼淚。

十五天？等毛掉光？什麼意思？

李元已經直覺事情不簡單，還有夢是連著的嗎？不，肯定不是的！

他發瘋了一般地站起來，往屋子裡跑，然後扯開一塊布，就開始收拾。

他媳婦兒被吵醒了，喊道：「李元，你幹啥？」

「收拾，我們走。」

「走哪兒去，這個村子不能待了。」李元急急的大喊道。

「走哪兒去，村子為啥不能待了？」那個時候，全國可是不能亂跑的，如果這樣莫名其妙的走了，可想而知下場是什麼？那就是去當乞丐吧！

這樣的代價未免太過沉重，除非是別的地方有親戚可以投奔。

「真的不能再待了，還有十五天，十五天之後一定沒啥好事兒！」李元大喊道。

「啥十五天，你能不能說清楚？」李元的媳婦兒莫名其妙。

「老村長，我看見老村長了。」李元臉色煞白地說道。

102

他的話剛落音，李元媳婦兒的臉色也開始變得慘白。

李元沒有走出村子，是的，他是實實在在的沒有走出村子，他說服了自己的媳婦兒，還有爸爸，就是走不出村子。

那天早晨一片大霧，平日裡熟悉的出村山路，變成了跟迷宮一樣，李元一家三口怎麼繞也繞不出村子，從早晨走到下午四點，他們竟然還在一個地方打轉。

四點時候，當李元臉色慘白地發現自己還在同一個地方的時候，他洩氣了，把行李一扔，坐在了一塊大石頭上，頹廢地說道：「我們回去吧。」

他媳婦兒沒有說話，他爸爸也沒說話，從早晨到下午都一直不散的霧，說明了啥？這是違反自然規律的，傻子都知道有問題！

「不走了？」李元爸爸也坐下，像是確定，又像是給自己一個肯定似的問道。

李元抬頭望著那慘白的霧氣，說道：「不走了，走不出去了，回去拚了，我是死是活都無所謂，總得保住點兒啥。」那是一種被逼到絕境後才下定的決心。

李元的爸爸說道：「我一把年紀了，是我是死是活都無所謂，總要保住你們小倆口。」

這一句話說完，一家三口竟然在山上大哭了起來，這滿心淒涼根本無法訴說……

下山回村的路出奇順利，原本一直圍繞著他們的濃霧，竟然漸漸散了，到村裡的時候，李元忍不住回頭看了一眼，發現山上哪裡有霧？他明白是老村長不要他走，要他死！

可是這只能加重他的絕望而已，我非常的疑惑，曾問過師傅一句：「讓人迷路是鬼物的本事兒，老故事聽到這裡的時候，我非常的疑惑，曾問過師傅一句：「讓人迷路是鬼物的本事兒，老村長是鬼物嗎？」

「不，老村長是一個極其特殊的存在，怕是中國從古至今，找不出幾例同樣的例子。」

不同於我們在火車上聽故事，再怎麼恐怖，也知道自己不會進到故事裡去，李元的事兒不算是一個特例，村子裡的恐怖還在繼續。

在回村的路上，李元遇見上了另外幾個人，那幾個人也是和李元同村的村民，是一家人，李元記得，那一天陪著老村長一起巡視漁場的也有他們。

看他們也背著行李，一家出動的樣子，李元忍不住問了一句：「是不是出不了村子？」那人望著李元，顯然嚇了一跳，但忽然又想到了啥，有些頹廢的說道：「是的，你也一樣？」

「一樣，我夢見他了，說十五天，你呢？」李元已經是豁出去的心理了，事到如今，還有啥不能說的？

那人的面色一下子就變了，他停下了腳步，死死的盯著李元，慢慢的說道：「他在水草下面。」

李元對著老天歎息了一聲，似乎是在對自己說，又似乎是在對那個人說：「我們的夢一定一樣了，他十五天以後肯定會回來吧，我們要通知一下村裡人。」

於是，在當晚，村裡的八十幾個壯年男丁聚到了村裡的祠堂，這事兒一說，才發現夢見老村長的，在村子裡有五個。

可畢竟這是夢，走不出村子是因為霧，憑藉這些，要取信人們很難，或者換一個說法，人們也許信了，可是面對這種事情有什麼辦法？

這是一種坐以待斃的無奈，因為那個敵人看不見，摸不著，使的手段你也沒辦法，那是你想拚命也無從拚起的東西，就如空氣一般。

李元過起了在夢裡數日子的生活，每一天他都會夢見老村長來給他報時，每一次他都有嚇掉

104

半條命的感覺。

他很抗拒睡眠，他不敢睡，可是每天過了凌晨兩點，不論他是在做什麼，哪怕是集合幾個都做夢的人在一起玩牌，都會睡著，那幾個人也是一樣。

到了倒數第十天的時候，村子裡忽然有一半的人夢見了老村長。

這個時候，更恐怖的事情也同時發生了。

在農村都會散養一些雞鴨，傍晚，那些雞鴨會自己回家，而在這一天，等到天黑，村裡大半人的雞鴨都沒有回家。

到第二天的時候，人們面色難看的在一個偏僻的山坳裡發現了大量雞鴨的屍體，全部都是被放過血的屍體，有的還被撕咬了。

他回來了，人們心裡都是這樣一個概念。

這樣的概念讓人恐慌，面對生死，總是有人想掙扎的，村子裡的人在發現雞鴨屍體後的這一天，開始大量的跑，跑到哪裡不知道，總之想跑出這個村子，至少也得到鄰村去避難吧？

面對這樣的情形，李元沒有任何動靜，他只是望著人潮說了句：「跑不掉的。」

是的，跑不掉的，村裡那天起碼走出了十幾戶人家，可是到下午，那十幾戶人家全部都回來了，而且是全部臉色慘白的回來了。

而也是在這一天，雞鴨繼續的死，沒有放雞鴨出去的人家，第二天也發現雞鴨死在自己家裡。

沒什麼比死在自己家裡更恐怖的事兒了，那意味著那個可怕的東西來了自己的家，與其那樣，人們不如放養，死就死吧，死雞鴨總比死人好。

這是倒數日子的第八天，全村的人，包括小孩子，都夢見了老村長。

這一次，在村裡的祠堂，竟然有幾十個漢子同時抱頭痛哭，難道真要應了老祭祀的話，全部都得死？全部都跑不掉？

李元平靜的看著這一切，每天他投入心思做的事情就兩件，一是把菜刀磨得鋒利，二是寫信，他識字兒不多，可這封信說他查著字典也在寫，說起來那字典還是老村長送的。

倒數的第七天，村裡來了個人，這個人幾乎每個月都要來村子裡一次，這個人是郵差，他每月都會來村子裡送一次信，順便看看村子有沒有人要送信出去。

按正常的情況，村子裡一般是收信多一些，寫信少一些，往外帶東西倒是不少。

可是在今天，郵差卻發現，幾乎每家每戶都要求他送信，送信的地點非常可笑，大多就是附近幾個村子的親人啊什麼的，郵差想說，這事兒自己明明可以去辦啊，但他卻怪異的發現，村裡的人很堅持，就是要他送。

沒辦法，郵差只得應下了，可他下午走的時候，卻發現村裡有幾十個人跟在他身後，那架勢是要和他一起出山，他們都帶著行李啥的，而且郵差還發現一個問題，這些人臉上都有著一種非常奇怪的表情。

那表情……郵差歪著腦袋想了半天，對，是一種很狂熱的，很狂熱的希望！郵差的詞彙量並不豐富，難為他能想到這麼一句話，那的確是因為村子裡的人表情太怪異了。

可是了呢？情況卻又再次讓郵差感覺到怪異，他進山，上山，發現那些人竟然在山腰上打轉兒，不走了！

無論他咋喊，那些人跟沒聽見似的，他想下去看一下情況，卻被一雙顫抖的手拉住了，那是村子裡的一個少年，跟著他的，還有另外兩個人，一個老年婦女，一個中年的男人，郵差很奇

怪，因為他看見這三個人全身都在發抖。

「別……別去……，不要把你自己也陷進去。」少年如是對郵差說道。

「啥陷進去啊？」郵差莫名其妙，他自己也說不上來啥感覺，總之今天進村子他就覺得怪異，因為一進村子，他就感覺到一種非常壓抑的感覺，而且……而且還有一個郵差自己也不想說的詞兒，整個村子——死氣沉沉！

「走，別問！」少年還只是勸說，那中年男人竟然一把拉起郵差，就往山下跑。

終於跑下了山，也來到了隔壁村的入村路，那幾個人才輕鬆的下去，郵差發現他們，竟然一個個都流淚滿面，那中年漢子痛苦的嘶吼了一聲兒，竟然朝著村子的方向跪了。

見他跪下，那個少年人和老年婦女也同時跪下了，幾個人一起對著村子的方向，重重地磕了幾個響頭。

一直到了晚上回家，郵差都覺得這件事兒莫名其妙，他聽那三個人說得最多的就是：「我那天沒有去河邊。」

「就跑出來了那三個人？」此時，沁淮的頭上是一層密密麻麻的汗珠兒，顯然這個壓抑而沉重的故事，牽動著他的心神。

同樣的，我也是那麼緊張，我簡直不敢設身處地的去想，我若是那些村民，又該是怎樣的心情。

師傅說道：「不止那三個，聽我說吧。」

隨著師傅的訴說，我們繼續跟隨著故事回到了那個壓抑而絕望的小山村

日子在流逝，到了最後的五天，村民們已經有些麻木了，雞鴨已經全部死光了，下一輪是村

子裡的豬啊，牛啊之類的東西。

沒人再心疼錢財，在生命面前，還有什麼是更重要的呢？

所以，人們乾脆把豬啊，牛啊什麼的都趕了出去，反正關在家裡也是一個死，不如放出去吧，想著那東西來了家裡，讓人心裡怕得慌。

到了最後三天，大一些的家畜也死光了，包括村民們養的狗，此時，這個村子更呈現出一種異樣的絕望，想想吧，一個除了人，再沒有活物的村子，是怎樣的一種死氣！

大家越來越愛集體聚集到祠堂，就算發呆，也是這樣聚著，越來越灰暗的生活，誰還有心幹活？

這時，一個村民走到了祠堂，面色平靜而沉重，他開口說道：「我心裡悶，所以出去走走，然後我看見，那些魚全部翻了白肚皮。」

一片死一樣的沉默，魚死了？每個人腦子裡都是這樣一個想法，死了就死了吧，自從老村長死後，村子裡的人根本就沒提過魚收穫的事兒，死了也就這樣吧。

反正這些日子以來，他們聽得最多的，無非也就是什麼什麼死了。

可是要繼續這樣麻木下去嗎？答案是否定的，因為到了倒數第二天，村子裡死人了，死的是一個小孩！

由於這些日子的不安寧，村民們無不選擇把自己的小孩子兒關在家裡，而且也沒太大的心思照顧，可是小孩子兒哪裡是關得住的？所以，他們會偷跑出來玩！

這個小孩也是死在一個偏僻的死角，當時出事兒的情況是，一群小孩兒玩夠了，各自回家！然後這個小孩兒就出事兒了，村民們默默的看著小孩子的屍體，那個小小的屍體蜷縮著，雙

眼驚恐的睜著，可是脖子卻呈一種特別的，扭曲的角度，顯然是被掰斷了。

另外，他的臉色慘白，脖子上兩個明顯的洞眼，都已經發白，是被吸乾了血。

這個村子，自古以來就不乏殭屍的傳說，也燒過屍，人們自然知道老村長變成了一個什麼東西！

「啊……」是小孩的父親對天悲鳴的聲音。

「你咋狠心到連一個小孩子也不放過啊？」是小孩母親淒涼的呼喊。

這是前所未有的恐怖，人們只要一聯想起，有一個未知的生物在暗處一直在窺視著自己，就覺得心底發毛，終於人們爆發了！

「它要殺死我們全部，拚了吧，老子拚了！」

「就是，命一條，等死也是死，拚了也是死，老子也拚了！」

「就是，老子再也不等死了，拚了！」

「拚了……」

「拚了……」

因為這個小孩的死，人群沸騰了，大家開始聚集在一起想辦法了！

計策是在村裡的祠堂商量的，商量完後，大家各自回家了。

而在這天夜裡，村裡又死人了，這次死的是一對無兒無女的老夫妻，死狀是一樣的，驚恐，身體扭曲，被吸乾了血。

也可以說，這一次更慘吧，因為死者全身骨頭都斷了多處！

人們變得冷靜而堅持，他們默默地替老夫妻收了屍，有人提出：「大家別分散了，就全部聚

集在祠堂吧，我不信二百多個人，還拚不出個活路來！」

人們不再回家了，開始聚集在祠堂，男人們都忙碌起來，擴大祠堂，給祠堂砌起厚厚的圍牆，女人們也忙碌著做飯，給男人們磨刀之類的。

有人說，殭屍怕狗血，可是村子裡哪兒還有狗？有人說殭屍怕火，於是在祠堂的一角堆滿了柴火，還有很多酒！反正是拚了！

聚集在祠堂以後，村子裡沒有再死人了，也不知道是不是因為人氣兒旺的原因，人們甚至沒有再做夢！

有人為此感到喜悅，覺得自己的反抗終於有了用，有人卻為此憂心忡忡，覺得是暴風雨前的寧靜！

趙軍就是憂心忡忡的人，他的爺爺曾經當過一段時間的道士，當然只是一個翻了兩本書，然後學了些鄉野把式的道士，可就是那樣，還是懂得不少。

爺爺是早已去世了，可是還是在趙軍小的時候，跟他說過不少各式各樣的忌諱，其中就包括一些殭屍的事兒。

趙軍知道，殭屍厲害起來，可是非常厲害的，說是怕火，可是尋常的火燒不了，得用什麼陽火，陽氣越重越好。

坐以待斃嗎？趙軍不甘心！和大家一起反抗嗎？趙軍覺得沒多大的希望，厲害的殭屍可以屠城，這是古時候的傳說，他現在深信不疑，他覺得二百多個人不夠看！

趙軍有個想法，是到那天晚上的時候，大家一起逃跑，那天晚上老村長來尋仇，必然再不會玩什麼鬼打牆，大家一起跑，說不得還能跑出去幾個！

他把想法說了，可是已經試過很多次，已經絕望的村民，哪兒還聽他的？再說，現在離開人群都覺得恐怖，大家拒絕了趙軍。

甚至有人怒火沖天的要打趙軍，說他是在潑冷水，所以趙軍不敢再說了。

第十四天晚上的九點多，這一夜分外陰沉，人們都聚集在祠堂裡，小孩老人在中間，女人們在內層，然後再外面是一些少年人，最外面的則是一些精壯的男人。

只要過了十二點，就是第十五天，那個時辰就是老村長通知的時辰了！人們開始嚴陣以待，到現在為止還有三個小時不到。

趙軍也在其中，可是這時，他忽然說道：「我肚子好疼，這祠堂沒有廁所，我得去方便一下。」

趙軍決定賭了！

他當然順利出了祠堂，他也真的去尿尿了，因為緊張，所以真的尿急，他握緊著刀，望著祠堂，猶豫了一分鐘，然後一咬牙，轉身跑了。

不得不說，趙軍是個很有膽識的人，明明知道這個村子裡就藏著一個怪物，他還是選擇了冒險逃跑，就一個人！他也沒辦法，他心裡也痛！

他有家人的，有老娘、有個妹妹，他說服不了她們，又有什麼辦法？他得活著啊，為趙家留點兒血脈。

當然，他的老娘和妹妹是知道他的計畫的，她們都說，你跑吧，我們就和大家在一起。老娘甚至說，大家不信你，也沒辦法，我們家就不把雞蛋放一個籃子裡了。

趙軍避開通往祠堂的大路，專挑小路往通往外村的山上跑，他邊跑邊流淚，其實他也分不清楚，是老娘她們真的不接受說服，還是她們不想離開這片村子，離開鄉親⋯⋯

夜，沒有一點兒燈光，連月亮都沒有，那是一種怎樣的黑啊？幸好趙軍對路熟悉，他出奇的，順利的，跌跌撞撞的跑上了山！

山裡充滿著蟲鳴，可是沒有那惱人的霧，趙軍咬著牙，一個勁要跑出去。

他埋著頭走啊，走啊，走過了半山腰，竟然真的走到了山頂，到山頂了！趙軍這時才發現自己一身的冷汗，他知道，村裡人想出來，連半山腰都過不了，何況是到這山頂？

這個意味著什麼？意味著自己逃了出來！

可是，趙軍還來不及喜悅，就聽見一聲慘叫聲傳來⋯⋯

人們都知道，在空曠而安靜的地方，一個聲音是可以傳很遠的，也是知道山與山之間的直線距離不算遠，只是很難走而已。

趙軍站在山上，聽見的是從山腳下傳來的慘叫聲，聲音有點飄飄忽忽的，但還是可以很確定的是慘叫，接著趙軍聽到了嘈雜的聲音，聽不甚清楚，可是比剛才的慘叫聲清楚多了。

是時間到了嗎？一滴冷汗沿著趙軍的臉滑過，滴落在了冰冷的山路上，畢竟是生他養他的村子啊，畢竟他的母親和妹妹還在祠堂裡啊，趙軍站在山頂上，努力往祠堂那邊看，可以看見那裡是燈火通明的一片，也很肯定各種嘈雜的聲音是從那裡傳來。

可是下一瞬間，趙軍就不敢再看了，因為他恍然感覺什麼東西朝他狠狠的瞪了一眼，讓他一下子毛骨悚然起來，是什麼？趙軍忍不住一屁股坐在了地上，接著他一抬頭，看見了讓他畢生都難忘，一想起都會顫抖的場景。

他看見⋯⋯山腳下莫名其妙起了濃霧，那霧氣以肉眼看得見的速度朝著山上瀰漫！

天吶！自己就是看那麼一眼，就驚動了那個怨氣沖天的怪物了嗎？趙軍一下子站了起來，鼓

足最後的勇氣朝祠堂看了一眼，他知道鄉親們絕對凶多吉少了，母親，妹妹……這個時候先逃掉自己的性命再說吧。

想到這裡，趙軍一把抹去眼淚，轉身就跑，他不是一個不果斷的人兒，等著他的絕對是那個身後的濃霧到了什麼地方，他只知道一旦他被濃霧籠罩，說什麼也走不出了，等著他的絕對是那個怪物的追殺，所以現在只有跑！跑！跑！

趙軍是拚了命地跑，已經算是超常發揮出了生命的潛能了，下山的路是那麼難走，趙軍幾乎是連滾帶爬，甚至滾了一段，才氣喘吁吁的跑到山下。

這時，他忍不住回頭看了一眼，他很驚恐的看見，那濃霧竟然追到了這片山另一面的半山腰，也就是他到鄰村下山的路，現在正緩緩縮回去。

是自己的幻覺嗎？趙軍揉了揉眼睛，可是現在，他總算有了半分安心，那種心悸的感覺也消失了，他知道他可能安全了。

鄰村的經濟條件好很多，所以入村的路算是一條寬闊的土路，趙軍跑得順利多了，他一直跑，直到跑到肺裡火辣辣的，跟扯風箱似的，再也跑不動了，他才停下來大口的喘氣兒。

人在高度緊張，放鬆下來以後，就會感覺到疲憊，趙軍一下就仰面倒在了地上，有些傻愣愣地看著不遠處的那片山，看著看著趙軍就開始大顆大顆掉眼淚，發展到最後，竟然是嚎嚎大哭起來。

他的村子，他的親人，伴隨著他長大的鄉親們……這個時候，趙軍知道，一切都沒了，是真的沒了！

一個人沒有了故土，就像沒有根，一種真正的，刻骨銘心的淒涼和孤獨在趙軍的心裡反覆的翻騰開來。

有那麼一瞬間，趙軍真想衝回去，和鄉親們一塊死了算了，他忽然能體會到後來執意不走，甚至打他的心情了。他也體會到了母親的心情，算了，不離開了吧，人生百年，誰不會死？還有鄉親陪著，也是一種幸福吧？

媽媽可能是相信自己的，可是她還是這樣交付了自己的性命，連同妹妹，也許是怕兩個人跑不掉，她們只是把生的希望都交給了自己背負。

所以，自己不能不回去，不能死，得給鄉親們一個希望啊，萬一有活著的人呢？自己還能帶人去救！

如果沒有，也能通知人報仇，讓他人防範啊，因為那個怪物很可怕！

趙軍哭夠了，站起來，認了認方向，重新跑了起來，他在這個村裡，有個關係很好的表舅，他需要幫助。

終於，趙軍找到了自己的表舅，表舅似乎不算太吃驚，只是有些悲涼，他披起衣服，然後帶著趙軍直接找到了村長家。

這時，這個深夜，趙軍才發現村長家還住著三個人，那三個人是自己很熟悉的鄉親。

原來他們沒有走遠，固執的守在鄰村，想要得到個結果，十五天不是到了嗎？

第二天一大早，鄰村浩浩蕩蕩十幾人出發了，不一樣的是，這次隔壁村的村長帶了民兵，因為他們村正好就有民兵訓練營。

翻過山，帶同趙軍在內的，幾個村子裡的人小腿都在顫抖，這一次回去，能不能再次走出

114

來？他們有些膽怯。

可是那村長說：「我也懂這些，軍人一身煞氣，鎮得住。再說，老村長⋯⋯哎⋯⋯那怪物已經發洩了怨氣，應該不會怎樣了。」

有了這番勸慰，十幾個人就下去了，村子裡安靜地出奇，安靜得讓人毛骨悚然，一個人影兒都看不見。

大家也不說話，徑直走到了祠堂，祠堂還冒著裊裊的青煙，牆都倒了一些，可見昨天晚上祠堂裡的人放火了，一個走在前面的民兵有些小心翼翼推開了祠堂虛掩的大門，然後一下子就倒退了好幾大步，接著就吼了一聲：「媽呀⋯⋯」

要知道這民兵可是解放後，打過土匪的，死人又不是沒見過，咋那麼大的反應？

人們紛紛湧上前去，接著，他們看見人間煉獄！

血紅，一片血紅，到處都是血跡，那味道聞著就讓人頭昏腦脹。屍體，全部都是屍體，卻沒有一具是完整的，全部都是些碎肢，甚至還有內臟，那麼碎肉呢？好像是故意撕咬造成的碎肉，灑得到處都是，而最恐怖的是沒有一個人閉上眼睛，全部都是驚恐的睜大著眼睛，嘴巴也張得大大的。

有一具屍體，只剩下了半身，腸子都拖到了地上，可是他保持著一個驚恐吶喊的表情，爬到了祠堂院子的門前，雙手向前伸，眼裡竟然凝固了一個不甘的眼神，保持到了現在，彷彿他只要爬出了祠堂，就能保住性命一般。

看見這一幕的每一個人都開始發抖，接著眼淚是無聲地流，喊聲是無聲憋在了嗓子眼，就像一齣默劇⋯⋯

「是⋯⋯是李元⋯⋯」那個逃出的少年，邊哭邊顫抖地說道，他認出了那個往外爬的屍體。

「媽⋯⋯媽⋯⋯妹妹⋯⋯妹⋯⋯」趙軍已經神志不清了，他顫抖著走往裡走，所有人竟然忘了拉他。

結果，他剛踏進那個祠堂一步，一股沖天的冷，就差點把他整個人凍僵，他一下子也清醒了出來，趕緊退了出來。

怨氣，這是爺爺說過的怨氣啊，沖天的怨氣！

一群人在適應了很長的時間後，才整理好了情緒，根本就不敢待在祠堂的面前，鄰村村長臉色難看的說道：「走吧，這事兒我們處理不了了，彙報鄉上！」

是的，只能彙報鄉上！

一群人懷著複雜的心情，開始回去，其實每個人也開始暗暗擔心，能不能走出那片山？包括一開始很有信心的鄰村村長也開始擔心了，畢竟祠堂的情況那麼慘！那絕對不是人類能做出來的！

可是，好像真如他所說的，怨氣已經發洩完畢了，他們上山竟然如此順利。

結果呢？鄰村的十幾個人親自體驗了一回恐怖，當所有人都爬上山頂的時候，同時聽見了一聲冷哼聲，就那麼平平淡淡的「哼」了一聲！

所有人都不自覺的顫抖了一下，趙軍更是喊道：「起霧了，他又來了！」

# 第八章　故人重逢

趙軍這一喊，把所有人都嚇一跳，這起霧了有什麼好奇怪的？四川的山林原本就多霧。眾人在意的，是那聲冷哼的聲音，讓人從心底覺得毛骨悚然。

趙軍看著那霧氣，原本想解釋兩句的，可這次的霧氣不同，只是在山腳纏繞，卻沒有往山上蔓延的趨勢，看到這情況，趙軍也就不多說什麼了。

可無論如何，這裡並不是久留之地，一行人還是回了村子。

故事講到這裡，就結束了，我和沁淮聽得難受，眼巴巴望著師傅，等著他繼續講，而師傅只是咬著旱菸杆子說道：「沒了，說完了。」

「姜爺，你可別忽悠我，這就叫說完了？你們呢？咋知道的？你們去又是一個啥情況？」楊沁淮著急地問道。

這個故事讓人壓抑而難受，我猜沁淮的想法和我一樣，總想聽到一個好點兒的結局，比如說救出了什麼人啊，什麼人其實躲掉了啊之類的。

「我們？那個村的村長把這事通知到了鄉里，鄉里趕緊報給市局，你知道的，公安局有一些卷宗是直接要往上報的，報著報著，就報到我們這裡來了。」我師傅非常輕鬆地說道。

「我知道，一般這種卷宗是秘密的，也是意味著，是普通的公安處理不了的，到時候有專門的人來處理，公安局呢，就負責消除影響，對吧？」楊沁淮對這一套是非常熟悉的，不愧是當官的兒子。

「嗯，是那麼一回事兒。」師傅吐了一口菸，深以為然地說道。

「可是，師傅，你們去幹嘛了？為啥鄰村的人會搬走？」我覺得師傅他們去又沒有逮到老村長，有啥作用？而且鄰村的人為啥會搬走？

「鄰村的人搬走是因為趙軍那群人在山上聽見的『哼』聲，好事兒不出門，壞事傳千里，這樣的事兒在大範圍能捂住，在相鄰的幾個村可是捂不住的，慢慢的人們就搬走了，你想想吧，你住在一個被屠村的村子旁邊，你能安心住下去嗎？這事兒還有往縣城裡傳的趨勢，只是後來被我們用瘟疫當藉口給壓下來了。」師傅幽幽地說道。

楊沁淮原本想夾塊牛肉吃的，估計是那故事太讓他難受了，他擺弄了一下沒有吃，倒是給自己灌了一口酒，然後才說道：「我知道，所有知情人全部被找去談話啊之類的，總之爛在肚子裡，也不能提起！」不過提起也沒好處，讓普通人日子過得不安生。」

「師傅，你們當時去幹嘛了！」我不依不饒地問道。

「能幹嘛？那時我還年輕，算不得能獨當大樑的人物，國家還有更重要的事兒，是和別的國家的事兒，頂樑柱都派去那邊了，我們走進村子，只待了半天，就出來，連屍都沒收！」師傅歎息了一聲說道。

「啥？你們等於是啥也沒做？」我吃驚的問道。

師傅不理我，自顧自的說道：「原本準備放火燒村的，可是那沒有任何意義，而且那裡山連山，一不小心會引起大火！我們不是不是啥也沒做，做了基本的消毒工作，然後封了那個村。」

「封村？怎麼封的？姜爺，是派部隊去守著的？」沁淮急切的問道。

「咋可能派部隊去守著？那個村怨氣沖天，我們是問了老一輩的意見，擺了個大陣，封住

了村子裡的怨氣而已，另外，我們也搜索了一下老村長的下落，可惜，當時……」師傅沒說下去了，我懂他的意思，當時那情況，幾個年輕人，也沒有勇氣去找，找到了又怎麼辦？拚也拚不贏的！

但是一個大陣能封住沖天的怨氣，可封得住老村長嗎？萬一他四處跑，那不就……？

我一想到這裡，就趕緊把自己的想法說了出來。

師傅說道：「我們當時也擔心過這個問題，但是有一個高人說，老村長是個特殊的存在，封住怨氣，也能封住他！刻意去找，反而找不到。」

「為啥刻意去找會找不到？」我不由得問道。

「當時我也想不通這個問題，後來一想我就明白了，他鑽到地裡去，的確誰也找不到的。」師傅說道。

「當時我也想不通這個問題，後來一想我就明白了，他鑽到地裡去，的確誰也找不到的。」

「鑽地裡去？我×，這到底是個啥玩意兒啊？」楊沁淮簡直對這件事兒難以置信。

「還能鑽地裡去？我×，這到底是個啥玩意兒啊？」

「鑽地，只是一個說法，總之人不需要呼吸的活著了，身體又堅硬，還有什麼做不到？」師傅倒是挺平靜的。

我和楊沁淮臉色同時都變得蒼白，我開口說道：「師傅，你不是要告訴我，我們這次等於是去收爛攤子的吧？」

「嗯，就是這意思！而且必須處理掉老村長。」師傅嘿嘿一笑，這麼危險的事情，虧他笑得出來。

「姜爺，我要下火車，我乾脆回去得了。」沁淮一臉的苦相，這小子被徹底嚇到了。

「得，回去唄。」師傅一點也不介意這個拖油瓶回去。

沁淮最終是沒有回去的，到了成都以後，他還是堅決上了來接我們的專車，跟著來到了南充。

而到了南充之後，我才發現這一次的行動不止是我們三個人，而是有很多人，大概十幾個的樣子吧，另外，師傅還特別說明，還有人沒到，因為這次的行動還特別包了一個招待所！

有沒有人沒到，我不知道，我只知道，我滿心的開心，難怪這次的行動還特別包了一個招待所，我的心情一下子就更好了，原本踏上四川土地的那一刻，我的心情就開始雀躍，沒想到，還能見到一個在意的朋友，那心情能不好嗎？

這都多少年沒見了？八年半了，看見楊晟那熟悉又陌生的身影就站在招待所的大門口，我的心情一下子就更好了，原本踏上四川土地的那一刻，我的心情就開始雀躍，沒想到，還能見到一個在意的朋友，那心情能不好嗎？

車子剛剛停穩，我就衝下了車，奔著楊晟過去就來了一個熊抱！

「晟哥！」我大聲的喊道。

楊晟還是那副樣子，只是上唇蓄了一些鬍鬚，顯得更加成熟了一些。

顯然，我剛才那熱情的擁抱，嚇了他一跳，以他那生活上慢半拍的反應，愣是半天沒回過神兒，起碼延遲了五秒，楊晟的眼神才從茫然轉為驚喜，一下子就拍在了肩膀上，他說道：「我是特地在這兒等你的，你終於來了，哈哈，三娃，你長成熟了，是個好看的男人。」

我一頭冷汗，哪兒有男人讚美男人好看的啊？這不聽著非常怪異嗎？不過晟哥的風格就是這樣，我倒是不介意。

我有一肚子話想和晟哥說，卻不想他又扶了扶眼鏡，攬著我說道：「三娃兒，我從新疆給你們帶的東西都放了好幾年了，今天終於可以送出去第一個了！另外，我要給你介紹一個人。」

「啥人啊？」我覺得晟哥好像有點兒害羞的樣子。

「就是趙靜宜同志。」晟哥挺彆扭地說道。

120

「趙靜宜同志？幹啥的？有啥需要特別介紹的？」那個時候同志的意思是單純的，不過也很少有人那麼稱呼人了。

「她是生物學博士，工作的部門和我一樣，需要特別介紹的原因，是因為她是我的愛人。」晟哥說完，大口大口的喘氣兒，彷彿介紹自己媳婦兒跟掐了他脖子似的。

我哈哈大笑，我說晟哥這次穿戴整齊，乾乾淨淨的了，原來是有嫂子了，我反攬住晟哥的肩膀說道：「晟哥，這是好事兒啊，關鍵是你別害羞啊，嫂子呢？介紹我認識認識。」

我話剛落音呢，就聽見一串兒爽朗的笑聲傳來，我一看，一個白白淨淨的年輕女人朝我走來，長相也是乾乾淨淨，特別是那爽朗的笑容，跟我頭頂上的太陽一樣燦爛。

「楊晟，這就是你說的三娃娃吧？這回兒可見著真人了啊。」這年輕女人一開口，我就知道，這就是嫂子了。

這是我們的第一次見面，而在以後長長歲月中，她會成為我一直都很敬重的人。

「你好，我叫趙靜宜。」

「妳好，我是陳承一。」

「多吃些，男孩子吃得越多越棒，今天嫂子請客，你敞開肚皮吃。」趙靜宜在一旁笑瞇瞇的看著我一碗又一碗地吃著涼粉，還一邊打氣，讓我加油多吃，一點都不在乎桌子上已經堆了很多空碗。

正是炎炎夏日，又香又麻又辣的涼粉，吃下去還偏偏清淡爽口，好吃得讓人根本停不下來，三口一碗，吃得滿頭都是汗。

根本不用嫂子招呼我，我自己都捨不得停下來，我現在已經吃了五碗涼粉，他更厲害，吃了整整六碗。

和我同樣「窮凶極惡」的是我師傅，我現在已經吃了五碗涼粉，他更厲害，吃了整整六碗。

嫂子是不在意，可是晟哥在意了，他叫了十個鍋盔，對我和師傅說道：「姜爺，三娃，這個涼粉夾在鍋盔裡吃，更好吃，你們試試？」

「真的？」我望了晟哥一眼，但是手上不停，已經把涼粉倒進了鍋盔裡。

鍋盔就是白麵煎餅，只不過外層煎得焦香，內層卻保留有麵香，很好吃，我把涼粉倒下去之後，就狠狠咬了一口鍋盔，那味道好得讓我連眼睛都瞇起來了，涼粉的醬汁兒滲進了鍋盔裡，然後裡面夾著爽滑的涼粉，這味道，神仙都受不了。

三口兩口的我就啃完一個鍋盔，我師傅也是，他正動手在夾第二個鍋盔，我們兩師徒都吃得滿嘴滿手都是油，就是捨不得擦，因為忙著吃，不想擦。

嫂子見我吃得香，轉頭樂呵呵地對晟哥說道：「楊晟，我不記得以前你有那麼周到啊？今天轉性了啊？怕你小兄弟吃不到著名的鍋盔涼粉？」

晟哥嘿嘿一笑，扶了扶眼鏡說道：「我沒想到那麼多，我就想著他們兩個那麼能吃，我們又不算有錢人，還不如叫幾個鍋盔讓他們快點兒吃飽，不然付不起錢怎麼辦？」

「呵，你可真夠小氣的啊，哈哈哈哈……」嫂子又是一串兒爽朗的笑聲，戳了戳楊晟的額頭。

我一陣兒咳嗽，嘴裡的鍋盔差點沒噴出來，幾年不見，晟哥都那麼有心眼兒了啊？

至於師傅，面不改色的吃著，一邊吃一邊說道：「川北涼粉，就是很有名，好吃好吃！我上次來匆匆忙忙的，都沒吃到。」

終於，一行四人，吃得非常滿足地離開了那個享譽盛名的涼粉店，找個茶館坐下了，一坐下我師傅就說道：「楊晟，你小子不錯，才來這裡多久啊，就知道川北涼粉了？」

楊晟一本正經地說道：「我和靜宜來這裡已經有一個星期了，就是發現這裡的涼粉特別好吃。」

122

「一個星期？晟哥，你們來這裡那麼久了？都幹嘛了？」我有些吃驚。

「整理資料，做好準備工作，這一次我們隨行，是因為老村長的案例太過特殊，必須好好徹查這件事，有非常積極的意義。」晟哥認真地說道。

「積極的意義？」我不解。

「是的，對生物學來說，他的存在，意義遠大過殭屍，知道為什麼嗎？按照你們道家的說法，殭屍唯有兩魄，指揮一切行動，在生物學行動部門的報告，就是保持著物理行動能力，卻沒有任何的思考能力。可是老村長，我曾經看過特別行動部門的報告，上面有道家的人說，老村長確實已經殭屍化，但是他竟然保留有三魂七魄，這個意義就重大了。」晟哥的眼裡有一絲狂熱。

「有什麼好重大的，就是一個特殊地方的特殊事例，長生不老沒有可能。與其說長生不老的代價是變成那樣的怪物，我情願開開心心地過幾十年。」面對晟哥的激動，靜宜嫂子則顯得淡定許多，她狠狠潑了晟哥一盆冷水。

面對這樣的晟哥，我忽然覺得有些陌生，他在科學上的想法未免太過瘋狂了，竟然想追求人類的長生不老？

晟哥還想說什麼，師傅則已經打斷了他：「楊晟，你的想法，出發點也許是好的，但是我覺得靜宜丫頭說得更對，那是特殊地點的特殊產物。如果要你這樣懷著沖天的怨氣去死，然後變成那樣的怪物，你願意嗎？不要以為它還是生前的他，就如怨鬼，依然保有生前的一切記憶，可是它的所作所為，已經完全受怨氣的支配。你的想法不可行。」

師傅的話顯然很權威，晟哥陷入了沉思，但他想了一會兒，抬頭堅定的說道：「在我看來，

任何的事情都可以用科學來解釋，只是科學沒有找到正確的途徑罷了，怨氣什麼的，是科學不可捕捉的東西，在沒證明它存在以前，我只要單純研究老村長。我不管你們怎麼想，只要是對人類未來發展有利的事情，我就要執著的去探索。」

師傅沉默，他知道他是扭轉不過楊晟這個「死腦筋」了，他心裡也明白，這次行動之所以把楊晟派來，國家是重視的，也許列入了秘密科學項目，而不只是修路那麼簡單。

趙靜宜瞪了楊晟一眼，她肯定也深深清楚自己愛人的性格，她歎息了一聲，說道：「與其說是研究那讓人變怪物的方法，我更想探討的是這件事情裡的人性。姜爺，在我看來，××村的事情幾乎是一個死局，村民們為了生存，有錯，可又無可厚非。老村長一肚子怨氣，來報仇也是……哎……」

「不是死局，而是都沒有了本心。」師傅也歎息了一聲，淡淡地說道。

「本心？是依照內心來做事嗎？」趙靜宜感興趣的問道。

「不是內心，一顆已經融入紅塵的內心，不叫本心。內心是什麼？是隨著人的成長，夾雜了諸多的私人感情，夾雜了諸多的利益糾紛，夾雜了諸多恩怨算計的東西。而本心呢？本心是人出生時，那顆純粹的心。懂嗎？在你懵懂的時候，世界是不是黑白分明的？你是不是自然的嚮往光明？看人都很親切？誰對你好，你就對誰好？是不是想當英雄？在你很小的時候，怕死嗎？如果要你為當英雄而犧牲，你是願意的吧？最至少，在小時候，你是不是想當好人，本能的厭惡壞人？」本心很複雜，師傅儘量用淺顯的語言來解釋。

趙靜宜思考了半天，才說道：「我懂了，他們是沒有了本心，如果依從那顆純潔的本心做事，他們就會救老村長，也就沒有了那場悲劇。是這樣嗎？」

124

「大概是，事後後悔愧疚也只能說明這群人沒有完全失了本心，只不過在內心面前，本心已經很弱小。」師傅說道。

「那麼老村長呢？為什麼要殺全村的人，按照您的說法，他的神智是清楚的。」趙靜宜這樣問道。

「這個還不簡單？不管他怎麼清楚，他已經不是人，他是活著，可是從另外一個角度來說，他已經死了，你懂嗎？他的身體裡住著的不叫魂魄，叫鬼！讓他活下來的基礎是怨氣，就如屬鬼！他肯定會邊從自己的怨氣做事。」師傅解釋道。

這番話讓嫂子陷入了沉思，嫂子這個人是個科學家，可不代表科學家就會排斥玄學，反而在他們那個階層接觸到的越多，就越是不會排斥，會選擇的只有探索。

就如愛因斯坦，牛頓到了晚年，就開始研究神學，甚至非常虔誠一般。

談了那麼久，晟哥問道：「姜爺，我們什麼時候出發？隨行人員已經到齊了啊？」

「還沒，我還在等兩個人，他們一到，我們就出發吧。」師傅這樣說道。

# 第九章 荒村無路

車子在顛簸的山間公路上行駛，抖得我頭暈腦脹的，師傅等的人已經到了，是一老一小兩個人，他們一到，師傅讓大家吃了個午飯，一行十六個人，分坐三輛麵包車，很低調地就出發了。

「三娃，好點兒了嗎？」嫂子扭過頭很關心地問我。

「嗯……嘔……」我不說話還好，一說話終於忍不住吐了。

「瞧他那點兒出息，土不拉幾的，沒坐過幾次車的人就是這樣。」我師傅兩條腿搭在前排椅子的靠背上，挺逍遙地說著。

我顧不上和他爭辯什麼，終於在吐空以後，才舒服了許多，沁淮在旁邊惡狠狠的說道：「這就是你們不帶我去吃涼粉的後果，陳承一，吐不死你。」

「沁淮，你那天一溜煙兒就不見人影子了，我就是想請你也沒辦法啊？」嫂子是個心直口快的人，也挺護著我的，見沁淮損我，趕緊幫我說話。

我吐完之後，有氣無力地望了沁淮一眼，說道：「他當然不見人影了，你沒看那前臺收錢的服務員有多漂亮嗎？他奔著人家去了。」

「哈哈哈……」嫂子一陣兒笑，她就是這樣的性格，經常沒心沒肺的笑。

在等師傅的人那三天裡，我和沁淮都喜歡上嫂子這個人了，性格太好了，沒心眼兒，為人爽快。

師傅也在後面跟著笑，我幽怨地看了沁淮一眼，說道：「沁淮，是鐵哥們兒不？是的話，和我

換位置吧？」

「去，我才不換，你以為我不知道，你就是給姜爺的那雙腳熏得吐了。你那位置，你繼續享受吧。」是的，我才一是因為這山路顛簸，二是因為師傅的腳確實⋯⋯

他坐最後一排，我吐一是因為這山路顛簸，二是因為師傅的腳確實⋯⋯

沁淮這話剛一說完，還非得把腳放我椅背上，我能不吐嗎？

沁淮這話剛一說完，師傅非常「公正」地分了一條腿到沁淮的椅背上，然後開始哼著小曲兒，閉目養神。

這次換沁淮幽怨地看了我一眼，不到兩分鐘，這小子終於堅持不住了，拉開窗子，吐了。

嫂子又開始笑，另外還摻雜一個非常觀腆的笑聲，我一看，不就是師傅等的人中那個年輕的嗎？

一路上，那小子都非常的悶，不說話。

我還沒來得及說話，沁淮已經貼上去了，喊道：「嘿，哥們兒，終於聽見你吱聲兒了，我叫楊沁淮，你好。」

「我叫孫強。」這孩子說著一口帶著地方口音的普通話，這一開口也不顯得觀腆了。

不過這普通話，倒是讓我生出了一些對他的親切感，我初到北京時，不也這樣嗎？

「我叫陳承一，你好。」我也伸出了手。

他握住了我的手，很是高興的一笑，說道：「我知道你，你是我爺爺的好朋友的徒弟。」

這話繞得我都暈了，不過我還是注意到，這小子牙齒真白。

車子繼續在顛簸著，孫強很快也和我和沁淮建立起了友誼，我們聊得非常開心，連師傅的腳臭都忽略過去了。從孫強那裡，我們知道了他和他爺爺原來就是神秘的趕屍人，他說的那些趕屍

人的趣事兒，讓我和沁淮聽得津津有味兒。

時間就在談話間過去，直到車子一個急剎，我們才反應過來，這是咋了？

司機很抱歉的說道：「前面的路很爛了，我們開不過去了。」

師傅這時才收起他那要命的兩條腿，站起來說道：「開不過去，我們就走過去吧，原本就荒廢了那麼久，這裡也沒修過路，能開到這裡不錯了。」

司機給了一個抱歉的笑容，說道：「那我們幾個司機，就在這裡等你們？」

「嗯，不用等了，一個星期左右你們再過來吧，如果沒看見我們人，你們就在這裡等三天，三天後我們還沒出來，你們就直接彙報上面，走過來一個中年人，他正好聽見我師傅說這話，不由得插了一句：「姜師傅，你確定要一個星期那麼久？」

這個中年人也是個道士，為人有些清高，接觸的這幾天裡，我沒和他正面談過什麼，但是聽別人提起過，這人修道什麼的挺有天分，法力也高，也是山字脈的人，只不過在部門裡的地位不如我師傅。

我師傅望了來人一眼，說道：「元懿，你認為這事情很簡單嗎？」

對的，來人就叫元懿，道號和我挺相近，靜一、師傅這麼一喊，我終於想起他的名字了。

「我不認為簡單，畢竟那條殭屍還是很厲害的，可再怎麼厲害它也是殭屍，我們唯一的難題就是把它找出來而已，至於對付殭屍，我個人有很多方法。」元懿說道。

我師傅深深地看了元懿一眼，然後才對司機們說道：「你們還是一個星期以後再來吧，畢竟找尋老村長也是花時間的。」

128

元懿一聽我師傅這樣說，臉色一下就沉了下來，沉默了一會兒，哼了一聲就離開了。

沁淮在我耳邊說道：「這TM誰啊？哥兒我來這個部門都不認識他，就想騎在姜爺頭上了？」

至於我，拳頭都捏緊了，質疑我師傅，就和打我臉沒啥區別。雖然我和師傅沒個正形兒，但他一直都是我尊敬，崇拜並深愛的人，就和我父親沒什麼差別。我小聲地對沁淮說道：「看著，老子總得找個機會和他單挑。」

我這話說得再小聲，還是被師傅聽見了，他狠狠的瞪了我一眼，然後說道：「有些事情不用去爭。」

我明白，這話已經是師傅很嚴厲的警告了，他一旦用這種語氣和這種表情跟我說話，那就代表這話很重要，我必須執行，這是我從小就知道的。

我低下頭不敢再說，握緊的拳頭也鬆開了。

這時，師傅已經把人集合起來，說道：「車子開不進去了，大家收拾行李，我們走進去吧。」

這裡我曾經來過，再走不到兩里，就是第一個荒村了，也就是最邊緣的村子。」

沒人抱怨什麼，大家都知道，來這裡不是來玩的。所以，師傅一發話，大家就默默收起行李，準備步行進荒村了，這個已經三十多年沒有人煙的地方。

很快，大家就收拾好了行李，每個人基本上都背了很大一包，晟哥和嫂子說他們帶了一些科學的儀器和試劑，而大多數人是帶著武器，還有乾糧什麼的。

至於我，也背了很大一個包，裡面有很多師傅的法器之類的。

看著這一幕，我覺得很有感觸，科學儀器和道家法器同在，真的，這世界往往沒有什麼是不能包容的，也沒有什麼是不能融合的，固執地堅持一方，排斥另外一方，其實是沒有意義的。

心。

天下大道，殊途同歸，也許走到最後，人們會發現，其實從來沒有什麼不同，不同的只是人

我想得有些恍神了，我師傅拍了我一巴掌，說道：「在想什麼呢？我們該走了。」

我回頭望著師傅一笑，說道：「師傅，我只是想到了天下大道，殊途同歸。」

「哈哈，是啊，也許這要幾千年或者上萬年的時間，你我也許看不到了，不過我們曾經在這個過程中活過，也是一件很美好的事情。」師傅忽然就豪情萬丈地說道。

# 第十章　老屋「住客」

兩里路說遠也不算太遠，只是道路上荒草叢生，讓人越走越淒涼，越靠近村莊，就越能感覺人煙存在過的氣息。

因為那一畝畝雜草叢生的田地，就已經說明了一切，村子裡的人們曾在這裡耕耘過，生存過，只是如今，田地還在，他們已經消失了。

看著這一切，我有些感慨，不由得問師傅：「他們離開家鄉以後還好嗎？還會有自己的土地嗎？」

師傅說道：「他們離開也是國家願意看到的，畢竟屠殺了一個村子還能控制影響，屠殺了很多村子，就很難說了。」

「嗯。」我重重的點頭，只不過看著這荒草叢生的地方，難免還是滿心的惆悵。

我一直不否認自己的敏感，這也是師傅早就給我指出的毛病，情緒太大，對修煉之人沒有好處，但有時師傅也不得不承認，也許這樣敏感的人，反而是本心最強烈的人，至少感情都是從真摯出發，悟通之後，反而心態更堅定。

周圍全是「窸窸窣窣」的腳步聲兒，到了這裡，基本上已經看不出路來了，人完全是在草叢中行走，夏日的日頭很盛，曬得人有些恍惚，在草叢裡行走也絕對不是什麼愉快的體驗。

楊沁淮這個公子哥兒最先承受不住了，一直在那裡抱怨：「我說哥們，這得多久才能有個歇腳的地方啊？」

沒人回答他，他就兀自提起腳來給我看：「承一，我不是抱怨啥，你看我腳都沒這草叢弄得紅腫了。」

我頭都沒抬，直接說：「這已經很幸福了，你身上灑了秘密配方的驅蟲驅蛇藥，不然這草叢裡的傢伙，就讓你夠嗆。」

說起這個，楊沁淮倒是真的有體會，一路上真的沒有蟲子來騷擾他，原本夏季就是蛇類活動頻繁的季節，這還真的一條沒遇見，其實他一開始還嫌藥粉味道刺鼻呢！

「那個，哈哈……這些東西真的很厲害啊！怪不得說高手在民間！承一啊，你呢？我沒見你灑藥在身上啊？」沁淮趕緊的扭轉話題。

「我啊？有這個？」我遞過一個竹筒給他，沁淮接過聞了聞，又晃了晃，有些迷茫地問我。

「這是什麼傢伙？秘密武器？」

「嗯，秘密武器，我六、七歲的時候得到的禮物，比你那藥粉有效果。」這是當年的驅蛇人送我的，這些年我一直都保存著，他說過遇到厲害傢伙的時候，灑一些出來，可是我沒有那樣的機會。

說起這個，我就想起餓鬼墓，如果當時我帶著這個，如果當時那燭龍還活著，這藥粉會不會有用？

在之後的歲月裡，我和師傅也談起過餓鬼墓，師傅說那餓鬼王因為是吃了燭龍，所以身上有燭龍的特徵，我回想起來，果然也是，那這藥粉會不會有用？

不過，如果只是如果，餓鬼墓的事情已經過去了好久，我有好幾次提起過師傅要求楊晟帶去北京的東西咋樣了，師傅都用一個沒結果把我打發了。

132

餓鬼墓的事兒就沒結果了嗎？

「到村子了，果然是有村子的啊？」就在我想事情想得入神的時候，沁淮忽然一聲大叫，嚇

我一跳。

我抬頭一看，果然這片兒轉個彎，就到了村子，遠遠的就能看見那聚集的不是太密集的房子。

原本，人在孤獨的路上，能看見一片兒房子是件喜悅的事情，可是不知道為啥，我看見這村子卻有一種說不出的感覺。

那感覺就像是在看一幅靜態的畫，而不是現實的影響，因為缺乏了生氣。

除了沁淮大呼小叫，我們沒一個人出聲，想必對這村子的感覺都有些怪異，和那些保留的古城遺跡不一樣，那裡是歲月沉澱留下的東西，而這裡，是硬生生被掐斷的一段生活。

既然看見了村子，村子也就不遠了，我們緊趕快行的很快就進入了村子，到處都是一幅凄涼的景色，被蔓藤爬滿，生生擠出裂縫的房子。

開裂的，搖搖晃晃的大門。

已經快被淹沒的沒有蹤跡的路。

還有那靜謐得快讓人發瘋的氣氛。

我們一直走，一直走，直到走到一個較大的屋子，元懿喊了一句：「就在這兒歇一腳吧，喝點水，吃點東西。」

他的話剛說道：「也好，聽你的。」

他的話剛一落音，所有人都下意識地望向我師傅，可我師傅好像不願意和這元懿有什麼過節，只是低頭說道：「也好，聽你的。」

元懿的臉色不咋好看，不過好在師傅也給他面子，他也沒有發作。

其實，我不太能理解，各當各的道士，這個部門如此鬆散，誰也管不了誰的生活，何必處處爭鋒？就如你做一件事兒，只要你自己認真做好，完成就好了，何必去管別人做得咋樣？何必非要把別人壓下去？不能壓下去，就要處處給難堪？這不是給自己添堵嗎？

當然，我也只是想想而已。

既然沒人反對，元懿就帶著大家走向了那個院子，並推開了院子那早已腐杇的大門。

門一開，一股灰塵就撲面而來，嗆得走在前面的幾個人直咳嗽，元懿倒是不在乎，一腳就踏進了院子。

我也跟了進去，望了一眼這個院子，心裡更覺得難受，因為我看見這裡曾經的主人，曬在院子裡，已經萎縮乾枯的不知啥的東西，而佈滿灰塵的篩子已經開始腐杇。

我甚至還看見院子裡還有一個大水缸，水缸旁邊還有一個盆子，同樣也落滿了灰塵。

這一切的一切都說明，主人家離開得是有多麼匆忙。

「這院子沒法下腳，我們進去坐吧。」元懿自顧自的說道，就邁進了房裡，結果剛進房裡，他就大叫了一聲，跌跌撞撞地出來了。

我不清楚是咋回事兒，抬頭一看，屋子裡竟然爬出了一條能有人小手臂那麼長的蜈蚣，跟著還飛出了一隻蝙蝠。

「這屋裡好多這樣的東西，我沒注意，一進去真真是⋯⋯」元懿臉色不好看的解釋道，畢竟被蟲子和蝙蝠嚇到，在他看來是件兒很丟臉的事兒，儘管我們覺得沒啥，任何正常人，在這壓抑的村子裡行走，冷不丁竄出一個東西，都會害怕。

就算是道士也是如此，因為道士也是普通人，只是所學和普通人有所不同罷了。

134

蝙蝠沒有逮到，可是那蜈蚣卻被逮到了，楊晟嚷著這裡的一切都有研究價值，都是線索，堅決不讓人們殺死。

他仔細觀察著蟲子，師傅也仔細觀察了，楊晟倒是沒看出啥結果，還在和趙靜宜商量。

可是我師傅卻忍不住「咦」了一聲！

楊晟聽見我師傅「咦」了一聲，不由得抬頭問道：「姜爺，你對生物學也很有研究嗎？我不是昆蟲學家，不過認知的昆蟲也不少，這蜈蚣我還真沒看出什麼名堂來。」

「是啊，我自認動物學、昆蟲學的知識我也自學了不少，這花紋又有些特殊，也不知道有毒沒毒。」趙靜宜也夫唱婦隨地說道。

我師傅也不抬地踩死了蜈蚣，然後說道：「我以前留洋時，也學過生物學，可是我敢說，這樣的蜈蚣書本裡可沒有記載，你要說種類，牠就是最常見的少棘蜈蚣，可你們是不是覺得不對？長那麼大是有可能的，可是少棘蜈蚣的這裡……」師傅指著蜈蚣已經被踩扁的頭部和第一背板接著說道：「這裡應該呈金紅色，對吧？可牠卻變成了慘白色的，你們是不是在疑惑這一點兒？」

楊晟一拍手說道：「是啊，我就是想不通這一點，剛才暫時把牠定義為了基因異變，這說法對嗎？」

「很對，牠是異變了。」師傅很嚴肅地說道。

原本我那嫂子對師傅一腳踩死蜈蚣有些不滿，畢竟一個活體的「異類」，可比死去的有研究價值多了，可我師傅毫不猶豫的踩死了牠。

但是在聽了我師傅的話以後，她覺得非常靠譜，按照她的經驗來看，這蜈蚣的確是師傅說的

種類，只是那顏色太突兀了，頭上頂個白色「帽子」的蜈蚣，能不突兀嗎？

所以，她已經忘記了剛才些許的不愉快，迫不及待的問道：「這種異變姜師傅你瞭解嗎？在什麼樣的環境下會產生這種異變？這種異變有什麼意義，代表了什麼？」

果然是科研人員，一串問題差點把我的腦袋砸昏了，楊晟也期待地看著我師傅，果然是兩口子，夫唱婦隨都不足以形容了，根本就是步調一致。

我師傅背著手，不緊不慢的說道：「你們用手摸摸這蜈蚣。」

「啊？」雖然說是昆蟲學家，趙靜宜畢竟是女孩子，對著蜈蚣的屍體有些不敢下手。

倒是楊晟，大大咧咧地摸了兩下，摸完之後，臉色就變，他說道：「姜爺，這蜈蚣涼涼的，我說不上來什麼感覺，就是涼涼的，反正不太舒服，是因為牠死了，所以……？」

我從來不知道昆蟲有什麼溫度，但是從我抓蟲的經驗來看，反正沒什麼蟲子讓我會發出冰涼的感慨，那麼說明蟲子也是有體溫存在的。

好吧，我覺得自己的想法很白癡，沒有體溫存在的東西，應該是死物吧，總之能讓楊晟發出這樣感慨的，就一定是很涼的。

我這時也忍不住好奇了，摸了一下，之後我一愣，再仔細的看了那蟲子兩眼，忽然就有了答案，

嫂子被我和楊晟的表現弄得好奇了，也大著膽子摸了一下，這一摸，嫂子不由得大喊道：「瓦薩薩，牠為什麼會異變了。」

瓦薩薩是嫂子的口語，在她表示震驚，高興的時候都會用到，這麼奇怪的口語，我也早就習慣了。

「姜師傅，你必須要給我解答一下了。」嫂子更加期待地望著我師傅。

可我師傅還沒來得及開口，一個聲音就插了進來，是元懿，他說道：「這沒什麼好奇怪的，

這是……」

我那個火啊，媽的，剛才誰被嚇一跳了，剛才不出聲兒，現在事後放馬後炮嗎？我不由得開口大聲說道：「嫂子，這個我也知道，其實是……」

我師傅開口喝道：「陳承一，給我閉嘴，沒大沒小，像個什麼樣子？」

我不敢說話了，剛才一激動，竟然忘記了師傅的吩咐，我知道師傅這次是真動怒了，當下也不敢說話了，直接退到師傅後面，沁淮對著我做了個鬼臉，然後比了一下拳頭，那意思是告訴我，他想抽元懿。

至於孫強，則在我旁邊小聲嘀咕：「這人真自大，比寨子裡的蠱苗還要德塞，真是的。」

沁淮問道：「德塞？啥玩意兒，給哥們解釋一下唄？」

孫強一扣腦袋說道：「我也不知道，爺爺教的，北京話？」

「哥們兒，咳……那個是得瑟，跟我念，得瑟……」

我懶得理他們兩個在那裡扯淡，只看見元懿背著雙手，一副高人的樣子開始解說：「這蜈蚣是沾染了強烈的陰氣才會長成這個樣子，在身體上的直接反應就是呈慘白色，這是陰氣聚集身體的表現。

剛才你們摸到牠很涼也是這個道理！其實極陰的東西不是你們理解的黑，而是這種沒什麼生機在內的慘白色！當然，你們如果能開天眼，自然就能看見流動的陰氣就是呈現這個顏色，就如荒墳地常常有慘白色的薄霧呈現。」

這人廢話真多，我歪了歪腦袋，掏了一下耳朵，嗯，他說得我耳朵都癢癢了。

其實，他說得對，只是我不知道為啥，看一個人不順眼了，就會一直不順眼，很難扭轉對他的印象，師傅說我這是心態不好，用佛家的話來說就是「著相」了，沉迷於一種現相，不肯扭轉。

不過，管它什麼呢？我覺得不想用這些來束縛自己，到我能悟的時候，我自然會悟。

面對元懿解釋的陰氣，晟哥兩口子都有些愣，畢竟他們是科學家，對於不能證實的，有些虛無縹緲的東西，心裡是一直，這樣說吧，一直沒有安全感的，這不能被他們當成科學論據。

但元懿也是驕傲的，看他們兩個那樣子，就直接說道：「玄學才是最神秘的科學，你們研究不出來因，難道還要懷疑果？這蟲子就是因為這個原因，至於原因，只能說明那個村子的陰氣外洩到這裡來了！殭屍可是極陰之物，屬害的，非至陽烈火不能消滅！在那個村子，有我爺爺親自設計的大陣，鎖住了陰氣，可現在看來還是沒有完全鎖住，這陰氣外洩了，蟲子長成這樣，姜師傅當然會吃驚。」

說完，元懿一甩手，就站到了一邊，他是一個驕傲的人，絕對不能允許別人懷疑他的所學。

這時，我師傅才淡淡地開口，說道：「元懿說得很對，的確就是因為這個原因，我一腳踩死牠，也是怕牠暴起傷人。苗疆有蟲，專放在至陰之地飼養，全身就呈這種慘白色，陰毒入體，直接抹殺陽氣生機，歹毒無比，我也是有幸見過，才能第一時間判斷出這種情況。當然這條蟲子顯然不能和苗疆的蟲比，不過傷起人來也很怕，而我們接下來要面對的，比我預估的還可怕啊。」

師傅說完，臉上的皺紋都深了幾分，顯得很憂慮，看得我一陣心疼。

說起來，我師傅臉上的皺紋只是滄桑，頭髮鬍子有些花白，所以別人才會認為他是個老人，事實上，我師傅臉上本來連皺紋都很少的，只是不知道為啥，我師傅近幾年總是很憂慮的樣子，竟然生出了好幾條皺紋。

今天看他這個樣子，我特別有感觸，心裡自然心疼。

「無論陰氣怎麼樣外洩，我們要面對的也只是一條殭屍而已，滅了它，所有的問題自然迎刃而解，有什麼好可怕的？」元懿大聲地說道。

我沉默地衝了出去，下一刻拳頭就提了起來，沁淮緊跟在我身後，這小子從來就是，我打架衝第一，他絕對就是衝第二，不帶猶豫的。

接著我的拳頭就要落到元懿的臉上，可還沒等到那一刻，我自己先狠狠摔了下去，然後腿彎處一陣兒疼痛。

沁淮也停住了腳步，孫強則跑過來，和沁淮一起把我拉了起來，然後我轉頭就看見了師傅怒氣沖沖的臉。

「三番兩次，陳承一，你是要和我斷絕師徒關係嗎？現在給我退下去！」師傅怒吼道。

我的眼眶瞬間就紅了，從小到大，師傅就沒那麼重的打過我，也沒有給我說過那麼嚴重的話，而我是為了維護我師傅的尊嚴，瞬間就委屈成了這樣。

「師傅，這人三番兩次和你過不去？他是以為我們師徒怕他他嗎？」我有些賭氣地大吼道

「你要是再敢開口說一句，你就不用當我徒弟了。」師傅的樣子不像是在開玩笑。

沁淮和孫強趕緊拉我退了下去，其他人也開始紛紛勸解，只有元懿，神情飄忽不定，不知道在想啥。

一場風波就這樣過去，師傅只是望著我冷哼一聲，然後從背包裡拿出一個小紙包，跨進了屋裡。

那紙包裡裝的是特效的驅蟲藥，師傅曾經說過，那是趕蛇人老吳頭兒親手配的，比灑在他們

身上的藥粉效果還要強烈，我知道他是準備清理一下這間屋子。

師傅只是進去了一小會兒，我們就看見了讓人心裡發毛的一幕！我真的不敢相信，一個屋子裡竟然會這樣！

是的，在場的每一個人都簡直都不敢相信自己的眼睛，這房子是變成蟲子窩了嗎？

一小會兒功夫爬出來十幾條大蜈蚣，還有七、八隻大蜘蛛，甚至飛出來了兩隻蝙蝠！

我嫂子嚇得大叫，晟哥趕緊攬住她，在他們周圍忙不迭地倒了一圈驅蟲粉，其他人也是如此，這些大蟲子誰看著都覺得鬧心，我特別怕蜘蛛，特別是這屋子裡爬出來的蜘蛛，個個都比凌如月的花飛飛小不了多少。

其實花飛飛都還好，五色斑斕的，看著看著可以當調色板打發，這些蜘蛛身上黑白紋路交錯，看著才是打心眼裡覺得恐怖。

我連忙拿出自己的竹筒，決定灑一些藥粉出去，卻正巧被出屋的師傅看見，罵了一句浪費，我連忙收起來，像寶貝似的揣好了，師傅都說是浪費東西，那麼這東西一定是寶貝。

屋子裡斷斷續續的還在爬出蟲子，只是不像一開始時，大量的蟲子跑出來，跟湧出來似的，不過這後面爬出來的蟲子也越來越大，我甚至看見了怕有四十釐米那麼長的蜈蚣，跟花飛飛一樣大的蜘蛛，還有巴掌大的草鞋蟲。

草鞋蟲，是四川人對這蟲子的叫法，其實牠的學名叫蚰蜒，全身上下都是腳，長得和蜈蚣很相似，覺得牠難看的人，會覺得牠長得比蜈蚣還恐怖，只不過牠可沒有蜈蚣那麼毒，我小時候一點都不覺得害怕，還經常用手去抓，這蟲子很好玩，一抓牠就蜷縮起來成一團，我常常以此為樂。

不過，這裡爬出來的草鞋蟲，我可不敢去這樣找樂子，大倒不是原因，真正的原因是因為牠

身上竟然多出了很多慘白色的小點點，遠遠看去跟長了一排眼睛似的。

「姜爺，您都進去幹嘛了？跟捕了蟲子窩似的？」沁淮臉色蒼白，這北京來的「小官爺」何曾見過這種場面？他恐怕連蟲子都很少見過。

「沒幹嘛，每個房間都灑了一把藥粉而已，現在已經是下午五、六點了，在這陰氣重的地方連夜趕路可不是什麼好事兒，今天晚上我們就在這裡落腳，總需要一個乾淨的住處。」我師傅淡淡地說道。

沁淮慘嚎了一聲，沒想到就要住在這裡，看來跟這個部門出來出任務，真不是件輕鬆的事兒。

「覺得難過了？」師傅轉頭望著沁淮似笑非笑地說道。

「我怕晚上有蟲子咬我。」沁淮是真的怕。

「可這又算啥？有屋子住已經夠好了，以前我出任務的時候，旁邊就是屍體，也得趕緊睡，恢復體力。」師傅淡淡地說道。

沁淮閉嘴了，屍體和蟲子比較起來，他情願和蟲子一起睡。

漸漸的，房間裡不再爬出蟲子了，因為院子裡幾乎也被灑滿了藥粉，所以一大片兒蟲子全部都爬了出去。

人們就要進屋，師傅卻喊道：「等等，還有一個麻煩。等下你們站在院子裡，看見什麼動靜都別動，三娃兒跟我進來。」

得，有麻煩事兒，總是徒弟最好用是吧？剛才還踹我一腳，剛才還要和我斷絕師徒關係，我還是趕緊走了過去，和師傅一起進了屋，心裡不舒服，可是師命難為，我一進這屋子確是黑沉沉，涼悠悠的，我打量了一下，所有的傢俱外面明明是陽光燦爛的，可一進這屋子確是黑沉沉，涼悠悠的，我打量了一下，所有的傢俱

都還在，只不過有些腐朽，想必村子裡的人搬遷的時候，就只帶了一些衣物，錢財，這該是有多麼的淒涼？

「還在生氣？」師傅站在屋子當中，沒說麻煩的事兒，倒是開口先說起這個。

「換誰不生氣？」我小聲嘀咕道。

「其實元懿這人本身也不算壞，只是一心想證明自己比別人有本事的爺爺，說起來這也怪不得他，只能說他有個太有本事的爺爺，他自己不願弱了自己爺爺的名頭，才會表現成這樣。他爺爺是個值得尊敬和佩服的人，你知道嗎？」師傅耐心地跟我解釋道。

我心裡微熱，我這師傅多多少少有些師祖的性格，我和他在一起那麼多年，他要我做的事兒，從來不會解釋太多，而是讓我自己去領悟，今天這樣給我解釋，怕也是心疼我，覺得我受了委屈。

想到這裡，我的火氣也消了一大半，不過嘴上還是說道：「師傅，你又沒跟我說他爺爺是個什麼人，我肯定對他火大啊，那人一臉欠抽的樣子。」

「三娃兒，他爺爺固然是我不願和他爭執的原因，可更重要的原因是，我們學術法，修功力就不是用來和人爭強鬥狠的，他想壓在誰頭上？又有什麼關係？簡單的說，你在意，你就會覺得生氣，那他還就真壓在你頭上了，如果你不在意呢？」師傅望著我，淡然地說道。

我認真一想，是啊，如果我不在意呢？和一個根本不在乎虛名的人去爭名，那恐怕是傻子吧？

這樣一想，我的心裡一下就釋然了，這原來不是軟弱可欺，而是一種態度，任他人怎樣，我自淡定！想通是想通了，不過以我這火爆的脾氣，和敏感的性格，在以後的歲月，怕也不是那麼

容易做到。

只因為我很容易在乎別人，只要我一在乎了，情緒就會被牽動，不過那已經是以後的事情，現在的我可沒那麼多體驗。

心裡舒服了，我才想起師傅說的麻煩，不由得問道：「師傅，你說的麻煩呢？」

師傅嘿嘿一笑，說道：「在你頭頂上呢！」

我一驚，抬頭一望，忽然就覺得脖子涼颼颼的，因為在屋頂的大橫樑上，竟然纏繞著一條大蛇！

我原來就站在這玩意兒下面，和師傅說了半天的話！

蛇靈都見過的我，倒是不怕蛇的，只不過忽然這麼看見，說很淡定也是假的，而且出生在農村的我，可是深知蛇的習性，你看牠白天懶洋洋的，一動不動，一到晚上，這傢伙就會活躍了，怪不得師傅說這是一個麻煩。

「就是一條烏梢蛇而已，長那麼大了，看來陰氣對牠們還真是滋補，身上也有白痕了，原本就是條無毒蛇，這下陰氣入體，咬人一口也夠嗆。」師傅簡單地說道。

烏梢蛇我當然見過，四川的農村多得是，長得大的能有兩米那麼長，饑荒的年代，人們可沒少打烏梢蛇來吃。不過，由於這條蛇身上也有慘白的紋路，我一時半會兒竟然沒認出來。

「師傅，你說牠那麼厲害，叫我進來有什麼用？我又不會打蛇，普通的烏梢蛇我都沒辦法。」

「少廢話。」師傅一把扯過我，從我身上把那竹筒拿了出來，然後倒出一把藥粉，手上運力，使勁朝著橫樑一拋。

藥粉當然在中途就散開了，只不過屋裡一下子就瀰漫著那藥粉特殊的氣味，原本老神在在纏繞在橫樑上的烏梢蛇一下子跟受驚了似的，忽然就抬頭乍起，那樣子說有多恐怖，就有多恐怖。

這下好了，把蛇惹惱了！我「怨恨」地看了師傅一眼，師傅卻把竹筒塞給我，說道：「可別小看了老吳頭兒的驅蛇藥。」

果然，只是一小會兒，那蛇就有些軟弱無力的「啪嗒」一聲掉了下來，我怪叫著跳開，差點落到我身上。

接著那蛇掙扎了一會兒，就開始「恐慌」地朝著屋外逃去。

我聽見外面人們驚呼了一聲，接近三米的大蛇啊，然後我又聽見了嫂子的尖叫聲，呵呵，女人就是膽兒小，我得意地想著。

我師傅淡淡地望了我一眼，說道：「你笑個屁，要橫樑上趴著的是一隻大蜘蛛呢？」

我不說話了，這是什麼爛師傅啊？以欺負徒弟為樂趣呢？

不過，屋子總算是清理乾淨了，我們要在荒村度過我們的第一個夜晚了。

# 第十一章　陰氣化形

屋子裡壘起了一個簡單的灶台，溫暖的火光在灶台裡跳躍著，溫暖了每一個人。

明明就是夏天，可是在這屋子裡待著，就是冷，竟然還需要火的溫暖。

灶臺上放著一個鍋子，鍋子裡煮著壓縮餅乾，這玩意兒不太好吃，加點水，煮成糊糊，倒是好一些。

沁淮和另外一個人撕著肉乾，一邊往鍋子裡加著水，一邊時不時的扔點兒肉乾進去。

「這東西應該好吃吧？」沁淮說話的聲音很大。

但這是沒辦法的事兒，這村子也不知道怎麼的，到了晚上，竟然吹起了怪風，聽起來陰惻惻的，像有人哭似的，所謂陰風陣陣兒，就是指這樣吧？

所以，沁淮只能大聲說話，才讓人聽得清楚。

「別吼了，去個人把門關了吧。」師傅說道。

可是大家你看看我，我看看你，竟然沒有一個人行動，沒辦法的事兒，這荒村給人的感覺實在太恐怖了，就算這行人裡，有幾個是身經百戰的「特工」，還有幾個是貨真價實的「道士」，心裡也發毛。

畢竟會恐懼是人的天性，這是骨子裡的東西，一個人再膽大，也有個極限，超出這個極限，他還是會害怕。

「又沒有鬼，你們怕什麼？只不過是陰氣太重而已。」看到這個情況，元懿說了一句，起身

去把門關上了，然後又坐回角落裡開始打坐，存思，修習氣功。

這個人倒是非常的勤奮，我聽到他練習的時候，氣息悠長，一呼一吸竟然可以持續一分鐘以上，頓時覺得這個人也真的有些本事兒，我對他的瞧不上也緩和了幾分。

看來也不是沒有本錢的自大，想到這裡，氣功竟然能練到如此的境界，比我強很多。

門關上了，屋子裡頓時安靜了許多，肉乾煮餅乾糊糊也差不多好了，有人站起來，給每人的飯盒裡都舀上了一些。

屋子裡有些冷，溫暖的吃食一下肚，感覺頓時好了很多，其實說真的，這糊糊還滿香的，肉乾在裡面煮了煮，也不是那麼乾澀難咽了，香味兒也散發出來了。

「我以為能吃上新鮮的烤肉，我就嚮往這樣的江湖生活。」沁淮坐我身邊，一邊大吃著飯盒裡的糊糊，一邊抱怨。

「得了，烤老鼠你吃不？我師傅說了，這片兒地方，怕是沒什麼動物了，除了蛇鼠，還有喜陰的蟲子。」我毫不留情的打擊沁淮。

不過，這也是事實，這片兒地方被陰氣侵擾，一般的動物早就走了，除了蜈蚣啊、蜘蛛啊、蜒蚰啊這些天生喜陰的蟲子，至於動物，估計就是蛇和老鼠了，這個地方對牠們影響不大。

「切，我才不信，大好的幾片山，會沒個動物，你騙誰呢？」沁淮才不相信這個。

「不信算了。」我才懶得和他扯，事實上，在以後異常恐怖的幾天裡，沁淮就會有體會。

師傅不理我和沁淮扯淡，在和其他的幾個人交談，其中就有孫強的爺爺，老孫頭，他在感慨：「幸好這裡是個四面環山的地兒，那個出事的村子道路也沒通，沒壞了山勢，不是這層層疊疊的大山擋下陰氣，我看任它蔓延下去，事情就糟糕了。」

「是啊，但如果是這樣，國家怕是早就處理這事兒了，也等不到現在。」老孫頭兒接話說道。

「當時不是有更大的事兒嗎？來，試試我的旱菸葉。」我師傅一邊說，一邊裹起了菸葉，順便也給老孫頭兒裹了一個。

兩個老頭兒愜意的抽起了旱菸，不過這於葉子有股子奇異的香味兒，在這封閉的屋子裡也不算刺鼻。

「不過，要說最幸運的地方就是，進這片兒地方的那座山，夠大，完全擋住了這裡的陰氣兒，雖然是削弱很多的陰氣！這就是老天的安排啊！都說天地不仁，其實天地的仁慈是大仁，只是不落在普通人身上，普通人也感受不到。」我師傅吸了一口旱菸，悠然地說道。

「是啊，天道法則雖然無情，可仁之一字，也被刻在了法則裡，否則也不會向善有福報，向惡有惡報了。」另外一個人接了一句，這人也是一個道士。

「呵呵，有個說法是殺一人為惡，殺百人而神鬼不近，之後世世遭難。就算勉強再為人，也是因果纏身，解脫不得！總感覺這世道越來越偏了，一些自私冷漠魔障的說法倒是很容易被人接受。」

「這又有什麼辦法？人總是要經歷過很多曲折，甚至跌撞到頭破血流才能明白一些道理，他們只看那人前風光，不管那後世因果，也不想禍及子孫，那又有什麼辦法？人心浮躁，只管我在那幾十年，哎……」老孫頭也感慨道。

「不說這個了，姜師傅，這風就是因為陰氣被堵住了，形成的嗎？」估計著話題太過沉重，有個人乾脆岔開了，畢竟這世道評論了，也無濟於事。

「是的，一到晚上，陰氣大盛，出不去，自然就形成了風。」師傅簡單回答道。

說話間，那風力更盛，吹起院子裡那腐朽的大門，和屋子裡的窗戶，「砰砰砰」的，就像是有很多人在敲門似的。

沁淮哪經歷過這個，不由得貼近了我幾分，說道：「承一，這玩笑開大了，怨鬼來了？」

我頭都不抬，說道：「風而已，怨鬼沒來，不過估計那出事兒的村子裡，怨鬼大大的有！」

「老子不去那個村子了！」沁淮喊道。

我師傅斜他一眼，說道：「原本就沒打算讓你去，我們準備在那個村子的鄰村，建個指揮總部，你就留在那裡，不用去那個村子。」

「不行，我要去，在姜爺身邊我才有安全感。」沁淮不依。

「安全個屁，那個村子封閉了幾十年，我也不知道那裡面變成什麼樣子了，到時候我顧不上你。」我師傅用不容置疑的語氣說道，接著他又說：「不僅是你，楊晟，靜宜也得留在指揮部，每次那裡我會留兩個戰士，還有一個我們部門的道……骨幹在那裡，就這樣。」

「姜師傅，既然情況那麼嚴重，我們十幾個人夠嗎？」一直在擦槍的一個戰士不由得開口說道，他雖然不會什麼道法玄術，但是危險的任務也跟隨著執行過了幾次，神奇的事情也見得多了，膽子也不小，不過，這一次，還沒到目的地呢，這情況就讓他覺得不安。

「怎麼不夠？小看我們嗎？」一直沉默的，在修習的元懿忽然開口說道。

我師傅則說：「畢竟這裡荒廢了幾十年，是個什麼情況大家也不好判斷，如果在我們的能力範圍之內，當然我們無聲無息的解決了最好，如果真的很棘手，我會通知上面的。」

這次行動，配了無線電報機，隨時可以通知上面，只是……只是在這之後的情況，我們真的

沒料到。

元懿面對我師傅這個說法，卻冷哼了一聲，說道：「不過是聲勢嚇人，萬事萬物都有相剋的辦法，任它驕橫，總有收拾它的存在！」

「哦，那旱魃呢？」我忽然轉頭問道。

其實，我不太瞭解殭屍，只不過最近惡補殭屍的知識，也聽過一些傳說，知道旱魃是最厲害的殭屍，至於犯什麼，紀錄的也是語焉不詳，無法考證。

我其實不是故意在挑刺兒，他說萬物相剋，我就是好奇，反正我沒見過什麼對付旱魃的好辦法。

元懿一下子就怒了，說道：「你是不是故意的？現在社會還會存在那種東西嗎？」

# 第十二章　同夢

面對元懿的怒火，我當然不會計較，我原本也不是故意問的，加上師傅特別耐心地跟我解釋過，所以我也算很淡定說道：「我只是想問問旱魃有什麼辦法對付不？」

元懿的臉色白了白，說道：「鄉野記事中，每當天有大旱，人們就會四處挖墳，尋找有屍變痕跡的屍體來燒，以此消滅旱魃。不過，你也知道這種記載不靠譜，殭屍到了旱魃的程度，早就已經不懼凡火，甚至不怕陽光了。我家道學世家，所學脈脈相承，在我家……」說到這裡，元懿頓了一下，像是在猶豫什麼。

可是他終於還是說道：「在我家族的記載冊子裡，有一位先祖曾經在早清時，遇見過一隻快要進化到旱魃的殭屍，當時集結了各方道友相助，想要消滅它，結果那一次去了二十六個，死了十七個，也包括我先祖！沒死的，回來之後都說，是因為幸運，在兩敗俱傷的時候，降天雷，打死了那隻殭屍。這件事情被我另外一個先祖記錄下來，如果真是旱魃，我們十幾個人不夠看的。」

我師傅瞇著眼睛，抽了一口菸，說道：「不能是旱魃吧，旱魃最基本的特徵就是會造成大旱，你看這裡水潤著呢！別聽我那徒弟扯淡！再說，你也知道老村長的情況……」

元懿皺眉沉思，說道：「是啊，這老村長可是特殊中的特殊啊，古往今來，記載的就沒幾例，而且就算這僅有的幾例都是屬於鳩占鵲巢，唯一可參考的一例，竟然……」

元懿說到這裡，彷彿也很頭疼，說不下去了，而是完全陷入了沉思了。

「唯一可參考的一例是啥啊？」我著急的問道。

「是在明朝，有一個人死而復生去報仇，報仇完了，就消失了，後來明朝的有能之士，找到那怪物，以大法力殺死了他。」元懿不說話，師傅卻接口說道。

看來他們都參考了比較靠譜的資料，也怪不得他們頭疼，什麼叫以大法力殺死了？這說了和沒說不是一樣嗎？

「但不管怎麼樣，它都是屬於殭屍的範疇，只要是殭屍，就有對付的辦法！當然，旱魃不算！因為老村長不可能是旱魃，旱魃是自修七魄，已經修完了，而且初具智慧，自身魂也隱隱修出。老村長三魂七魄都沒散，它不可能是旱魃。」元懿抬起頭，忽然就堅定地說道，當然他怕我又提什麼旱魃，乾脆解釋了一次。

這時，大家已經吃完了飯，圍著暖暖的火光，一個個都開始犯睏，畢竟經過了一天的顛簸。

元懿話說完以後，沒人再說什麼，每個人各自分配好了屋子，都鑽進睡袋裡睡覺去了。

那原本很嚇人的風聲，也被大家忽略了，畢竟是疲憊了……

這一覺出人意料的睡得很香，至少我睡得很香，所以早上起得晚了，當我睜開眼的時候，那日光已經明晃晃的了。

我怕師傅生氣，趕緊爬起來，簡單的洗漱過後，趕緊解釋道。

起來的除了我，就只有元懿和我師傅。

「師傅，我……」我看見師傅的臉色頗有些嚴肅，忙忙慌慌地開始晨練，可這時候我才發現，這是什麼話啊？我有些茫然地說道：「睡得很好啊，一覺就到大天亮的。師傅，什麼意思啊？

可是師傅卻問我：「你昨天晚上睡得好吧？按理說，你應該睡得很好的。」

有人睡得不好？」

「我看除了我們三個，沒人睡得好。」說話的是元懿，我師傅只是皺著眉沒說話。

「你咋知道的？」我就驚奇了，怎麼連人睡不睡得好，都能知道？

「你看他們！」師傅接口說道。

我轉頭一看，果然，每個人都皺著眉頭，睡得很掙扎的樣子，有些嚴重的，額頭上都有汗水了。

果然，傻子也能看出來他們睡得不好。

我看見沁淮，好像是最掙扎的一個，不禁走了過去，一摸他的額頭，有些涼。

「師傅，不然都叫醒他們吧？」我有些擔心了，我不會認為沁淮是感冒什麼的，這很明顯就是陰氣入體的表現。

「原本是想他們多休息一下，看來到了早晨，他們都還在夢魘裡，叫醒他們吧！這陰氣太重的地方，這樣睡太久是不好的。」師傅歎息了一聲。

然後我開始一個個的把人叫醒，每一個人醒來都是一副如釋重負的樣子。

特別是沁淮，稍微好點之後，就大聲說道：「我昨天晚上鬧心得很了，一晚上都TM聽見有人對我說滾回去，老子睜大眼睛使勁看，就是模模糊糊的看不清楚！」

沁淮這麼一吼，他旁邊睡的孫強忽然就滿面驚奇的問道：「哥，你夢見了這個？」

在沁淮的「淫威」之下，孫強被逼叫他哥了，當然我是好人，人家孫強自覺自願地叫我哥。

孫強這一喊，所有人都注意到了這邊，連我、我師傅、元懿的注意力也被吸引了過去，孫強說道：「哥，我也夢見有人叫我們滾了，那人是不是在一片很模糊的環境裡，然後身影也看不清楚？」

「我×，你該不會和我做一樣的夢了吧？當兄弟，做夢也能一樣？」沁淮覺得這事兒太TM

152

神奇了。

可是，沁淮的感慨還沒發完，屋子裡的人紛紛說道，他們也夢見一樣的了。

包括我嫂子和晟哥也這樣說道。

不過，晟哥立刻就陷入了新一輪的思考，人為什麼會做一樣的夢，這個在生物學上怎麼解釋。

倒是嫂子，一下子變得很驚恐，說道：「姜師傅，這次我們恐怕來對了，它在，它絕對在！」

「嫂子，什麼玩意兒絕對在啊？」沁淮還沒反應過來。

「靜宜說的是老村長，你忘記那個故事了嗎？」師傅忽然就插了一句，這一句話，讓屋子裡所有人都安靜了下來，這個故事至少在這裡的每一個人都不陌生。

這種沉默，代表的是一種害怕，連我也忍不住打了一個寒顫，在那個故事中，夢是一切慘劇的開始，難道也要發生在我們身上？過了那麼多年，老村長變成了什麼樣子？

「好了，我們既然是去找它的，當然不怕面對它，我還以為這個東西只有進那個村子的時候，才會用上。」說話間，師傅掏出了一疊紙符，然後說道：「每個人來拿一張，疊成三角形，隨著帶著，但是別讓汗水給浸濕了，知道嗎？」

我望了一眼那符，雖然只是普通的黃紙符，卻絕對不簡單，因為那是平安符，平安符原本就有擋煞擋陰的作用，可是師傅在上面多畫了一些東西，就是加強了這個作用，這是極其難畫的複合符，師傅竟然準備了這個東西？

元懿也看了一眼我師傅手裡的符，臉上竟然出現了一種挫敗的感覺，我站在他身邊，非常清楚地聽他嘀咕了一句：「老李這一脈的徒弟，個個都是天才？」

我心中暗爽，不過表面上還是不動聲色。

沁淮第一個站起來，拿過我師傅的符，他有些顫聲地說道：「姜爺，我不開玩笑，我真的不想做什麼一樣的夢了，這符能幫我這一點嗎？」

看來，故事裡的同夢現象，給沁淮留下了極深的陰影。

「放心吧，擋住了那股陰氣的侵擾，就不會再有這樣的現象，好好收著。」師傅淡然地說道。

沁淮立刻把符跟寶貝似的收著。

我挺得意，因為我沒做這樣的夢，在這裡，另外也只有師傅和元懿能做到這樣了，說明我還是個高人。

師傅仿佛看穿了我所想，平靜說道：「你不用得意，什麼人脖子上掛個跟你一樣的虎爪，都不會夢見。」

繼續走在荒草叢生的路上，氣氛分外沉默，連沁淮都沒了說話的興致，昨夜大部分人沒休息好，今天又這樣匆忙的趕路，任誰也沒那個精力再說話。

這些村子毗鄰而建，說遠也不太遠，可是經過了一個又一個的村子，師傅也絲毫沒有讓大家休息一下的意思，連午飯都是匆匆忙忙地啃了壓縮餅乾，喝了點兒水，就解決了。

說起來，就是午飯的時候休息了半個小時。

除了沁淮是個公子哥兒，大家的身體素質都不差，可是精神上疲憊往往比肉體上的疲憊更讓人感覺到累，終於有人忍不住說道：「姜師傅，實在受不了了，歇會兒吧？」

師傅幾乎沒有任何猶豫的說道：「到了地方再歇息吧。」

人們有些不滿，但是這次行動畢竟是以我師傅為主心骨，這個部門雖然表面上鬆散，可實際上是軍隊似的管理，哪怕是元懿，他可以發洩不滿，表現出想當「老大」的心態，可他也絕對不

敢違抗命令。

但此時，我扶著沁淮走在路上，也覺得師傅有些不近人情了。

四川的夏天原本就很炎熱，盛夏的陽光又那麼毒辣，而這路荒廢了幾十年，根本不能叫路了，雜草叢生，荊棘纏繞，每走一步都那麼困難，師傅怎麼不給休息一下呢？

特別是，我們原本帶了一些水，師傅竟然叫我們不許喝，讓我們留著，而我們喝水，都是他去尋一些水，然後用淨化水的藥片兒處理過，燒開之後，還燒張符灰扔進去，讓我們喝。

這可苦死人了，那麼熱的天，還得喝開水，還是扔了符灰進去的水，特別是人還口乾舌燥，很想喝水的時候……

無奈師傅根本不解釋什麼，只是下達著他的命令。

我都有些不滿了，所以我以為元懿一定會說點什麼，可是元懿這次倒沒任何意見，默默執行著師傅的每一項決定。

沁淮有些受不了了，他在我耳邊小聲說道：「承一啊，我覺得這腿ＴＭ都不是我的了，還火辣辣的疼。」

我低頭一看，果然，沁淮的褲子都被刮起了好多一條條的口子，腿上也是一條條的血痕，這路實在太難走了。

其實我不想給師傅搗亂，但我也是關心沁淮的，我忍不住喊道：「師傅啊，能不能休息一會兒？沁淮受不了了。」

師傅還是那樣子，頭也不回的走在最前面，只回了我一句：「不行。」

我無奈了，乾脆一把背起沁淮，說道：「哥們，你休息會兒吧，快到了。」

周圍的人看見這情況，都沉默不語，連徒弟也直接拒絕了，他們更不用指望什麼了，師傅也知道我背起了沁淮，可是他連停頓都沒有一下，只是往前走。

幸好我從小就是練的，體質也好，背著沁淮，雖然累，但是咬牙還能堅持，他是我朋友，我不能不管他，畢竟人很多時候做的事情，不是靠體力來支持，而是一股意志。

就這樣，我們沉默著前行，為了早點兒到目的地，我們甚至連晚飯也沒吃。

終於，在傍晚時分，我們到達了目的地——出事兒村莊的隔壁村莊！

那是村子裡逃出來的四個人的落腳點，也是離出事兒的村莊最近的一個村莊。

可是，一進這個村莊，我們卻發現一個奇特的現象，在夏天的傍晚，這個村莊都籠罩著一層似有還無的霧氣，說它存在吧，你在跟前根本感覺不到是霧，你說它不存在吧，整個村莊都朦朦朧朧的，像是被一層紗給蓋住了。

更讓人覺得壓抑的是，明明是大夏天，一走進這個村子卻讓人感到發冷，我裸露的手臂竟然起了一串兒雞皮疙瘩，站在這裡，就跟站在秋天的曠野一樣。

師傅帶著沉重的臉色抬頭看了看，我在這種情況下，一般都會習慣性的望向師傅，因為我心裡沒底，所以看看師傅的臉色。

看見師傅的臉色沉重，我的心也跟著沉重起來，特別是他目光所及之處，就是那座隔開村子的山，我跟隨他的目光，正好也看見了，那座山竟然籠罩著白色的霧氣，山腳還好，山頂上的霧氣竟然濃到化不開的感覺。

這？我一下震驚了，這霧氣在故事裡曾多次出現，可按照線索都是老村長刻意為之，現在籠罩在山上是怎麼回事兒？

156

我隱約有答案，可是不敢說，但是有人就沒有這個顧忌了，元懿不知道什麼時候站在了我前面，也死死的盯著山上說道：「陰氣化形，這鬼得有多凶厲？比我昨天預料的還要糟糕。」

元懿的話，大部分人都聽見了，每個人的心都是一沉，我原來以為十幾個人已經夠多了，沒想到這時面對這種情況，卻發現我們十幾個人像是被拋棄在了一座無人島的感覺，還處處都是危險，我很想讓師傅趕快去請求支援。

師傅望著山頭沉默了半晌，終於開口說道：「走，先找地方落腳。」

此時，主心骨的作用終於發揮了出來，師傅雖然很沉重，但是沒有半點兒驚慌，還清楚的知道下一步要做什麼，這多少讓人們心裡有些安慰。

我的心也鬆了一口氣，師傅沒叫我們趕快退走，說明事情至少有轉機，背著沁淮，我大步跟上師傅的腳步。

最終，我們找到的落腳地是以前的村長辦公室，是師傅執意選擇的，比起民居，辦公室確實算不上方便，沒有灶台、沒有床、沒有生活用具，只有椅子和桌子。

我跟隨師傅那麼多年，當然知道師傅的用意，一個地方陽氣最盛的永遠是辦公樓、公安局、學校這三個地方，畢竟是前兩個地方是國家的機關，沾染了一些國運，可鎮！至於學校，畢竟孩子比起成年人純淨，陽火也就分外純淨，也可鎮！

師傅是在利用一切的優勢啊！

到了地方，師傅吩咐大家收拾一下這裡，至少趕走蛇蟲鼠蟻，還有把雜草除去。

其實，我沒吭聲，我剛才就在草叢裡看見一隻幾乎半身發白的草鞋蟲！要知道，我們身上都帶有驅蟲藥粉啊，這蟲子竟然沒有退避三舍！可見這環境把牠們「滋養」得多麼有依仗！

「三娃兒，用你的藥粉混合大家的藥粉驅蟲，盡量別打死，特別是蛇，懶得惹麻煩。」師傅對我吩咐道。

然後他又望向元懿：「你和我一起來佈置一道陣法吧。」

我收集起來藥粉，然後小心的從竹筒裡倒了一些藥粉出來，可憐我保存了十幾年的竹筒藥粉，到了這裡之後，幾乎就用掉了六分之一。

將藥粉混合後，我把藥粉交給了一個不怎麼怕蟲子的人，讓他到處灑一些，因為加入了我的藥粉的關係，灑上一些，倒也夠了，能起到作用了。

然後，我們再次目睹了蟲子成群湧出的景象，和那個村子的蟲子不同，這裡的蟲子幾乎半身都是慘白色，師傅看見這一幕，臉色分外沉重，我聽他嘀咕了一句：「這些蟲子，不能留。」

可是蟲子成千上萬，要怎麼才處理得乾淨？我一想到這個問題，就頭疼，可是剛好一隻蜘蛛從我腳邊爬過，又把我嚇得不敢說話。

慢慢的有蛇爬出來了，這時我才發現，這個房子裡可不是什麼烏梢蛇了，還有兩條毒蛇混在其中，銀環蛇倒也不說了，原本身上就有慘白色的紋路，大不了是這些紋路變大了，快成白蛇了。

可是金環蛇的金色紋路，也夾雜了慘白色，這可夠嚇人的。

而在這時候，我叫去驅蟲的人，死死地捂著手，跳著跑了出來。

師傅盯著那個人的傷口，一聲慘叫響了起來，臉色難看到了極點，所有人都沒想到，還沒正式進村，就有人會在這裡受傷，而咬傷他的，是一隻不大的，全身呈灰白色的蜘蛛，比起剛才湧出的「蟲潮」，這隻蜘蛛根本不算大，就普通蜘蛛的大小。

而現在這隻始作俑者的屍體就靜靜的躺在地上，因為師傅在發現的第一時間就衝了過去，兩

158

說道。

個指頭就彈開了蜘蛛，然後扣住了那人的穴位，讓毒血不至於隨著脈動流遍全身。

可此時看著那人的傷口，師傅的臉上竟然會如此難看！因為那傷口竟然第一時間就腫大了，呈一種詭異的淡紫色。

「刀。」師傅簡單吩咐了一句。

旁邊趕緊就有人把刀遞了上去，師傅望了被咬傷的人一眼，說道：「忍著點兒。」然後就下手，毫不猶豫在的那人腫脹的傷口處，劃了一個十字形的開口，然後又在傷口的周圍戳了很多小眼。

瞬間，那人的傷口開始湧出大量的血液，可那血液的顏色讓我瞪大了眼睛，深粉紅色摻雜一點黑色，這兩顏色在一起挺噁心的。

怎麼會是這顏色？但現在顯然不是多問的時候。

「好冷啊，姜師傅，我冷⋯⋯」放出毒血之後，那人終於開口說話了，沒想到在這大夏天，竟然有人一開口就說冷，雖然這個村子說不上是熱。

「終究沒有封住全部的血氣，這陰毒還是留了一些在身體裡。」師傅說了一句，然後又小聲嘀咕了一句：「要是凌青在這裡就好了。」

「那姜師傅，我會死嗎？」那人望著師傅，忽然眼淚就掉了下來，那麼大條漢子，瞬間就哭得像個孩子。

其實，換我我也哭，進村被殭屍打死都好，被一隻蜘蛛咬死，誰能甘心啊？

「不會死的，這幾天你就安心在這裡休養，等我們把事情解決完，就帶你出村。」師傅開口

159

師傅這樣一說，那人竟然漸漸止住了哭聲，很簡單，我師傅不會輕易下一個肯定的結論，如果他說不會，那一定會讓人很信服，是真的不會。

找了一個乾淨的地兒，師傅讓那人坐下，看見流出的血是鮮紅色的之後，他用手逮著那個人的手，強行做了一個不算太複雜的手訣，那人的手就不流血了。

這個手訣幾乎是山字脈的人都會，從古至今都讓覺得非常神奇的手訣——止血訣，非常的有效果！止血比什麼都好用，至於原因則讓人迷茫。

止住了血之後，我第一次見到師傅「神棍」了一次，他竟然燒掉了兩張符，一張做成符水讓那人喝下，另外一張的符灰灑在了那人的傷口。

那符我認得，是增強人自身陽氣，抵擋陰氣的符，說白了就是防鬼的符，佩戴在身上，一般的陰鬼就不會找上你，在遇見厲害傢伙的時候，拍出那符，也有攻擊的作用。

可沒想到師傅會這樣用符，雖然今天走了一路，我們都在喝符水，但師傅曾經說過：「符的作用，幾乎佩戴、黏貼就會發揮，有病才還是得去醫院，喝符水神叨叨的。」

我耐心的看著師傅做完這一切，最後師傅讓他睡在了睡袋裡，特別又給他蓋了一層，在這人旁邊生了一堆火，再吩咐人去給他熬煮了一碗薑湯。

幸好，薑我們還準備了一些，畢竟有大山的村子，防潮濕入體！不然，誰會大夏天帶薑。

那人喝了薑湯，迷迷糊糊的睡著了，師傅這才放心走開，讓大家趕緊把地方打掃乾淨。

一個小時候以後，我們打掃乾淨了一間大的辦公室，因為師傅決定所有人都要睡在一間屋子裡，他說了一句：「人多，陽氣重，對那有傷的人比較好。」

收拾完屋子以後，大家在屋子裡搭了個小灶，同樣的放上無煙煤，點上火，把那人抬到了火

160

堆旁，然後終於可以休息一下了。

但是師傅和元懿卻還不能休息，此時他們正在外面緊張的布置陣法，這次我倒發現元懿和師傅有商有量的，當陣法布好，最終放上陣眼之物的時候，我感覺一陣兒清明，仔細一想原因，竟然是那層似有還無的薄霧竟然不見了，不過眼光放遠一點兒，整個村子還是籠罩在這層薄霧裡。

師傅走了進來，說道：「這裡暫時隔絕了陰氣，終於可以放心休息了。」

見師傅進來，原本正在和另外一個人緊張的擺放安裝設備的晟哥走了過來，遞過一個透明塑膠包給師傅看，然後說道：「姜爺，這是非常普通的高腳白鄂蛛，就樣子嚇人點兒，可是幾乎是無毒的，而且生性膽子小，怎麼可能會有勇氣咬人的？」

師傅說道：「因為牠是這裡的蟲王！吸收陰氣最多！你沒見牠的顏色是全身灰白嗎？再過幾十年，怕這裡就會養出天然的『陰蠱』，就是我提到過的，全身慘白色的蟲子，那才是一場災難。陰氣不是那麼簡單，它中間也包含了很多負面的情緒，吸收太多會受到影響，人都會性情大變，何況是一蟲子？」

「含負面情緒？」晟哥抓了抓腦袋，說道：「我真是不能理解這陰氣到底是個什麼東西？還能包含情緒？」

「你也不用理解，更不用妄想你還能捕捉到一段兒陰氣，然後放顯微鏡底下去觀察，然後用各種化學試劑去分析成分。」師傅平靜地說道。

晟哥扶了扶眼鏡，非常吃驚地望著師傅說道：「姜爺，真神了，你咋知道我在想什麼？」

師傅無語，這小子還真這樣想啊？

這一夜，大家都疲乏得要命，當乾糧煮起來，香氣瀰漫在屋子的時候，大家才有了片刻的放

鬆。

有人很享受地在抽菸，有人低聲私聊，有人正在挑著腳上的水泡，畢竟這樣走了一天，起幾個水泡是正常的。

外面的陰風開始吹起，隱隱的又有慘號聲傳來，可幸運的是，在師傅和元懿合力佈置的陣法之內待著，雖說感覺不到是夏天，不過比外面的那種陰冷好多了。

待在這裡，這陰風根本不朝我們這兒颳，像是刻意避開了一樣。

沁淮也緩了過來，點上一枝菸，塞我嘴裡，自己也點上一枝，我比較擔心的看了師傅一眼，畢竟我沒在他面前抽過菸，但師傅只是望了我一眼，就沒說什麼了，我於是也放鬆下來。

畢竟在這種緊張疲憊的環境裡，一支香菸是很好的依靠。

「承一，這裡真的打不到野味兒了，我絕望了，今天急行軍，經過好幾座山的山腳，我TM楞是一聲鳥兒叫都沒聽見。」放鬆了之後，沁淮的話就多了起來。

我靠著牆壁，瞇著眼睛，叼著香菸，疲憊的說道：「早跟你說了，你不信。」

「說起來，今天姜爺好狠啊，我從來沒想到姜爺有那麼男人的一面。」沁淮嘿嘿地笑著，我其實明白這小子的心思，他在抱怨呢，可是他怕我師傅，只敢用讚美的方式小小的抱怨一下。

這話當然讓坐旁邊不遠處的師傅聽見了，他瞪了沁淮一眼，說道：「老子一直都很男人，你小子少在那裡明褒暗貶的，你當我聽不出來？」

沁淮怕得罪我師傅，立刻賠笑說道：「那是，姜爺你一直是男人中的標杆兒啊！往那兒一站，對比之下，周圍就沒有男人了。在你面前全部變大姑娘了。特別是今天，那男人的範兒啊，跟西楚霸王似的，我都以為姜爺你被他上身了。」

162

我叼著菸，閉著眼睛笑，這沁淮太能扯淡了，連我聽了都好笑，師傅往那兒一站，周圍沒有男人了，我ＴＭ跟了師傅那麼多年，豈不是當了那麼多年的「姑娘」？要不是現在很疲憊，我能起來抽沁淮一頓。

屋子裡的人聽見沁淮扯淡都樂了，師傅也笑了，說道：「你別繞著彎來說話了，老子不吃這一套，你就想知道今天我是為什麼做？對吧？」

沁淮一點頭，大拇指一豎，說道：「姜爺聰明啊⋯⋯」

不僅是他，一屋子的人都望向了我師傅，今天為什麼忽然這樣，是讓所有人都好奇。

霸道不講理，不體恤人的那種人，今天為什麼忽然這樣，是讓所有人都好奇。

除了元懿，他一點都不好奇，我猜這傢伙知道原因。

可是師傅自己卻沒說什麼，只是說道：「元懿，你也講吧。」

這是無形中在給元懿一種鼓勵，也在給他豎立一定的威望，畢竟元懿這性格，一路上都把快把人得罪光了，師傅不想看到這樣，他幫元懿緩和同大家關係的同時，也認為元懿是一個有本事兒的人，應該得到相應的地位。

這就是我師傅，從來不開口說什麼好聽的話，也不喜歡把事情做到明面上，他的體貼與關心總是無聲無息，卻又讓人倍感溫暖的。

元懿感激地望了我師傅一眼，畢竟他也不想壞了自己爺爺的名頭，無奈的是，他越是在乎，做得越是糟糕，這一次師傅幫他，他能感覺得出來。

有些不好意思的，元懿說道：「這片地方陰氣聚集，人在坐下來休息或者躺下的時候，很容易就被陰氣不知不覺入體了！昨天我們在外村住了一夜，就已經受到了這樣的傷害。所以，今

天姜師傅讓大家不停趕路，就是因為這個原因。畢竟人在走路的時候，氣血是流動的，陰氣也不容易侵入。」

元懿解釋得很簡單，但也很明瞭，大家這下總算理解了我師傅的用意，但同時也感歎起來，果然是有本事的人才能想得那麼周全，元懿果然也有兩把刷子，不然不能和姜師傅想一塊兒去，姜師傅也不能找他一起布置陣法。

看見大家有些佩服的目光，元懿有些不自在地輕咳了一聲，進入分部六年了，他一直想得到這樣的目光，卻一直得不到，沒想到今晚就這樣得到了，元懿忽然想通了點兒什麼。

原來人的驕傲從來不是靠說什麼或是擺高高在上的態度得到的，而是實實在在地做事才能給自己驕傲。

發了一小會兒呆，元懿繼續說道：「水肯定是要節約起來的，因為這一段兒的水一定也沾染也大量的陰氣，喝了和這裡的環境配合起來也不是啥好事兒。燒開來喝，可稍微化解一些陰氣，至於放符你們也知道是為什麼了吧？在這個地方，補陽，正陽都來不及了，哪裡還能沾染帶一點兒陰氣的東西？」

這樣，也解釋了師傅一路上為啥讓我們喝符水的原因。

夜色不知不覺地變得濃重，大家默默地吃完晚飯，都各自躺下睡了，我有些睡不著，想著師傅說過的，每次進村只能去五個人，心裡就在盤算，我能不能去。

我也不知道自己這個性格是啥，明明會害怕，但好奇心總會大過害怕的心情，小時候餓鬼墓的事情就是如此。

正想著呢，就聽見師傅輕聲對守夜的人說：「夜裡注意著點兒動靜，這火不能熄了，傷患不

能離了火。另外，稍微移到那邊去，無煙煤省著點兒用，晚上得加柴禾，有煙，燻到大家。」

不知道怎麼的，聽見師傅的聲音，我覺得分外的安心，原本是睡不著的，忽然間就睏意上湧，睡得非常的安心。

第二天，當我睜開眼睛的時候，日頭兒正好，就算這薄霧籠罩的村莊，也難得清明了起來。

起床後，發現大家都還差不多起來了，沒人嚷著再做同一個夢了。

這看得我有些感慨，你說如果當年村子裡那齣悲劇發生的時候，我師傅要在，該有多好？至少能阻止很多事情的發生吧？

一邊感慨著，我一邊開始簡單的洗漱，沁淮在我旁邊說道：「哥們兒，我是不是眼睛花了，咋看咋覺得山上那霧氣泛起紫紅紫紅的顏色呢？」

啥？我很吃驚，叼著牙刷一看，可不是，那山頭的霧氣泛起一股奇異的紫紅色，很淡，可是看得出來。

我趕緊吐了嘴裡的牙膏沫子，胡亂的漱了漱，然後大聲喊道：「師傅！」

結果，扭頭一看，師傅就在我跟前兒，他說道：「有啥好大驚小怪的，這又不是真霧，是陰氣化形而起，這紫紅色兒，是因為紅色太濃，才泛起紫色。大紅大紫，知道嗎？」

「師傅，這跟大紅大紫扯上啥關係了？」我不解。

「說你笨，你還真配合，我不解釋過了嗎？紅色太重，就泛起了紫色兒，那是血氣，懂嗎？死了那麼多人，泛起了血氣。」師傅平靜地解釋道。

我一聽，有些驚恐的望著那霧氣，竟然覺得心跳莫名其妙快了一拍！

一百多個人是很多，可也一定是死得很殘忍，才血氣沖天，從師傅的描述裡，我很難去體會

那場面到底是啥樣兒，可是從這霧氣裡我卻能體會出一二。

吃過早飯，師傅開始說話，他說道：「我們上午翻山，得趕在中午十二點以前爬過去，然後在村子裡勘察三個小時，得趕在下午六點以前回來。任務是把村子裡的地形詳詳細細的描繪出來，每一個角落都不要放過。」

師傅這是在佈置任務，任務佈置完了，他就開始點人。擅長繪製地圖的人一定要帶上，這次選得幾個特工都有這本事兒，所以師傅叫上了兩個特工。

接著，師傅又叫了一個道家的人，畢竟他需要一個人當下手。

還剩下一個名額，很多人不想去，很多人也想去，師傅還沒來得及開口。

我、元懿、晟哥、沁淮同時喊道：「我要去。」

師傅說道：「元懿，這裡也不見得太平，你我必須在勘察期間，留一個來守住這裡。沁淮，楊晟，你們不用去了，去送死嗎？」

那剩下的就只有我，我立刻得意了起來。

師傅看我一眼，說道：「裡面情況複雜，自己記得保護好自己，別萬事兒指望我。」

我把胸脯拍得咚咚響，大聲說道：「放心吧，師傅。」才學了請神術的我，覺得自己還是有幾分本事兒的。

師傅點點頭，也算默認了。

很快，一行五人就整理好了行裝。

那兩個特種兵，都帶著機槍，手槍，很威風的樣子，背上背著一些工具，估計是勘察地形用的。

至於我們三個道士就簡單多了，一人一個黃布包，不過裡面裝的東西可就複雜了，就不一一細表了。

留下來的人有人鬆了一口氣兒，有人卻頗不服氣，沁淮還在念叨：「你們不能用老眼光看我，我是在進步的，我絕對不是什麼公子哥兒，我是一個有些樸實氣質的勞動人民，我……」

師傅直接踢了沁淮屁股一腳，然後說道：「我們走吧。」

走出陣法的範圍，我就感覺到了陣陣的涼氣兒撲來，幸好這是陽氣十足的上午，這涼氣兒還不算厲害，踩著昨天的路，這一路走得也算順利。

師傅走在最前面，說道：「等下到了山腳，三娃兒把你的藥粉分出來，分成五包，在這個地方，還要防備著那些毒蟲們，被陰氣侵襲得太久，牠們可是無法理喻的，幸好這藥粉還能克制。」

我記得昨天那白色的蟲子，趕忙點頭稱是，不敢捨不得那竹筒裡的藥粉，想著反正也回四川了，等任務完成後，我得纏著師傅找老吳頭兒再要點兒。

走了不過十幾分鐘，就走到了快接近山腳的地方，這條路是我們昨天沒走過的，所以還是雜草叢生的樣子，師傅卻不著急著前行，他望了望近在眼前的大山，那霧氣簡直濃得化不開。

他回頭說道：「你們也知道這霧比鬼打牆還厲害，而且有迷惑人的作用，就算小心翼翼還是會讓人走散。故事裡的那個郵差就是個例子，那麼多村民走著走著都跟丟了。」

這事兒，我們都知道，可是卻不驚慌，想必師傅一定有解決的辦法。

果然，師傅從他隨身攜帶的黃布包裡掏出了一捆細紅繩兒。

# 第十三章　怨氣

紅繩很長，師傅先在自己的脈門上結了一個鎖扣，然後空出一截，又在第二個人的脈門上結上鎖扣，就這樣依次下來，我們五個人的脈門都被師傅綁上了一個鎖扣。

「脈門連接著心跳，代表生氣，我們五個人的生氣鎖成一線，倒也可以抵抗這聚集的陰氣了，另外，這也會讓我們不至於走散，因為心跳是最強烈的魄動，我隨時都能感覺到你們。」師傅簡單的解釋了一句，就邁步朝前走去。

我們也趕緊跟上，不行啊，這紅繩中間就二米的空隙，第一個人走動，我們也必須跟著走動，不然繩子就斷了，我不無惡意的想，這跟趕屍倒是挺像的，穿成一串兒。

不過我這想法可沒敢說，說出來，這另外四個人得揍我吧！在那麼恐怖的地方，把自己想成屍體。

一路無話，很快就到了山腳，師傅停住了腳步，望了一眼這迷霧籠罩的山脈，然後毫不猶豫地走了進去，我們幾個也趕緊跟上了。

一踏上上山的小路，那迷霧就跟流水似的，一下子湧了上來，把我們幾個包圍了，那霧氣中有一種說不出的陰冷，讓我忍不住打了一個冷顫，身上立刻就起了雞皮疙瘩。

原本，山腳下的霧是淡淡的，可沒想到一進來，這霧氣那麼濃，濃到我只能勉強看清楚腳下的路，連前面的人都只能看個大概。

「停下來，把東西拿出來。」師傅吩咐了一句。

168

然後，我們立即停下，一個特工從包裡翻出了幾件兒衣服，分給我們一人一件，因為手上綁有繩結，這衣服只能披上，不過這好歹能抵禦一下這陰冷。

接著，他又拿了個我沒看清楚是啥的玩意兒給我師傅，我師傅在上面放了一張符，然後點燃了它，我這才看清是一個火把。

火把一點燃，那霧氣竟然散開了一些，不過估計是高科技的。

就這樣，由師傅舉著火把，我們跟在後面，默默地往山上走著，倒也順利，只不過這座山真的太安靜了，一路上走得實在讓人壓抑。

沒有鳥兒叫也就算了，連個風吹草動活物都沒有的山路，那算什麼？

這山陰氣那麼重，不會真的連個活物都沒有吧？正想著這事兒，一隻蜈蚣就從我的腳下爬過，讓我忍不住喊了一聲，這是啥玩意兒？全白的蜈蚣？

師傅說的那種蠱蟲，就在這山上就有天然的了？

我一喊，大家就忍不住停下來了腳步，畢竟在這山上走著，每個人的神經都是緊繃的，師傅問道：「三娃兒，你說那鬼叫個啥？」

「師傅，你說那慘白色的蟲子，這裡有啊。」我指著那條蜈蚣，此刻牠正努力地朝石頭縫地下鑽。

我師傅走過來看了一眼，說道：「還不算是，只是被白色籠罩了一層，那種慘白色，以後你要有機會去了苗疆，一輩子也不會忘掉，這裡要是養成了那種蟲子，這山我們也不用爬了，過不去！都得交代在這兒！最好的辦法是一把火燒了這山，然後扔幾顆炸彈，把這裡平了。」

師傅這話說得我心裡一動，忽然想起了師傅說過的，這些蟲子得全部消滅的話，難道他有這個打算？我望了師傅一眼，剛想問，師傅卻說到快走吧，這蟲子沒咬你，就別大呼小叫的。

其實為了防蟲子，我們都紮緊了褲腳，紮緊了袖口，每人身上都還有一包老吳頭的特效驅蛇蟲的藥，應該也不會被蟲子咬。

山路難行，因為畢竟這是在上山。何況，這條山路還被迷霧籠罩，能見度低，還荒草叢生呢！

荒草叢生的平路都很難走了，何況是這山路？

所以，走了將近半個多小時，我們才走到半山腰。

到了半山腰，迷霧更加濃重了，連火把都起不了太大的作用了，彷彿這裡就是一個分界點，到了這裡之後，陰氣的濃度又上了一個階梯，待在這裡，還隱隱有一種讓人有這種反應。

我很清楚，到了這裡，不僅是陰氣，只有怨氣才能讓人有這種反應。

師傅說：「在這裡待久了，對誰都不好，跟我走，儘快走出這裡。」

是的，待在這裡的感覺很不舒服，師傅不說，我們也得走快一些，於是我們五人埋頭趕路，速度加快了幾分，也不知道走了多久，我聽見前後兩人的喘息聲都非常的重。

我前後就是那兩個特工，師傅說過他們不懂玄學道術，讓我們三個道士把他們前後夾住，有個什麼三長兩短，也好出手護個周全，此時聽見他們的喘息聲兒，我覺得特特別的不對勁兒。

就算這山路難走，可這山真的不算高，至於那麼累嗎？

想著，我剛想回頭看，卻不想後面那個人朝著我猛撲了過來，我沒來得及防備，一下子就被撲倒在地，待我掙扎著回頭，就看見那人提起斗大的拳頭，一拳就朝我臉上打來。

170

我×，我也火大了，這算啥？忽然就打人？可是倉促間，我只能用雙臂護住臉，他的一拳打在了我手臂上，一陣疼痛，不愧是特工，這拳頭真TM帶勁兒。

挨了一拳，我幾乎是想也不想的，逮著那個人的衣領，就用腦袋給他撞去了，要打架，我啥時候是個吃虧的主兒？

「砰」的一聲悶響，那人生生地挨了一下我的頭槌，往後倒去，我這一下也是毫不留情，撞得自己也一陣兒眩暈，眩暈過後，一股無名火直衝我的腦門，我咬著牙，就騎那個人身上去了，提起拳頭就要揍他，那人自然也是拚命掙扎。

就在這時，我們兩個打得紅眼的人，誰都沒注意到，那紅繩已經被我們掙斷了。

也就在這時，我忽然就被一股大力給脫開了，我紅著眼睛吼道：「他媽的，哪個啊？」

「你說我是哪個？」耳邊傳來的是一聲大吼，就如平地滾雷似的，炸得我耳膜生生的疼！

這是師傅的聲音，我感覺自己的靈台瞬間清明了，剛才那股衝動也沒了。

我抬起頭來，有些內疚看著師傅，可師傅卻不理我，而是逮住另外一個人，也大聲吼了一句：

「醒來。」

這一聲比剛才那聲還要響亮，震得人心都在顫抖，那人果然一個顫抖，一下子有些迷茫的看著師傅，好像並不知道自己剛才在做什麼一樣。

這是道家玄學特有的功夫，師傅在講述師祖的故事時就提過，而且在平日裡也給我說過，道家的吼功！作用各有不同，把人從迷亂的情形下吼清醒，也是其中一種作用，只是對功力的要求很高。

那人清醒了過來，師傅才鬆了一口氣。

這時，我才看見，情形可真是亂，走在最後那個道士現在正死死抱住那個特工，我和跟我打架那特工，傻乎乎地坐在地上，而師傅正無奈地看著這一切。

我已經明白過來是咋回事兒了，這兩特工一不小心被怨氣入體了，所以有了那麼暴力的行為，走上我前面那個肯定去攻擊我師傅，被制住了，至於走在我後面這個，攻擊的對象當然是我。

我年輕火氣盛，第一時間想到的就是反擊，而偏偏我反擊的方式是用頭去撞別人，這等於是自毀靈台，然後我也著道兒了。

這番掙扎，紅繩自然是被掙脫開了。

想到這裡，我心裡一陣發虛，這才走到哪兒啊，就那麼厲害了？要是走到靠近那個村子的另外一面山，又會是怎樣的情景？我們會不會走出來？

師傅臉色平靜地重新幫大家綁好繩扣，也只有師傅到現在還能做到平靜，其餘的幾人，包括我在內，都是心有餘悸，誰能料到在霧氣中，不知不覺就會中招呢？

「等一下怕是更麻煩，馬樂、馬笑，你們兩個只是不懂玄學，也不知道怎麼防備，更不懂怎麼守住靈覺，所以我要封了你們的五感，這條山路，由我們帶著你們走。」師傅如是說道。

我明白師傅的意思，其實不論怨氣也好，陰氣也罷，都是通過人的感知侵入人的意識，達到擾亂人的目的。至於對身體的傷害，其實是極為緩慢的，就是說你長期待在一個陰氣、怨氣比較集中的地方，身體才會出現各類疾病。

「好的，姜師傅，我們兩兄弟聽你的。」聽見我師傅的決定，其中一個特工開口說道，看來他們對我師傅是極其信任的。

「你們是兩兄弟？」原本看見他們的樣子，我就覺得很相像，一聽名字我才反應過來，不由

172

得開口問道。

這也不是我大驚小怪，主要是這個部門原本就比較神秘，兩兄弟竟然同時以特工的身分為這個部門工作，這事兒的概率就跟很多年後的彩票中大獎是一個概率。

「我是馬樂，和馬笑是堂兄弟。」和我打架那個特工有些不好意思，卻又帶著一絲驕傲地說道，畢竟任何人聽了他們兩兄弟的事兒，都會比較吃驚。

原來是堂兄弟，這事兒也真的不容易啊，我在感慨的時候，師傅已經拿起了朱砂筆，說道：

「你們全身放鬆，我這就要為你們封住五感了。」

兩兄弟非常信任我師傅，當下就閉上眼睛，全身放鬆，任由師傅拿著朱砂筆在他們身上寫寫畫畫。

我好奇地看著師傅，先是在兩兄弟的額頭前畫了一個奇怪的符號，接著是後腦勺，再接下來是雙手手心……我覺得奇怪，看這法門，根本不是道家的手段啊。

「別奇怪，這是我跟趕屍人學的，他們其中厲害的，可以生生把一個活人暫時封成活死人。」

師傅一邊忙活著，一邊說道。

趕屍人那麼厲害？還有這本事兒？等有空了我得問問孫強那小子。

「很奇怪……我覺得奇怪，這是我跟趕屍人學的，他們其中厲害的，可以生生把一個活人暫時封成活死人。」

很快，師傅就在馬樂、馬笑兩兄弟身上搗鼓完了，而這兩兄弟再次睜開眼睛的時候，眼神明顯有些迷茫，師傅也不多說，拿出兩塊黑布包住了馬樂，馬笑兩兄弟的眼睛和耳朵，然後就帶著他們上路了。

此時，看起來，這兩兄弟的腳步僵硬，只知道跟著師傅走，就跟被趕的屍體沒什麼區別，沒想到我上山之前曾想咱們跟一群串起來的屍體一樣，到了這裡，竟然變成真的了，人生真是奇妙。

「師傅，你咋走那麼快？」封了兩兄弟的五感以後，我發現師傅的步子明顯變快了，弄得我和後面那位道長都有些跟不上。

師傅卻說道：「五感不能封閉太久，久了他們會變植物人。」

我一下就覺得有些恐怖，試想，如果用這些法門去害人，那後果是什麼？而且就算要查，也保證一絲證據也沒有……

所以，修行之人，心正是多麼的重要啊！這也怪不得湘西地區民風彪悍，這些古怪的法門真的讓人不得不防。

又走了一陣兒，霧氣的顏色又起了變化，從一開始的白霧，變成了夾雜絲絲紫紅色的霧氣，走在這霧氣中，我聽見了很多哭泣的聲音，具體從哪兒傳來的卻不知道，總之感覺四面八方都是。

這哭泣的聲音讓人瘆得慌，好在馬樂、馬笑已經被封閉了五感，根本聽不見，而剩下的三個人都是修道之人，自然對這些「鬼哭」之聲不是太害怕，雖然聽起來不是那麼舒服。

「三娃兒、高寧（另外一個修道之人的名字），靜心訣。」師傅沉聲說道。

既然師傅這樣吩咐了，我自然不敢怠慢，當下在心裡默念起了靜心的口訣，一遍、兩遍，漸漸的，在周圍縈繞的鬼哭之聲我就不太聽得見了，只是跟著前方的身影默默前進，我知道我們已經快到山頂了。

又走了差不多十分鐘，上坡的趨勢減緩，前面已經是一條模模糊糊看不清楚的平路，而也在這時忽然吹起了陣陣大風，這風說起來聲勢不大，可是從人的臉頰上吹過，竟然讓人睜不開眼睛，而且透心涼。

特別是眼前的霧氣，竟然被這風攪得亂七八糟，更讓人視線不清。

174

「扣住紅繩，靜心訣別停，走。」師傅的聲音從前方傳來，我連忙用手握住那根細細的紅繩，心中默念靜心口訣，仔細感受著紅繩的動靜，以此來判定方向，一步步走著。

沒辦法，到了這個地方，眼睛的作用已經很小，根本看不清楚前方的身影，哪怕就隔了一米不到，讓人不得不懷疑，哪怕一個拐彎，哪怕慢上一步，自己都會迷失在這茫茫的霧氣當中，這種感覺分外無助，也分外孤獨。

如果一個普通人置身在這種環境中，不要說冷靜仔細地找路，就是這鬼哭的聲音，都能讓人嚇到崩潰。

路勢一平，我知道我們已經走到了山頂上，感覺到紅繩平靜了下來，我知道師傅停住了腳步，我趕緊走了幾步，發現師傅果然在山頂站住了，而站在師傅的身旁，他那個位置，我忽然看見了神奇的一幕。

下面竟然沒有了霧氣，確切的說是從山頂到山腰以下的那一段沒有了霧氣，只是在山腳有一層薄薄的霧氣籠罩著，這是一個什麼情況？

半邊山有霧氣？半邊山沒有？這和我預料的情況完全不一樣，我以為這邊的山更難走。

師傅沉默了將近一分鐘，說道：「這是在請君入甕嗎？」

我聽到這句話，心裡覺得有些恐怖啊，難道這老村長是在挑釁？擺出一副我讓你進來的架勢？我們的一舉一動都在他的監視與感覺中？

可是師傅忽然卻豪情萬丈的說道：「我就看看這裡面到底有些什麼名堂，咱們走！」

說著，師傅就邁開大步朝著下山的道路走去，我連忙跟上，只是心中疑惑，村子呢？村子到哪裡去了？明明山腳下就只有一層薄薄的霧氣，我怎麼沒看見村子。

我正待問師傅一句，師傅卻說道：「山腳下纏繞的是自然的怨氣，是整個村子人的怨氣，這倒不是那老村長刻意為之，那怨氣可不簡單，進入的時候要小心，你們都是修道之人，看見了什麼，該怎麼做，不用我說吧？」

我和高寧都嚴肅的點點頭，怨氣裡能看見什麼，還用說嗎？只不過這些對於平常人來說，恐怖的東西，對於我們來說，也還能應付。

當然，如果平常人能克服恐懼，也一樣能應付，只要能儘快走出怨氣籠罩的範圍，回家去熬點兒艾草、菖蒲葉子洗澡，然後用白芷、蒼朮燻一下自身，就可以盡去怨氣、陰氣。

下山的道路分外的順利，也不知道是不是應了師傅那句請君入甕的話，反正沒有任何的意外，更別提什麼「鬼打牆」之類的了，我懷疑就要連上山的路，老村長也沒刻意為難我們，只是那陰氣外洩，化形為霧，是自然的現象，他沒有刻意去控制。

只是二十幾分鐘，我們就走到了山腳，很快就要進入那怨氣籠罩的範圍。

師傅喊了一聲：「記得，守住靈台的清明！記得，只是怨氣，冤魂不在其中，自己是最強大的。」

說話間，師傅就進入了那怨氣的範圍，我和高寧對視一眼，也跟著走了進去。

進入那全村怨氣所化的霧氣範圍，第一個感覺就是無比的煩躁、慌亂、害怕，還有一股子想要拚命的感覺。

怨氣一般都是人臨死之前的意志所化，各有不同。說簡單點兒，如果臨死前的人是深深的怨

176

恨，那麼在那股怨氣裡最能讓人體驗到的就是消沉與抱怨，如果臨死前的人是不甘、憤怒、那麼在那股怨氣裡最能讓人體驗到的就是暴躁與煩悶……。

這股怨氣是村民被虐殺之時所化，能體會到這的感覺也就是村民臨死前的感覺。

如果心裡明白，這怨氣也不難對付，我默念起靜心的口訣，那些負面的情緒也能順利排除。

我，如果是普通人，在這種時候能夠集中精神想些快樂的事兒，那些負面情緒自然就遠離了最關鍵的一點兒，就是「忘」，忘記自己身處在怨氣重重的環境裡，往往不在乎，受到的影響才是最小的。

但是一個村子裡，村民被虐殺所化的怨氣確實非凡小可，否則也不會才走進這層薄霧，就感覺到如此重的負面情緒，這讓我想起師傅曾經說的事兒，一個城市的怨氣！

那是花了十年功夫，用盡各種辦法去淨化，但卻還是不能完全消除，只能交給時間去慢慢淡化。

「只要對人影響不大，就是最好的結果了。雖然還是有敏感的人覺得那座城市有些陰沉。」

這就是師傅最後的結論，一個村子當然和一座城市不能相比，不過看這情形，這村子的怨氣也不是那麼容易解。

好在只是一條路要經過這裡，而不是把這裡重新變為人類的居住地，我斷言，就算消滅了老村長，十年之內這裡也不適合任何人的居住。

就在我沉思的當口，忽然一陣冷風吹來，我抬頭一看，眼前的景色就變了，原本是霧氣籠罩的山林，此時竟然變得迷濛起來，感覺有無數的影子影影綽綽，很多人聚集的樣子。

來了嗎？我心下一點也不慌，知道這只是一股子怨氣。

「三娃兒，高寧，守得靈台清明，三娃兒你要找不到路，自己開眼。高寧，如果你迷路了，就用上我給你的『仙人指路』。」師傅的聲音傳來，渾厚得如一隻猛獸在吼叫。

顯然，我們三個在不知不覺中就分開了，我抬起手來一看，紅繩果然斷掉了。

心口訣的時候，必須心無旁騖，我不可能分出心神來注意紅繩的動靜。

要知道靜心訣是我從小就念到大的口訣，我能做到在默念靜心訣的時候想點兒事情，但再去分出心神，全神貫注想別的事情是絕對不可能了。畢竟在默念靜

我想師傅和高寧的情況也和我差不多，所以師傅不惜動用功力，用類似「獅子吼」的功夫，來通知我們該怎麼做。

要開眼嗎？我有些頭疼，每次開眼以後，我總是會很疲憊，還頭疼，如果要避免這種情況，就是不受怨氣侵擾，自身氣場強大，自然可以守得雲開見月明。

簡單的說，就是壓過怨氣！

想到這裡，我深吸了一口氣，想也不想的，直接邁開大步朝前走，而嘴上我卻大聲吼了起來：「如何面對，曾一起走過的日子……」我壓根就不想自己身在什麼樣的環境，而是在心裡恨恨的想著：「沁淮，不就是粵語嗎？哥也會唱。」

「多少風波都願闖，只因彼此不死的目光，有你有我有情有生有死有義……」我唱得很投入，彷彿也沉浸在了那歌裡要表達的友情當中，我想起了酥肉，想起了沁淮，想起了如月丫頭，晟哥……還有很多一起走過的哥們，全然不管自己那歌聲到底是不是「鬼哭狼嚎」。

也就在這時，我在耳邊聽見：「別進村子，老村長要殺人。」

呵，這就來了嗎？聲音是從右邊傳來的，我悄悄握緊了拳頭，狠狠朝著右邊瞪了一眼，果然

178

就安靜了下來。

但是接著，我卻聽見很多聲音在喊：「別進村子，老村長要殺人⋯⋯」

「別進村子，老村長要吃人的⋯⋯」

「救我，我不想死⋯⋯」

這是要幹什麼？搬救兵嗎？單挑不過要群毆嗎？打架我怕過誰？要的就是這種心態，我握緊拳頭，大吼了一聲：「都給老子閉嘴！」

喊話的時候，我還是沒有停下腳步，不過表情卻是很憤怒的樣子，一點都不畏懼。

這種時候，根本一點都不要露怯，我可以這樣做，普通人也可以這樣做。有時對付這些傢伙，包括凝結的怨氣時，根本不用神叨叨的一上來就符啊、法器啊，自身的陽氣、氣場就是最好的依靠。

果然，這一吼，周圍顯得清明了不少，原本路是那樣的模糊不清，我還踩空了幾腳，碰到了幾塊石頭，這下好了，清晰了不少，我趕緊快走了幾步，誰知道啥時候那霧氣又聚過來了呢？

就這樣，我加緊時間走了二分鐘不到，我看見一個人埋頭朝我走來，我心裡清楚得很，這是怨氣對大腦的影響，我看見的根本不是人！但也非鬼，只是怨氣裡包含的一股意志罷了。

而普通人往往區別不出來怨氣和真鬼的差別，如果是怨氣的影響，那麼周圍的情形是千變萬化的，所見的也是千變萬化的，而鬼魂是單一的，它如果和你有恩怨，會時時纏住你，鬼魂比怨氣厲害的地方在於，它的迷惑性更大，對大腦的影響更大，而且厲害一些的，會「上身」，甚至擠掉你的三魂七魄！

知道是啥東西，我當然不會害怕，是的，就算我是道家的傳人，我依然會被怨氣影響，看見

怨氣想讓我看見的，因為我沒有封閉五感，我自身也是人！但重要的是，你要明白它是什麼，自然也就不怕了。

簡單的說，一隻老虎和一股怨氣，誰比較可怕？我肯定會毫不猶豫的說是老虎，面對老虎，也許我們反抗不了，因為牠和我們比較起來，擁有絕對的力量。

如果是怨氣呢？只不過是利用我們本能的恐懼，然後讓我們崩潰，在實際上，短時間的接觸，它並不能傷害我們一絲一毫，就連打我們一拳都做不到，怕什麼呢？

所以，我也凜然不懼的朝著「那個人」走去，只是一瞬間，那個人忽然就抬起頭，一張臉血肉模糊，彷彿這樣還不夠似的，他還一把扯開了衣服，裡面竟然是開膛破肚的慘像！

我承認，我驚了一下，任何人面對這種情況也不能淡定，但是師傅吩咐過守得靈台清明，我一下子就恢復了鎮定，在這種時候，慌亂是要不得的，是自亂靈台。

「老村長要殺人的」，我就是被他殺了……」那人望著我，似乎開口說話了，似乎又沒有，但是我耳邊卻清清楚楚地聽見了這句話。

「滾開！」我望著那人吼了一句，大步地朝著他走了過去，同時狠狠地瞪著他。

於此同時，我的舌尖頂住了上顎，津液自生，如果執意要纏住我，那麼……那麼……吐口水唄。

不是開玩笑，人的唾沫，辟邪效果非常好，對於一般的邪物是完全的夠用了。

但是，是我多慮了，就在我大步走過去的時候，那人自動消失不見了，前方又清明了許多，我抓緊時間大步走，我自信我沒有在這霧氣裡迷路，只要朝前走，一定能走出去。

十幾分鐘以後，我站在了所謂的村口，發現師傅和高寧已經站在那裡等我。

180

看著我，師傅問道：「沒開眼？」

「沒開，自己走出來了。」其中的事情不用多說，我相信師傅也一定遇見了，這團怨氣走到

最後，竟然看見了一群人，死相淒慘的樣子。

似真似幻！

能迷惑人到如此程度，可見這怨氣的濃度之烈！

師傅望著我，眼神露出了誇讚的意思，說了一句：「不錯，我們進村子吧。」

# 第十四章 入村

這個村子師傅曾經來過，所以進村的路他還熟悉，不過在進村之前，他先拿掉了蒙住馬樂、馬笑兩兄弟眼睛和耳朵的黑布，然後從包裡拿出點兒清水，用那布沾濕了，以此洗掉了他們臉上身上的朱砂符號。

過了大概半分鐘，這兩兄弟睜開了眼睛，有點昏昏沉沉的樣子，師傅說道：「什麼也別說，先喝口水，休息一下。」

這兩兄弟依言照辦，大概過了五分鐘，這馬樂才開口說道：「姜師傅，太神奇了。我覺得自己好像在睡覺，醒了就到這裡了，就是醒來的時候跟做夢一樣，看啥都不真實，昏昏沉沉的。」

「這也是不得已而為之，封五感很傷身體的，但也總比你們被嚇崩潰了好。」師傅負責任地解釋了一句。

馬笑趕緊說道：「得，姜師傅，還是封了好，我情願這樣，也不想看到不該看見了。」

「不該看見的？」師傅望了一眼近在眼前的村子，然後說道：「恐怕避不開啊。」

我有時真的很佩服我師傅的記憶力，明明來村子是幾十年前的事情了，他卻把路記得那麼清楚，非常熟悉地帶著我們走進那村子。

和別的村子不同，這個村子沒有我們想像中的白霧籠罩，一切的景物都分外清晰，只不過很不真實。

為什麼說不真實呢？首先，明明是晴空烈日的夏天，這個村子的天空卻陰沉沉的，不是要下

雨那種陰天，而是一種壓抑的陰沉天，看不到太陽，像是有人在這個村子頂上再加了個蓋子似的。

第二，走在這個村子的邊緣，看著一切，都像蒙上了一層黃紗，我看了半天，想形容這種感覺，都形容不出來。直到馬樂、馬笑兩兄弟架起了勘測儀器，像是在照相似的，我才靈光一閃，找到了形容詞。對，看著這個村子，就跟看著一張殘破的老照片一樣。

別的不用多說，就這兩點，就讓整個村子顯得分外的不真實。

馬樂，馬笑兩兄弟忙著在村子的勘測，一邊丈量著什麼，一邊寫寫畫畫，畢竟他們是專業的，要畫地形圖，畫的也不是簡單的地形圖，而是符合軍用標準的地形圖。這是特工們的習慣。

看著他們在忙碌，高寧對我師傅說道：「姜爺，今天我們要進村子嗎？」看高寧的表情是不太願意進去的。

我師傅看了一下錶，然後說道：「叫什麼姜爺啊，你叫我師傅得了。村子是要進的，但是不能太深入，時間耽擱不起，我們早上八點出發的，現在都快十二點了。而且中午十二點到十二點半之間，我們是絕對不能進村的，而二點之前就必須要離開。」

高寧聽我師傅說要進，不由得臉色變了變，支吾了半天才說道：「我就喊姜爺吧，你的本事值得我喊聲姜爺。姜爺，我想說的是，我不是膽兒小，學道至今我見識過的也不算少了。只是……只是這村子給我的感覺真的很……很危險，也很……壓抑，而且我的感覺還告訴我……我們幾個在這村子無濟於事，會……」

師傅拍拍高寧的肩膀說道：「我知道，不會深入的，我們需要一張地圖而已。」

我倒不在意這些，喝了一口水，問師傅道：「師傅啊，為啥你說二點之前必須要離開啊？」十二點到十二點之間，我知道，太陰了，不適合我們進去，那為啥要在兩點之前離開呢？我不懂。

師傅說道：「你認為六點之後，我們逗留在山上還有活路嗎？六點之後，陽氣漸弱，而那些蟲子的活動也開始頻繁起來，連你的驅蟲藥粉也阻止不了牠們了。而且，我們八點出發，到這裡都花了三個多小時，回去的時候，天知道會不會有別的變故，所以留充足點兒好。」

師傅說得很隱晦，可能是顧忌著什麼，我懂他的意思，老村長放我們進來，天知道回去的路他會不會搗鬼？或者說，他會不會把我們幾個留在這村子裡？

這個想法讓我不安起來，可是師傅卻說了一句：「知道為什麼我放心五個人一組的來這裡勘察地形嗎？因為時間沒到，人不夠多，咱們在村子裡不會出事兒的。」

什麼時間沒到？人不夠多？我很疑惑！師傅說話莫名其妙的。

可是師傅卻沒有解釋的心思，獨自坐在那裡抽起了旱菸，我也從包裡摸出一根菸點上了，靠著一塊大石頭，仰頭抽了起來，原本想舒舒服服放鬆一下的，無奈背上靠著那塊兒石頭給人的感覺冰冷冰冷的，讓人不舒服。

過了好一會兒，大概十二點多一些的樣子吧，馬樂、馬笑兩兄弟才忙完，收好圖紙跑了過來，挨著師傅坐下了。

「這地圖大概需要多久才能繪製完成？」師傅問道。

「如果讓我們兩個繼續測量的話，還需要三天吧，而且必須深入村子才能繪製出符合要求的地圖。」馬樂喝了一口水回答道。

「三天麼？深入村子麼？」師傅獨自沉思了一陣兒，然後在黃布包裡摸索了一陣兒，摸出一把裹著黃色符紙的香，說道：「看來這『仙人指路』不能省了。」

我知道這玩意兒，是一種用特殊材料製成的線香，飄出的香菸凝而不散，就算大風吹，也不

是那麼容易吹散，配合著裹在香上的引路符，倒真的符合「仙人指路」這個名字。

引路符的繪製是不容易的，就連我師傅也不會，按照我師傅的說法，這引路符幾乎失傳，現在也只找得到兩三個人會畫，至於我師傅從哪兒搞到的這「仙人指路」，確實我不知道。

不過，看我師傅的樣子，他也比較心疼。

其實，迷路了，可以讓我開眼嘛！師傅也會開眼的，不過想想那開眼之後的後遺症，還是用這「仙人指路」算了。

一行人說了一會兒話，簡單吃了點東西，就準備進村了，當然進村到哪裡，是按照馬樂和馬笑兩兄弟的要求的。

我還是跟上了。

要走進那跟照片一樣的村子嗎？我心裡忽然沒由來的一陣兒心慌，但這是沒得選擇的事兒，我還是跟上了。

很快，就走到了村子的第一棟建築物，看起來是一戶住宅村子邊緣的人家，那房子透露出來一股子腐朽的意味，說不出的詭異。

這和別的村子不同，別的村子的房子久不住人，年久失修，坍塌的也有，這不稀奇。

可眼前這房子，就跟主人才離開沒多久似的，既不顯得破舊，也不顯得破爛，但就是有一種腐朽的意味在其中，那感覺就像是一根兒東西在冰箱裡放久了，乾癟發黑，內部已經腐壞的感覺。

這房子是被鎖在照片裡鎖久了嗎？我忽然就有一個這樣的想法，非常的詭異！

我靈覺敏銳，大概能察覺到不對勁兒，師傅當然也能感覺，他拍了拍這房子，說了一句我也摸不著頭腦的話：「又是一個未解之謎。」

呵，這房子在師傅眼裡竟然上升到了未解之謎的地步？

其餘的幾個人沒敢多說話，他們感覺不到這房子有啥不對勁兒，只是這村子本能的讓他們覺得不舒服而已。

而我無意中還發現一個問題，那就是我腳下的植物，彷彿是以這個村子為分界線，長得分外的不同，它們的葉子還是綠色，只是彷彿是綠色的調料裡，加進了白色，那綠竟然顯得很慘澹，明顯一點兒的，葉子邊緣竟然有一圈兒慘白色。

這種事情在這個村子已經不值得一提了，就算在這村子看見什麼怪事兒，我都覺得不奇怪。

我們幾個人走過這房子，朝著村子裡面走去，卻不料這時候，聽見「吱呀」一聲，是大門打開的聲音。

風吹的嗎？可我一回頭，卻看見讓我這輩子都忘記不了的恐怖場景。

門不是風吹開的，而是被人給推開的，可那是人嗎？應該不是嗎？因為他的身體顯得很虛幻，可是又比我從小到大見過的鬼真實很多，在我的認知裡，鬼不可能有推門那種動作，它也推不開。

關於鬼這種存在，我和師傅是特地討論過的，我們認為它是另外一種生命形式，就像存在於空氣中的電流、電波、各種波段一樣。

現在的科學技術，其實從側面也展示了這一點，就比如收音機，接收波段，解碼，然後我們聽見聲音。

而鬼的存在就類似於這種東西，只是人類現在還沒有一個有效的手段去捕捉它，而它的神奇在於對人大腦直接的影響，讓我們可以「看見它」、「聽見它」、「感覺它」，當然這也是有諸多限制的，這個限制是什麼，我和師傅討論的結果就是大腦的波段和鬼的波段正好對上。

先不論鬼究竟是何物，但是現在看見的一幕確實超過我的認知，在沒開眼的情況下，我能如此清晰的看見一個「鬼」，看見它推開門，這……

我有些艱難的轉過頭，習慣性望向師傅，我從師傅臉上也第一次看見吃驚的表情，我想說點什麼，可師傅對我做了一個「噤聲」的表情，我便不好多言。

就這樣，我們三個愣愣地看著這個鬼從房子裡出來，還帶著生動的、焦急的表情，朝著一個地方走去，整個過程中，它根本看都沒看我們一眼，就彷彿站在院子外的我們幾個人不存在一樣。

看著它走遠，我沒有輕易的開口，等了好一陣子，這次是一個女人，帶著兩個孩子，一邊說著無聲的話，一邊也是神情沉重地朝著剛才那男人走去的方向走去。

這一次，我剛想說話，卻不料從房間裡又出來三個，他有些茫然的說道：「對不起，我這腿有些軟。」

馬樂扶著圍牆，深吸了一口氣，說道：「姜師傅，我剛準備說話，卻聽見『噗通』一聲，是馬笑一屁股坐在了地上，

我師傅沒有回答，他當道士這麼多年，估計這麼詭異的場景也是第一次見到！有這樣的鬼嗎？師傅也回答不出來。

師傅沒有回話，馬笑從地上爬起來後，倒是接了一句：「哥，我們跟著出了幾次任務，深山裡的怪物也見過，鬼也模模糊糊的在地底下遇見過，我覺得這玩意兒真不像鬼，可我就是覺得比鬼還可怕，怕得我腿都軟了。」

師傅聽到這句話後，很嚴肅地望著馬笑說道：「你剛才說什麼？」

馬笑一愣，搞不懂我師傅為啥忽然那麼嚴肅，有些愣愣地說道：「我說我嚇得腿軟。」

「前面那句。」師傅認真的問道。

「我說，就是覺得比鬼還可怕⋯⋯」馬笑笑徹底迷糊了。

師傅深吸了一口氣，轉頭問馬樂：「你也見識了不少，你覺得呢？」

「我覺得很恐怖！」馬樂直言不諱。

「師傅，我也覺得從心底感覺到非常的可怕，就是那感覺⋯⋯簡直是我見到的最恐怖的事兒，比餓鬼墓還厲害。」我知道師傅會問我，沉默了許久，他才開口喃喃說道：「曾經我聽我師傅說過一個傳說，死去的沒辦法投胎的人，總是會不停重複死去的那一瞬間，非常痛苦。」

師傅望向高寧，而高寧的臉色非常的難看，乾脆直接答道。

這番話，似是高寧在對自己說，又似在我師傅說。

可是明顯的，這話不靠譜啊，高寧的意思是這裡的是鬼，他們在重複死去的一瞬間，可是他們是在祠堂死去的，剛才看見的，也不是他們死去的時候啊？什麼意思？

師傅歎息了一聲，說道：「竟然和大師兄掐算的不謀而合，高寧，你是看出什麼來了嗎？」

高寧搖頭不肯再說，只是臉色更加難看了幾分。

師傅摸著下巴，自言自語的說道：「為什麼會讓人害怕？為什麼？」

是的，我也想知道一個為什麼，大不了就是鬼，鬼能讓我們覺得恐懼到如此地步嗎？這個村子因為一齣慘劇，竟然出現了那麼多讓人不解的謎題。

「走吧。」師傅沉思無果，開口說道。

馬樂有些戰戰兢兢地問道：「姜師傅，咱們要繼續深入嗎？」

師傅望了馬樂一眼，說道：「害怕是一回事兒，要做什麼又是一回事兒，你總不能因為害怕就放棄要做的事情了吧？別忘記了，就算普通人也不能這樣，何況你的身分是××部的一名戰

士，也就是特工。

師傅這番話彷彿給了馬樂馬笑兩兄弟無窮的勇氣，他一下子站直了，說道：「姜師傅，我們

要去那裡，那個位置比較方便勘測。」

「那就去吧。」師傅平靜地說道。

一路無話，我們沉默地走到了馬樂兩兄弟指定的位置，這一路上，經過了三棟民居，我們都

看見有鬼！

有的是從房間裡出來，有的在房間裡忙著什麼，一樣的，他們都像沒看見我們，也同樣的，

一切都是無聲地在進行，壓抑到了極點。

其實我明明有看見那些鬼表情很生動，也明明有看見他們在說話，可就是聽不見聲音。

我恍惚中有種感覺，我們一行人就像是走在一部無聲的電影裡，嗯，這電影還是一部恐怖片。

馬樂，馬笑兩兄弟忙著勘測，我們就坐在一旁等待著，無聊中我四處張望，卻發現更加詭異

的一幕，明明是荒草叢生的田間，竟然有人在裡面像像樣樣的在勞動？

這算什麼？師傅顯然也看見了這一幕，他的神情比我還怪異，他摸著臉，他又看了一下手上

的錶，那表情似哭似笑，眼裡還有一絲狂熱，師傅這是怎麼了？他想到了什麼？

估計是發現我在盯著他，師傅的表情一下就恢復了正常，可是眼裡卻有一絲哀傷，很淡，如

果不是我和他一起生活了十幾年，我根本察覺不到。

師傅不對勁兒！

我立刻問道：「師傅，你想到了什麼？我咋覺得你不對勁兒呢？」

師傅沉吟了一陣兒，說道：「高寧的話有道理，這裡……這裡的村民在重複地過著日子。也

許，他們的死並不能平息他的憤怒，或者說憤怒已經控制了他。恨這種事情，如果不能化解，那就會成為一棵毒苗，直至長成參天大樹。」

什麼啊？我有點兒不理解師傅的話，可我直覺師傅一定還想到了什麼分，我還想再問，卻不想從剛才開始一直很沉默的高寧說話了：「有一種怨氣，給我說的只是一在這怨氣裡的一切，到死都不能解脫，我師傅說過，我們這一脈，有一位極其厲害的師祖就遇見過，也差點死在裡面。」

「高哥，那是怎麼樣的怨氣，你說說看啊？」我一向對傳奇的故事非常好奇。

「什麼樣的怨氣？你看見的不就是嗎？」高寧聲音飄忽地說了一句，不知道為啥，我背上一下子起了一大片兒雞皮疙瘩。

「高哥，不許你這麼嚇人的，你意思是咱們走不出去？」

高寧並不正面回答我的問題，只是說道：「你發現沒有，這裡的鬼都朝著哪個方向走？」

我對這個村子並不熟悉，我咋知道他們朝著哪個方向走？不過高寧這麼一說，我倒是特別去注意了一下，這村子的小路原本就多，分岔也多，一眼望去，我才回想起來，他們都是朝著一個方向走的。

那邊有什麼東西嗎？老村長在那裡指揮它們？

我忽然覺得很害怕，有一種離老村長很近的感覺，明明是我們要想辦法把他誘惑出來的啊，咋忽然有一種他在引我們上勾的感覺呢？

我正在思考間，高寧忽然說了一句：「這應該是第幾天呢？」

我嚇一跳，什麼第幾天，怎麼到了這個村子，人都變得神叨叨的呢？

可是，這時馬笑出事了。

原本我們都在凝神沉思這個村子裡的事兒，忽然就聽見「噹啷」一聲，驚得我們三個人同時回頭，原來馬笑身前的勘測儀器倒了，發出的聲音。

馬樂也看見了這情況，不由得說道：「怎麼那麼不小心？儀器都給弄倒了，快點扶起來，姜師傅說我們不能在這村子待太久。」

怎料馬笑都不理馬樂，神情異常焦急地朝著另外一個方向走去，馬樂愣住了，伸手去拉馬笑，問道：「你要去幹什麼？」

馬笑根本不理馬樂，只是無意識的伸手一推，竟然把馬樂推得倒退了好幾大步，差點沒摔倒。

「糟糕。」師傅喊了一聲，立刻跑上去前去，拉住了馬笑，大喝道：「你是誰？」

馬笑的神情出現了短暫的清明，喃喃地說了一句：「我是誰？」

接著他又恢復了焦急的神情，說道：「你又是誰？我們村不是人待的地方，趕緊走。」

我和高寧知道咋回事兒了，馬笑這小子竟然被不知不覺的上了身，這種不是鬼魂有意的，就好比兩個人都低頭走路，迎面相撞，一定是強的那個撞倒，那麼強大的鬼魂和人類迎面相撞，把人的靈魂撞出身體也偶爾會出現。

這種事情必須好好處理，否則趕走了鬼魂，那個人成為白癡都是最好的結果，因為丟了魂。

要知道人的三魂七魄，三魂尤為強大。

處理這種情況唯一的辦法就是快，非常快的處理！

我師傅反應得很及時，在聽見馬笑的回答後，再次大喝了一聲：「你是誰？」

馬笑臉上出現不耐煩的神情，說道：「村子裡的人都知道我是趙軍，咋了？」

趙軍！我和高寧的神色同時變了，如果我們沒有記錯，趙軍分明就是最後逃出去的那個人，怎麼會再次出現在村子裡？

師傅神色不變，只是大喝道：「你看看你是趙軍嗎？趙軍死了。」

聲音震盪不止，我知道師傅又動用了功力在喊話，或者說這就是「驚魂吼」，因為我聽了，心裡都陡然發緊了一下。

果然，馬笑疑惑地打量了一下自己的身體，穿著一套陌生的迷彩服，手也不是自己的，明顯慌了，喊道：「我是誰？我死了嗎？老村長把我殺死了嗎？」

師傅眼神一凜，左手快速結了一個手訣，我認得這是鐵叉指，專叉鬼魂，特別是上身的鬼魂，一般情況下，師傅也不會用這個手訣，因為一不小心，叉傷了鬼魂不說，也會叉傷活人的魂魄，不過面對這種情況，也是不得已而為之。

隨著鐵叉指的落下，馬笑「啊」一聲，還沒啊完，就身子一震，一翻白眼，昏了過去，接著我看見了非常神奇的一幕，一個驚魂未定，有些模模糊糊的人影從馬笑的身體裡跌跌撞撞的摔出來。

這就是趙軍？我瞪大了眼睛，卻不想那趙軍驚喜的看了看自己的身體，然後又是無聲的「嘟囔」了幾句什麼，接著轉身就跑。

「出現了異數？」高寧在掐指。

什麼叫出現了異數？我無心去追究高寧的話，我總覺得進到這個村子以後，原本顯得很普通的高寧竟然變得神神秘秘了起來。

我只是不敢相信，這一切竟然是我沒開天眼看見的，比開天眼看見的還要清晰。

我可以肯定，這整個村子的人都是鬼魂了，否則不會存在鬼上身這種事情，可是為什麼我會那麼輕易的看見鬼？

馬樂當然也看見了這一幕，我相信他是親眼看見一個鬼魂從自己弟弟的身體裡跌跌撞撞的跑出來，我看見他的神色瞬間就變為了驚恐，直到看見馬笑昏倒，他才反應過來，快速跑到馬笑身邊，扶著馬笑，焦急地問我師傅：「姜師傅，我弟弟他怎麼了？」

我師傅說道：「快喊你弟弟的名字，現在你弟弟被撞出去的魂魄一定還在附近。」

接著師傅對我喊道：「三娃兒，開眼，看到馬笑，引路訣。」

引路訣是一個簡單的手訣，溝通陰陽，不需要太多的功力去支撐，一般已經死亡的人，靈魂見了引路訣，就會找到黃泉路；而特殊情況，驚掉了靈魂的人，見到引路訣的指引，會找到自己的身體。

我知道時間不能耽擱，我趕緊凝神，開眼，然後周圍的景物變得再次……不，不是熟悉的模糊感，而是分外的清晰，我看到了一個怎樣的村子啊？

我看見的村子，斷垣殘壁，明明要倒塌的牆壁，卻是一層黑氣緊緊把它們連接，而整個村子都籠罩在這層黑氣當中，原本有的草木，全是枯死的，而很多的紅點在顫抖，在掙扎，可那些紅點具體的樣子，我卻一點兒都看不清楚。

這才是這個村子的真實面目嗎？

我來不及震驚什麼，因為我看見了馬笑模模糊糊的身影正驚恐地站在一段斷牆下面，不知所措地望著周圍，一副很害怕的樣子，而那些黑氣好似變成了網，要把他網住，他開始掙扎。

不，不能讓馬笑就這麼死在這裡，我趕緊朝著馬笑結好引路訣，於此同時馬樂的聲音也傳

來……「馬笑，回來，你在這兒，馬笑，回來……」

馬笑的臉上出現了一絲驚喜，開始朝著馬樂聲音的方向跑去，無奈那些黑氣如網一般在他身邊圍繞，他走了兩步，又迷茫了起來。

這時，我的引路訣發揮了作用，因為一道以為我為中點，分別連接他和他的身體的黃色光芒出現，馬笑顯然能清晰的看見。

他開始往自己的身體走，無奈那些黑氣像纏住了他似的，他每一步走得都分外艱難，連身影也變得更加模糊起來。

我很想開口幫馬笑，很想大喊：「馬笑，支持住，你的身體離你不到五步啊！」無奈，我在開眼的狀態中，又打著手訣，根本不能分神。

就在這時，師傅的聲音傳來：「馬笑，回來，馬笑，你忘記你的父母，你的家人，你的任務了嗎？」

「馬笑，回來！」

師傅的聲音和馬樂的聲音幾乎是同時響起，而道家喊魂更具威力，不僅可以清晰地給靈魂指引方向，更有震盪其他孤魂野鬼，甚至怨氣的作用。

黑網果然開始變得鬆散模糊，而馬笑自己臉上也出現了一絲堅決，他開始再次艱難地走動，一步，兩步……

終於在他靠近他身體的同時，他的身體彷彿產生了莫名的吸力，把馬笑的靈魂吸收了進去。

終於解決了，我鬆了口氣，卻還是沒有結束天眼的狀態，而是非常好奇地打量起這個村子，忽然我看見漫天的黑氣中，有一個地方幾乎是紅光沖天，我很想看個仔細。

194

卻在這時，一聲冷哼聲在腦中響起，我腦子一陣兒劇痛，忍不住大叫了一聲，抱著腦袋一下子摔倒在地，耳朵也是一陣兒轟鳴，天眼瞬間關閉。

「承一，你怎麼了？」模糊中，是高寧的聲音。

我也不知道為什麼，兀自說了一句：「一定是他，他在警告我。」

「你快喝水，冷水有清神的作用。」高寧扶住我，接著，一股清涼的水流流過我的喉嚨，我大腦那眩暈般的頭疼稍微好了一些，不過還是如針扎般的疼痛。

我睜開眼睛，看見師傅正在馬笑的胸口打著繩結，我知道，這是怕回魂不穩，暫時先鎖住馬笑的魂魄，總之身體與魂魄的結合是辛苦的，特別耗神！馬笑至少要休息兩、三天，為了養神。

「好了點嗎？」師傅終於為馬笑打完繩結，走了過來，很關心的問我，說話間，一個藥丸塞在我的嘴裡，我知道，那是二師叔的養神丸，我小時候就吃過，因為需要的藥材越來越難找，我和師傅用得很是珍惜，沒想到才進村子我就用上了一顆。

「是異數啊。」師傅忽然也這麼說了一句。

# 第十五章 分析

房間裡的火堆很暖，簡直溫暖到了我的心裡，儘管我的表情有些木然，可這堆火讓我感覺到了一絲絲溫度又重新回到了我的身上。

現在的時間，是晚上七點多一些，我們從那個村子回來已經快一個小時，直到這時，我才稍微緩了一些過來。

簡易爐灶上的水開始「咕咚」作響，溫暖的水氣升騰，讓我對周圍也終於有了一絲真實的感覺。

這時，一雙手伸了過來，提起簡易爐灶上的水壺，然後倒進了一個搪瓷缸，接著一股異常清香的氣息在房間裡飄動，那雙手把搪瓷缸子塞到了我的手裡，說道：「明前茶，我偷我爺爺的，喝點兒。茶水最是能凝神靜氣清腦。」

是沁淮！

我端起茶缸，默默抿了一口滾燙的茶水，感覺果然好了很多。

沁淮在我身邊蹲下了，說道：「我知道你小子最愛清茶，怎樣？合胃口吧？」

我衝沁淮笑笑，也不知道這笑容是不是有些虛弱。

「得，你小子要不願意說話，就別說了。我也不知道你們到底咋了，回來後，沒一個人說話，其他人也就算了，我和你那麼好的哥們兒，你忍心晾著我嗎？」沁淮在我身邊嘀咕道。

「三娃，吃！」忽然又一雙手伸到了我面前，手裡捧著個飯盒兒，飯盒裡裝的是米飯，肉塊

196

兒、榨菜，最驚喜的是有一小團油辣子。

放下茶缸，我接過飯盒就開始大口吃飯，這飯盒的主人不用說我都知道是誰，聽聲音就知道是晟哥。

「好吃吧？你嫂子偷藏了兩小瓶米，看你這樣，煮了讓我端給你吃了。」晟哥在一旁說道。

「咋還有油辣子？」我吃得頭也不抬。

「你嫂子湖南人，也愛吃辣啊，所以她又偷帶了一小瓶。呵呵，女人真神奇。」晟哥無奈的笑了一聲。

「嫂子很可愛。」我是真心說的。

「得，一盒吃的就把你收買了，我的茶葉不值錢啊。怎麼逗弄，都不和我說半句。」沁淮在旁邊酸溜溜地說道。

我咽下一口飯，說道：「等我吃完，和你們說，我心裡憋得慌。」

「好。」晟哥和沁淮幾乎是異口同聲地說道。

　　　　*

　　　　*

　　　　*

這是一個小房間，連著著我們睡覺那間大房間，當時打掃屋子的時候一併打掃出來了，其實說穿了就是為了晟哥小倆口準備的。

畢竟小倆口和一大群人睡在一起並不是太方便，而且他們是科研人員，需要一個單獨的房間擺放儀器，做一些試驗，有些試驗是越快做越好，當然我也不懂。

捧著沁淮倒給我的清茶，我叼著一根菸，有些疲憊地靠在椅子上，剛剛回憶了一遍村子裡的經歷，並不是什麼好受的事情。

其實行走在村子裡或者山上，我自己並沒有感覺有多冷，因為太過於恐懼和緊張，直到回到這個唯一的清淨地兒，和這一片兒唯一一個人類聚居的地方，我才發現自己全身上下冷透了，那是一種發自內心的寒冷。

「別那麼叼著菸，跟個小混混似的。」嫂子一把扯掉了我嘴上的菸，塞我手裡，說道：「好好拿著。」

我有些吃驚地望著嫂子，我沒想到從這些恐怖的場景裡，第一個回神過來的，竟然是一個看似柔軟的女人，怪不得有一個說法是，從心理韌性的角度來說，女人比男人強悍，她們更不容易被打倒，在絕境中她們更願意直接面對困難，而不是選擇絕望。

接著是晟哥，畢竟作為一個科研人員，晟哥比普通人要理智得多，他說道：「三娃，因為馬笑昏倒，你們就緊急回來了，為了趕時間，你們回來的路上用了『仙人指路』對嗎？」

「是的。」我有些莫名其妙，晟哥怎麼會問這個問題。

「我懂你晟哥的意思，他是想說，你說漏了一個細節，那就是你們回來的時候，山路是否有變化？」果然是小倆口，簡直是默契非常。

他們這麼一問，我覺得有些莫名其妙，這個細節我確實沒注意，因為沒什麼值得我注意的，我下意識的說道：「回來時候的路，和離去時候的路並沒有任何的不同啊。」

晟哥扶了扶眼鏡，說道：「問題就在這裡，我聽你講的經過中，你提起了一句話，就是姜爺要你們趕在兩點鐘以前回來，因為要預留充足的時間，怕老村長在路上搞鬼。」

「是的，在故事中，這個老村長幾乎可以確定有運用霧氣的能力，使人迷失。為什麼他任由你們來，你們離去，沒有搞鬼呢？」嫂子在一旁補充道。

198

「那不是霧氣，那是他的一身怨氣。」我糾正道，其實我不知道這個細節能說明什麼。

至於沁淮，那小子純粹是因為害怕才這樣說，唏噓的說道：「承一，你說這要咋辦呢？這才第一天啊，躺下倆了，他會找到咱們，讓咱們都躺下的。」

沁淮那小子純粹是因為害怕才這樣說，卻不料嫂子說道：「對，沁淮抓住了關鍵點兒。」

沁淮傻愣愣地說道：「我抓住啥關鍵點兒了？」

晟哥又一次扶了扶眼鏡，說道：「關鍵點兒就是，姜爺，三娃他們是線索，讓咱們都躺下的線索。我可以那麼判定！」

「為啥這麼說？」我不解晟哥話的意思。

「因為我和你晟哥平日都愛看些邏輯嚴密的偵探小說，既然你師傅曾經說過老村長之所以那麼殘忍是因為他因怨氣而成長，卻又被怨氣控制，那麼我們可以理解怨氣是不會放過誰的！為什麼放過你們？是因為有恃無恐，他能找到你們，並有把握吞噬大家。就是這樣。」嫂子解釋著，可她卻偏偏沒有因為自己的解釋而畏懼，只是很理智的分析。

「得，別說了，我心裡虛。要來一爺們，我還能拿把刀去拚命，這怨氣，我該拿個啥玩意兒去拚命啊？」沁淮的臉色蒼白，這小子又開始抱怨了。

「對於該怎麼和怨氣拚命，這種專業的問題你應該問專業人士，比如姜爺，比如三娃。」晟哥認真的回答道。

沁淮望天無語，晟哥這人咋一點變通都不會呢？而嫂子則噗哧一聲笑了出來，估計她喜歡的也就是晟哥這副傻呼呼的樣子吧。

看見嫂子開朗地笑了，我的心情莫名的好了一點兒，嫂子這人就是能讓感覺人這種生物的可

愛，她樂天的情緒能感染到每一個人。

我說道：「我實在太想和我師傅聊一下了，他和高等說話都莫名其妙，還一口一個變數什麼的。可是，你也看見了，他們回來啥也不說，讓人待這裡沒底啊。」

「我覺得姜爺應該是認為沒說的必要，因為他也不肯定，你忘記姜爺才進村的時候，說了一句，又一個未解之謎嗎？」沁淮分析道。

他的話剛說完，就聽見我師傅的聲音傳來：「沁淮，你這小子雖然常常掉鏈子，可是分析起來，還是比較靠譜。確實，對於這個村子我還不能肯定，所以不說。」

「師傅，你啥時候進來的？」我問道。

「哦，剛才，聽你們說話已經半天了。楊晟和靜宜分析得很對，我們現在兩條路可走，要不然來援兵，要不然明天就回去。」師傅嚴肅地說道。

要離開？或者等救兵？情況已經嚴重到這個地步了嗎？

我那好奇的性格又上來了，站起來激動的說道：「師傅，無論如何，就算猜測也好，你得給我講講這個村子是咋回事兒！」

「是咋回事兒？」師傅沉吟著，習慣性地摸出了旱菸杆兒，沁淮這小子忙不迭地給我師傅細細的點上，然後一邊把給我泡的明前茶遞給了師傅。

晟哥和靜宜嫂子也流露出關注的表情，他們也想知道這個村子到底是怎麼回事兒，畢竟想想就覺得太不可思議了，明明全村人都死光了，可是他們卻還全部都「活」著。

咬著旱菸杆，師傅悶聲說了一句：「這個村子究竟是咋回事兒，我現在下不了定論，佛家有句話，叫做一花一世界，我覺得這是我暫時能給出的最好解釋。」

一花一世界？我對佛經的理解有限，不過師傅講到這個時候忽然說這句話，倒是給了不小的震撼，我不由得喃喃開口問道：「師傅，那他們是什麼樣的世界？」

「由老村長的怨氣構築的世界，他們掙脫不得，就重複過著那樣的生活，像一部電影不停的倒帶，重放，被折磨到麻木！」師傅沉重地說道。

這句話震撼到了在場每個人的心靈，我沉默，一向嬉皮笑臉的沁淮沉默，一向理智的晟哥沉默，連村子的恐怖都沒被怎麼嚇到的靜宜嫂子也捂住了嘴。

顯然，這是比凌遲更恐怖的「酷刑」，凌遲千刀萬剮，也不過四千七百刀，總有結束的那日，那老村長怨氣構築的世界呢？何時才是盡頭？地獄也不過如此吧？

「姜師傅，他們……他們在重複……什麼樣的日子？」靜宜嫂子的聲音有些顫抖，顯然她想到了什麼，可是需要我師傅的一個肯定。

我師傅吐出了一口於，並沒有正面回答靜宜嫂子的問題，而是沉聲說道：「這是一個惡性的循環，每個靈魂在這樣的折磨下，怨氣都日益的加深，所以已經強大到普通人能見的程度，用你們科學的說法就是他們已經強大到可以和任何人的腦波對接。」

「是的，人的大腦無時無刻的在發出腦波，不是在大腦內，而是散發到了大腦外。簡單的說，我對第一個人的印象如何，就是他對我產生的影響，他的氣場強大，也就是由內而外散發的氣質，也可以理解為這個人的腦波，雖然波段一類的東西，對於現代科學來說，是一個難題，可是作為生物學家的他們，在遇見自己專業問題時，還是忍不住解答一下。

「所以，這些靈魂由於怨氣的加強，就相當於是一個人氣場的加強，越強大能感知他們的人

也就越多。OK，這個解釋非常成立。」晟哥在一旁記錄著，雖然這個過程現代科學不可證明，這個假設結論卻可以接受，在記錄的同時，晟哥的眼中出現一絲狂熱，他說道：「我很想親自去看看。」

「這個⋯⋯恐怕不行。」師傅一口就拒絕了晟哥，晟哥也沒說什麼，畢竟這事兒不是由他說了算。

「姜師傅，有可能的話，可以給我們一點兒老村長身上的組織嗎？一點就可以。」靜宜嫂子提出了這個，我一直以為靜宜嫂子比較溫和，沒想到在科學領域，她也一樣「瘋狂」。

「你跟來，原本就是這個意思吧？我會儘量提供。」師傅簡單地說道。

「師傅，照你的意思，村民的怨氣加強，一個個都堪比厲鬼，我卻想知道，為什麼在我們進村的時候，他們不傷害我們？怨氣強的厲鬼，攻擊性是很強的，師傅，這話可是你說的。而且，老村長把他們弄得那麼強悍幹嘛？他的目的是什麼？村民們的靈魂如此強悍了，還受他的控制嗎？」我的問題當然更接近於玄學。

「他們攻擊性很強？錯了，他們本身什麼都不知道！老村長的怨氣世界，老村長自然是主宰，也許村民們連自己自身是鬼都不知道！在這個封閉的世界，他們也許都不能看見我們，就像一部書，我們走進了書的世界，可是書裡的人還是繼續著他們要走的路。至於老村長想要做什麼？我不清楚，可我清楚，他想要怨氣吧。我說過這是一個惡性循環，現在呢？你看看，現在呢？」師傅歎息了一聲。

「現在⋯⋯」我也沉默了，這些村子現在的情況我是盡收眼底的。

「這老村長一天比一天厲害，是這意思吧？姜爺！這事兒必須阻止啊，不然老村長這麼無限來過，只是普通的荒村，沒了人住而已。以前我

強大下去……」沁淮彷彿看見末世的場景。

「是啊，所以這事兒必須彙報上面，情況已經超出了我的預估，這是一場災難。但這也許也是天意，上面計畫的道路工程正好經過這裡，也就意味著必須有人來處理，所以我們發現了這裡的情況。如果再這樣荒廢幾十年……」師傅也心有餘悸的樣子。

「必要的話，搞個軍事演習吧。」沁淮喃喃說道。

在他心裡，這老村長已經上升到了要用最犀利的辦法來對付的程度了。

「軍事演習？呵呵……原本這一帶，就有老村長的傳說，隨著時間的流逝，雖然慢慢淡去，可是有心人一聯想的話。當然，如果事情嚴重到了那個地步，也不排除這個可能。但問題的關鍵是，我們得先找到他，否則一切也是於事無補。所以，最艱難的事兒，還是得我們來做。」師傅平靜地說道。

找到他？找到他的時候，就是我們身死的時候嗎？我的心跳忽然開始加快，一種不祥的預感揮之不去。

現在才第一天，就已經躺下了兩個，雖說不是老村長動手，但這一切，跟他的世界不無關係。

我忽然想到一件事兒，問道：「師傅，異數，你和高寧同時都說過異數，那是怎麼回事兒？」

師傅盯了我一眼，說道：「你很快就會知道，異數已經出現，我們得賭上一把！星星之火可以燎原；一個異數，也可以毀滅一個世界。等援兵到了，我們就去賭這一把。說不定能解決這件事情。可是犧牲無法避免吧，當我們見到那個老村長的時候，犧牲的確無法避免。」

師傅忽然沉默著不說了，我知道，可是犧牲……」

而這時，靜宜嫂子卻忽然說道：「我們根本不必去找老村長，他會找上門來的。」

師傅平靜地盯著靜宜嫂子，眼神很深，過了許久，師傅才開口說道：「妳為什麼會這麼想？」

「姜師傅，你剛才說他要的是怨氣，我說不定能成為他新鮮怨氣的提供者。我也不知道我的說法對不對，但是他的世界不能老是那些村民吧？也許，他當年沒留住你們，是不夠強大或者別的什麼原因，但是他現在就是迫不及待地想等待新人的出現吧？」靜宜嫂子這樣說道。

「這是妳剛才邏輯分析法的結果？妳剛才和楊晟不是說了嗎？他像是在給我們設局，我們進去的五個人是他找到我們的線索？」師傅沒急著回答，反而是問題丟給了靜宜嫂子。

「不，這不是邏輯分析法的結果，因為我也不知道他具體是不是想這樣做！我剛才只是憑著感覺在說這句話。」靜宜嫂子說道。

「嗯，女人的感覺有時很可怕，在靈性上，女人比男人強，可是在陽氣上，又弱於男人。所以，女人不太適合山字脈的傳承，簡單的說，她們也許是把鋒利的劍，可是也同時是把容易折斷的劍。」師傅扯開了話題，顯然他不想說這個了。

「姜師傅，你這是看不起女人嗎？」靜宜嫂子不服氣了。

「不，我覺得姜爺的意思是在保護女人，女人靈覺強是強，可是她們同樣承受不起那些陰氣入體啊什麼的。嗯，是這意思。」沁淮無論什麼時候，都不忘記拍我師傅的馬屁。

這句話說完，卻被靜宜嫂子狠狠瞪了一眼。

沁淮吐吐舌頭，不說話了，而我師傅卻站了起來，說道：「不耽擱了，今天晚上我就要把所有的事情彙報給上面。」

# 第十六章 崑崙

當晚，師傅就把這裡的事情彙報給上面了。之後，他就叫上元懿和高寧出去了，神神秘秘的，也不知道在說些什麼。

我自己在想，是不是我法力低微，所以師傅有些事情才避開我，這樣也是為了保護我吧？

但這個想法卻讓我心裡很難受，師傅從小對我的教育是做什麼事兒要盡心，做不好就找自己的原因，是不是沒有盡心，這也養成了我一個毛病，如果事情不能做好最好，我的心理壓力就會很大，認為自己沒盡心，反覆的糾結自己。

就如現在，我就會自責，為什麼跟了師傅十幾年，還是不太厲害的樣子，我是不是沒盡心去學？然後幫不了師傅，迷迷糊糊的想著，竟然不知不覺睡著了。

第二天一早，我起床並沒有看見師傅，同時還有一個人，我沒看見，那就是馬樂，我有些疑惑，還沒來得及發問，就看見元懿走過來，對我說道：「等下洗漱完了，出來，有話跟你說。」

我和元懿沒啥交情，甚至可以說有點兒互相看不順眼，他來找我，有話跟我說，這倒新鮮了。很快，我就洗漱完畢了，元懿此時已經在屋子外面等我。

兩人見面，有些尷尬，我摸出一枝菸，遞給元懿，說道：「抽嗎？」

元懿古怪地望了我一眼，說道：「不抽，一個修道之人，抽什麼菸？煉化身體的雜質都來不及，你還給弄些毒氣進去。」

我打個「哈哈」，乾脆自己點上了。看吧，不對眼兒的人果然也談不到一塊兒去。

自己把菸點上了，我問元懿：「啥事兒吧？」

「其實是姜師傅走時，讓我帶話給你的，他說在等援兵來的這些日子，就由於他帶著馬樂去把村子的地形圖畫出來，而我和你則負責守住這裡，就是這樣。」元懿很簡單的就把話說完了。

我一聽，聯想起昨晚的想法，心裡就跟打了個結似的，師傅果然還是覺得我不頂用，不由得心裡一陣兒頹廢，可是又擔心師傅。

我發愣，元懿在旁邊說道：「話已經帶到，沒事兒我先走了，我要做早課。」

我把菸一掐，喊道：「元懿，你等等，我有話想跟你說。」

元懿奇怪的望著我，估計心裡在想，我還能有話對他說？

我挺真誠的望著元懿說道：「其實你比我有本事，這點我承認，所以我想請教你點兒事兒。」

這話我是認真說的，我從來也沒覺得自己能比元懿有本事，但這樣說，也是有目的的，我師傅嘴巴一向很嚴，高寧感覺到了村子以後，就有些神叨叨的，元懿雖傲了點兒，但其實沒啥心眼兒，我想套些話出來。

聽見我這樣說，元懿的臉色果然緩和了一些，他說道：「有什麼事你問吧，請教談不上。」

「昨天我們進村子的所見，你知道了吧？你如果不知道，我想和你說一下，也想聽聽你的看法。」我假裝很隨意地說道。

元懿的表情沒什麼變化，只是很平靜的說道：「我知道啊，姜師傅回來以後，已經和我交談過了，這件事情不算特殊，怨氣改變一個地方而已，渡了也就得了。特殊的地方在於老村長的異變而已，我和你師傅都認為有特殊的契機。」

「嗯，我也知道契機一說，怨氣可以讓人的魂魄久留身體而不散，這是老村長的契機之一，

之二，他所處的地方是養屍地，所以他成了殭屍。這有什麼好特殊的？」我不動聲色地說道，說實話，這只是非常普通的常識，我信口說成了老村長的契機，養屍地打死也不可能出現在水裡。

果然，元懿的眼裡閃過一絲嘲諷，說道：「有水裡的養屍地嗎？殭屍這種東西在水裡根本就很難形成，水就是殭屍形成的大敵！這個才是關鍵，除非有特殊的東西讓它們屍變，而這特殊的東西恐怕只有……這事兒還牽涉到一大秘密，我也知道不是很清楚。」

「不對啊，元懿，你爺爺那麼厲害，當年可以說是道家的執牛耳者，怎麼能有你不知道的秘密？」問出這話的時候，我的心都在「咚咚咚」作響，原本我只是想套一下話，異數是咋回事兒，我不想師傅什麼都瞞著我，卻不想一不小心套出一個更大的秘密。

我用的是激將法，換成我師傅絕對不會上當，不要說我師傅，就連我身邊都是機靈點兒的人，就好像我最笨，反正吧，他們都不會上當。

可是元懿上當了，提起他爺爺，他激動了，說道：「我當然知道一些，不就是事關昆侖嗎？這老村長的能力太大了一些，絕對不是偶然，他的怨氣竟然把那個村子封閉成了一個小世界，還有蔓延的趨勢，這不對勁兒，只有昆侖……」

我仔細的聽著元懿的每一個字兒，卻不想元懿忽然住口不言了，哼了一聲說道：「反正這些事情不是你和我能接觸到的，除非我們也能成為頂樑柱。但是像你這樣，菸酒不禁，修習懶惰之輩，估計是沒什麼機會了。」

得，又說我頭上來了，其實我自己勤快與否，我自己知道。不過，我才懶得和他計較，我忍

住心裡的翻江倒海，問道：「得，我也不想知道那些，我就想知道異數是咋回事兒？」

「異數？異數當然就是那個趙軍，當年他就是個異數，沒想到天命難違，他再次成為異數，這一次就看他了。」元懿簡單地說道，然後臉色一變，對我說道：「都是你，和你談了那麼久，耽誤了我早課的時間，不說了。」

然後匆匆離開了。

我深呼吸了幾次，然後慢慢蹲了下去，有些心神不寧地再點上了一枝菸，異數的事情，元懿沒有說清楚，可是我不在乎了，我在乎的是那裡是哪裡？怎麼扯上了昆侖。

其實我很敏感，越長大越敏感，這昆侖兩個字深深刺激了我，讓我想起了那一天早晨，從窗口飄出的紙張，上面凌亂地寫著昆侖。

我想起了師傅在村子裡那個詭異的表情。

兩件事情聯繫起來，我不能不發現一個關鍵點，我師傅，我師傅他很在意昆侖，為什麼那麼在意？我忽然想到了一個人，那個人，就是我的師祖——老李！

為什麼會這樣想？因為師傅第一次讓我發現昆侖兩個字時，就是在提起師祖以後！

昆侖，道家的聖地，最終的追求，因為那裡是仙人住的地方，那裡有很多傳說，比如西王母，比如周穆王尋找昆侖，它是中國一切神話傳說的起源，它……它又是現代地理中新疆的山脈。

我徹底凌亂了，這個昆侖是什麼昆侖？它在中國的存在，不亞於亞特蘭蒂斯於西方的意義！

可是亞特蘭蒂斯大大的有名，現代的中國卻在有意的淡化昆侖的影響。

一根菸抽完，我發現我是不是想多了？是不是太敏感了，但是我又壓抑不住心裡一種說不上來的感覺，畢竟這和我師傅有關，難道我是關心則亂？

208

這時，沁淮和孫強一起找到我，看我蹲在牆角，沁淮忍不住問道：「哥們兒，你這是一大早裝憂鬱呢？」

我心情不好，直接說道：「有話快說，有屁快放。」

「這還真有事兒，這小子的爺爺不見了，人家都是小蝌蚪找媽媽，這下是孫強找爺爺了。」

孫強的爺爺不見了？那個沉默寡言的老孫頭兒？這些天來，這老孫頭兒除了和我師傅交流，幾乎就沒和人說過什麼話，讓人一不小心就會忘記他的存在，沒想到，還能無聲無息的不見了？

但是，想到一大早我師傅也不見了，我還是很淡定的，說道：「別急啊，小強，我帶你去問一個人，他也許知道。」

孫強很是信任我的樣子，神情果然平靜了下來。

可是在以後，誰能料到，當年如此乖順羞澀的一個少年，在許多年後，能成長為火爆強，然後我一叫他小強，他就能和我單挑呢？

世事難料啊。

我帶著孫強和沁淮徑直走到了後院，在陣法的保護之下，這雜草叢生的後院也算寧靜，沒跑出什麼奇怪的蟲子，老遠的，我們就看見元懿在那裡打著一套拳法，在做早課之前，練練筋骨。

「元懿老哥兒。」沁淮熱情的招呼道。

元懿沒啥好臉色給沁淮，估計在他眼裡，沁淮屬於那種浮華的公子哥兒吧，他直接盯著我說道：「怎麼又是你？你是不是存心不讓我做早課？你怕我以後比你厲害很多，你得仰視我是不是？」

沁淮在旁邊說了一句：「我記得我是第一次來找你吧？」然後又在我耳邊小聲的嘀咕了一句：「承一啊，這元懿是不是腦子有病？說話咋跟腦袋被驢踢了似的？」

我也一陣無語，這元懿是有多幼稚啊？誰會用這種垃圾辦法來阻礙他練功啊？而且他不但那麼想了，還那麼說了。

就跟一個小孩兒站起面前，手上的棒棒糖糊滿了口水，然後還很寶貝的跟你說：「你是不是來打我棒棒糖主意的？你是不是覺得我的棒棒糖比你見過的好吃一百倍？」

不過，就衝這句話，我倒沒那麼反感元懿了，因為我知道了一件事兒，除了高傲點兒，執著點兒，這人沒心眼兒，沒心眼兒的人是不會害人的。

既然觀感改變了，我對元懿也就客氣了三分，為了照顧他那小孩似的心理，我故意說道：「元懿，我真沒那心思啊，你現在就需要我仰視了。我就是再來麻煩你一件事兒。」

元懿對這說法又滿意了，就跟我剛才套他話一樣，總是很容易找到他的滿意點兒與敏感點兒。

他哼了一聲，不過總算不是冷哼了，擦了一把汗，元懿說道：「你問吧。」

我問：「今天我師傅是單獨帶馬樂去的嗎？沒別人去了嗎？」

「有啊，還有一個姓孫的老頭兒，不太愛說話那個，哦，就是他的爺爺。」元懿非常直接地說道。

我一陣兒氣悶，忍著問道：「那你咋不跟我說啊？」

「說什麼啊？你師傅讓我帶的話就是他帶馬樂進村，又沒說別的。」元懿翻了一個白眼，繼續練功了。

我無奈地朝著沁淮和孫強聳聳肩，表示對於元懿這個人，我比較無奈。沁淮則直接眨巴了一下眼睛，做了個鬼臉，估計這小子也被元懿打敗了。

至於孫強，得到了爺爺的消息，當然放心了很多，開始憨厚地笑了。

解決了這事兒，我忽然發現自己無所事事，心裡正念叨著要不要去練練功，可是一想起昆侖的事情又覺得煩悶。所以，我拉著孫強和元懿，說道：「走，咱們去找晟哥聊聊。」

而這一聊就聊出了事兒。

面對晟哥和嫂子我是沒什麼保留的，從元懿那裡得知的消息，當然一股腦的就跟他們說了，晟哥和嫂子這次沒有和我玩什麼邏輯分析，因為晟哥直接瘋狂了。

他一把抓住我的肩膀說道：「三娃，當不當晟哥是哥？」

「啥話啊？」我覺得莫名其妙。

「那村子裡可能存在有很重要的東西，我要去拿來。」晟哥的目光變得很狂熱，握住我肩膀的手也變得力大無比。

「……」我沉默，因為我的確不知道晟哥是啥意思。

「不行，不行，得策劃一個行動。」晟哥直接開始在屋子裡兜圈兒，那樣子跟火燒屁股似的。

沁淮見了這陣仗，也受不了了，喊道：「嫂子，妳看，晟哥打擺子了。」

這是沁淮無意中和我學的四川話，這個時候他倒是用上了。

嫂子沒說話，神情也變得很奇怪，彷彿是在思考著什麼。

只有一直不咋說話，很沉默的孫強忽然說了一句：「晟哥，你該不會是想進村子吧？」

晟哥一下子停下來，望著孫強，嫂子也一把抓住了孫強，孫強一臉無辜，他不知道自己說什

麼了，晟哥和嫂子竟然會如此激動。

晟哥沒說話，反倒是嫂子一字一句的說道：「我是很想進去，我想看看那些可憐的村民，想看看是不是有如此絕望的世界存在。從來，我們科研人員都不是打先鋒的人，也錯過了很多珍貴的現場，這一次，我想站在第一線。」

我吃驚的望著嫂子，不得不說，嫂子真的是一個骨子裡有著瘋狂基因的女人。

而晟哥卻抓住我，說道：「三娃，這村裡的東西對我很重要，那是我老師一生的心願，我想完成它。三娃，你會幫我的，對不對？」

我望了嫂子一眼，問道：「嫂子，妳的目的和晟哥一樣嗎？」

「不，不一樣，我知道他想做什麼，但是他既然想進去，我沒有反對的道理，我，一向反對科學走上極端，也反對強行把屬於未來的成果應用到現代，我覺得那是一種揠苗助長的行為。可是，我不想把自己的觀點強加於誰，就算對方是我的愛人，我尊重他。我只是想去看看那個世界。」嫂子認真的回答道。

沁淮這傢伙則早就瘋狂了，他說：「得，承一，你要把我丟下，這輩子咱們就不能是哥們兒了！」

「送死你也去？」其實我的內心蠢蠢欲動，我也不知道這是為什麼？難道我天生就愛冒險？

「不可能是送死，你師傅曾經說過時間沒到，你們昨天進村也沒遇見什麼危險，我想到在一定的時間去，我們絕對能安全地退回來。」沁淮還沒回答我，嫂子先說話了。

我心裡癢癢，可是理智又告訴我不要，我急得來回搓手，然後說道：「可我不知道什麼是合

適的時間啊？」

「那咱們就分頭套話！」晟哥這時的腦子分外好用。

「就是，元懿那楞子絕對是個突破口。」沁淮在旁邊添油加醋，煽風點火。

「可是我沒我師傅那本事啊。」我已經極其動心，而且晟哥說了，事關他老師畢生的願望，

我怎麼可能拒絕。

只是有一個問題，我沒去想，那就是，既然是他老師的願望，他為什麼不去求助我師傅？我

師傅顯然比我靠譜很多吧？

在當時，我被衝動衝昏了腦袋，一場未知的冒險，因為特殊的原因，卻又非常的安全。

「三娃，這事兒行不行？你給我一句話吧？進村需要什麼本事？你沒有嗎？」晟哥目光熱切

的望著我。

進村需要什麼本事？我回想一路走來的情形，只要有「仙人指路」，倒也不需要什麼特別的

本事，我的心越來越熱烈，然後一咬牙說道：「我看行，不過得好好準備準備。」

「好，我們就在他們開始大行動以前，混進村子一次吧。」沁淮激動地說道。

只是，就我們幾個人嗎？不，歷史的神奇之處，就在於它往往是出人意料的，有新的人總會

出現，有老朋友也會不經意地再見到。

有人說過，你可以在一個地方跌倒一次，但在同一個地方摔跤，因為有人愛錢，他就容易在錢這個

可現實的情況是，人們往往就是愛在同一個地方跌倒一次，就是笨蛋了。

事情上犯錯，有人貪酒，往往教訓是一次又一次，可他最終還是放不下酒，這就是人骨子裡的弱

點，明知而又故犯。

我呢？算不算明知而又故犯？

在小村，夏日下午的陽光也是懶洋洋的，因為那一層薄霧的原因，我就這樣，蹲在門前，望著天上的太陽反覆的思考這個問題。

小時候，餓鬼墓的經歷一幕幕的在眼前重播。是的，好奇心加點兒衝動，只要給我一點兒火星，我就不知所以了。

那麼，現在呢？還是那樣嗎？好奇心加衝動？我自己問自己，應該不是了，因為村子裡是什麼樣兒，我已經見過，還好奇嗎？我眼前浮現的始終是晟哥的那一雙眼睛，熱切、期待、信任，或者還有別的。

我歎了一口氣，終於發現我這是為什麼了？是因為我放不下對別人的感情，拒絕不了，就頭腦一熱的開始承諾，就算在自己的能力以外！這，才是我骨子裡的弱點啊。

可是，我現在有些後悔，因為我發現我背負不了那麼一大群人的性命。

我之所以冷靜下來之後，在這裡煩悶了半天，就是因為我不知道怎麼去找晟哥，說出那拒絕的話。

歎息了一聲，忽然有雙手搭在了我的肩膀，我抬頭一看，是晟哥。

拚命擠出了一點兒勇氣，我開口說道：「晟哥，我想⋯⋯」

「我知道你想說什麼，我也知道我今天太衝動，提出的要求太過分。如果不是因為我，你不會答應得那麼快吧？」晟哥邊說邊從上衣兜裡掏出了一枝菸遞給我，然後自己也點上了一枝。

晟哥是個很自律的人，以前從不抽菸，放菸在兜裡也是嫂子教給他的人情世故，畢竟在男人的交往，一枝菸很容易拉近距離。

所以，看見晟哥抽菸，我覺得很驚奇，心裡忽然又心軟了，要不然就冒險吧，但是不帶上沁

淮啥的，就帶晟哥，看他那樣子真的很在意這件事兒啊。

「咳……咳……」晟哥吸了一口菸，開始劇烈咳嗽，可是咳嗽完了，他又狠狠吸了一口，對

我說道：「三娃，想聽故事嗎？」

我拍拍晟哥的肩膀表示理解。

晟哥再次狠狠吸了一口菸，有些暈暈乎乎地說道：「我老師是在十年前去世的，他這一生只

有一個願望，能夠解開那個謎題。那個謎題關係到某些機密，我不是太好跟你透露，但是我可以

說一點點，那是七十幾年的事兒，為了那事兒，首長還親自去了那個地方。那……那裡曾經有一

次轟動性的科考，不過結果很不好。我老師是其中的一員。」

「晟哥，你說。」看著晟哥愁悶，我也跟著悶，吸菸也吸得分外的狠。

「我，其實是個孤兒，四歲的時候就沒了爸媽，我是我老師帶大的。你知道嗎？我爸媽是咱

們國家最早一代的科學家，然後因為某個科研專案犧牲了。而我的老師是我爸媽的朋友，同事，

好戰友，然後我是他養大的，為了我，他一直沒要孩子。」晟哥的表達能力一向不是很好，除了

說他的科學的時候，這段話他說得結結巴巴。

我沒聽太懂，總覺得這事兒彷彿包含著我不能觸及的層面，我還是不要知道的好。

「總之，那是一種神奇的植物吧，我不知道怎麼說。其實那一次，不是全是我們國家的人，

還有蘇聯的專家，牽涉很複雜。三娃，這一次，如果我能找到這種植物，意義太重大了，我實話

跟你說吧，我懷疑那條河裡，有那種植物。」晟哥的眼神再次變得狂熱起來。

「晟哥，你是說，你要到那條河裡去找那種植物？」那條河簡直是一個揮之不去的陰影，如

果不是那個虛無縹緲的河神，這裡又怎麼會變成這樣。

「三娃，我這樣說當然是有根據的，我老師給我留下了一本珍貴的筆記。其實，如果我把這事兒上報，也許會得到國家的重視，然後開始大規模的科考。但實際上又不能那麼做，因為這牽涉很複雜，那個項目被國家停止了，你師傅，你師傅他也會阻止我的，在你們道家也許覺得這事兒有傷天和。可是，三娃，你知道嗎？我真的很痛苦，我必須要去做，這是我老師的願望，哪怕是我研究出來一點兒成果，燒給他，也可以告慰他在天之靈。我……我不是為了我自己。」晟哥說到這裡，竟然痛苦地流下了眼淚，我的心一陣兒刺痛。

晟哥是我的朋友，我很在意朋友！我一直以為自己是個瀟灑的人，可是很多年以後，我才知道自己是個心軟，耳根子也軟的人，對我好的人，對我付出過，或者我在意的人，我總是不能忍住的心軟。

沉默了一陣兒，我望著晟哥說道：「晟哥，我剛才的確後悔了，不想擅自行動，因為一不小心，後果就會很可怕。這一次，我會慎重的考慮，你得告訴我，那植物到底是什麼，我發誓我不會說出去的。」

而我聽到之後，卻倒吸了一口涼氣，這種植物用惡魔來形容都不為過，可是對於軍事上的意義卻不言而喻，怪不得國家當年會那麼重視，也怪不得國家會放棄，因為世界局勢微妙，不會允許一個國家在這方面……常常和一群公子哥兒們接觸，其實我對國際形勢什麼的，很瞭解！一想就能想到其中的關鍵點。

「一種可以讓人神志不清，卻能異樣激發人體潛能的植物，有很多的副作用。簡單的說，這種植物可以讓活人變成殭屍。」晟哥不打算隱瞞了。

216

「可是晟哥，你知道昆侖嗎？」我盯著晟哥認真說道。

「昆侖？那是不能說的秘密，我也只知道一點，那種植物和昆侖有關係，所以聽你說起昆侖，我就想到了它。但具體的，我不知道。」晟哥認真的回答道。

「好吧，晟哥，你容我想想。」我是這樣回答的。

我和晟哥告訴大家行動取消了，接下來的日子，沁淮的情緒被我安撫了，嫂子的情緒被晟哥安撫了，至於孫強，其實他不是太在意進村與否，他知道，總有一天，所有人都會進村的，而且那一天不會太遙遠。

但是行動真的取消了嗎？沒有，在我和晟哥談話之後的那天晚上，我告訴晟哥，我願意和他一起冒險一次，因為晟哥的這些動作，必須在行動真正開始以前進行，但這次行動只有我和他。

師傅、老孫頭兒、馬樂依舊是天天進村，算下來已經是第三天。

這兩天，師傅的情緒越來越沉重，老孫頭兒更加沉默寡言。

至於馬樂，我覺得他變得神經了，天天在那裡念叨：「第七天，第八天」什麼的，讓人摸不清楚頭緒。

第三天晚上，師傅回來以後，我照例給師傅揉著肩膀，這幾天我分外的殷勤，因為我需要從師傅那裡拿點兒東西。

我也很內疚，不知道這算不算對不起師傅。但是，面對我的朋友，我又不忍心。

也在這天晚上，師傅說了一句話：「明天，明天援軍就應該到了，明天，明天之後就可以行動了。」

我知道，我和晟哥的時間不多了。

# 第十七章　再臨恐怖之地

在我的布包裡，有五根「仙人指路」，有一疊符，有一把桃木劍，還有一塊作為陣眼的法器——大師叔給我的銅錢。

手腕上還是那串沉香，脖子上依然掛著虎爪。

聽著外面呼號的陰風，我在盤算著自己的本錢，這些本錢在關鍵的時候能救我和晟哥的命。

「三娃兒，你學會了請神術，卻不可輕易動用，你靈覺太強大，我怕你變成瘋子。」師傅的話猶在耳邊，可請神術，那才是我最大的本錢。

我也不知道自己這樣做對還是不對，會帶來什麼樣的後果，在這個晚上，我的心有些亂。

第二天一早，師傅沒有出去，他在仔細地看著一幅地圖，在地圖上仔細標注著什麼，我輕輕走到師傅的旁邊，問道：「師傅，今天不出去嗎？」

「地圖已經完成，沒必要再去那個村子冒險了。」師傅認真地看著地圖，隨口對我說道。

「師傅啊，這地圖很重要？」我心不在焉地說道，其實我有滿肚子的話想對師傅說，可是我不知道怎麼開口，只能扯些別的。

「是很重要，這是找出老村長的關鍵！」師傅繼續用紅筆標注著什麼，可惜我對相字脈一竅不通，只是感覺師傅標注的東西跟風水有些關係，但是我不懂。

「師傅啊，為什麼今天過後，你就說要開始行動了？」我假裝不在意地問道，畢竟事關我和晟哥的安全，我必須問清楚，真的太危險，就算負了晟哥，我也不會去。

218

「這是一個時間段，今天是第九天，還有六天時間，在最後一天，他一定會出現，是最強，也是最弱的時候，我們不打沒準備的仗，六天的時間準備足夠了。」師傅如是說道。

「師傅，那這六天裡，是安全的嗎？」我小心翼翼的問道。

「我們出任務，沒有哪一天可以說是安全的。」師傅隨口回了我一句，然後就專心於他的地圖了。

我踱步著出去，給晟哥使了個眼色，意思是行動繼續，再過幾分鐘我們就要出發了。

幾分鐘以後，我和晟哥分別出去了，畢竟人不能一天到晚都關在屋子裡，在這個荒僻的小村，在這裡的人們常常還是在附近散步的。

我和晟哥就是假裝散步的樣子，分別出門了。

我們約定，在山腳下碰頭。

命運是一個有魅力的傢伙，它的魅力就在於你永遠不能看清楚它的臉，偏偏卻對它一直抱有期待，抱有幻想，因為它是屬於你的，獨特的，不重複的東西，你捨不得放一絲絲壞的東西在它身上，儘管它有時是個壞傢伙，折騰得你很痛苦。

那一天，命運又和我開了一個玩笑，因為在我走後不到半個小時，援軍就到了，在那裡面有我日夜牽掛的一些人，更重要的是，他們帶來一個消息，很重要的消息，我和他們錯過了，晟哥也和他們錯過了。

這就是命運，明明那麼小一個村子，我們分頭走的兩個人，都能和一群人錯過。

命運在造成悲劇的時候，是不眨眼的，它沒有感情。

出門以後二十分鐘，我和晟哥在山腳下碰頭了，他的神情很嚴肅，我的神情也很嚴肅，我翻

出藏在衣服底下的黃布包，挎在身上，然後從裡面掏出了一捆細繩子。

這真的就是一捆細繩子，因為我沒有師傅那本事，會綁鎖魂結，那麼就用最笨的方法，把我倆綁在一起吧。

我把繩子綁在我的腰上，綁的很結實，然後再綁在晟哥的腰上，我對他說：「這繩子是我跟馬笑拿的，特種部隊的繩子，很結實的。」

晟哥點頭，他很認真地跟我說：「這是我的願望，卻讓你跟著一起冒險，如果真的有危險，我願意我死，你一定要跑，你不要負了我。」

「都不會死。」我淡淡說道，心裡卻有一種說不出的壓抑。

分好了驅蟲的藥包，紮緊了褲腿，我取下手上的沉香，再一次扯斷了它，拿出兩顆，然後把剩下的裝進了黃布包。

「這玩意兒佩戴著，效果不是太強烈，咱們一人一顆含嘴裡，你別給我吞了啊，那霧有迷惑人的本事。」

「我知道。」晟哥跟扔糖丸似的扔進了嘴裡，態度比我輕鬆，我總覺得晟哥有一種賭上自己性命的感覺。

一切準備工作都做好了，我帶著晟哥，走進了那片沉沉的迷霧。

霧氣中，還是那樣的感覺，道路模糊不清，可因為口含沉香珠的原因，我的心卻分外平靜，我沒有想別的，只是想，多走一步，我就離完成承諾多近一步。

我在前，晟哥在後，我們很安靜地走著，在實在看不清楚道路的時候，我點燃了第一支「仙人指路」。

220

仙人指路是一個好東西，在道家它比指南針管用，因為指南針要受磁場的影響，而這仙人指路不會，因為上面符籙的關係，它散發出來的煙，只會朝著有出口的地方飄。

我一直不太清楚仙人指路的原理，說實在的，是不清楚它上面貼那張符的原理，直到很久以後，我遇見一個會畫仙人指路符的傢伙，他告訴我：「其實說穿了，仙人指路符其實是一張循陽符，也就是說它會固定的指向有陽光和陽氣的地方，你到了那樣的地方，自然就走出了陰氣重重的迷陣兒。這是咱們道家的道具，對付那些玩意兒用的，你要是個路癡，用來找路可不太好使。」

按照仙人指路的原理，它在這個地方當然很好使，除了快到山頂時的風，給我和晟哥造成了一點小麻煩外，我們竟然就這樣有驚無險的爬到了山頂。

一回生，二回熟，難道就是這個理？

我很珍惜的弄滅了還剩半截的仙人指路，站在山頂，跟晟哥說道：「那一片迷霧裡，有正常人看來很恐怖的東西，晟哥，你挨得住嗎？我不像師傅那樣，會封五感，所以我很抱歉，我不能讓你閉上眼，再睜開的時候，就走出來了。」

晟哥沒什麼反應，只是站在山頂，眼神有些說不清楚的看著山下那條有些看不太清楚的河，村子籠罩在迷霧中，可是那條河沒有，站在山頂上能看見。

「晟哥？」我叫了一聲，晟哥才反應過來，然後轉頭對我說：「我要怎麼做？才能走過那片霧？」

我簡單地說道。

晟哥望了我一眼，說道：「我盡量不成為你的負擔。」

「第一，不怕。第二，它凶你更凶。第三，不行了，就大聲喊我，我一直走在你前面的。」

下山的路，當然很順利，雖然師傅告訴我，我們所在的每一天都很危險，可是我還是模糊得出了一個資訊，這六天應該是安全的，沒半個月，就那一天不安全吧？

或許是這樣，畢竟我們算是幾十年來第一批造訪這死村的人，有誰又知道真實的情況？

十五天？

其實我已經猜到了，村民們是如何的悲劇，他們在這幾十年，就算成了鬼，也在重複過那恐怖的十五天的日子。

最大的折磨莫過於此，你可以不怕痛苦，不怕困難，但是你會不會怕不停的重複的痛苦和困難？當你以為解脫的時候，它又開始了！

或者人世的輪迴也是如此，所以才要修得一顆玲瓏心，勘破，解脫。

胡思亂想間，我和晟哥已經步入了迷霧，我沒有回頭看晟哥一眼，也許此時我擔心的一眼，也會成為他的心理壓力，他現在需要的是勇氣，越多越好的勇氣。

還是那片鬼哭狼嚎，在它們的聲音響起的時候，我明顯感覺到身後的晟哥顫抖了一下，可是只是那麼一下，我就感覺到身後的人堅定了起來，那種堅定的氣場讓我都能感覺到，那心裡該是有多大的支撐？

人的潛力是無限的，當然，這需要一顆種子來激發。老師的遺願，無疑就是晟哥心裡的那顆種子。

依舊是那些恐怖的鬼怪，依然是地獄般的場景，當我們踏出來的時候，我感覺身上綁的繩子一緊，轉頭一看，晟哥坐在了地上。

我沒有去探尋晟哥的心理，我只是望著他，說道：「走出來了，不是嗎？」

222

「是的，走出來，也就不可怕了。」晟哥深呼吸了幾口，站了起來。

「見到了這些，你從此就會不會從一個科學家，變成一個迷信的人？」我開玩笑地說道，想起那個恐怖的無聲世界，我需要輕鬆一點兒的氣氛，來緩解內心的壓力，儘管到了此地，我們的一切都很順利。

「不會，神經病也屬於科學的範疇，不是嗎？我不保證，我剛才看見的東西，就是神經病人所看見的世界，這有研究價值。也許，以後我能成為醫學家。」晟哥其實偶爾很幽默的。

「走吧，我們進村。好消息是我們走到了這裡；壞消息是到那條河，你的目的地，需要穿越這個村子。」我想笑，可最後的表情卻皺著眉頭，我沒法控制。

說完這話，我就要帶晟哥進村，到了這個時候，我的心情反而平靜了，有一種兩兄弟生死不棄的感覺，也有一種為朋友兩肋插刀的豪氣。

可也就在這時，晟哥叫住了我，他說道：「三娃，我們在這裡坐會兒，好不好？」

「晟哥，你是還沒恢復過來嗎？休息一下也好，但是師傅說了，在村子裡不能逗留太久，到了晚上可翻不過去這山。」面對晟哥的要求，我也沒多想。

晟哥看著我，不知道為什麼，我總覺得他神情有些閃躲，難道是害怕？想到這一點，我能理解，畢竟是個普通人嘛，於是我坐到了晟哥的身邊，準備安慰安慰他。

誰知剛坐下，晟哥就開口跟我說了一句莫名其妙的話：「三娃，導引十九法很有效果，這些年我一直都在堅持練習。」

這話要放平時沒什麼問題，可是在這種地方說這話？我心裡有種說不出來的沉悶，難道晟哥真準備在這裡不顧一切？我開口說道：「晟哥，我是帶你進來看看，你別真的為了這事兒不要命

了，你要想想嫂子，想想……」

我是想勸晟哥，而晟哥卻一巴掌拍到了我肩膀上，用眼神阻止了我繼續說下去，然後很認真的跟我說道：「三娃，你現在別說話，聽我說好不好？」

我沒在意這個細節，而是依言沉默了，晟哥有話要說，就讓他說吧，只是我也不知道為啥一種強烈的，不對勁兒的感覺在心中升騰，怎麼也阻止不了。

「三娃，我們是在八二年認識的吧？想想，到現在八年了，這其中我們相處的時間並不長，算下來也不過一個星期左右。但友情並不能用時間來衡量，有的人，你和他相處十年，也算不上朋友。有的人，你和他相處了一分鐘，就可以決定，這人是一生的朋友！三娃，你是我一生的朋友。」

晟哥很少說那麼動情的話，聽得我心裡一熱，剛想開口說點兒什麼，晟哥卻摸出一枝菸，塞到了我的嘴裡，自己也點上了。

他態度很強硬的說道：「什麼都不要說，聽我說。」說完，他點上菸，幫我也點上，接著說道：「抽一支菸，五分鐘。這五分鐘，我情願把今生的感情都傾瀉完。」

「三娃，你嫂子是個好姑娘，如果可以，我願意用一生的時間去愛她，保護她，我想和她有個孩子，有個幸福的家庭，可是在一個男人的生命中，總有一些事情要大過一些感情。這些事情可以是理想，也可以是一件刻在你骨子裡，必須去完成的事。」晟哥說著忽然眼眶就紅了。

我拿菸的手有些顫抖，我強忍著讓自己先別說話，聽晟哥說完。

「三娃，朋友是什麼？我自己沒辦法定義，不管以後你我身處在何種環境，做著什麼，我對

你的友情都不會變。或者，有一天，你不把我當朋友了，甚至把我當成仇人，我也把你當朋友。」

晟哥說到這裡，我發現他掉了一滴眼淚，只是他沒去擦掉。

「三娃，我這一生其實很孤獨。可以說，我最放鬆的日子有兩段，第一段，是和你，和如月，和酥肉在竹林小築的日子。第二段，是遇見靜宜，我們戀愛的日子。另外，我這一生，還有一段最重要的日子，就是和我老師在一起的日子，他是我老師，也是我的父親，我和他之間的感情，就如你和你師傅之間的感情。你永遠要記得這句話，說不定，你記得了，也就理解我了。」

晟哥說到這裡，已經是淚流滿面，這時候，他也終於擦去了臉頰上的淚水。

我終於忍不住了，大聲說道：「晟哥，你這是什麼意思？」

晟哥卻根本不回答我，而是從脖子上取下了一根鏈子，鏈子上有一個類似於小盒子的吊墜，他把鏈子塞給我，說道：「裡面是我和靜宜的合照，幫我交給她。」

「晟哥，走，我們回去，我這次不是帶你來送死的。」我激動了，我總感覺晟哥在說遺言似的。

「我不是來送死的，我不會死，我還有許多事要做。」晟哥說話間，後退了兩步，而我懂懂的，根本沒注意到這個細節。

「三娃，再見。」晟哥說完這一句之後，忽然轉身就跑。

我一下子有些愣，跑什麼？這是怎麼一回事兒？我握緊手中的鏈子，下意識就追了上去，吼道：「晟哥，裡面很危險，你不要去。」

晟哥頭也不回，喊道：「三娃，你不要跟上來了，我不會有危險，你回去吧。從現在開始，我真的不想面對你了。」

什麼意思？我的大腦一團亂，可是我不可能回去，這個村子那麼危險，我把晟哥弄丟了，我回去要怎麼給大家交代？怎麼給嫂子交代？

卻不想晟哥越跑越快，很快就跑進了村子，跑到一個拐角就看不見他的身影了。晟哥咋會跑這麼快？我以前就沒發現過他有這本事，我咬著牙快速追過去，可就在這時，村口忽然出現一個人，就那麼站在那裡，攔住了我的路。

於此同時，天空中響起一陣轟鳴的聲音，由遠及近，我抬頭一看，遠處竟然飛來一架直升機。

攔住我的又是誰？是人還是鬼？

我不顧一切地衝過去，下一刻我就知道了，那是個人，他伸手，用快得不可思議的動作抓住了我，說道：「老李的徒孫？滾回去！」

然後手一掀，就把我推倒在了地上，好大的力氣！

而就是這短短的一瞬間，我再次看見了晟哥，就在那個轉角的空地，有三兩個人圍著他，晟哥沒有回頭看我一眼。

晟哥被人逮住了？這是我瞬間的想法，他們是什麼人？要逮晟哥去做什麼？

沒有答案，可這並不妨礙我暴怒地站起來，朝著那個人衝過去，然後揮拳朝那個人打去，吼道：「滾開，你們要幹啥？」

那人輕鬆躲開了我的拳頭，一把扯掉上衣，說道：「老李的徒孫，還是山字脈的傳人？呵呵，那麼我們比劃一下吧，是要比劃拳腳，還是要比劃道術呢？」

我的眼睛陡然瞪大了，因為在那個人的身上，我看見了一個紋身，那紋身非常怪異，是一張

很生動的，抽象的臉，那臉上的表情似笑非笑，一副看透了的悲憫，一副嘲笑世人的冷漠。

這個紋身我印象太深刻，想忘記都不能，因為我曾經看過它的簡化版，就在餓鬼墓！那個神秘的標誌，一張像人，又像魔鬼的臉。

我的心跳很快，他們是誰？什麼人？他們好像很厲害，他們很清楚我的一切。

可是晟哥！我顧不得那麼多了，男人之間，要比劃，當然是拳腳最乾脆，我不知道所謂武林高手是什麼概念，可是我從小練習，和三五個人打架還不怕。

沒有說話，我再次揮拳而上，和那人打了起來。

不得不說，他的拳腳把式非常到位，力氣也極大，每一拳打在我身上，都令人閃避不開，而且非常痛。

可我也瘋狂了，閃避不開，那也就不閃了，我只想衝過去帶晟哥回來。

於是肘擊、拳腳，我無所不用其極，一副拚命的架勢！

只不過過了一分鐘，我們兩個就分開了，各自都氣喘吁吁，其實打架可不是一件可以持續的事兒，非常消耗體力，他不見得能打贏我，可我也奈何不了他。

「滾開。」我低聲地說道。

他望著我，說道：「來，比比道術，你要贏了我，我就讓你過去。山字脈的傳人，老李的徒孫，我很有興趣呢。」

比道術？這人為什麼要如此糾纏著我比道術？他一再強調，我是老李的徒孫，山字脈的傳人，老李的傳人，什麼意思？

我的心跳很快，汗水大顆大顆落下，喘息也很重，我抬起頭來，看著眼前的這人，這是我第

一次認真打量他。

他很年輕，樣子非常的清秀，清秀到像個女的，不知道是因為敵意，還是因為別的什麼，我總覺得他太清秀了，以至於有一種陰柔的感覺，給我的印象就是這人心機很深沉，絕對不容易看透。

他要和我比道術，可不是徵求我的意見，話才剛說完，他就已經開始邁開腳步，踩著奇異的步伐，走動起來！

步罡！在野外，不設法壇，不在夜晚，就踏步罡？

要知道步罡之法必須在荒郊野外，漫天星光下才能開踏，這是最基本的原則，否則步罡絕對不會產生效果。如若不然，就只能選擇在淨室踏步罡，而設法壇，則是尊神，免遭反噬，這人是怎麼回事兒？

我看他腳下所踏罡步，類似於八卦斗罡，卻又不完全是，至少在我所學的步罡法中，他這種步子我沒有見過。

配合他步子的，是他嘴裡的念念有詞，我聽不清楚他的咒語，我也不可能聽得清楚，畢竟任何的咒語都是不傳之秘，但那節奏根本不是踏步罡所需的咒語。

忽然，我就想到了一個可能，師傅曾經給我提過——咒術！

其實道家的符咒仔細分解，符為一術，咒為一術，發揚它的開山祖師是張道陵，可是它並不是憑空而來的，而是傳承改編於古老的巫術。

咒術和咒語完全是兩個概念，咒語是施法之時所需的配合口訣，而咒術則可直接施術於人。

我一開始就誤會了，眼前這人根本不是在踏步罡，而是要直接對我施展咒術。

咒術的種類繁多，效果各有不同，就連單一的詛咒之術，分支都有百種之多，如果不知道具體的詛咒之術的咒語，解咒很是麻煩。

我不敢多想了，我看見他的表情已經起了巨大的變化，眼神開始變得猙獰，開始咬牙切齒。

這是必然的，要想咒術的咒力強悍，必須全身心的投入，配合所施的咒術。

看他這表情，我知道，他在對我施展詛咒之術，一旦咒成，我也不知道是什麼下場。

我拿什麼和他鬥？我不能丟了老李、我師傅、山字脈的臉！這個想法讓我瘋狂。

好吧，我最大的優勢就是靈覺強大，那就下茅之術吧。我連請神術都不用了。

畢竟請神術和上中下三茅之術，論威力一定是三茅之術是上身，是借用請來的東西的力量，能借多少看個人的能力。而請神術限制很大，一般都是請來的東西在旁輔助，是人神共通之力。

這種細微的區別，一比較，卻是天差地別。

看來我骨子裡是瘋狂的吧，這是我在施術之前最後的一個念頭，在下一刻，我就毫不猶豫的掐起手訣，念起咒語，全神貫注地開始進行下茅之術。

這個術法，是必須心無旁騖的用靈覺開始溝通，我只是在恍惚間看見那人表情變了，可我已經顧不上了。

配合著咒語，我恍惚感受到自己來到了黃泉地獄，一個個兇悍的鬼神在我腦中一一浮現，我要強大的，我要最強大的！

下茅之術就是請鬼，越強大的鬼，越是難以溝通承受，而你的靈覺越強大，你就越能找到越強大的，並且承受它們的力量。

恍惚中，像是過了很多年，一生！恍惚中，又只是一秒。

下一刻，一股陰冷的能量彷彿從天而降，這不是屬於身體的能量，這是屬於靈魂的能量，同時一股冰冷、好戰、暴戾的情緒彷彿也在我的心中炸開。

我睜開雙眼的剎那，感覺自己就像有無窮的底氣和功力可以和眼前之人對鬥！

「如果心性不夠堅定，最好別用下茅之術，鬼之一物，畢竟屬於陰冷的能量，所帶情緒也是負面。中茅，上茅之術，所請之人，之神能量正面，可偏偏難度太高，由於修行之人的天譴，這是上天安排的矛盾嗎？」師傅的話猶在耳邊，我還能稍許理智的想起，可是我壓抑不了心中的衝動，要毀滅眼前的這個人。

他的詛咒之術已經快要完成，不知道怎麼解咒的我沒辦法防禦，那就只有趕在他完成之前進攻。

下一刻，一個手訣捏起，這個手訣捏去，先天八卦訣。

這個手訣暗通八卦鏡，配合功力，有擋煞、擋陰、擋咒之效，鏡子原本就有反射的功能，他要詛咒我是吧？那麼就全部還給他！

原本，以我的功力，要掐那麼複雜的手訣是力有不逮的，可是動用下茅之術之後，這個手訣掐動得行雲流水，隨著配合咒語的念動，我自己都能感覺功力聚集在手訣之上。

此時那人的詛咒之術已經完成，隨和最後一個音節的落下，他停止了步罡，大吼了一聲：「八卦訣？我看你擋不擋得住。」

他的話剛落音，我就感覺一股惡毒的能量包圍了我，這咒術好強大，在這個陰冷的村子，施展詛咒之術，到還真的得天獨厚。

230

我大吼了一聲，手訣聚攏胸前，神智也出現了瞬間的恍惚，那一刻我也不知道自己是誰，在幹什麼，當我清醒過來的時候，我看見那人全身發顫，似乎像是瘧疾發作一樣。

那人快速拍打自己身上的幾處穴竅，開始念念有詞，他是施咒之人，當然能夠解咒，這一下可不能弄死他，我的臉上出現一個嘲諷的笑容，那就繼續。

下一刻，我的心又忽然顫抖了一下，我要幹什麼？我要弄死他？

可這個想法只是出現了一瞬間，我下一刻已經掐起了新的手訣，五雷訣之——天雷訣。不讓開，那就等著當白癡吧。

我在心中瘋狂吶喊著。

然後，手訣已經開始瘋狂掐動，五雷訣屬於最高級的手訣，而五雷中，天雷訣又是其中最強大的手訣，一般的手訣都是針對邪惡、妖孽，但是天雷訣卻能打進陽身，直接傷到人的魂魄。

這天雷訣師傅掐動起來都有難度，而我此時狀若瘋狂，只想把晟哥帶回去，也只想把眼前這個人除去，其他的我一律顧不上，也管不得。

直升飛機的速度很快，只是這一會兒功夫，就已經飛到了小村上空，開始緩緩降落。

那人看我掐動的手訣，神色開始驚慌，我惡狠狠地盯著他，只是笑，兇狠地笑，我看不見自己的表情，可我從那人的眼神中可以感覺到，那一定很猙獰。

「哼，好一個天才的徒孫，小小年紀，下茅之術，不簡單啊。」一個有些蒼老的聲音忽然插了進來，我，我不知道是誰，也不想知道是誰。我只是在艱難地掐動手訣，我感覺這個手訣需要的力量，連我靈魂都快撕裂，我必須全神貫注地完成它。

「還不給我滾！」忽然那蒼老的聲音變換了語調，如天雷滾滾般的聲音一下子全部集中在了我身上。

這是一種很玄妙的感覺，感覺到一個人的聲音集中在自己身上，而在下一刻，我就感覺到身體一陣抽空，彷彿什麼東西被強行踢出了我的身體，那是……

那是我請來的下茅之鬼，我感覺到它離開了我。也就在這一瞬間，我的大腦開始變成漿糊一般，從靈魂深處傳來的虛弱感讓我雙腿一軟，「噗通」一聲跪在了地上。

從來沒有如此虛弱過啊，我的臉貼著地，雙眼無神，而在這時，我聽見一個聲音從遠處傳來……

師傅！

「老不修是什麼？就是專門欺負小輩的人。」

「哼……」我只聽見那人用冷哼聲回應了我師傅，我艱難地回頭，只看見一行人遠遠的，很是著急地朝這邊走來。

他們剛剛從山腳下出來，離這裡大概又一里路的距離。

接著，我聽見巨大的直升飛機的轟鳴聲，飛機已經降落，晟哥要被帶走了嗎？可惜我沒有一絲的力氣，我只是趴在地上，虛弱看著這一切。

我看著那個老人把那年輕人拉走，看著兩個人夾著晟哥，開始朝飛機上走。

「晟哥……」我艱難地喊了一句，可惜由於虛弱，那聲音大小，連我自己都聽不清楚，何況在這巨大的轟鳴聲中。

「楊晟，你不要走。」

「楊晟，你不要走，你可以什麼都不要，可是你不要我了嗎？不要我們的孩子了嗎？」一個帶著哭腔的尖厲女聲傳來，聲音是如此的大，如此的撕心裂肺，隔著那麼遠的距離，在如此大的

轟鳴聲中，竟然都能聽清楚，可見吶喊之人，是多麼的痛苦，是用怎麼樣的情緒在喊？

我一愣，我聽見了什麼？不要孩子了？晟哥自己要走？

嫂子有孩子了？晟哥……我不敢往下想，我的心忽然開始刺痛，不，這不是真的。

虛弱中，我正要踏上飛機的晟哥身子一震，不由的轉身回頭，目光放向遠處，我知道他是在看嫂子。

可他旁邊那個人，也不知道他說了一句什麼，然後拍了拍手中那個顯得很精緻的箱子，然後我就看見晟哥頭也不回地上了飛機。

晟哥……我的淚水順著臉頰流了下來，還需要阻止自己去想嗎？這一切已經是最好的證明了！我滿心的苦澀，為什麼，為什麼要騙我？

我看見那個和我鬥法的年輕人上了飛機，然後轉身，似乎是不甘心地望了我一眼，接著對我比了一個無比挑釁的手勢。

最後是那個老人登上了飛機，他回頭說了一句：「老李的徒孫，不錯，年紀輕輕，呵……」

他說話的中氣十足，每一個字都清晰傳到了我的耳朵，然後他進了機艙，有人關閉了飛機的門。

呵，我這叫不錯？他是什麼判斷標準？我一直都以為自己是個菜鳥而已。

直升飛機開始緩緩離地，我看著心如刀絞，不論怎樣，晟哥有句話說對了，有的人，你和他相處十年，也不是朋友；有的人，只是一分鐘，你也可以認定他是一輩子的朋友。

是的，我把你當一輩子的朋友，然後換來的就是欺騙嗎？

淚水滴落在了塵土裡，然後消失不見，晟哥的存在就像這滴淚水一樣嗎？消失在塵土裡，然後在某一天被陽光蒸發，也會在我心底蒸發嗎？

直升飛機已經上升得很快，轟鳴的聲音也漸漸小了。我不知道，在飛機上的晟哥，看著地上這些人可有流淚，可是傷心？

不，他是個瘋子，他不會的，他已經拋棄了我們，拋棄了一切。

想到這裡，我握緊了拳頭，我覺得那種異樣的難受根本揮之不去，我經歷過離別，生生的承受著對家人的思念，我以為這就是最苦的事情。

沒想到，還有更苦的事情，那就是背叛，這意味著一段真心的付出被踐踏，一段真摯的感情被拋棄，不論感情還是付出都是發自內心，發自靈魂的東西，背叛刺痛的是靈魂。

一聲歎息在我耳邊響起，一雙手搭在了我的肩膀，一個聲音在我耳邊說道：「要走的，誰也留不住。就如緣分散了，強留的，只是自己的執念。起來吧。」

是師傅！

我轉頭望著師傅的臉，千言萬語都感覺無從說起，任由師傅扶起我，卻又忍不住腿一軟，跪在了地上，鼻子一酸，抱著師傅的腰，開始放聲痛哭。

這一次，二十三歲的我，又恍然回到了七、八歲的時候，那麼放肆地在師傅面前，宣洩著自己的情緒，就跟一個小孩子似的。

「八年不見，你倒是越長越回去了。」一個好聽的女聲在我耳邊響起，那麼的熟悉。

我忍不住回頭一看，有些陌生，卻是那麼的熟悉，是她，是凌如月。

八年了，她早從當年那個小女孩變成了如花的少女，漂亮得讓人不敢逼視，簡直不敢想像，這就是當年賴著要我背的小女孩。

如月她到這裡來了？

我不好意思再哭了，一把抹掉眼淚，站了起來，望著凌如月，想說點什麼，卻說不出來。

這不像我和晟哥，我們都是男人，再見面會少一些拘謹，她是女孩子，在男女有別這件事兒上，註定我們再見面不可能太親密。

「老姜，額就說三娃兒瓷馬二楞的，趕不上我徒弟機靈，你說咧？」很熟悉的陝西口音，除了那個慧老頭兒還是誰？

「你給我閉嘴啊，這叫成長，你懂個屁。」師傅毫不客氣地還擊。

可這一次慧大爺沒說啥，只是走過來，想習慣性地摸摸我的頭髮，無奈我已經長到了一米八二，他沒我高，摸不到，最後只能拍了拍我肩膀，說道：「沒啥，萬事看開看淡。」

我心裡一陣感動，卻看見一個人有些癡癡傻傻地立在那裡，不是我嫂子又是誰？

我的手伸進褲兜，摸到了那根鏈子，想要交給嫂子，卻不敢面對嫂子，要說錯，不是我的錯嗎？如果我不帶晟哥來這裡，晟哥就……

但不容我多想了，我忽然感覺大腦一陣兒不清醒，思維也開始變得迷糊，然後我開始站立不穩，周圍也變得天旋地轉，怎麼了？剛才還好好的啊？

這是我最後的一個想法，下一刻我就什麼都不知道了。

迷糊中，我最後聽見師傅在對誰說：「他妄用下茅之術。」

我感覺很溫暖，也感覺很疲憊，我在努力的思考我在幹什麼，在哪裡，卻感覺自己的反應老是很慢的樣子？我又在哪裡？我想努力睜開眼睛，卻發現眼皮子很沉重。

然後呢？我想了很久很久，我才想起我暈倒了。

這時，一隻手「啪」的一下，拍了一下我胸口，接著又「啪啪啪」的連續拍在我臉上，接著

一個有些稚嫩的聲音說道：「是不是想醒醒不了，額來幫你。」

眼，還沒反應過來什麼，我心裡一陣兒無奈，不過他的方法確實很有效，迷迷糊糊中，我終於睜開了雙

接著，我看見一張跟大光頭一樣圓圓的臉蛋兒，而且還長著圓圓的眼睛，眼睛裡帶著笑意看著我。

此時，這張的臉的主人，離我不到兩釐米，鼻子都快杵我鼻子上了，眼睛裡帶著笑意看著我。

「額師傅說，你是額沒見面的夥計，不，大哥，大哥你好啊。」

這是誰家的孩子啊？我一陣迷糊，感覺施展了下茅之術以後，我的思考能力都變弱了，也就

在這時，師傅和慧覺走進了房間。

慧覺一把就把那孩子擰開了，教訓道：「給額念經去，別在這兒添亂。」

「額念了，念了好多遍了。」那小子全身都在扭動，抱著慧覺的大腿撒嬌。

「額叫你念，你就念。」慧覺眼睛一瞪，貌似兇狠的吼道。

這時，我反應再慢，這知道這個小光頭是誰了，這是慧大爺的徒弟啊。

師傅朝我走來，說道：「醒了？沒變白癡？正常的？沒變瘋子？」

「嗯，沒變白癡，也沒有精神病發作。」我平靜地說道，然後環顧了一下四周，這裡正是晟

哥和嫂子的小房間，一想起晟哥，我的心裡有一陣兒刺痛。

# 第十八章 道法，自然

相顧無言，房間裡的氣氛有一些沉重，那個圓圓的小子，被慧覺拉出去，說是念經去了，走的時候並輕輕帶上了門，我知道他是想留給我和師傅一個單獨談話的空間。

師傅點上了旱菸，最近這些日子，我發現師傅抽旱菸的頻率明顯變得極高，心事重啊。

煙霧在房間裡升騰，我們師徒二人還是沉默，當一桿子旱菸快完的時候，師傅忽然把菸桿遞給我，說道：「來一口兒？」

我接過，抽了一口，一股子火辣辣的氣息在肺部打轉兒，末了，卻有一點藥香回味口中，這是師傅獨特的旱菸葉子，平常地方買不到。

不過，旱菸終究太烈，我不太習慣，摸了摸口袋，掏出了一枝香菸來點上。我，不也心事重重嗎？

「還在想楊晟的事兒？」師傅終於開口了。

「是，我想知道全部。」我是真的想知道全部，晟哥最後轉身那一個背影，到現在還刺痛著我的心。

「這個，拿去看吧。」師傅從懷裡掏出一件兒東西。

我接過，是一卷紙，展開，上面打著許多的消息，不過是用專門的密碼寫的，下面則是翻譯。

「我們這裡不知道為啥，收不到電報，卻能發出去消息，我沒想太細。」師傅在旁邊解釋道。

其實，我懂，他是不敢想太細，太可怕！收不到消息，卻能叫人來，就好像有一雙眼睛監視

著我們，故意而為之。

仔細看著那張紙的內容，我的臉色越變越難看，最後將這個交還給師傅的時候，我的手又開始顫抖。

「明白了嗎？」師傅問道。

「明白了。」我點頭。

上面是一個人和一個組織聯繫的對話，他們早已經勾結好了，也約定好了，最後一條是衛星電話聯繫。呵，衛星電話……

那個人是晟哥，那個組織，我想起了那張魔鬼臉，原來是一個組織。

「師傅，你是早就知道，還是……？」我的手捏到了青筋鼓脹，心痛得無法呼吸，果然是一個陰謀，是欺騙啊。晟哥，他怎麼能這樣對我？

「我不想懷疑楊晟這孩子，這個消息是凌青帶來的，還有這個證據……」師傅望著我說道。我痛苦地低頭抓緊了頭髮，半天才說出一句：「晟哥，晟哥他怎麼會這樣？」

「因為他心中有執念，為了這個執念，他已經瘋狂了。這個執念讓他的世界從此沒有是非黑白，沒有任何感情，從另一個角度上來，他的心境倒是高到了一個我們追尋的境界。可惜是因為執念而生，破滅的時候萬劫不復。這，就是歪門邪道。不過，也是他自己的道。」師傅的話很深沉，對應著我的痛苦，師傅很淡定，也很理智。

「師傅，那個組織很強大嗎？我能不能把晟哥找回來？」我望著師傅，眼中還抱有一絲希望。

「三娃兒，你二十三歲了，我一直希望的是你不再幼稚。強大？強大已經不足以形容了，可以說連國家都忌諱動手，知道為什麼嗎？盤根錯節的關係！只能慢慢清理。你自己去想一下細節

吧，可以毫無顧忌開進這裡的直升機，你當國家的領空防禦就那麼弱？直升機可以隨便開到什麼地方？還有一件事情，我忘了告訴你……」師傅說著，又甩出了一件兒東西。

那是一份檔，上面寫著讓晟哥和靜宜嫂子來參加這個任務，負責調查什麼的命令。

「這是？」文件沒有任何問題，簽名、蓋章都沒有問題。

「不懂嗎？這是真的，可也可以說是假的，因為檔本身沒有任何問題，可發放這份檔的人，和這個組織有染。我們得到的這個消息至今都是秘密的，這次國家派人來，目的是為了讓我們防備楊晟，秘密控制他，然後悄悄的，慢慢的清理、收網，想抓住這個組織背後的人。可是，楊晟他……」師傅說到這裡一聲歎息。

「師傅，能和我講一下這個組織嗎？」我問到，因為我心裡也種下了一個執念，我想找到晟哥，問個清楚，我要瞭解這個組織。

「不能。」師傅很直接地拒絕了。

「為什麼，為什麼你總是這樣，什麼都不和我講，什麼都不和我說！師傅，你這到底是要保護我多久？」我憤怒了，我討厭這種感覺，沉默了很久，他才說道：「我想一直保護，讓你慢慢成長的。」

師傅的眼中閃過一絲悲哀，一直以來，全部都是這樣。

「師傅……」我有些哽咽。

可是師傅轉身又說道：「但我卻還是很放任你，今天在你離開一會兒之後，我就收到消息了，按速度我可以及時趕到，但是我沒有，有些東西要你自己去體會。」

用沉默去反抗他的決定。

體會我可以及時趕到，但是我沒有，有些東西要你自己去體會什麼？背叛嗎？我的心裡一陣惱怒，我不知道師傅為什麼不望著我，我盯著他的背影，

「放下了嗎？」忽然，師傅問道。

「放下什麼？」我不懂。

師傅轉身，深深的盯著我：「放下太重的感情，在以後的路上，多一些理智。」

我沉默，那一場背叛，如同帶著倒鉤的刀子，插進心裡，取出來的時候，還掛著血肉，我痛。

可是，放下嗎？我的眼前浮現出了很多人的臉，爸、媽、姐、酥肉⋯⋯最後，師傅！

「你就是要用一場背叛，讓我體會一個放下？」我的聲音帶著嘲諷，這是我第一次跟師傅這樣說話。

「呵，論道？」

師傅毫不在意，望著我說道：「我不想你有任何的執念，太重的感情，就是太深的羈絆，綁住雙腳，難免跌跌撞撞，我想你以後走得順利一些。修者，修心，修的是一顆公正，通透的心。」

可是公正，通透的心是淡然而淡定的，它承載不了太多的感情。

我不想違背它，我追求不了那麼高的境界。」

「道法自然不是你那麼解的，正解是一顆心終究融入自然，自然是什麼？日升日落，雲捲雲舒，生生不息，歲月枯榮。這是一顆心，隨著絕對的規則運轉，不干涉，只感受。這才是生命的自然之道。」師傅沉聲說道。

我再次點上了一根菸，重重躺下去，點上，吸了一口，說道：「道法自然，感情也是自然的，

「呵⋯⋯」我望著天花板吐出了一口菸霧，然後說道：「是嗎？法則般無情！師傅，你放下了嗎？」

我了嗎？

沉默。

接著，師傅有些疲憊的聲音在房間裡響起：「我放不下很多東西，可是我會放。」

我的心又是一陣兒悲涼，這是一條冰冷的路嗎？師傅會放？為追尋那飄渺的自然？

這就是我當時全部的想法。

但是，在許多年以後，我才明白，師傅是一個何等的人，什麼自然，什麼境界，他可以狂放到不放眼中，他要的，我很多年以後才明白。

可惜的是，時光不能倒流，在這間有些陰暗的小屋內，我望著師傅，沉聲說道：「對不起，師傅！我不放！」

師傅盯著我，足足盯了快一分鐘，忽然笑了，笑聲中全是苦澀：「呵呵，我的徒弟。好吧，大道三千，小道不計其數，每個人都有自己的道，這感情深重或許就是你的道。但願，在以後，你的一路平安，只求平安。」

平安嗎？師傅是對我如此失望，從此以後只要求我的平安嗎？

看來，我這個人徒弟是不值得他驕傲的，他沒有要求我成為他的驕傲。

只是，有一次在許多年後，我才明白，驕傲真的不重要，平安才是父母給孩子最好的祝福，師傅真的當我是他的兒子。

面對師傅的平安，當時我無言以對，我承認，那一句不放，有賭氣的成分，可是我真的放不下，這個我沒有騙師傅。

這一次，晟哥在我的心裡狠狠劃了一刀，猶如給了我們之間的友情重重的一拳，把它打得四分五裂。可下一次呢？酥肉又有什麼沉重的請求要我幫忙，而同樣是如此為難的處境，我會怎麼做？

不樂觀的想，也許我會再次兩肋插刀。

這就是我吧。

又是一陣沉默，我忽然想到了一個問題，我很想問：「師傅，如果這次我不帶晟哥進村，他會不會就不走？」

「這世界上沒有如果！楊晟存心要利用你，那麼就是看準了你。但你要我回答你，他一定會走，大不了是更大張旗鼓一些，就比如這直升機直接開到我們現在的基地。我不知道他們後來用衛星電話聯繫，說了一些什麼，但我知道，那個組織一定幫楊晟得到了他想要的，所以他義無反顧的走了。」師傅如是說道。

可這件事情對我來說卻依然是一團迷霧，我開口說道：「為什麼選擇在那個村子見面？選擇在那個時間。」

師傅歎息道：「我只是揣測，他不想這樣和大家離別，這樣太殘忍，他可能還有一絲愧疚，不想這樣大張旗鼓的背叛。於是選擇我們都不去那個村子的時間，於是選擇那個無人的村子。」

「那為什麼又是我？他難道覺得可以承受和我離別的一幕？」我的心又痛了，我自嘲，怎麼跟個女人似的？那麼容易痛？痛你××！

「因為，第一你是男人，第二你是他的朋友，他最後的話想跟你交代。」師傅很堅定地說道。

男人？朋友？我揉著皺得發痛的眉頭，楊晟啊楊晟，你以為我又能承受。

看我痛苦的樣子，師傅說道：「或者，他跟你說了許多。你應該去找一個人。」

不用師傅再說了，我知道應該找的是誰！可我真的沒辦法面對她。

一想起那個人，我再次不死心的說道：「師傅，那個組織真的很厲害？」

242

「真的很厲害，想想，在那個村子拿到楊晟想要的東西。」師傅不欲多言了，他只是籠統地說道。

「晟……楊晟想要的到底是什麼？」難道真的是那個植物，會不會又是騙我？

師傅的眼中閃過一絲憤怒，說道：「一個禁忌的，不該屬於人類的東西。」

「你……去找她吧。」頓了一下，師傅再次說道，然後轉身出去了。

我沉默無言，終究還是從睡袋裡站了起來，這就是我師傅，該我承受的，他一定會要我面對。

這也是我，或許會軟弱痛苦，該我做的，我一定會做。

行走間，還是有些虛弱，我走出小屋，看見大屋裡一片熱鬧的景象，打牌的、吹牛的、睡覺的、練功的（元懿），吃東西的不一而足。

忽然間好像多了很多人，這間大屋很擁擠，我想起來了，是援軍到了。

我沒見到凌青奶奶和如月，但是我猜想，這個變異昆蟲的世界，或許是她們的天堂，她們那裡閒得住？

我也沒見到慧大爺和那個圓小子，估計念經需要清淨地兒。

沁淮在招呼我，孫強在招呼我，我不想多說話，只是看了一圈，沒見到嫂子，就走出了屋子。

嫂子現在是重點保護的對象，應該就在這附近，我內心忐忑，慢慢的走，慢慢的找，果然，在院子偏僻的一角，我看見了嫂子。

夏天的天氣就像一個調皮的孩子，說變就變，在我看見嫂子的那一瞬間，起風了……

是的，這裡是一個被陰氣籠罩的小村，但那又如何？在老天之下，它不能抗拒老天的任何變化，無論晴雨都得接受，就如我們的命運，是一個失去朋友，一個失去愛人，也得接受。

風吹起嫂子的頭髮，吹起她的衣角，那個聲音滿是淒清……

我一直想讓自己不那麼敏感，可是終究還是喉頭哽咽，這剩下的長長幾十年，嫂子怎麼辦？

太刻骨銘心的感情，代價就是你要付出生命中寶貴的時間，去遺忘，這很痛！而時間也再也回不來。

想到這裡我有些痛恨晟哥，也痛恨──我自己。

邁步走了過去，我低聲叫了一聲：「嫂子……」然後再也說不出話。

映入我眼中的，是一張有些蒼白的臉，望著我，眼神很無助，可是整個人卻莫名的有一種打不倒的韌性在其中，這就是我的靜宜嫂子。

不同的是，以前的她是如此的開朗、可愛。此刻的她卻如此的……我找不到形容詞。

我開不了口，嫂子卻忽然說道：「我沒事兒。」

我一陣心酸，這個女人啊！怎麼可能沒事兒？連我失去一個朋友，都如此沉痛，何況是失去一個愛人，肚子裡還有小生命的？

我的手在褲兜裡，握緊的是那根鏈子，不知道怎麼開口，乾脆就拿出了那根鏈子，我遞到嫂子面前，說道：「晟哥……給妳的。」

嫂子的眼中閃過一絲淚光，可是她忍住了，喃喃的說道：「他果然是準備好了，連這個也給我了。」

「這個，是什麼？」我知道這東西很重要，但我不知道重要到何等程度，如果不是重要到不可拋棄的東西，我還有那麼一絲希望，晟哥會回來。

嫂子沒回答，而是打開了那個跟小盒子一樣的鏈墜，裡面竟然貼著一張小小的照片，是晟哥

244

和嫂子的合影。

照片中，兩人對視，彼此的目光是那麼的甜蜜，那份愛意就算只看照片都能感覺出來。

我點頭，說：「好看，嫂子很漂亮。」

「照片，好看嗎？」嫂子輕聲的問我。

嫂子把那根鏈子掛在了脖子上，儘量輕描淡寫的說道：「這個是我送他的東西，是我們的定情信物。」

我的心發涼，看來晟哥是真的不準備回來了！嫂子的心一定更涼吧。

「他，和你說了什麼？」嫂子裝作不在意的問道。

「晟哥，晟哥說你很好，他想和你有一個孩子，想⋯⋯」我木然地重複著晟哥的話，其實我不知道我該不該對嫂子說這些，因為那樣會讓她更痛，更放不下。可是，不說，我又對得起誰？

在我的訴說中，嫂子終於落下了一滴淚，她卻輕輕抹去了，努力地，笑得很甜蜜。

直到我說完了很久，嫂子才說道：「很好啊，他的夢想果然和我一樣。不過，我卻沒有更重要的理想要去追求。我的夢想已經實現了，我有了我們的孩子。」

風更大了，天空已經變得陰沉，悶雷聲聲響起，我望著嫂子的身影，忽然覺得她像一棵小草，風雨再大，她嬌小卻也不畏懼，頑強到可愛。

「嫂子，對不起，是我⋯⋯」我終於說出我內心的話，其實我一直在譴責自己為什麼帶晟哥進村。

「不，不怪你，你對他如此重情，冒著生命危險，我怎麼會怪你？我知道他一定會走的，你不知道他骨子裡是個多麼執著的人，這也是我喜歡他的原因呢。承一，我現在一個人會很好。以

後，我們兩個人也會很好。」嫂子很平靜地說道，眼中不再有淚光。

「兩個人？」

「是的，我和孩子。我想過了，只是在以後我會告訴孩子，不要怕任何的流言蜚語，尊重不是別人給的，就算是自己的父親也不行，尊重要靠自己拿到。」嫂子的神情瞬間變得堅強。

# 第十九章　慧根

其實我懂嫂子這話的意思，畢竟人多口雜，晟哥這一走，不是什麼光榮的事兒，不知道以後會傳出什麼樣的流言，要這對可憐的母子去承受，可我堅強的靜宜嫂子已經在那話裡表明了自己的態度。

那就是無論如何，她會堅強地走下去，並獨自帶大她和晟哥的孩子。

「嫂子，妳是要一直等晟哥嗎？」我開口問道。

伴隨著我的話，雷聲更大了，整個天空陰暗壓抑得就像是要支撐不住了似的，第一滴雨落了下來。

嫂子沒回答我的話，反而是對我說道：「要下雨了，咱們別在這兒傻站著，進去吧，陪我說會兒話。」

「嗯。」

屋簷下，伴隨著夏天的陣雨、雷聲，我在陪著靜宜嫂子說話，大多時候，是她說，我聽，而內容都是圍繞著晟哥，圍繞著他們之間的往事。

當雨點漸漸小的時候，嫂子終於說累了，我不知道這樣的回憶對嫂子來說是不是折磨，可奇異的是，隨著嫂子自己的訴說，她的臉色已經漸漸變得開朗起來，只有我還獨自陷在為嫂子難過的傷感裡。

「嫂子，妳以後要有什麼困難，我……」我開口說道。

嫂子卻拉著我說：「生活還是很美好的，有不快樂的事兒，也總有快樂的事兒，你看他們。」

我回頭一看，屋子裡，沁淮正在煮麵，小圓孩子和慧覺老頭一大一小就蹲在沁淮的旁邊，眼巴巴地看著。

沁淮一副很享受的樣子，一會兒拿出一點兒牛肉乾，扔麵裡去，一會兒又拿出一根在當時很罕見的火腿腸，掰成幾段，扔麵裡去。

小圓孩子在那吞口水，開口望著沁淮說道：「額⋯⋯」

剛說一個字，就被慧覺打斷：「小哥兒，給我煮一碗唄？」

慧覺果然很有語言天賦，陝西話和京片兒轉換得如此順溜兒。

那小圓孩子又說道：「額⋯⋯」

可是再次無情地被他師傅打斷：「對了，記得給我加個雞蛋。」

小圓孩子：「額⋯⋯」

這一次是沁淮給他打斷了，說道：「老和尚，你誰啊？幹啥要我給你煮麵？」

小圓孩子：「額⋯⋯」

慧覺：「你是三娃兒的朋友吧？你連我慧覺也不認識？小心我和你單挑。」

單挑？我看見沁淮的臉一下子變了，就跟誰在他臉上畫了三根黑線似的，他剛要開口說話，小圓孩子又說道：「額⋯⋯」

終於，沁淮忍不住了，一把摸在小圓孩子的光頭上，說道：「小圓蛋兒，你誰啊？我和慧大師說話，你一直在旁邊喊餓，不知道的還以為我虐待你呢。」

小圓蛋兒？那小圓孩子不樂意了，一下子掙脫沁淮的魔掌，吼道：「額不是小圓蛋兒，額是

慧根兒，額就想說，額也想吃麵，你和師傅是壞蛋，不讓額說話。」

……

……

「哈哈哈哈……」看到這一幕我忍不住開心笑了。

靜宜嫂子也跟著一起笑，以前那爽朗的樣子彷彿又回到了她身上，笑完以後，她望著我說

道：「承一，你看，是不是？生活中總還是有美好的事情，讓我們活著的。」

「是的。」我點頭，同時也發現，我眼前的這個女人，是那麼的充滿著智慧，比我看得通透。

等待的日子過得飛快，按照師傅的說法，要等到那一天，變數的出現，要打破老村長的怨氣

世界。

這就是最後一天，也就是變數即將出現的日子，但同時也是最危險的一天，在這

一天，一直躲藏在暗處的老村長可能會出現，但也可能不會。

誰知道呢？因為老村長是一個不可知的存在。

行動定在晚上，能否抓住這個變數就是關鍵！

我私底下找過元懿，畢竟這人說話比我師傅直接得多，套一下話，他就能給你說很多。

他告訴我，老村長因為一個不可知的原因，行動可能不是那麼的自由，或者

他不願意付出某些代價來行動。我們抓變數也是一場賭博。

事情我還是沒太明白，但也無所謂了，我相信，一切在今天晚上之後，就會得到答案。

下午，我和沁淮蹲在屋簷下扯淡，而慧根兒也有模有樣地蹲在我們面前，這孩子不知道為

啥，就賴上我了，一天到晚除了慧大爺讓他做「功課」的時間，其餘時候，他都愛賴著我。

其實小圓蛋兒挺可愛的，雖然有時會覺得身邊跟個半大的小子，是件很挑戰耐心的事兒。

「承一，你說這凌如月咋一天到晚看不見人影兒？」說話的是沁淮，他只見了一次凌如月，就驚為天人，無奈這丫頭到了這個地方之後，常常就和凌青奶奶早出晚歸，不知道在幹些啥，很難見到她。

「我咋知道？這丫頭這次和我也沒說上幾句話，到現在都快五天了，我都只見到她兩次。」我一邊摸著慧根兒的腦袋一邊說道，停了一下，我望著沁淮說道：「你小子不會看上凌如月了吧？」

我勸你早點兒放下這心思，那丫頭可不簡單。」

「得了，美女誰不愛啊？無奈我還不知道，這事兒是不是襄王有意，神女無情呢。」說完，沁淮無聊，拿著抽一半的菸，逗著慧根兒說：「抽一口？」

「額不抽，師傅要罰念經咧。」慧根兒一本正經地搖著腦袋，那樣子可愛得很，逗得我和沁淮哈哈大笑。

沁淮忍不住去捏慧根兒的臉蛋兒，然後說道：「小圓蛋兒，你說你的法號咋那麼奇怪？要叫慧根兒，你很有慧根兒？」

慧根一把打開沁淮的手，說道：「額師傅帶我走的時候，額娘說，額是額家的根兒，要師傅也把我當根一樣待著，額師傅說懶得想法號了，就叫額慧根兒了，意思還好。」

我一頭冷汗，我覺得我師傅都是一個夠不講規矩的人了，沒想到慧大爺更厲害，連法號都亂取，直接叫慧根，也不怕逆了天。

我不瞭解佛門，但我大概也知道，佛門中的法號可是按輩數來排的，哪有師傅和徒弟同稱慧什麼，慧什麼的，以為是老子給兒子取名呢？

我師傅奇怪，他交的朋友同樣也那麼奇怪。

我不自覺回頭，想看看慧大爺的身影，果然是那麼「引人注目」，一個大和尚在房間裡跳來跳去，到處問人：「說，你帶的乾糧裡有沒有雞蛋。」

沁淮同樣也看見了這一幕，我倆相顧無言，沁淮再次捏上慧根兒的臉蛋，問道：「說，小圓蛋兒，你是不是也很愛吃雞蛋。」

「額愛吃蛋糕。」

「果然還是蛋。」沁淮望著天，無奈大吼了一句。

這時，師傅從房間裡出來了，對我說道：「承一，準備一下，晚上的行動，你來當我助手。」

「不是元懿的問道，師傅肯讓我打「先鋒」？這還是頭一遭。

「不是元懿嗎？」我吃驚的問道，對我說道：「承一，準備一下，晚上的行動，你來當我助手。」

「不是元懿，就是你，跟我進來吧，好好準備一下，我告訴你怎麼做。」說話間，師傅也忍不住捏了一下慧根的臉蛋兒。

「姜爺，你做嘛捏額？」慧根兒挺不滿意，咋每個人都愛捏自己的臉蛋兒呢？

師傅一臉失誤的樣子望著慧根說道：「你說你個小子，咋就長得那麼欠捏呢？對不起，我控制了自己的，可我忍不住就想捏你一把。」

「哈哈哈……」沁淮在那裡狂笑，慧根一臉無辜。

我則心情激動，對師傅說道：「趕緊啊，師傅，說我要做什麼？」

# 第二十章　拘魂與異數

山村夏天的夜，總是很美麗的，星光閃爍，常常還能看見一道銀河斜掛於天邊。

可是在這片荒村中，夏夜卻是那麼的黑沉，那一片你以為只是薄薄的霧氣，實際的影響是那麼大，至少在這裡，我抬頭仰望不見星空，看見的只是黑沉沉的天。

這一次的任務是抓住異數，在下午師傅的講述中，我終於把事情的來龍去脈搞清楚了，雖然我隱隱已有猜測。

「知道拘魂嗎？」這是師傅給我講述的開始。

拘魂我當然知道，一直以來都有一個傳說，當人類被強大的存在所殺死，那麼他的魂魄也不能得到安息，而會被強留在那個強大的存在身邊，不得解脫。

為虎作倀，是一個成語，可背後就有著拘魂這一個事情的殘酷。

但在道家的解析裡，這個強大的存在一般都是怨氣，煞氣很重的存在，殭屍能拘魂，老虎能拘魂，老村長……拘住了全村人的靈魂。

他的怨氣是如此的重，那一次的殺戮並不能平息他的怨氣，或者說他變為了另外一個存在之後，所做之事全部是帶著恨意去做，受怨氣的指使。

於是被拘住的村民的靈魂就一次一次的重複著去過那十五天的生活，是什麼樣的十五天？就是從夢見他開始，倒計時的十五天。

這樣重複了幾十年，村民的靈魂所化之鬼，也開始怨氣沖天，只是他們不自知，還以為自己

252

就是如此，這個村子變成了一個怨氣世界，那瀰漫的怨氣和陰氣已經擴散到了鄰村，這就是活著……

我之前一直疑惑，為什麼趙軍的靈魂也會在村子裡，然後被我師傅和高寧稱之為變數，師傅也給我解答了這個問題。

「魂歸故里，知道嗎？無論你死在何處，你的靈魂如果在沒有影響的情況下，總是會魂歸故里的，千山萬水也不是阻礙！趙軍的靈魂，包括當年逃出去那三人，他們的靈魂並沒跑掉，在去世之後，魂歸故里了。」

是啊，怪不得人們都講究下葬的時候，能盡量地落葉歸根，如果不是這樣，靈魂在一處，陰宅在一處，靈魂又怎麼能在投胎之前，得到後人的拜祭？

趙軍為什麼是變數？

「很簡單，只因為他看見了我們，他一定會懷疑他所處的世界了。他當時依靠自己的智慧逃出來，就是這整件事情裡變數。做鬼以後，也成為了變數，天道真的是不可揣測啊。」這是師傅的答案。

是啊，一切在冥冥之中，自有天意，其實按照師傅的說法，一開始面對這個鐵板一塊的怨氣世界並不知道如何去下手，這個不是簡單的渡與不渡的問題。

所謂渡，也要被渡之魂願意，簡單的說，你要給別人東西，也得要別人接受，更確切一點說，超渡就如你和被渡之人同做一件事，你們至少要有共同的信念，才能把這件事情完成。

否則，一個超渡，不就可以渡盡世間厲鬼了嗎？厲鬼難纏，也就難纏在它根本不願意被渡，

一定得賴上它怨恨之人，跟黑社會似的，只能談，只能順它的意，否則就攪得你不得安生……

所以，一進村，高寧和師傅會變了臉色，怨氣世界就是鐵板一塊兒，裡面的人都相信著他們是活著的，是在等待著老村長報復，根本無法化解。

直到變數的出現……終於找到了一絲打破這怨氣世界的可能！

「知道趙軍為什麼會衝進馬笑的身體嗎？那是因為他還被控制得不深，被控制深的村民們，早就會在有意識的操縱下避開我們，就算沒有避開，他們也不會撞進我們的身體，或者看見我們……」高寧在當時也在給我解釋。

「是的，他們被操縱之深，和我們就算對衝，可能在關鍵的時候，也只是擦肩而過，我們不可能自己去撞出一個變數的。就算擦肩而過的代價也是很大的，想想吧，普通人看不見鬼魂，但是和鬼魂不小心擦肩而過，身體都會不適，如果面對的是一個厲害一點兒的鬼魂，難免回去之後，還會大病一場。和村子裡這些怨氣陰氣都很深重的鬼對撞，我也難以一時就消除對自身的影響。」這是師傅的補充。

是啊，馬笑一直到現在都沒恢復，高燒不退，這就是一個說明。

其實他高燒不退，師傅倒也還放心了，師傅說發燒不一定是壞事兒，一般闖到鬼魂，人都容易發燒，那是自身陽氣在抵抗陰氣的表現。

「趙軍成為變數，也是偶然中的必然，只因為他的魂魄後於村民們很多年才回村子，所以連化形都沒有，至少普通人看不見，才會造成這一切。這是老天的安排啊，都說天地不仁，其實天地的仁慈就在於它會給你契機，抓不抓得住，卻是人身的問題了……」高寧如此說道。

是啊，天地不會允許這個怨氣村的存在，所以修路是契機之一，我們來之後，遇見趙軍這個

變數，是契機之二，天道在用自己的方式，去做它要做的事兒。

「曾經我師傅也遇見過這樣一個怨氣所構的世界，那只是一棟民居，我師傅……」高寧忍不住也提了一句他的往事，但後來卻打住不說了。

無論如何，今晚趙軍的靈魂會成為關鍵，他出現與否，也是我們行動的關鍵。

在黑沉沉的夜色下，我盤腿坐在山腳下被刻意清出來的空地裡，前方設有法壇，身後是一個巨大的招魂幡。

招魂幡。

招魂幡的背後，盤坐著八個道士，他們按照一定的位置坐好，在關鍵的時候，他們將給我提供幫助。

師傅、元懿、慧覺則上山去了，他們更是行動的關鍵，他們要一路護送趙軍的靈魂。

師傅跟我說過：「這是在和老村長搶人，我們三個在山上危險，你也很危險，你要記住，無論遇見什麼，都不可放棄。」

另外，在這片空地的周圍，還埋伏著很多戰士，這一夜他們都子彈上膛，還帶著燃燒彈一類的物品，這是為了防止老村長的出現。

沒有戰鬥力的人，如沁淮和嫂子則留在屋子裡。

氣氛很緊張，時間已經是晚上十點多，奇怪的是，我還是沒有看見凌青奶奶和如月那個丫頭，連孫強和他那個不咋說話的爺爺也消失了，這是咋回事兒？

此時，師傅站在一個布好的陣法中間，道袍加身，已經開始踢起步罡。

雖然，在這裡看不見星光，可是漫天星光卻是存在的，大不了是聯繫弱一些，可借助的星辰之力要小一些。

師傅要開天眼！這不同於我平常的開眼，這個開眼是更高層次的開眼，可穿透層層阻隔，看透更深的真相。

這種開眼，也就真實之眼，師傅曾經用過半次，那是在為我二姐找尋走失的魂魄時用的，師傅說那只算半次，這一次，卻是要眼全開，只因為要透過這大山，透過這瀰漫的陰氣、怨氣觀察村子裡的情況。

手持法器，師傅踏著步罡，除了我以外，這時，所有的人全部要退避在兩里之外，我望著師傅在前方的身影，我知道，一旦眼開，我也會有感應。

開眼原本就是靠靈覺的強大，用這股能量破開世界表像，我的靈覺如此之強大，以師傅破開的能量做引，我一樣能看見一些東西，不用自己刻意開眼。

可是，望著師傅的背影，我還是很緊張，我會看見什麼？夜色中的那個村子會不會更恐怖？

步罡踏完，師傅整個人的氣勢已經升到了頂點，隨著口訣的最後一個音節落下，一聲開字，我看見師傅整個人就停在了陣法的中間。

接下來，我整個人也一陣恍惚，周圍的世界開始變了，變成了一道道氣流組成的世界，可是為主色的竟然是那濃得化不開的黑氣，代表我們生命的淡黃色光點，在這片黑氣中，是那麼微弱，無助。

眼前的大山開始變得氣體化，綠色光芒的是樹，裡面有很多黑色混著黃色的光點，就如繁星一般點綴在大山化為的土黃色氣體中，莫名地竟然有一股壯觀之感。

就像一幕電影的鏡頭在拉近，我看見一個黑得就跟無盡宇宙中的黑洞一樣的地方，呈一個圓形，確切的說是蛋形，嚴絲合縫。

這就是老村長的怨氣世界嗎？從天到地地包圍了裡面可憐的魂靈嗎？

我看不清楚了，看不見裡面的村民是個什麼樣的狀態，在這種情況下，除非我自己開眼，配合師傅這股勢，才能看清楚裡面的情況，不過這樣也好，我不想看見裡面的情況，我也不能開眼，我那強大的靈覺要配合功力做另外一件事兒。

睜開眼睛，我默念起靜心口訣，抵抗這股勢，沒辦法，我不能現在就消耗自己太多的精力，我必須保持最好的狀態，想著，我把一顆藥丸捏在了手裡，是一個清腦補神的藥丸。

「你的靈覺就如一片大海，你的大腦卻只能承受小河的衝擊，這就是侷限。」這是師傅總結的我的缺點，但是人的潛能也可以提升，為了今天的行動我豁出去了。

時間一分一秒的流逝，隨著一遍遍靜心口訣的默念，我的心情也平復到了波瀾不驚的狀態。

「慧覺，元懿，上山。其他人各就各位。承一，到時候聽我的號令，就開始。」師傅大吼了一句，忽然就收了開眼的狀態，可是語氣中卻難掩激動。

變數真的出現了！

慧覺和元懿大概離師傅有五百米的距離，他們功力深厚，自有辦法收斂氣息，可以在師傅施法的時候不退避那麼遠，隨著師傅包含功力的一聲大喝，我覺得還不到半分鐘就看見元懿和慧覺朝著這裡飛速跑來。

這佛家和道家的功夫底子，確實不是虛假的。

師傅、慧覺、元懿上山去了，而在我周圍不遠的地方，那些帶著武器的士兵也埋伏好了，這裡弄成空地，最大的原因就是老村長如果真的出現，這空地就是包圍圈的中心，會讓他無藏身之地。

氣氛非常緊張，我聽見我身後坐的其中一個道士在對另外一個說：「老村長會不會真的出現？」連聲音都是顫抖的。

五分鐘過去了，一切非常平靜，大家也算稍微鬆懈下來了一點兒。

可也就在這時，我們看見讓人驚恐的一幕，山頂上的濃霧像有了生命似的，開始翻滾起來，我的心一下提到了嗓子眼。開始擔心起師傅的處境來，因為代表師傅那個光點竟然停了下來。

道士也是普通人，那個光點並不神秘，也沒有扯到什麼靈異的事兒，只是因為師傅帶著強力的照明電筒，在山上如此漆黑的環境下，那個照明電筒是那麼的顯眼，就算層層的濃霧也不能遮擋。

前面的幾分鐘，我們都能看見那光點在快速地上山，因為時間緊迫，師傅他們三人是用了真功夫上山，腳程當然就快，可是當濃霧開始翻滾的時候，就這樣停了下來，是什麼情況？

如此緊張的時刻，老天卻像是嫌人不夠熱鬧，這時，竟然從山上傳來了陣陣鬼哭的聲音，那聲音是如此的淒慘，讓人從心底發涼，很多個聲音加起來，竟然像是幾千個鬼在同時呼嚎。

在這裡的人都是有經歷的人，心理素質不知道較普通人強大多少倍，可是我敏感地聽到了，大家的呼吸聲都變了，變得急促而沉重，這是因為恐懼。

在這時候不能給師傅添亂，我大喝道：「給我打起精神，怨氣而已，沒什麼可怕的。」

我的喊聲起到了作用，代表師傅的光點也開始移動，只是速度沒有剛才快。

就這樣，我才稍微安心一些，卻不想，那山頂上的濃霧開始以極快的速度向下蔓延，這……我瞪大了眼睛，想起了故事裡趙軍最後逃跑的那一夜，濃霧也是這樣，跟有生命似的，追著趙軍

258

不肯停止。

但如果那夜的濃霧像這速度，我相信就是趙軍有四條腿也跑不贏這濃霧的速度。

「慧根，你要做什麼？」這時，一個戰士的聲音響起了，竟然在念叨慧根。

這個小圓孩子得到了所有人的喜歡，今天不知道為啥，慧覺老頭兒竟然同意慧根來這裡，讓一個戰士帶著他，在包圍圈的週邊，也算安全。

可這小子在這時候添什麼亂啊？我有些不滿的轉頭，想責備慧根兩句，卻聽見慧根說道：「讓額去吧，師傅說了，關鍵時候，額要幫大家。額很有慧根兒的，額念經可好使了。」

我心頭一動，心想就如我靈覺強大被我師傅收為弟子，慧根一定也是有什麼特殊的地方，才會被慧覺這老頭兒給看重，慧根說他慧根重，說不定是真的。

於是我喊道：「讓慧根過來吧，不要拉住他。」

說話間，那濃霧已經瀰漫到了山底，以驚人的速度朝我們撲來，這濃霧竟然還可以下山？

可現在已經不是多想的時候，我感覺那陣陣鬼哭剛開始還很遙遠，現在幾乎就在耳邊喊了，特別是我還看見一個個蹣跚的身影，朝我走來。

好厲害的怨氣，竟然可以把怨氣的本質化形！這就和山底下的怨氣是一個效果，怨氣中包含著村民們慘死的怨念，所以怨氣濃厚到了一定的程度，把這些念頭化形也是很正常的。

可是，我認為正常，別人不一定能抵擋，這怨氣裡面恐怖可不是化形的怨念，而是普通人的氣場畢竟不如修者強大，心神一個失守，怨氣入體就糟糕了。

漸漸的，霧氣已經離我們很近了，我們的周圍都升騰起了一絲絲如輕煙般的霧氣，我看見慧根的身影朝這裡跑來，忍不住喊了一句：「慧根兒，快點兒。」

慧根兩條小腿不停翻騰，速度倒是很快，可當他跑到我身邊的時候，我們瞬間就被濃霧包圍了，周圍開始看不清楚，我們全部身陷在了迷霧裡，一個個全是慘死的村民，更不要說看清楚師傅的情況了。

霧氣裡的身影是那麼的清晰，一個個全是慘死的村民，他們臉色蒼白地一步步朝著我們走來。

我看不見周圍人的反應，也不知道他們身在哪裡，可是我聽見了有人被嚇哭的聲音。

「哼⋯⋯」慧根跑我面前坐下，一副不屑的樣子。

這小子從懷裡掏出一本經書，正正經經的在脖子上掛好佛珠，手上還念了一串持珠，然後把經書擺在面前，大氣都不喘一口，閉上眼睛，開始念誦經文。

一個稚嫩的聲音在這片空地上響起，可是無論怎麼稚嫩，竟然都不能掩蓋其中那股大慈大悲，莊嚴大氣的氣場。

在念經的同時，慧根的臉上也浮現出了一種法相莊嚴的感覺，很是鄭重。

我感慨，常常傳說幾歲的高僧什麼的，慧根難道就是？

可是他這樣做，會有效果嗎？

事實證明，這個小小的慧根真的很厲害，經文一開始念誦，我的心裡都不自覺地升騰起一股安心的感覺，很平靜，波瀾不驚地面對著這一切。

畢竟修行越久的人，他人能給予的影響力也就越小，我就如此了，其他人一定感受更深。

可接下來，慧根帶給我了更大的驚喜⋯⋯

隨著慧根的誦經聲，那原本包圍我們的濃霧竟然開始漸漸淡去，濃霧中原本有一個又一個面色蒼白，神態猙獰的村民身影，也開始漸漸消散。

霧氣竟然退到了山腳下，和慧根的念力僵持不下。

這小子那麼厲害？我有些不敢相信！用經文中的慈悲念力化去怨氣，這是得道高僧才有的本事啊。

慧根的誦經聲不斷，此時我又能看見代表師傅的光點，已經到了山頂。

到山頂了嗎？我站起來，顧不得再感慨慧根的厲害，我知道該我做事兒了。

單手掐住招魂幡的幡杆，右手掐了一個訣，這個手訣嚴格的說來不屬於一〇八手訣之內，只是一個單純集中自身氣場與靈覺的手訣。

師傅說過，他到山頂之後，就要隨時準備接應了。

我緊張地盯著山頂，果然不到一分鐘，一顆閃亮的信號彈就沖天而起。

開始了！

我緊握著招魂幡，下一刻就閉上了眼睛，盡量把思維放了出去，腦子裡想的就只有趙軍這一個人。

喊魂術！

這是一個說不上有多高明的術法，術法的關鍵也就只有一點，深度存思，和指定的鬼魂建立聯繫，接著用自己的喊聲為迷失的鬼魂指明方向。

這個術法，說實在的，靈覺強大一點的普通人也許在無意中也可以做到，就比如太過思念親人，而陷入了一種存思狀態，說不定就能把親人還沒離去的魂魄招來。

但是，這也只限於關係親密的人之間，要是和陌生的鬼魂做到有聯繫，難度是非常大的，所以也就要求了大異於普通人的強大靈覺，這也是這個術法比較難的地方，沒有天分的道士，就算潛修了幾十年，也不一定能完成喊魂術。

我的壓力很大，我怕無法完成這喊魂術，沒辦法配合師傅，可沒想到的是，我才存思了不到一分鐘，我就感應到了一股焦急、害怕、恐懼的情緒，這種感覺很玄妙，我能清楚知道這股情緒的主人就是趙軍。

這就是玄學不被人理解的地方了，就好比有人無意中看見了自己的親人的魂魄，他的面目是那麼的模糊，模糊不清，甚至只是在夢中，你都知道就是他，這個人就是你的親人。

可是感覺方面的事情往往是沒有辦法證明的，所以玄學想要被世人理解接受是非常困難的。

趙軍，是你嗎？趙軍，是你嗎？我一遍遍在腦中重複著這句話，當重複到第七次的時候，一個模糊又清晰的回應傳來，我是趙軍，你是誰？

「跟我走，我帶你逃出來。」我努力和趙軍溝通著，可這句話我全神貫注的在腦中重複了十幾次都沒有回應，就在我有些焦急的時候，又一道回應傳來，他們在幫我，帶我走。

我鬆了一口氣，民間也有喊魂，可是一般都要至親之人前去，魂魄才會跟著走，陌生人是不可能把陌生人迷失的魂魄喊到指定的地方的。

喊魂術，之所以區別於民間的喊魂，就是因為它必須由專業的人士來完成。

感受到了趙軍信任的情緒，我立刻開口喊道：「趙軍，歸來，趙軍，歸來……」

我的喊聲迴盪在對面的山上，傳來了陣陣的回音，這一喊聲我運用了丹田之氣，只有這樣，才能破開層層的怨氣，為趙軍的魂魄指引一條明路。

我個人的功力和師傅是沒有辦法相比的，所以師傅親自動手做的招魂幡是我的一大助力，招魂幡在魂魄的眼中，就如燈塔在迷航的船隻眼中一樣，是一個關鍵性的指引。

但就是這樣，我還是感應不到趙軍在朝我靠近，老村長所布的怨氣太過強大，我和他搶人，

單單這樣是根本不行的。

所幸的是，隨著喊聲的一次次迴盪，我感覺到了趙軍感激、信任的情緒，閉著雙眼，我恍惚中能看見趙軍了，只是所見非常的模糊，只是層層的迷霧中，有一個恍恍惚惚的人影在其中的感覺。

而且，我能感受到那迷霧中的惡意與怒意，是老村長要和我對峙嗎？

心中陡然生出一股豪氣，我一把拿起招魂幡，雙手持住，腳下開始踏起步罡，這是我第一次正式踏步罡，借助星辰之力，心中多少有些忐忑。

可是師傅下午給我交代的話，卻給了我莫大的信心。

「承一，我從來沒有評價過你的道法到了什麼程度，也從來沒有放手讓你做過什麼，只因為你心性不定。從小我都讓你堅實地打好基礎，其實今天我想告訴你，你能做好很多事情。放心去踏步罡吧，你應該比我更能感應星辰之力。」

是的，只要是涉及到感應類的道法，我原來都能做好，只是我自己不自知而已。

腳踏七星步，我感受我整個人彷彿能溝通宇宙中一股神奇的力量，那股力量含而不發，卻隱約有種莫大壓力在其中，我很擔心我承受不住。

師傅原本也擔心這個，可是他只是說了一句，小鳥兒總要振翅高飛的，他應該放手，對我多一些信心的。

我又怎麼能讓師傅失望？

步罡不停，我聲聲呼喚著：「趙軍，歸來，趙軍，歸來……」

我能感受到趙軍好像已經找到了一個目標，卻衝不出來的感覺，我需要更多的力量去幫助趙

軍衝破阻礙。

我踏的步罡是最簡單的一種步罡，但也可以借助大力量，當最後一步步罡踏下的時候，我忽然感覺到耳朵一陣轟鳴，一股冰冷而龐大的力量，忽然就落在了我的腦中。

上天的力量是冷的嗎？迷糊中，我就只有這一個念頭。

下一刻，我的大腦就脹得發痛，卻又分外清晰，有一股不得不發洩的感覺，我把招魂幡往地上一插，單手握住，把自己的力量傳達在其中，只為了它能更加「明亮」，然後我大喝道：「趙軍，歸來，趙軍，歸來……」

隨著我喊聲落下，就像平地起了一聲驚雷，瞬間照亮了整個黑暗的天地，我的腦中，趙軍的形象分外的清晰起來，他的眉眼我都能看仔細了，每一個表情，沒一個動作……

我「看見」了他驚喜的樣子，然後快速地朝我的方向趕來，我「看見」了層層的霧氣被我聲音「劈」開，給趙軍讓開了一條路。

我感覺到了如此之多，可惜的是我看不見自己當時的樣子，連鼻血從我的鼻孔中湧出，我自己都不知道。

終於能幫到師傅了，如果順利地把趙軍接進招魂幡，這次的異數突變的機會，我們就算抓住了。

可是，有那麼容易嗎？

就在趙軍朝我快速靠近的時候，忽然一聲冷哼在我腦中炸開，我的心裡一陣翻騰，好容易才穩住了心緒，是老村長來了嗎？

來了就來了吧，我知道我已經沒有退路了，趙軍的魂魄我一定要讓他平安的來到這裡。

我看見了趙軍恐慌的樣子，老村長也盯上了我，他就像一條藏在暗處的強大存在，此時終於露出了猙獰的爪牙，喊魂術不能停，此時我需要別人的幫助。

我舉起手，打了一個手勢，坐在我身後的八個道士，同時開始聲聲呼喚：「趙軍，歸來，趙軍，歸來⋯⋯」

而我，分明已經看見，一個血紅的人影朝我走來，一步一步，給人莫大的壓力。

這個身影，就是老村長嗎？

我原本有和他對峙的勇氣，可是第一次看見他的身影，我的心都在顫抖，我感覺到一股無力感在心中，我覺得我不可能和他匹敵，我完全沒有想到，第一個要面對老村長的人是我。

可是，我能放棄趙軍嗎？

答案是我絕對不能放棄趙軍，這是師傅第一次交付重任給我，我不能讓他失望，如果異行動失敗了，我不知道後果會是什麼，至少老村長這事會鬧得很麻煩，說不定要用「大動作」來解決。

一咬牙，我沒有睜開雙眼，沒有強行切斷靈覺的聯繫，我選擇了面對。

我全神貫注地投入在了自己靈覺的世界，聽不見他幾乎是撕心裂肺地大喊了一聲：「不要。」我不知道外面的情況，我當然也看不見元懿飛奔而回的身影，此時，我的世界中只有那個逼迫而來的紅色身影，那紅色濃重得幾乎凝固了，而且紅到發黑，那是多大的怨氣才能凝結成這樣實質一般的怨氣？

我見過厲鬼——李鳳仙，那個悲苦一生的女人，那種怨氣不可謂不大，但和老村長這怨氣比起來，根本就是小巫見大巫。

老村長到底是多厲的鬼？這怨氣如此濃厚，如果轉換成陰氣，應該能成傳說中的鬼仙吧？我

不知道，我為啥會有這樣的念頭，仔細想來，是因為極度的恐懼和壓力，讓我不得不轉移注意力。

是啊，第一次用靈覺面對「厲鬼」，失去了肉身的保護，也就像是失去了自己的陽氣依仗，我能有幾分勝算？

明明是殭屍啊，為什麼會是厲鬼？這是我最大的疑問。

與此同時，我開始默念咒語，這咒語是我們這一脈的不傳之秘，在念誦的時候，靈覺會附上一股神力，這個咒語的原理我搞不清楚是怎麼回事兒，但幾乎是百試百靈，從四年前師傅傳給我之後，我就試過，每次念誦完，我總是能感覺自己靈台清明，靈覺也分外強大，閉上眼睛，幾乎都能感覺外面世界的異動，甚至有隱隱有一種禍福感應的感覺。

我非常相信自己的靈覺，既然老村長如此強大，我就讓自己的靈覺再強大幾分，和他一次狠狠的「對撞」吧！

鬼物強大與否，無非也就是氣場是否強大，對人的影響是否強大，只要我能大過他，我還怕什麼？

可是，事實證明了我的幼稚，也證明了我的毫無經驗，就在我念動口訣的時候，那個紅色的身影已經剎那間來到了我的面前。

緊接著，我聽見一個嘶啞的聲音，那聲音讓我渾身冰涼，我沒有聽過魔鬼的聲音，但在聽見那聲音的瞬間，我覺得自己聽見了魔鬼的聲音。

「既然你要救他，你就去代替他吧。」

什麼意思？代替？

可是容不得我多想，在恍惚中我看見一隻黑色的，尖利的手朝我抓來，下一刻我就人事不

266

省，只是在很快的一瞬間，我看透了那層紅光，看見了一張恐怖之極的臉，那張臉，有把我嚇到魂飛魄散的本事！

我情願我這一輩子都不要再想起那張臉。

接著，人事不省的我彷彿陷入了一段漫長的沉寂，無邊的黑暗讓人找不到邊際，我感覺什麼東西在遠離我，我抓不住。

是很久了嗎？我睜開雙眼，發現自己處在一個很陌生的環境裡，當我看清周圍的人時，我嚇了一跳，我直覺每一個人都充滿了一種詭異的感覺，一種不真實的感覺，面色青白，帶著一股死氣。

可是，下一刻，有一個人走到了我面前，說道：「趙軍，我真佩服你，這樣還能睡著，我可是害怕得很啊。」

趙軍？他叫我趙軍？我一陣恍惚，我是趙軍？

下意識的我伸手去摸自己的臉，然後有些驚恐地看著眼前的人，忽然間，我看見他在吐血，然後眼角開始迸裂，明明是在笑，眼神卻很慘，牙齒上也有血……

更離奇的是，他的身體開始裂開，肚子裡的內臟——竟然清晰可見。

「啊……」我發出一聲驚恐的大吼，忽然有一個人就把我摟住了，親切地說道：「軍兒，你是咋？」

「媽，我……」媽，我叫誰媽？我下意識地轉頭，看見了一張讓我倍感親切，非常熟悉的臉，我一下子鎮定了很多，我真是的，怎麼連自己媽媽都不認識了？

「趙軍，你對著我瞎嚷嚷幹啥？我已經夠害怕的了，老村長今天晚上要來呢。你說我們拚得

過嗎？」我小心翼翼地轉頭，發現剛才那一瞬間看見的恐怖場景沒了，蹲我面前跟我說話的，是我熟悉的哥們劉鵬啊。

我再抬頭一看，現在擠坐在這裡的，都是村子裡的人啊，我剛才……剛才那是什麼感覺？我忽然想不起來了。

對啊，我是趙軍啊，我和大家一起在祠堂裡，等著那個可惡而恐怖的老村長來，和他拚命啊，我剛才那是怎麼了？

對了，我爺爺懂一些民間術法，他說過，人受到驚嚇，或者壓力過大時，會掉魂，我一定是這種情況了。

故作豪爽的，我拍拍劉鵬的肩膀說道：「拚不過也得拚，能活下來幾個是幾個，我不擔心自己，就擔心我媽和我妹妹。」

劉鵬愁眉苦臉地說道：「到現在這時候吧，我也說不上怕死，我就怕這種滋味兒。趙軍，我跟你說，有時想著，我情願自殺了，我不想看見老村長，他樣子嚇人啊。」

「胡說，不能自殺，自殺的魂魄沾上的因果可不是一點半點，因為自己自殺是一回事兒，可是因為自己的自殺，原本很多和你有因果的人，卻要生生斷了和你的因果，造別人的孽，可是大罪。」我很嚴肅地說道。

劉鵬望著我愣住了，半天才說道：「趙軍，你說的啥啊？很高深，我一點兒也聽不懂啊？你小子今晚不對勁兒啊？我剛才說的啥？我好像自己都不能理解，但是就是那麼順口地就說出來了。我也愣住了？我剛才說的啥？我好像從我剛才醒來，就覺得內心多了一點兒什麼東西，想要告訴自己什

有一種說不清楚的感覺，好像從我剛才醒來，就覺得內心多了一點兒什麼東西，想要告訴自己什

麼，我抱著腦袋，陷入了冥思苦想中。

「趙軍，來一根兒？」我一回頭，是村子裡的一位大爺，見我苦悶的樣子，遞給我了一根兒捲菸。

「孩子，人到底都是個死，坦然些，說不定能拚出一個以後，拚回一條命呢？」大爺以為我想不開，還勸解道。

其實，我不害怕，我只是很苦悶，想知道自己內心藏了什麼東西！

陪著笑，我接過了那根兒捲菸，悶悶地吸了一口，可是只是一口，我就恨不得把手裡的東西扔地上，這是啥菸啊，沒菸味兒，竟然讓我吸出了一股子腐朽的味道。

可是出於禮貌，我生生忍住了想要扔掉它的衝動。

這時候，一個小小的身體挨近了我。

我下意識地摟緊了那個身體，我知道挨著我的，是我心愛的妹妹，我摸著她的頭髮說道：「別怕，有哥哥在，只要哥哥在，妳就沒事兒！」

「軍哥，吃點兒。」說著，我媽又過來了，她從院子裡領了一份乾糧給我，我們農村人相信的就是吃飽了，能幹活。

這要面對老村長了，就必須得把肚子填飽才是！所以，女人們特地煮熱了乾糧，分發給大家。

接過媽媽遞過的食物，我忽然覺得自己很不爭氣，都啥時候，大家都準備拚命了，我還在疑神疑鬼啥呢？

我是媽媽和妹妹的依靠啊！

想到這裡，我不再去思考內心啊什麼的東西，現在保住一家人的命最重要，我拿起手中的乾

糧，狠狠咬了一口，可是只是一口，我「哇」的一聲就吐了出來。

咋這乾糧也是這種味道？好噁心的味道，腐朽、腐爛，帶著一股子說不出來的腥味兒的味道，比剛才那口於還能讓人難受。

我媽看我的樣子，很擔心的問道：「軍兒，你這是咋了？不合你的胃口？」

我不想媽媽擔心，只是搖頭，我不知道我是怎麼了，怎麼今天吃啥都不對勁，我記得，記得這些女人們做飯沒那麼難吃。

可是她們做的飯是什麼味道？我覺得我有些想不起來。

我很苦悶！

媽媽看見我這樣子，拍著我的背安慰道：「軍兒，你別緊張，媽是看開了，大不了大家一起死，也好過那等死的滋味，也好過那任人宰割的滋味。就是你太年輕，苦了你了，還有我那可憐的霞兒。」

霞兒就是我的妹妹——趙霞，我聽見我媽這樣說，不由得摟緊了媽媽和妹妹，我說道：「不要怕，那麼多男人都在這裡，未必就怕了那老村長。媽，我也是男人啊！」

「軍兒，要是我們一家人能躲過這一劫，媽回家給你燒紅燒肉啊，你就不用吃不習慣的乾糧了。」我媽在旁邊跟我說道。

紅燒肉，我愛吃那個？我有些疑惑，我好像更愛吃別的東西，印象中，有一個倍感親切的女人的臉，望著我，手上是一碗排骨，她說什麼，好像在叫我，可是我聽不見。

也就在這時，一個聲音喊道：「快到十二點了，大家要準備了。」

我一下子就站了起來，我記得規矩，男人要站在最外面！

# 第二十一章 現身

孩子們在最中間，護著孩子們的是老人，再外面的是女人，最外面的是男人們，這是商定好的方案，到了今天，我們也嚴格地照做。

保護孩子，不管是多麼落後的文明，多麼偏遠的地方，這個做法都是一致的，這是刻進骨子裡的東西，因為孩子是希望。

我手上拿著一杆鋤頭，也站在最週邊，站在我旁邊的是劉鵬，他在發抖，他問道：「趙軍，你怕嗎？」

我怕，可是我現在腦子裡卻有另外一個念頭揮之不去，那就是：「這鋤頭為什麼沒有一點兒分量感？」它是實實在在在我手裡，可是我就是覺得它虛幻。

我甚至有一種自己都難以說明的錯覺，就好像這裡的每個人，背後都有一根無形的線牽著，站在什麼位置，都是事先設定好了一樣。

我半天沒有回答劉鵬，只是有些無奈地拍了拍腦袋，想把這些奇怪的，折磨我的思想趕出我的腦海。

劉鵬此時已經不在乎我回答與否了，他只是自言自語：「老子咋有種上刑場等死的感覺？那個夢說的是不是真的？我希望老村長不來。」

我無言，只是握緊了手中的鋤頭，只有這樣，我才能尋得一絲安全感。

大家都陷在緊張的情緒裡，此時連最小的孩子都不再哭鬧了，彷彿有一種恐怖的氣場從外面

271

漸漸蔓延進這裡。

外面黑沉沉的，只有這個祠堂才有著火把帶來的光明，望著黑沉沉的夜色，讓人不自禁的就

感覺，只要走出這裡，就會被這沉沉的夜色吞噬，在那外面好像充滿了無限的恐怖。

儘管這樣，大家都還是壓抑著自己從心裡滋生的恐懼情緒，努力擠出一絲絲勇氣。

不知道為什麼，我就是能如此細緻地感覺周圍人的情緒，但是我發現我卻很難融入其中，就

像一部小說裡，本來沒有我這個人物，我是被硬生生插進來的，所以我像是一個旁觀者。

我或者不應該在這裡，我望著遠處那暗沉的巨大影子，那是出村必須經過的大山在夜色中的

輪廓，我忽然覺得我應該是在那裡才對。

是在那裡嗎？不，不對，或者說整件事情根本就與我無關？

不，太複雜了，我理不清楚這種感覺，我再次痛苦抓緊了自己的頭髮，思考得太久，我忘記

了時間，更沒注意到有人在說已經十二點了。

我的手臂忽然被身旁的劉鵬抓緊，他吞了一口唾沫，告訴我：「趙軍，十二點了。」

我轉過頭望著他，他的眼中全是恐懼，深深的恐懼，那種刻進靈魂，像是被銘刻了無數次的

恐懼。

無數次？

可是不容我思考太久，有一個人喊道：「大家聽，什麼聲音？」

祠堂裡一下子變得安靜，我的情緒也第一次開始真正融入這種緊張裡，就像恐怖的電影中，

那個一直害人的惡鬼終於要現身了。

「咚」「咚」「咚」，果然是有聲音，我清楚聽見了，那是不急不緩的腳步聲，一步步接近這

裡，那腳步聲很從容，也沒有刻意踏得很沉重，可就是如此清晰，像是踏在人們的心上一般。

「是老村長……」我聽見我身旁一個哽咽的聲音，我一看，是站我身邊的劉鵬哭了，他就這樣哭了，可是手上握著的柴刀，卻握得更緊了，因為我清楚看見，他的手上青筋暴突。

「老村長小時候還抱過我，他咋就要殺我呢？」劉鵬一邊抹著眼淚一邊說道。

我的心中忽然升起一種很荒唐的感覺，如此相熟的人，有過親切的回憶的人，怎麼就要這樣？他要殺這裡的人，這裡的人不是也嚴陣以待要殺他嗎？可是，在這時候又在想什麼親切的回憶呢？是想求得一絲心理安慰嗎？

我越來越有置身事外的感覺，可是那一步步接近的腳步聲又在提醒我，我是這裡的一份子。

劉鵬的話像是引起了連鎖反應，每個人都開始念叨和老村長的過往，可是在此時此刻，說這樣的過往，卻讓我有一種黑色幽默的感覺。

就如一對情人深情凝望彼此，喃喃說著情話，可彼此的手中卻拿著刀，已經深深插進了對方的腹中。

人生，就是這樣嗎？愛恨交錯，恩怨糾纏，已經蒙蔽了本身的簡單和是非。然後，一切就開始混亂，親人反目，情人成仇，在紅塵沉浮，也許唯有一顆本心，才能在複雜的網中看到簡單，看到最基本的是非，才能避免這些因果纏身，才能不出現今天這種荒唐的鬧劇，一邊叫喊著溫暖回憶，一邊不死不休！

「唯本心，是非分明！不受外物干擾，不受感情牽絆，不沾因果，不擔罪孽。」一段感悟，讓我的腦中忽然響起一個聲音，在對我訴說這句話，印證我的感悟。

那聲音是如此親切，是誰？我忽然也跟著情不自禁地喊道：「是誰？」

隨著我聲音的落下，一陣狂風吹起，那腳步聲距離這裡的大門已經不到十米，在我旁邊已經泣不成聲的劉鵬說道：「趙軍，還能是誰，是老村長來了。」

這句話，讓我又從一個旁觀者被拉了進來，是啊，什麼本心啊？我現在是在和大家一起對抗老村長啊，我怎麼會有那麼多奇怪的念頭？

狂風吹得這裡的每一個人衣襟飄動，沉默，死一般的沉默，彷彿在天地間都只剩下那腳步聲，我的心彷彿提到了嗓子眼，它一定跳動得很劇烈。

但是，我忽然恐懼地瞪大了雙眼，「它一定跳動得很劇烈？」我為什麼會做出這樣假設般的話語，一個人不是應該有正常的心跳嗎？

這個發現，讓我開始真正恐懼起來，我站在狂風中，有些顫抖地伸手摸向了自己的心口——

沒有心跳！

我是死人？我是什麼？

忽然我的腦袋開始劇痛，有一種東西呼之欲出，我驚恐地望向周圍，想說什麼，可是此時那催命一般的腳步聲已經停在了門口。

「嗚嗚嗚……」有女人開始大聲哭泣，不再壓抑。

接著，是孩子們開始跟著哭泣，終於，那根一直繃緊的弦，隨著腳步聲停在門口，斷開了，脆弱浮出，女人和小孩們情不自禁地開始屈服於恐懼。

男人們無聲地望著這一切，反而抹乾了剛才的淚水，很多時候是女人比較柔韌堅強。但在這種時候，一定是男人們要更堅強。

保護女人和小孩子，是上天賦予男人們的責任，在這種時候都不拿出勇氣，更加堅強，那不

如切了自己的蛋，當太監去吧。

每個男人的眼神都開始變得堅定，全部都望向那扇暫時沉默的大門，當它打開之後，災難就會開始吧。

「砰」一聲巨響在門上響起，那一扇古老的祠堂的大門，被砸開了一個巨大的破洞！

透過那個破洞，人們清楚的看見一張臉就在那個破洞的背後。

那是一張怎樣恐懼的臉啊，明顯被水泡脹過，有的肉已經掉了，可是有的肉卻莫名其妙乾癟了下來，發黑得貼在臉上，頭髮束一縷，西一縷，很明顯，也是掉了不少，剩下的濕淋淋地貼在頭皮上。

因為左臉的一塊肉掉了，所以看得見口腔裡的牙齒，也看得見翻捲的肉，可是偏偏就是這樣，那張臉上卻明顯掛著冷笑的表情。

能想像一具破爛的屍體在冷笑嗎？我整個人忍不住顫抖！

最恐怖的還不是這個，是那一雙眼睛，眼白竟然是黃色的，那不是動物才有的眼白吧？可是眼珠，眼珠為什麼是紅色的？

而且那雙眼睛竟然有眼神，雖然乍一看上去，那雙眼睛是冰冷無情的，可它就是有眼神，它的眼神就是冰冷，而不是死人那種無邊的死氣。

而那種冰冷讓人從心底開始顫抖！

這張臉，嚇傻了在場的所有人。

當然這張臉也嚇住了我，可是在這時，我又冒出一個怪異的想法，老村長的模樣不應該如此

啊？他……

我被我自己的想法嚇了一跳，難不成我見過老村長？

我快受不了了，諸多奇怪的想法，另外自己竟然沒有心跳，這時，竟然還覺得自己見過老村長，換誰不被這樣折磨瘋？可偏偏還因為這些怪異，讓人更想撥開迷霧，看見真相！

但是現在是探尋的時候嗎？顯然不是！因為在下一刻，隨著一聲巨大的轟鳴聲，那一扇結實的大門竟然四分五裂的「轟」一聲碎裂了。

我清楚看見是老村長一腳把它踢開的，一腳竟然有這樣的威力？

接著，一個身影進入了祠堂，那是怎樣的一個身影啊？全身上下被泡到發脹，和臉上一樣，有些肉已經掉了，有的肉卻半掉不掉的連在身上。

其實那是我沒經驗，才以為是肉掉了，懂的人都知道，要是一具屍體沉在河底，是會有一些肉食魚來啃噬屍體的，這個要到後來我漂泊在江河湖海尋找真相，甚至去了印度，才懂得這個，因為那時我已經親眼看見被屍體餵養成的巨大鱔魚。

那時候，再回想起老村長的事件，我全身都會起雞皮疙瘩，死了之後屍體被怎麼樣都沒關係，反正我已經離開，已經感知不到，可是要我活生生看見自己被啃噬，我會瘋掉的，我也許能理解他為何有如此大的怨氣了。

總之，站在我面前的就是這樣一個老村長，全身都破破爛爛，卻又詭異地發脹，傷口處流出的是濃黑的液體，可是，還有一些奇異的地方，是黑色的乾瘦的肉，貼在身上，我清楚看見上面有黑毛。

黑白雙凶？我的腦子裡忽然就閃過了一下這個念頭，好像我自己很懂似的，可是再具體的卻想不起來。

但老村長就是黑白雙凶那麼簡單嗎？至少此時此刻，我是不可能去思考這些的。

老村長的身影站在祠堂的入口處，眼神冰冷地望向眾人，那恐怖的身影讓人們連呼吸都不敢放肆，因為太過於嚇人，誰見過如此破爛的屍體活生生地站在自己面前？

「我……回來了，嘿嘿嘿……」他開口說話了，那聲音像是聲帶泡在水中一般，模糊不清，帶著陣陣「咕咚咕咚」的水聲。

更恐怖的是那笑聲，像是從水底傳來一般。

「他從河底回來了。他是爬上來的魔鬼！」一個蒼老的聲音傳來，那個聲音是從哪兒來的？

已經嚇到快崩潰的人們，也不禁四處尋找那個聲音，卻看見異常恐怖的一幕，那一幕讓很多人嚇到跪地大哭，因為已經到了匪夷所思的境地。

聲音是從老村長的肚子裡發出來的，看見人們找尋的目光，他毫不猶豫地扯掉已經破爛的上衣，人們在老村長破爛的肚子上看到一張痛苦的臉浮現而出，是他在說話。

這個他，村民們很熟悉，是村裡那個老祭祀，已經先人們一步，所謂已經入土為安的「老祭祀」。

「啪」的一聲，老村長那隻已經露出骨頭的手狠狠拍在自己的肚皮上，黑水四濺，他肚子上發出一聲慘痛的怪叫，又縮了回去。

祠堂開始痛苦聲叫一片，只有幾個最堅強的男人還能勉強站著。

「一個都跑不掉，全部都要死！第一個走的是他……」那宛如泡在水中的怪聲音，在輕描淡寫的訴說，讓人全身發冷，可說到這裡的時候，他忽然「哇」的一聲怪叫，然後瘋狂大笑，接著開始吼叫……「所以我刨出了他的屍體，吃掉了……」

說著，老村長一直背在身後的手忽然伸出來，甩出了一個腐爛的人頭，那是老祭祀的人頭！

這場恐懼彷彿已經上演了極致，可是這時極致的情緒？人們在極度恐懼中瘋狂了，那幾個還站著的男人，其中一個發狂般的舉起手中的柴刀，吼道：「老子和你拚命了。」

彷彿他的吼聲就是一個火種，點燃了村民們的情緒，所有人都瘋狂了起來了，只是一瞬間，所有人都喊道：「拚了。」

「殺了這個怪物！」

幾個男人已經衝了上去，老村長的目光一轉，說道：「更證明了，你們都該死！」

我不知道是不是我的錯覺，我總覺得老村長這目光一轉，分明是落在了我的身上，眼神中充滿了嘲諷，為什麼是我？這想法浮現在我的腦中，但我卻更願意相信，這是錯覺吧。

我身旁的劉鵬，剛才分明已經嚇到小便都控制不住了，現在竟然也衝了上去，或許在這時，人們更加堅定的相信，除了拚命，沒有活路了。

我舉起鋤頭，有些迷茫，我要拚命嗎？我總是感覺我和老村長沒有什麼恩怨的樣子，也就在這時第一聲慘叫聲響起，是那麼的撕心裂肺，在這黑沉的夜裡傳出了很遠，很遠……

那聲慘叫聲在我的腦海中是那麼的熟悉，彷彿在久遠的以前，我站在一個並不太遙遠的地方聽見過，又彷彿不是我聽見的，而是有個人聽見，而我聽了關於那個人的故事……

我就快要錯亂了，可是那聲慘叫聲，還是吸引了我的注意力，剎那間，那血腥的一幕，就生生地打斷了我的錯亂，我看見第一個衝上去的男人已經被老村長逮著，一手就抓破了他的肚皮，生生地把內臟殘忍地扯了出來！

那是多麼大的痛苦？我分明看見混亂的內臟胡亂的纏繞在老村長的手中，那顆心臟竟然是完

278

整的，還跳動了幾下。

鮮血滴下，老村長竟然隨口就咬了一口，然後把那些內臟扔到了人堆裡。

「噗通」那具屍體轟然倒下，胸口到肚皮是一個慘然的血洞，臉上永久凝固成了痛苦的表情。

人們再一次害怕了，原本衝上去的幾個人慢慢後退，整個人群都在後退。

「哇……」小孩子們開始痛哭，喊著爸爸媽媽。

也有人開始傻笑，那是被生生的嚇瘋了。

可是老村長也不急著殺人，隨著人們的後退，他只是一步一步地近逼，步步靠近人群，這樣的心理壓力簡直就是像是鈍刀子割肉，是如此的折磨……

僵持了快一分鐘，人們已經無可退，最裡面的人群已經貼著牆了，被擠到牆上緊貼的小孩子，聲聲哭喊著：「爸爸，我害怕，爸爸，爸爸……」

「媽媽，妳在哪兒嘛，媽媽……」也有小孩開始叫媽媽。

「這個字，承載著人間最大的愛，終於在女人們的堅韌爆發了，有一個婦女拿起一根火把，顫抖著擠出了人群，她忽然發瘋般的喊道：「我死就死了，我么兒活著就行。」

她竟然衝了上去，把火把發瘋般的擲到了老村長的身上！火把仿佛讓老村長有了一絲痛苦的樣子，人們看到了一點點希望。

或許是一點點希望，或許是這個女人的血性刺激了大家，雖然在下一刻，這個衝出去的女人，她的腦袋就被老村長無情地擰了下來，一腳踩破了肚子！

人們再次衝了上去，這一次很多人手持火把，有人點燃了放在院子當中的火堆，有人抱住老村長的身體，拼命的往火堆裡拖……

可是，這只是一場並不平衡的殺戮。

這裡變成了人間地獄，我看見了飛濺的鮮血，破碎的內臟，甚至是血肉橫飛。瞬間，那股濃重的血腥氣就瀰漫在了這裡，沒有什麼比這場景還恐怖，還悲哀的事情了。

原本我已經被刺激到了麻木，原本我有一種深刻的局外人的思想，可這時，我再也忍不住這刺激，舉起鋤頭衝了上去。

「不要，一旦上前，因果纏身，再也走不出來。」而就在我的血液沸騰的時候，一個驚雷似的聲音響起在我的腦海。

這個聲音我好熟悉，可是我拚了命也想不起是誰，我發覺我心底明明埋藏著什麼，卻總也捅不破那一層迷霧。

「陳承一，還不醒來，還不醒來醒來來！」又一聲驚雷似的咋喝，在我腦海中炸開，我恍惚間抓住了什麼，陳承一，太熟悉的名字！我直覺這個名字和我關係很大。

可是疑惑終究敵不過人本能的恐懼，何況我身處在人間的地獄，我根本分不出太多神去思考這其中到底是怎麼回事兒！老村長此時已經殺光了所有的男人，女人和老人，開始屠殺小孩兒。

那一聲聲的哭泣聲刺激著我心底深處最脆弱的那根弦，說起來，代表著希望，保留著比大人純淨很多的靈魂的小孩子怎麼能承受這種屠殺？

原本，那個聲音已經制止了我，可是，終究我不能眼睜睜的看著這一幕。

我的本心不允許！

我的腦中瘋狂的就只有這一個念頭，雖然我不解什麼叫我的本心不允許，但是我終究衝了上去。

查覺到我衝上去的身影，老村長忽然就扔下手中那個孩子的屍體，轉身嘲諷的望著我：「你終究還是會陷入這裡，哈哈哈。」

什麼意思？我已經懶得再想，狂吼間，我舉著鋤頭揮了出去，老村長只是輕描淡寫的一拍手，我整個人就朝後飛去，摔落在了地上。

這是多大的力量？為什麼我一點都沒體會到力感？為什麼我的身體比地面冰冷。

沒有心跳，比地面冰冷的身體，那說明了什麼？只能說明一個問題，我如果不是一個死人，那麼就一個鬼魂，只有死人或者鬼魂才不存在溫暖和心跳！

陳承一，陳承一，此時我的心裡反覆的念叨著這個名字，忽然我模糊的想起來了，我好像不是趙軍，是陳承一。

很多疑點在我腦中翻騰，一開始醒來時的所見，腐朽的菸和食物，彷彿固定般的扯線木偶，這些疑點如同閃電般的在我腦中劃過，每劃過一道，我的大腦就清醒一些，我想起來了。

「你好像想起了什麼，可是已經晚了，此時殺了你，你就會陷入這裡的輪迴，代替趙軍，那些人也會陷入我的輪迴。」在我眼前的老村長忽然說話了。

我張著嘴，拼命想吸取一點兒空氣來緩解自己的情緒，可是我現在是靈魂狀態，哪兒吸得進半點空氣？我只是以為自己在呼吸罷了。

這個最大的破綻，我竟然沒有發現！

我沒法去思考老村長的話是什麼意思，我只是拼命在想，我要怎麼辦？師傅，師傅在哪裡？

那個從來在最危急的時刻都會來救我的師傅在哪裡？

彷彿是嫌我不夠恐懼，已經恢復了全部記憶的我，竟然發現眼前的老村長變了，變成了一個全身呈腐朽的灰黑色的人，五官因為萎縮，已經不太看得清楚，在他的臉上，最顯眼的只有兩處特徵，第一就是那雙眼睛，黃色眼白，紅色眼眸的眼睛，第二就是沒有嘴唇的嘴巴，凸出的獠牙。

而且那紅色眼眸，我看得清清楚楚，根本就不是什麼紅色，而是怨氣凝聚在其中形成的眼眸，那裡面彷彿包含了一個無窮無盡的怨氣世界。

這才是我在被拘來的瞬間，看見的臉，老村長真正的臉，他是殭屍！只有殭屍才是這樣子，可是他如此清晰的思維，甚至還能說話，根本都超出了我的認知。

「陷進去吧！」老村長撲向我，同時一股莫大的壓力撲向了我，像是有什麼東西要鑽入我的靈魂深處，同時，又像是有什麼東西要吞噬，把我吞噬進那個無限輪迴的世界。

靈魂要怎麼被殭屍殺死？我該怎麼反抗？這是兩個我無法解答的問題，而這兩個問題偏偏就是解救我現在困境的關鍵。

如果有充足的時間，我也許會想通其中的契機，可現在已經來不及了，就這樣了嗎？我非常的不甘心，死亡是人類骨子裡最恐懼的事情，恐懼到一個極限，就會成為痛恨，如果是自然的死亡還好，如果是死於非命，或者被外來的力量殺死，誰會甘心？誰不痛恨！

所以，這世界上才會有那麼多的怨氣不散，才會有那麼多的怨鬼。

我如果陷入那無盡的輪迴，是一件比死亡還慘的事，我也是人，我的不甘心也化為了一股痛恨，恨意中往往就帶有煞氣，所以恨給人的感覺總是凌厲的。

但那一瞬間，我敢肯定，我的整個靈魂簡直是煞氣沖天，不要忘記，我是一個有強大靈覺的人，靈覺強大也就意味著靈魂強大。

282

面對我沖天的煞氣，老村長顯然也愣了一下，可是下一刻它還是毫不猶豫地朝我碾壓而來，

根本不存在所謂的動手，我彷彿想通了什麼東西，我需要抓住其中的關鍵點。

但此時想通了有用嗎？我還來不及給這麼一個簡單的問題答案，就聽見一聲驚天的虎吼，身

體一動，我親眼看見一隻吊睛大虎從我的身體跑出來，衝著老村長狠狠咆哮，下一刻就衝著老村

長撲了過去，舉起了虎爪。

老村長的眼中先是一驚，接著沖天的怨氣爆發，也朝著老虎衝去！

此時，一聲：「陳承一，歸來！」彷彿衝破了層層的阻礙朝這邊衝來，我看見我的身邊出現

了一條路，那條路的盡頭，一聲聲的「陳承一歸來」不停吶喊。

下一刻，一聲清鈴聲從路的盡頭響起，然後我看見了一道道的金色聲波，以我靈魂狀態都看

不見的速度朝這邊衝來，直直朝著老村長撞去。

老村長竟然被聲波撞開了。

「上路！」一個聲音狂吼道，是慧老頭兒的聲音，我一個翻身，踏上了那條路，那條路的入

口急速的收縮，我只看見原本是人間地獄的祠堂，一下子變了。

那些血腥，那些屍體根本就不存在，存在的只是荒涼黑暗的祠堂，已經暗沉發黑的老舊的血

跡，以及到處散落的屍骨。

下一刻，我看見那隻老虎衝進了我的身體，接著我失去了意識。

再次睜開雙眼的時候，我的嘴裡鼻子裡都充斥著一股熟悉的味道。

是的，非常熟悉的味道，因為我是道士，朱砂的味道我能不熟悉嗎？這時，我才反應過來，

我的嘴裡，鼻子裡不知道被誰塞滿了朱砂？這要幹什麼？

我拚命咳嗽，打噴嚏，每一下都感覺自己很虛弱，但是這些朱砂總算被弄乾淨了。

睜眼了許久，我這次看見我身邊圍了好幾個人，蹲在我面前的就是孫強，他驚喜地大聲的在說著什麼，可是我根本聽不見，接著我看見師傅朝我走來，一臉疲憊，手上拿著一個鈴鐺。

此時，他放下了鈴鐺，捏住我的鼻子，一碗黑乎乎的水就給我灌進了肚子，那水一股子灰塵味兒，我知道那是符水。

符水下肚，起碼過了一分鐘，我的感官才慢慢恢復，我終於聽見孫強說什麼了。

他在說：「承一，好點了沒？」

我還聽見慧根在問：「那老村長會不會來？」

我全身發冷顫抖著，站在我面前的師傅解開了身上的道袍，蓋在了我身上，說道：「好好休息一下，也許一分鐘後，老村長會親自來這裡。」

# 第二十二章 戒嚴

老村長會來這裡？我明明剛才還見過老村長的啊，我忍著虛弱發冷的感覺，對師傅說道：「師傅，我剛才遇見了老村長。」

師傅望著我，很疲憊的說道：「我知道，慧覺開了天眼通，看見了他，先休息吧。一切都這件事情完了之後再說。」

我閉上雙眼，確實是很累，也很虛弱，有師傅在，我還管他什麼老村長，就算在死人堆裡，我也能安然入睡。

只是我還有一件事情放不下，我問師傅：「師傅，趙軍……」

師傅望著我說道：「放心，他在這裡。」師傅攤開手掌，赫然是一張藍色的符，我知道，師傅已經成功接引到了趙軍的靈魂。

我心頭一鬆，閉著眼睛睡了過去，因為我再也無法抵抗從內心深處傳來的虛弱感。

當我一覺醒來，外面還是黑沉沉的，耳邊是此起彼伏的鼾聲，我劃燃一根火柴，才看見，我已經回到了指揮部，而大家都已經在熟睡。

怎麼回來的？我完全想不起來，將就那根劃燃的火柴，我點了一枝菸，準備好好理清楚最近的事兒，緩解一下自己的心理壓力。

親眼看見了一個殺戮的現場，那種滋味是很難受的，心靈上刻下深刻的陰影是必然的，我不能讓這種陰影影響我，否則我的心境上永遠有一個填不滿的漏洞，這個漏洞是血腥造成，所以它

會讓我以後行事乖張暴躁。

這樣想著，我剛吸了兩口菸，忽然就有一個小小的黑色物體朝我撲來，我驚了一下，本能地就伸出手，想擋住那個身影，卻不想手卻被抱住了。

「承一哥，別打，是額。」一個聲音在我耳邊響起，不是慧根兒那小子又是誰。

我動了動身子，讓慧根挨著我躺下，然後小聲問道：「那麼晚了，你不睡，在幹啥？」

「在照顧你啊，你都睡了一天一夜了，還是額灌你喝的糊糊呢。師傅要額注意你的情況，怕你魂魄不穩，剛才額不小心睡著了，嚇一跳呢，結果發現菸頭在亮，就知道你醒了，醒了就沒事兒了。」慧根同樣伏在我耳邊小聲地說道。

畢竟這此起彼伏的鼾聲，證明大家很疲憊，我們不想吵到大家睡覺。

聽了慧根的話，我心裡一陣溫暖，不自禁地摸著慧根的圓腦袋，說道：「那你睡會兒吧，好好休息一下。」難為他照顧我，師傅他們咋會讓一個小孩兒照顧我。

卻不想慧根兒趴在我肚子上，抬著他那圓乎乎的腦袋說道：「額才不睡呢，姜爺和額師傅都沒睡，額也不睡。」說話間，慧根兒卻打了個呵欠。

我借著於頭的光亮，看了一下手上的錶，時間是凌晨一點多，師傅他們為什麼還不睡？

可是慧根兒這孩子明顯睏了，看在他照顧我的份兒上，我不忍心「凶」他去睡覺，而是一把把他從我肚子上提下來，按到我身邊，跟他小聲說道：「明天哥給你煮雞蛋麵，你想吃嗎？」

我聽見了很明顯的嚥口水的聲音，然後就聽見慧根說：「哥，額想吃。」

「那你現在聽話睡，我就一定煮給你吃。」

「可是額想看師傅他們守到老村長沒有？」

286

「那你先睡一會兒，就一會兒，守到了我叫你。」我心裡一動，師傅他們在守老村長，這是咋回事兒？慧根不是說我睡了一天一夜嗎？

「真的？」慧根兒明顯心動了。

「嗯，真的。」我剛說完，就看見這小子腦袋一歪，靠我身上，一下子就睡著了。

呵，其實慧根兒真的挺可愛，我輕輕拍了拍他臉蛋兒，直到手中的菸抽完，我才輕輕把他放進我的睡袋，然後摸出一個手電筒，借著手電筒的光，走出了房間。

房間外，我非常意外的看見了天上模糊的星光，是怨氣世界破了一絲縫隙，然後怨氣淡了的原因？我深吸了一口氣，看見院子裡有一堆火堆，蹲在火堆面前的，就是我師傅和慧覺。

另外，我還看見幾個關鍵的點上，都守著兩個戰士，看他們拿槍的架勢，我知道，槍裡絕對是上膛的子彈，我很疑惑，為何要在夜裡，如此大張旗鼓，嚴陣以待？

在我昏睡過去的時候，究竟發生了什麼事兒？

邁步走向了火堆，師傅平靜地看了我一眼，可透過火光，我看見師傅眼底有一絲欣喜，至於慧大爺也看了我一眼，然後也是很淡定說道：「你醒了啊？也是，我就知道你會醒來的。」

我蹲在師傅和慧大爺面前，火光一下子就烤得我全身暖洋洋的。

這片村子的夏夜是如此的奇怪，它沒有冬夜寒冷，但絕對比秋夜要涼，在外面這樣守著，沒有一堆火，是絕對過不去的。

「我難道還會不醒？」我覺得慧大爺的話奇怪，不禁開口問道。

慧大爺不理我，只是從火上的鍋子裡舀了一碗薑湯遞在我手上，說道：「喝點兒，我怕你是好多天身子都暖不過來了。」

師傅在旁邊咬著旱菸杆兒，說道：「那不是嗎！魂魄離體再回來，這身子要回陽，得好些天吧。」

我慢慢的喝著薑湯，手腳總算溫暖了一些，他們說的對，就算這麼睡了一天一夜，我也覺得自己全身有些發冷。

喝完薑湯，師傅拿兩塊烤熱了的壓縮餅乾給我，說道：「快吃吧，要不是在這鬼地方，我早就弄些好東西給你補回來了。但不管咋樣，只有多吃東西，才能恢復得快。」

我是有些餓了，估計慧根兒也沒給我餵進去多少糊糊，畢竟我在昏睡，我說道：「師傅，不要瞞我，跟我講講咋回事兒吧，我咋會變成趙軍，我……」

我話還沒問完，就被慧大爺給打斷了，他說：「三娃兒，你跟小時候一樣，這問題總是一連串一連串兒的，你難道不知道，靈覺連著靈魂，你的靈覺碰到了老村長，他直接就拘住了你的靈魂，把你的靈魂扯進他的怨氣裡了嗎？」

我悶頭咬著餅乾，又想起了那一個殺戮之夜，想起了鮮血，想起了一雙雙絕望的眼睛。

「鬼之一物，原本沒有什麼攻擊力，能影響人的無非就兩點，一個是自身的陰氣，二就是給人造成幻覺。越是厲害的鬼物，造成的這種幻覺，或者是錯覺也就越厲害。老村長是厲鬼中的厲鬼，他影響你，讓你以為自己是趙軍，這是一件兒很簡單的事兒。」師傅望著我說道。

是的，確實，厲鬼讓人產生幻覺，讓人發瘋都是很普通的事兒，我的臉色很平靜，我也不知道我為什麼會那麼平靜，可能我的腦中反覆上演的還是那一夜的血腥吧。

「啥時候，讓慧根兒給你誦經七天吧，去你心中的戾氣與怨氣，你受影響了，三娃兒。」慧大爺說道，他是佛門中人，對於人心，他們比道家人更為敏感。

288

「嗯。」我點點頭，我確實需要一次淨化，那一夜，我經歷一次，就覺得如此恐怖，我無法想像，以十五天為單位，在那個世界輪迴了許多次的村民。

「我們守在這裡，是因為昨夜老村長很奇怪的沒有出現，他的聰明已經出乎了我們的意料，也打斷了我們的安排。為了安全，這夜裡，我們必須守夜了。」師傅說道。

「是啊，現在我們由主動變得被動，偏偏此時異數還不能被動用，這一切，難，難，難啊。」

可是，接觸了一次老村長之後，我的好奇心已經小了很多，我更關心的是，為什麼我在那天難得慧大爺那麼不正經的人，發出如此正經的感慨，這事情究竟到了什麼地步？

如果被老村長「殺死」之後，或者說我動手，我就會沾染因果，我更關心的是，我身體裡跑出來的老虎是咋回事兒？

我想要知道答案。

關於我想要知道的答案，師傅和慧老頭兒並沒有各嗇於告訴我，咬著旱菸杆，師傅開始了講述。

「我們到山上就發現不對，一切只是聲勢嚇人，而並沒有什麼實際性的阻攔。我不相信是老村長沒有發現趙軍的落跑，只能且行且看。」

在小心翼翼的觀察中，一切進行得很順利，我的喊魂術和師傅他們的行動配合得很好，趙軍的靈魂已經被帶過了山頂，也就是在那時，師傅他們發現了一股沖天的怨氣。

對於這股怨氣，師傅是那麼評價的：「我一生遇厲鬼無數，自身能有如此大怨氣的厲鬼，可以排進我所遇厲鬼的前三。」

這股怨氣，毫無疑問就是老村長，再之後老村長所化的厲鬼和我靈覺相遇了

「所以，他根本沒有打算費力氣的和我們搶趙軍，他一開始就打算把你的靈魂拘回去，代替趙軍。」慧覺喝了一口薑湯，如是說道。

我覺得很可怕，老村長竟然有這樣的智商，這樣的算計。

吐了一口旱菸，師傅說道：「可是他沒算到的是，你的靈魂在最後的關頭竟然破除了他強加給你的『你是趙軍的幻象』，爆發了沖天的戾氣，引出了虎魂。」

「是啊，我用佛門天眼通和你建立起聯繫，直接用獅子吼，與你的靈魂對話，想要提醒你切莫陷入輪迴，但也沒把握讓你徹底醒來，終歸是你個人靈覺強大，才能在最關鍵時候的醒來。」

慧覺補充說道。

「至於你為什麼會爆發沖天煞氣，是因為你醒來了，你知道自己不是趙軍，你和老村長沒有夙怨，你和村民們不一樣，你的不甘心就是那股煞氣的引子。終歸引出了和你共生的虎魂！」師傅凝望著火光說道。

「共生的虎魂？」我最搞不懂的就是這個，其實那個虎魂，我小時候迷迷糊糊的見過一次，那一次不是太清晰，只是清楚地聽見了那雄壯的虎嘯。

我很清楚，那聲虎嘯是從虎爪裡發出的，我在那個恐怖的祠堂裡的時候，是靈魂狀態，不可能戴有虎爪，所以我才不清楚虎魂是從哪裡而來。沒想到師傅給我的答案竟然是共生的虎魂。

「是的，共生的虎魂。你知道，這個虎爪之所以珍貴，除了自身帶有的煞氣戾氣以外，是封有一隻虎精的殘魂。你也不能小看妖鬼之物，它們若得正果，也可封仙，手段非常。虎爪你從小佩戴，虎魂已在不知不覺當中認你為主，和你的靈魂共生。不要覺得這個形式很奇怪，有的人是有自己的守護神的，只不過有些人因為前世的因果，一出生就有守護神，有的人則因為今生

的緣分，後天擁有自己的守護神。」師傅在一旁解釋道。

「師傅，你為什麼不早告訴我，我有虎魂守護？」我習慣性撫摸著戴在脖子上的虎爪，覺得它有了更不一樣的意義，對它有了更大的親切感，因為它其中的魂靈竟然與我共生，成了我的守護神。

「告訴你？時機還不成熟啊，因為你和虎魂並沒有達成完全的共生！這些事情我以後再跟你詳談吧。至於你問我，為什麼面對老村長不能動手，那很簡單，一旦你動手，就會陷入幻境更深，你這樣死過一次，再以趙軍的身分復活，你就會隨著輪迴，徹底變成趙軍。到時候，陳承一也就算徹底死去了。」師傅說這話的時候，語氣明顯有些激動，顯然當時我被老村長拉入幻境，最擔心的人無疑就是我的師傅。

「師傅，如果沒有虎魂，這一切豈不是不可以破解──不能還手，不能反抗，殺死了我又會成為趙軍。」我覺得這簡直是一個死結。

「錯，如果你有慧覺那份心性，徹底的明白那只是幻境，你眼前就不會出現祠堂，出現村民，出現重演的那一幕。面對鬼物，看破虛妄，就是對它最大的打擊。你的心性不夠，當然會陷入幻境，可是心性這個沒有取巧的辦法，需要時間的沉澱，需要慢慢看透。包括天生慧根的慧根兒，也是如此。以後，你要好好帶著慧根兒。」師傅對我吩咐道。

好好的帶著慧根，慧根不是有慧大爺帶著嗎？還需要我帶？

不過這個問題我終究沒有問出口，也許只是師傅隨口一說，畢竟慧根兒這小子那麼黏著我，我當著慧大爺問這個，我怕慧大爺以為我討厭慧根兒。

和師傅他們談了那麼久，我終於對老村長是個什麼樣的存在，有了一絲明悟。他，的確是特

殊的存在，身體化為殭屍，靈魂化為厲鬼，而且還能合二為一，怪不得如此棘手！

這個看法，我當然對師傅他們說了，師傅和慧覺聽完我的見解以後，同時鄙視的看了我一眼，說道：「你才知道啊？」

我無語，看看天，遠處已經出現了一絲紅霞，是要亮了嗎？因為沒有什麼睡意，剛想問問師傅他們具體的計畫，卻不想這時師傅一下子站了起來，臉色沉重，慧覺也同時站了起來，念了一句佛號：「阿彌陀佛。」

這是怎麼了？我不明白師傅和慧大爺為啥會同時變臉，但卻也隱隱有了猜測，難道……下一刻，師傅就證明了我的猜測，他沉聲說道：「他來了。」

老村長來了，在哪兒？我也有些驚恐的站在了師傅的背後，來的是什麼？怨鬼老村長，還是殭屍老村長？或者二合一老村長？

我不是幽默，我確實是怕了這個老村長了。

「先找到他，我來開眼。」慧覺說道，下一刻，他就用手抵住眉心，準備開眼。

可也就在這時，側邊的角落傳來了一聲慘叫，接著就是槍響的聲音。

看來根本不用開眼了，師傅和慧覺快速跑了過去，可是哪裡還有老村長的影子，剩下的，只有一具胸口破洞的屍體和一個抱著槍已經被嚇傻了的戰士。

師傅臉色難看的看著地上的屍體，卻不想從另外一處又傳來了慘叫的聲音。

這下，我的臉色也變得難看了，要說對老村長有威脅的人，這裡不會超出三個，那就是我師傅，慧覺和凌青奶奶。但是我相信，若論單打獨鬥，他們沒有一個人是老村長的對手，否則早就行動了。

在這樣的夜裡，我們要任由老村長屠殺？

顯然，師傅是不會允許這樣的事情發生的，他喊了一句：「承一，去屋裡，把所有人叫醒，慧覺，你去那邊查看，我引動陣法。」

說話間，師傅從懷裡掏出了一件兒東西，那是一個印章，道家為印的法器，一般都是大威力的法器，師傅這尊印，是玉皇印，是師傅最珍貴的法器之一，師傅以前對我說過，這是我的祖師爺，老李的法器，要動用這個了嗎？

但是，情況緊急，並不容我思考，面對師傅的命令，我只有快速的去執行，我轉身就朝屋裡跑去。

這裡到屋裡不過百來米的距離，卻不想跑到一半，就聽見慧覺老頭兒有些虛弱的聲音喊道：「承一，小心。」

我還來不及回應慧大爺什麼，就只覺得一陣輕風撲面，下一刻，一個黑色的身影就立在了我的面前。

這個身影，我這一輩子都不可能忘記——老村長！

這是老村長實實在在的站在了我的面前，比起厲鬼狀態，現在的他如此真實，也更加恐怖。

照面的時間不過半秒，老村長的雙眸閃過一絲無情的嘲諷，下一刻，他那帶著長長指甲的爪子就朝我抓來。

我這他媽是和你有緣嗎？我在心底怒吼，昨天才和厲鬼狀態的老村長見過面，今天殭屍老村長又找上門來了！

和普通人比起來，我的優勢在於我是道士，我見過許多千奇百怪的事情。

和心理素質優秀，一樣有過經歷的特種兵比起來，我的優勢在於我見過老村長。

再恐怖的東西，見多了也就習慣了，任何事物能給你帶來衝擊性的印象的，永遠都是初見。

所以，面對老村長的攻擊，我還能有自我反應，那就是閃避。

他的動作很快，真是一隻靈活的殭屍啊！我狼狽的在地上翻滾了半圈，在心裡無奈的歎道。

這樣快的動作，我自問閃避不了幾次，儘管我從小練武，身體反應已經大大超出常人。

很快，老村長就再次向我撲來，可也就在這時，我聽見了師傅的聲音：「陣開。」

再看老村長時，他的身上發生了我不敢相信的一幕，竟然有無數的火花在他身上炸現，就像是有個小孩兒在他身上放了一串鞭炮似的。

再下一刻，我看見了師傅的身影，他手上拿的是拂塵，師傅要用那個了嗎？拂塵三十六式！

可是，老村長只是停留了那麼一下子，怨毒地看了我和我師傅一眼，接下來竟然轉身就走，動作快如閃電，我看見這一幕，忽然就很慶幸，我是有多幸運，才能避開老村長那迎面的一下啊？

站了起來，我看見慧大爺也臉色難看的走了過來，嘴角竟然掛著一絲血跡，師傅拿著拂塵問道：「哪邊？」

「也死了一個人。」慧覺輕咳了一聲，嘴角又湧出一絲血來。

「嚴重嗎？」師傅的神色頗有些關切。

「還好，只是胸口被撞了一下，那怪物的力氣太大，動作也太快。不知道進化到什麼程度了。」

此時，屋裡的人們也開始陸續醒來了，這一天的清晨依舊是晴天，可是在這裡的人們，每一

294

個人的心情卻是陰暗的，院子裡整齊擺放著的兩具蓋著布的屍體，充分說明了人們將要面對怎麼樣的殘酷。

他不會畏懼陽光，他隨時都會殺來這裡，他甚至不畏懼子彈，動作快如閃電，力大無窮，這就是師傅給人們的提醒。

這一句提醒，壓在每個人的心裡，是如此的沉重！殭屍殺來大本營？而且我們在明，他在暗！

還有更壞的消息，那就是師傅覺得不能再冒險了，在死掉兩人之後，決定撤退，可是在那時卻發現，我們悲哀的完全中斷了和外界的聯繫。

走出去嗎？不行，失去了陣法的保護，我們走在路上就是待宰的羔羊，就算有幾個高手在，也難免死很多人。

派人出去通風報信嗎？誰現在還有膽子單獨行動？

等待嗎？上面也許發現和我們失去了聯繫，會派人來窺探這裡，先不說等不等得到，如果不是大規模的行動，派來的人幾乎都是送死。

老村長就像一匹陰冷的餓狼，躲在暗處。

而我們聚集在這裡，就是他眼中的獵物，他隨時都會跑出來咬我們一口，血淋淋的撕掉一塊肉，而我們卻沒法知道他下一次是什麼時候來。

這就是他的智慧，在那一天晚上，佈置好了一切，等他出現，他沒有出現。

卻在第二天，天快亮，陽氣最重的時候忽然出現，殺了我們兩個人，這是多麼可怕的一匹餓狼？

「沒有路可以選擇，我們只能反抗，收了老村長，我們才能走出這裡。」師傅把所有的情況和大家言明之後，只說了這樣一句話。

反抗？那要如何反抗？我沒想到這一次的行動，竟然難到了如此的地步，讓我們被困死在了這裡。

元懿原本蹲在屍體的旁邊，在探查著什麼，等到我師傅說完這些話，他站起來，臉色頗為沉重的對我師傅說道：「只是兩具屍體而已，魂魄都已經不見了。應該被拘魂了。」

元懿的話，聲音不大，可是在場的每一個人都聽得清清楚楚，有一個戰士激動的站出來說道：「我們生在這個部門，隨時做好了死的準備。可是死，我也希望能把戰友帶回故鄉！他們是犧牲的，不該在死後還承受無盡的折磨。」

師傅望了他一眼，說道：「放心吧，只要我沒死，他們的魂魄就會得到超渡。魂歸故里！」

師傅的承諾暫時平息了戰士們的怨氣，只有兩個人還在發抖，這兩個人是昨天親眼看見老村長的兩個戰士，其中一個非常害怕的說道：「姜師傅，我們能不死嗎？」

師傅說道：「我不知道，可是我們不是那些村民，我們也有收了他的本錢，我們拚一下，不死的機會很大。」

可是，第一次，師傅的話沒給人們信心，我看見大家的眼中或多或少的都有些哀傷，我能體會空氣中瀰漫著一股沉重，這股沉重是很多人做好了去死的準備。

師傅沒說具體怎麼行動，他只是說再等一天，明天再說，人們各自散開了，只剩下我嫂子在散場以後，對我師傅說道：「姜師傅，我和我肚子裡的孩子相信你。但如果我們不幸死掉了，你再有機會看見楊晟，請告訴他，如果他以後能覺得自己錯了，就算全世界的人不原諒他，我和孩

子也會原諒他，就算我們已經死了，也是一樣。」

師傅盯著嫂子，沉默了很久，終究只是「嗯」了一聲。

但嫂子走遠以後，師傅輕輕的說了一句：「這是一個好女人。」

這句話被我聽見了，估計也被不遠處的凌如月聽見了，因為我看見她的表情很好奇，這個丫頭來這裡以後，這是我第一次和她見面時間那麼長，在如此沉重的氣氛下。

師傅感慨完以後，就進屋了，院子裡那兩具屍體是如此的刺目，可是沒有渡回他們的靈魂之前，沒人同意火化，因為火化兩具死不瞑目的屍體，想起來都有些殘酷，有些敷衍死者的味道。

我靠著身後的一棵樹，抽著菸，也不知道為啥，最近菸癮是越來越大了，到了這裡，見識了太多，也有太多關於生命的思考，因果的思考，總讓我感覺太沉重。

菸，有時是癱瘓人的好東西，這個世界有太多的人選擇依賴它，也不會選擇依賴人。

「小子，好久不見，再見你就這樣叼根菸扮流氓啊？」凌如月朝我走來，開口卻沒什麼好話，她挨著我，一起靠著樹，有些懶洋洋的伸了個懶腰，然後歎了一聲。

我夾著菸，轉頭看著她，這丫頭這些年沒見，倒真的越長越漂亮了，小時候把她當妹妹看，這長大了，雖然依然把她當妹妹看，可反倒因為拘謹，沒了小時候這份親熱。

「得，小時候叫我三哥哥，幾年不見就喊我流氓了啊？妳要來一口嗎？」我隨口說道，其實也只是讓氣氛輕鬆一些，難得在這裡，還能有一個讓我輕鬆的人，我真的不想拘謹。

或許，也是因為前路太沉重，反倒不想被拘謹束縛了自己。

「我才不要呢，你要和花飛飛打招呼嗎？」看我逗她，凌如月毫不猶豫的反將了我一軍。

「不用了，我早些天就在心裡和花飛飛打過招呼了。」我趕緊說道，我對一隻蜘蛛確實難以

產生感情。

「不用掩飾了，我就知道你害怕。」凌如月哼了一聲，然後我倆的目光碰在一起，竟然同時大笑起來，小時候的那份親切感竟然就這樣回來了。

笑完了之後，我倆同時依著大樹，望著天，望了很久，凌如月才輕輕開口道：「你很想聽我再叫你三哥哥嗎？」

「嗯。」說這句話的時候，凌如月沒看著我說，回答她的時候，我同樣也沒有望著她。

「三哥哥。」凌如月輕輕叫了一聲。

# 第二十三章 計畫的關鍵

這聲三哥哥叫得我心底一陣溫暖，雖然我現在身處在這個恐怖而荒涼的小村，可這一聲親切的三哥哥，讓我的思緒卻不自覺回到了從前的竹林小築。

那時，我們年少，沒有一絲曖昧，有的只是那少時珍貴的感情，見我半晌不語，凌如月不禁發出一串兒如黃鸝般的笑聲，說道：「三哥哥，你怎麼了？感動了？」

「妳猜啊？」我也開玩笑般的回應道，然後說道：「咋，小丫頭今天不忙？來了那麼些天了，我就沒咋見過妳人影兒。」

「這有什麼辦法，都是那個什麼老村長太厲害，我和奶奶得好好準備準備啊，知道鬥蟲吧？我和奶奶在鬥蟲。」凌如月對我倒是沒有什麼隱瞞。

「鬥蟲？」我完全搞不懂，剛想問，卻看見沁淮一臉無奈地牽著慧根兒朝我走來。

「沒辦法，慧根兒要找你，哥兒來睡個覺都不清閒。」一看見我，沁淮就開始訴苦。

我覺得我身邊都是些奇人，面對如此沉重絕望的環境，一個比一個淡定。我、慧根兒、凌如月個聚會，慧根兒因為要念經什麼的，沒有參加，這不就賴著沁淮要找我了嗎？

我還好，沁淮是啥人？是個公子哥兒啊，難為他還想著要去睡覺。

我一把抱起慧根兒，這小子還有些三睡眼惺忪，一被我抱到懷裡，頭一歪，貼著我就又要睡了，昨晚他睡得晚，半夜又鬧騰出事兒，今早一大早就被拉起來做早課，難為這孩子了，凌如月看著慧根兒可愛，當即又忍不住捏他的臉蛋兒，慧根兒這小子開始還不耐煩，皺著眉

頭要打開凌如月的手，可稍微清醒些，看見是凌如月時，又賣乖要讓凌如月抱。

凌如月嫌他太圓乎乎的有夠重，不肯抱，這小子又賴在了我懷裡。

看見這情形，凌如月不禁感慨：「也不知道慧大爺咋教的，這小子一聽我是凌如月，就喊著我是他姐，跟我親熱得不得了。」

「可不是？這小子一見面就嚷著我是他哥呢，天天賴著我。」我摸著慧根的圓腦袋說道，這小子迷迷糊糊的，我巴掌放他腦袋上，他忍不住不滿的哼唧了幾聲。

沁淮插不進話，著急在旁邊一直咳嗽，好不容易逮著一個空隙，他大聲吼道：「我說哥們兒，姐們兒，你們不怕嗎？明天姜爺就要行動了呢？」

我望著沁淮說道：「你怕嗎？你小子要怕，還能睡覺？」

「我怕啊，可是早死晚死，也不能餓著肚子不睡覺，哥兒我是過好一天算一天。」沁淮吊兒郎當地說道。

「你有這麼瀟灑？」我揚眉，才不信這小子。

這小子像是被打敗了一樣，一把搭在我肩膀上，說道：「兄弟，那我跟你說實話吧，我爺爺找人給我看過，我不是啥短命的人，我怕個屁。」

「哈哈哈。」沁淮一說，我們大家都忍不住笑了起來。

凌如月又鬧騰了，說道：「那麼高興，今天又有閒空，我們開個燒烤大會吧。」

「烤啥？這裡除了蟲子，就是咱們這二人了。」沁淮很心動的樣子，可是這裡確實我們帶的幾乎都是乾糧。

「烤雞蛋吃吧，我看見慧大爺收藏了好些。」凌如月眨巴著眼睛，表情很是無辜地說道。

我淡定的看著，我早就習慣了這丫頭，用無辜的表情做「壞事兒」。

慧大爺收集了十一個雞蛋，被我們偷出來烤著吃了，這也真的難為慧大爺了，夏天這天氣，他還能想方設法的保存十一個雞蛋。

這個燒烤大會很簡單，食物就只有雞蛋和餅乾，可是讓人開心的重點，永遠不是吃什麼，而是和什麼人吃，用什麼樣的心情去吃。

我們給慧大爺留了一個雞蛋，其他十個被我們分吃了，因為四個人，十個蛋，我們都在搶著吃，我第一次知道烤蛋原來那麼好吃。

就在我們高興的時候，師傅出現了，他毫不猶豫的搶了兩個雞蛋吃。

吃完後他說道：「等慧覺發現了，黑鍋你們背，我是不會承認我知道這件事兒的。」

這才是師傅的本色，到了這裡來以後，我第一次看見師傅這樣輕鬆。

可是輕鬆的時間總是短暫的，在我們吃完東西以後，師傅對我說道：「承一，和我進屋吧。」

還是那一間小屋，師傅和我對坐，他對我說：「事情不能拖延，照這樣下去，我們就只有等死。唯一的辦法，就是我們儘快的去解決這件事，老村長比我想像的還要棘手，因為他……」

師傅沒有明說，而是指著自己的腦袋。

我明白師傅的意思，他是指老村長的智慧出乎他的意料，讓他措手不及。

「師傅，我覺得你的陣法很有效果，為啥不開著陣法防老村長，這樣我們至少不會那麼被動，能有充分的時間準備啊。」我問道。

其實我們那麼被動，完全是因為老村長神出鬼沒，防不勝防，如果能解決這一點，是可以不那麼被動。

「那個陣法？除了陣眼的玉皇印能夠支撐一下那個陣法，其餘的材料根本支撐不了兩次，你覺得有用嗎？」師傅說道。

我沒有和師傅具體的學習過陣法，但是我明白，一個陣法除了關鍵的陣眼法器外，越是複雜的陣法，所需要的材料也就越多，甚至會用到多種法器，即使不是陣眼的地方。

是什麼樣的陣法，竟然需要用到我師祖的玉皇印才能支撐啊？我很疑惑，但現在卻不是討論這個的時候，我問師傅：「師傅，那你特別找我是需要說什麼？」

「我想告訴你，為什麼我們抓住了異數，卻遲遲不行動的原因，那是因為你。」師傅的眼中閃過一絲愧疚，我吃驚的同時也很疑惑，師傅在愧疚什麼？

「因為我？」

「是的，不管我們這裡有多少道行比你深的人，在有一點上都不如你，那就是靈覺的強大，知道嗎？因為我們需要你，化身為趙軍，去破開這個怨氣世界，渡了這些村民，老村長的實力會削弱很多。你是計畫中最關鍵的一人。」師傅很嚴肅地說道。

我的頭皮一麻，化身為趙軍？我莫非真的與化身趙軍有緣？上一次可不是什麼愉快的經歷，這一次又需要我去做？

「三娃兒，我從來不給你宣揚所謂的斬妖除魔，因為世間萬事有因果，我們不該憑藉自己的本事兒，去盲目插手因果。可是，我們心中卻有要一份堅定的善惡分界，行善而避惡，這是最基本的行為準則，擺在我們面前，要去做的大善，是我們的責任，不可逃避。這算是師傅懇求你了。」忽然師傅跟我說出了一句懇求。

我一愣，這是我和師傅在一起那麼多年以來，師傅第一次跟我說出懇求的話，我的心一痛，

302

為人弟子，承了師傅那麼多的恩，他就算叫我去死，我也不會猶豫。

我激動的說道：「師傅，我不會推脫的，我剛才只是想起了上次的經歷而已，感慨一下自己和趙軍有緣……」

師傅望著我，一下子把他的手按在了我的肩膀，說道：「你讓我懇求吧，這樣我心裡要舒坦一點。因為，如果我不懇求你，我就會捨不得你去。我這樣懇求了，我就會想著是自己要求的，咬牙也就讓你去了。」

「師傅，你放心，我不會有事的。」第一次，變成了我來寬慰師傅。

「逢三啊，逢三，就是因為你今年二十三歲，你大師叔開壇招算，都不能保定說你沒事兒，你讓我怎能安心？」師傅忽然一聲長歎。

逢三？我清楚自己的事情，我是童子命。

看見我疑惑，師傅解釋道：「你二十歲以前，確實是逢九不順。可過了二十歲，每逢三六九，你都有劫數，其中兩劫是小劫，一劫是大劫，這個大劫應在三、六、九的哪一年，並不能確定。

想想這次的事情吧，在前幾天你等於已經死去了，我讓孫強用趕屍的辦法，強留你一口陽氣。」

師傅說起來，臉色沉重，可是經歷了太多靈異事件的我，卻對生死莫名看得很淡，大不了死了變鬼，再入輪迴就是，多大回事兒？

我打斷了師傅的話，只是說道：「師傅，就算我死了，二十年後又是一條好漢！」

聽聞我這話，師傅忽然就狠狠一巴掌朝我打來，打完後他才說道：「你以為生死輪迴是很輕鬆的事情嗎？有多少人能看透前生今世？你以為能變為鬼魂，你就還是原來的你嗎？失去了記

憶，入了輪迴，也就等於徹底的死去，你還不懂，就算來生你還是好漢，可你還是陳承一嗎？」

師傅的話讓我陷入了沉思，是啊，就算有輪迴，人的生命卻真的只有一次，就像重複使用的一張白紙，我在上面畫了一張畫，當它再重複使用的時候，上面的畫已經不在，它變為了新的一張白紙。

這才是輪迴的真相，修者，不過是為了跳出輪迴之苦，讓白紙上的畫變為永恆的雕刻，這是一個質變，所以這才是真正的不易。

想了很久，我才抬頭說道：「師傅，我會珍惜生命的，我懂了，每一天都是珍貴的，我要做有意義的事情。我，也會努力的活著。」

師傅閉眼說道：「你的心境總算又上了一層，以往我送你一場造化，保你命中第一個十年安然度過，第二個十年的三劫變為一劫。現在，你要自己送自己造化，去搏吧，為了大善，也為了自己的造化。」

「是的，我已經決定了，這件事情我要去做。」

「原本我的計畫是順利抓住異數，然後讓你化身趙軍，為村民的魂魄捅破真相。可是，你剛才經歷了劫難，正處於虛弱的時候，我不得不調整計畫，讓你養好身體才去執行，可是……」師傅說不下去了。

「師傅，放心做吧，我承受得起。」我想，我是應該獨自擔當一些什麼了。

小村的早晨每一天都是這樣，陽光永遠是朦朧的，穿不透這層層的霧氣，就如人生，每個人的目光永遠穿不透歲月，不知道下一刻會發生什麼。

在這樣一個早晨，凌如月跟我說：「這次事情完了以後，我和你一起去看酥肉哥哥吧？」

「嗯，我想最多明天我們就能離開這裡了。」我很淡然。

沁淮就在我們旁邊打包行李，他聽見了我和凌如月的對話，忍不住接口說道：「我老聽承

一提起酥肉，我不管，我要跟去啊。這次我終於能進那個村子見識見識了，媽的，這應該比

Beyond的演唱會還刺激吧。」

此時，師傅已經設好了法壇，叫我出去了，我望了凌如月和沁淮一眼，說道：「哥們我打頭

陣去了。」

凌如月笑著跟我說：「就知道三哥哥最厲害了。」

沁淮跟我吼道：「我還偷藏了一包大中華呢，等你回來一起抽啊。」

我揮了揮手，逕直走出了屋子。

師傅一身道袍望著我，我對師傅點點頭，表示可以開始了。

師傅拿出一卷紅繩，開始在我身上綁了起來，他低著頭說話，我也看不見他的表情。

「原本這法事應該在晚上進行，比較安全，但是你知道時間很急，若我晚上就進行這場法

事，你承受不了那麼長的時間，你的陽身會虛弱，甚至……」

說到這裡，師傅不說話了，我其實很清楚，這件事危險在哪裡，那就是陽身的承受能力。

畢竟讓一個鬼魂上身，而且是沾染了太多怨氣，陰氣很重的老鬼上身，是很傷陽身的，為了

讓他順利上身，我必須鎖住自己的陽氣，鎖住陽氣，身體自然就會虛弱之極，因為說陽氣就是陽身的生機，我鎖

住生機，也就等於我要以假死人的狀態存活幾個小時。

我原本在前幾天就魂魄被拘過一次，魂魄離體，身體自然會慢慢流逝生機，師傅讓孫強保我一口陽氣，但也阻止不了我生機的流逝。所以，我回魂之後，會很疲憊，身體也很涼，就是這個道理。

在我虛弱的時候，施如此的法術，可見是多麼大的冒險！

另外一個危險就是，在鬼魂看來，寧願一年為人，也不願意百年為鬼，這件事一不小心，我就會永遠變成趙軍。

所以，這其中的分寸很難把握，若不讓趙軍的魂魄為主，村民看見的就不是那個熟人趙軍，但讓他為主，誰知道我會不會被強佔陽身？

另外，我還必須控制趙軍的魂魄，說我想說的話，做我想做的事。

這說起來也就是非我不可的原因，這件事確實只有靈覺強大的人才能完成，靈覺很難增長，就如我師傅一身的功力，也不敢說靈覺比我強大。

按師傅的話來說，十年可以增長一成的功力，也不見得也增長一絲的靈覺。

最後，這場法事選在了早晨，按說早晨陽氣重，鬼魂退避，可師傅為了我，硬生生把時機選在了早晨，如果趙軍的魂魄扛不住這早晨的陽氣，那麼好點兒就結果就是虛弱之極，壞一點兒就魂飛魄散。

師傅是慈悲的人，為了我，他第一次那麼自私的讓趙軍的魂魄冒險，也讓自己冒險。師傅說了，如果不成，他將親自和老村長硬拚。

鎖陽結綁得很快，這一次是要鎖住全身的陽氣，所以我的兩個脈門，連同心口一起被紅繩所

306

結的複雜結給綁住了，只要打好最後一個結扣，這鎖陽結也就完成了。

師傅的手開始顫抖，在他看來，我還處在如此虛弱的境地，一下子鎖住全身的陽氣，他如此淡定的人，也開始害怕。

「承一，在你看來，強大的是漫天的神佛嗎？」師傅忽然停下，望著我，非常認真地說道。

「不，我從來沒有那麼認為過。師傅，我從小到大，都認為你就是最強大的人。」我也很認真地說道。

「不，承一，你要記得，這上窮碧落下九天，最強大的永遠是人的意志。人的意志可以創造很多奇蹟，知道嗎？」師傅很鄭重的對我說道。

「知道，師傅，我會撐住的，你動手吧。」我很輕鬆的笑了笑，對師傅說道。

師傅，不再言語，我會撐住的，手也不再顫抖，他逮住了紅繩，只是低聲說了一句：「我相信我的徒弟。」

接著他雙手如飛，很快，最後一個結扣完成了。

我感覺身體瞬間就起了大片的雞皮疙瘩，接著我就感覺自己像沉入了冰冷的潭底，再也感覺不到一絲熱度，儘管天上還懸掛著一個朦朧的太陽。

# 第二十四章 上身

鎖住陽氣的後果那麼嚴重嗎？我感覺視覺、聽覺等五感在快速的減弱，我覺得連站立都那麼費力，可是我的意識卻分外清楚。陽氣弱，自然陰氣就強，魂魄屬陰，我的靈覺沒有了陽氣的束縛，自然也就更加大。

只要挨過這一關，就能適應下來，這是師傅昨天詳談時，告訴我的話，在剛才他也告訴了我意志的重要性，我沒有咬著牙，一萬次的告訴自己：「陳承一，沒事的，撐住！」

這種身體慢慢不屬於自己的感覺是如此痛苦，過一分鐘就像過一萬年，朦朧中，我看見師傅一臉焦急，下一刻，我看見他也就準備解開我的鎖陽結。

我想起了過往的種種，也不知道哪兒來的力量，我對師傅大喊道：「師傅，我能行。」

這一聲大喊過後，我忽然覺得我在逐漸適應這種感覺了，師傅的眼中也露出了驚喜的神色。

過了幾分鐘，除了全身感覺冰冷，看見的世界有些模糊以外，我竟然完全適應了，活動了一下手腳，有些僵硬，但也還好，不影響正常的行動。

我對師傅說：「師傅，我撐過來了。」

師傅點頭，接著又拿出一段紅繩，對我說道：「接下來，我會把你的魂魄壓制在靈台，這個對於你來說應該沒什麼，畢竟你的靈覺強大，魂魄也就強大。暫時的全部壓制在靈台，應該傷不了你的魂魄。」

我點頭，師傅繼續。

這一次的繩結，師傅綁得很快，當他完成時，我有一種非常奇妙的感覺，這種感覺說出來有

些嚇人，那就是我感覺我只剩一個腦袋是屬於自己的，身體以下好像全無知覺。

畢竟七魄控制身體，控制行動，全部壓制在了靈台，我當然感覺不到自己的身體。

完成了這一步，師傅命人在法壇周圍拉好了黑布，把這裡隔離成了一個黑暗的空間，除了我

和我師傅，這裡十米之內不能靠近任何一個人，怕陽氣衝撞了趙軍的魂魄。

黑布拉好後，師傅點燃了一對白燭，然後對我說道：「等一下，我就會讓趙軍上你的身，這

過程可不那麼好受。你要記得我教你的集中方法，總之在危急的時候，你可以完全壓住趙軍的魂

魄，甚至把他的魂魄擠出你的身體。我和趙軍溝通過，他願意為村民做這件事，按說應該沒什麼

危險的。只不過，你就如我的兒子，師傅不是天道，不能做到大公無私，全無私心。所以，也讓

你師傅為你做一回小人吧。」

我心裡感動，其實師傅是什麼樣的人我最清楚，他的心是善良而公正的。否則，他不會為了

教我幾招防備趙軍的方法，而把自己稱作小人。

但這世上，我想除了我，怕是再也沒人能讓師傅去做「小人」了吧？

我點頭，對師傅說道：「放心吧，師傅，我跟你修道十幾年，不會出什麼差錯的。」

師傅沉默了一會兒，然後在我的腳邊放上了一盞引魂燈，然後掏出了那張藍色的符，擺於法

壇的正中，接著用紅繩輕輕綁住藍符，在把紅繩的另外一頭繫在我的胸口。

接著，師傅開始掐訣念動咒語，我知道這是引魂咒，是釋放被囚禁的靈魂的一種咒語。

隨著咒語的念動，這個隔離的黑色空間升起了一陣兒小旋風，吹得法壇前的蠟燭不停晃動，

這是趙軍的魂魄從藍色符裡出來了。

我的魂魄集中在靈台，輕易的就處於開眼的狀態，我看見了趙軍的靈魂從符裡爬出來，然後

先是一臉迷茫，然後他看見了引魂燈，看見了我。

莫名的，他朝我拜了三拜，接著他慢慢走向了我。

這是一種非常奇異的感覺，我親眼看見趙軍走進了我的身體，當他完全進入時，我感覺我的

胸口一涼，接著全身就如分割了一樣。

這不是一種疼痛的感覺，而是你的身體在亂動，一會兒伸一下手，一會兒動一下

腳，一般人如果經歷這樣的情景，怕是早就瘋掉了。

我也有些崩潰，可還在承受的範圍內，我也總算理解了師傅所說的，上身的感覺不好受。

再接下來，我感覺自己像是光著身子走入了寒冬臘月一般，冷得心悸。

這就是身體中有一縷陰魂的感覺，可是我必須承受。

「謝謝你。」我腦中莫名多了一個聲音，我知道是趙軍。

「哥們，你可得好好配合我，多的不說了，我還得適應一下。」這算什麼？自己和自己在腦

中對話？多年以後，我看見一本心理學的書，說有一種心理疾病叫多重人格，最多可以分出幾百

個多重人格，然後有這種心理疾病的人，甚至會對另外一種人格主宰身體時完全沒有記憶，也可

以人格和人格對話。

我心想，這種算是上身嗎？應該是吧。我真的很想去看一下那個能分出幾百種多重人格的哥

們，對他深深的說句我佩服你。

在這個荒涼的村子，我的身體容納了兩個靈魂，我都很難適應，那有幾百個的，那哥們絕對

是神仙。

可人算不如天算，也就在我看了那本心理學的書不久以後，我在城市裡真的就遇見了一個詭異的多重人格，發生了一些故事。

這是後話，暫且不提。

就我還在適應這種狀態的時候，師傅看著我，問道：「承一，趙軍和你說了什麼？」

我剛待回答，我就聽見一個完全陌生的聲音通過我的嘴在說話：「姜師傅，謝謝你，也謝謝這位小哥，能拯救我們村的人。」

說完，還用我的身體朝著我師傅深深一拜。

這就開始反客為主了？我很不爽，無意間靈覺就從靈台釋放出了較大的壓力，我說：「趙軍，我沒讓你說話的時候，你可不可以讓我說？」

趙軍傳來了一種難受的感覺，閉口不言了，我這才開口跟師傅說道：「師傅，他跟我說謝謝。」

「很好，那就準備出發了吧。承一，你就在靈台養神吧！」師傅也挺怪異的看了我一眼，這個說法就很有問題，我在我自己的靈台養神，我想師傅也不太能適應這樣的我。

這種亂七八糟的狀態，我很難描寫和形容出來，可是我還是必須以這種狀態去面對所有的村民。

山上，濃霧滾滾，那灰濛濛的霧氣幾乎就快要形成實質了，人一伸手就能抓到一把水珠，而那水珠無不是讓人涼到心裡。

陰氣化霧，霧氣化液，這老村長真的很恐怖。

一行四十幾個人，在山上走得分外艱難，原本這次行動，就是破釜沉舟的行動，師傅也不再「吝嗇」於他的東西，除了用紅繩綁住了每個人，師傅還給所有人都發了兩根仙人指路。

一把價格不菲，只有一百枝的仙人指路就在山上消耗完了，從師傅這行為上來看，他是真的沒有預留後路。

我走在師傅的身後，還處於混亂中，感覺就像是在坐轎子，嗯，我看著我自己走路，沒有疲乏的感覺，不是坐轎子是什麼？

這一切說起來很好解釋，我的魄也在我的靈台中，我當然感覺不到疲乏，疲乏的感覺傳趙軍那裡去了。

可趙軍偏偏還是個囉嗦的人，也可能是他太激動了，沁淮走在我的旁邊，他不停的跟沁淮說：「我真是太傻了，我就說我在村子裡總覺得少了點兒啥，原來是我感覺不到累啊，或者是假的累，理解嗎？是假象的累！要有了身體之後，才能區別這種累，累的感覺真好啊。」

沁淮能理解個屁啊，面對熟悉的陳承一，用陌生的方言對著自己一直囉嗦，沁淮唯一能做的就是直翻白眼。

然後受不了的時候，就對著「我」喊道：「陳承一，你倒是出來和我說兩句話，我聽不太懂這哥們的方言，口音太重了。」

我直樂，沒想到讓鬼上身，竟然還能玩出這幽默的感覺。

有仙人指路，還有慧根兒沿途的誦經開道，這一路我們走得還算順利，連以往在怨氣中能看見的鬼影我們都沒遇見。

這讓人對慧根兒不得不再次刮目相看，慧大爺一邊咳嗽一邊忍不住得意的對我師傅說：「看吧，我徒弟有慧根，很厲害吧？他第一次誦經，其念力就相當於苦修了十年的僧人，上天真是待我不薄。」

312

「哦，我徒弟的靈覺強大得我都不好意思了。從出生起，那靈覺就比有六十年功力在身的人還要強大，你說我怎麼好意思啊？上天待我豈止不薄，簡直是厚道啊。」我師傅斜了一眼慧覺，自言自語地說道。

慧大爺脖子一梗，吼道：「姜立淳，單挑嗎？」

「你給老子等著，老早就看你那得瑟勁兒不順眼了，真是糟蹋了慧根那麼好的徒弟，等老子收拾完老村長就和你單挑。」我師傅毫不示弱。

「姜立淳，你最好記得你的話，別到時候又耍賴。說好了，這次誰耍賴，誰就是龜孫子，沒耍賴就是二大爺。」慧大爺「兇狠」地說道，哪裡像一個得道高僧。

他們這離譜的對話，引得周圍的人紛紛側目，孫強轉過頭去問他爺爺：「爺爺，姜爺和慧爺有仇嗎？」

那一直不咋說話的老頭兒說道：「沒仇。他們不但沒仇，他們比最好的朋友還好。」

凌如月打了個哈欠，對凌青奶奶說道：「奶奶，這兩老頭兒和幾年前一個樣兒，吵來吵去，也不嫌無聊。」

「我」在不停和沁淮囉嗦著，根本沒注意著這兩老頭兒吵架，至於真正的我，看著這一幕，卻覺得分外的親切，彷彿又回到了竹林小築的日子。

凌青奶奶笑了笑，說道：「妳才看見幾次，就不耐煩了？我和他們認識了幾十年，就沒見這兩個人安生過。」

我師傅和慧大爺吵了那麼多年，也單挑了那麼多次，其實在我心裡希望他們一直都能單挑下去。

因為翻山很順利，不過一個多小時，我們就到了那個小村。

在村外，師傅展開了那幅地圖，那是馬笑、馬樂冒著危險繪製的地圖，畢竟小村籠罩在濃霧中，只有人親自去勘察繪製才行，借用飛機什麼的都不行。

師傅曾經對我說過：「在接手這個任務時，我就有一個模糊的想法，需要一份最詳細的地圖，包括每一條小路是多少米，我管當地政府要。可是他們派了飛機來勘察這裡，看見的只是一片濃霧。」

這是很奇怪的地方。這個村子其實走在其中，反而感覺不到霧氣，為什麼在上空看，卻是霧氣籠罩呢？

可這也不奇怪，在其他村子還能看見朦朧的太陽，這個村子根本看不到太陽。

不過，一提到飛機，我就想到晟哥，我不願意去想飛機的事情，也不願意去想，是什麼人能派著直升機飛來這裡接走晟哥。

隨著師傅的一句句吩咐，我終於明白師傅要地圖是為了什麼了，原來他要佈置幾個複合陣法，這樣複雜的陣法，絕對是需要一份地圖的。

指著地圖，師傅在分配著任務，這一次隨行的有十幾個道士，師傅就是把任務分派給他們。

面對老村長這種敵人，估計沒有陣法的配合，是很難殺死他的。

「承一，時間不多了，你進村吧。我們自會佈置好一切接應你。這次讓元懿和你一起，我怕你的行動會讓老村長盯上你，元懿至少可以拖住老村長一段時間。」師傅對我說道。

我點頭表示同意，可我還沒做好點頭這個動作呢，我的身體已經急匆匆的進村了。

我在心裡暗罵了一句，這趙軍也太拿自己當自己人了。

元懿，這個和我一開始就有仇的人，最近還算能聊兩句的人，也匆匆忙忙跟上了我的腳步。

這一次進村，這個村子在我的眼中呈現了詭異的雙重景象，一邊這裡是殘垣斷壁的村子，一邊這裡還是那個電影般的世界，只是比起我當時看見的無聲電影鮮活了許多。

我知道，這是我與趙軍進入這個村子以後，兩個視角同時呈現在了我的腦中。

沒辦法，我的魂魄全部壓制在靈台中，一不小心就開天眼，這必須要控制，進了村就要以趙軍為主。

既然有加強靈覺的口訣，當然也有克制靈覺的口訣，說起來也不稀罕，靜心訣就算一種，心靜的狀態下，腦中空明，靈覺自然也就靜止。

我默念靜心訣，收斂靈覺，適應了好一陣子，這才完全閉合了天眼。

此時，在我的眼中，村子呈一種鮮活的狀態，房屋院子根本沒有殘舊的景象，一切都充滿了當年的生活氣息，甚至地裡還有待收的莊稼。

一切，都停留在那一年的秋天。

我感覺到了趙軍的畏懼情緒，我用意念傳達我的意思，也就像是在和趙軍對話。

「走到這一步了，勇敢去吧，無論是你還是村民們都需要解脫的。」

「可是，我要拿啥去說服他們啊？」趙軍說道。

「可以說服他們的證據太多了，你照我說的做就是了。」我對趙軍說道，當然這些破綻都是師傅告訴我的。

畢竟他在村子裡觀察了很多天。

此時，是十五天輪迴裡的第三天。

趙軍開始在村子裡行動，他第一步需要做的，就是通知村裡的每一個人，我的時間不多，因為我的身體不能支撐那麼久的鎖陽，所以我教趙軍了一個最簡單的辦法，那就是讓他告訴每一個人，他找到對付老村長的辦法了。

然後要村裡人一個小時以後，在他家的院子裡集合，他來宣佈這個辦法。

顯然，這句簡單的話作用是如此之大，畢竟老村長是村裡人心裡最沉重的刺，加上趙軍的爺爺原本就是半個道士，村裡的人往往三言兩語就被趙軍說服了。

一切進行得如此順利，這個不大的村子在四十分鐘左右，就被趙軍通知完了。

做這一切的時候，元懿就默默的跟在身後不言不語，奇怪的是，我只能感覺他的存在，村裡人像是看不到他存在一般，老村長構築的怨氣世界真是厲害。

但我注意到了一個細節，趙軍在走街串戶的時候，避開了其中兩間屋子，在經過其中一間時，我沒由來的就感覺到一陣兒緊張和恐懼。

我對趙軍說道：「你讓我控制一下身體。」

趙軍依言照做了，然後我指著一間屋子問道：「你為什麼不去那裡？」

趙軍回答我：「那是我家，我準備最後再去。」

「那裡呢？你為什麼也不去？」

「那裡是老村長的院子。」趙軍傳來的情緒，有著非常明顯的恐懼情緒。

我心裡恍然，怪不得經過那間屋子的時候，我心驚肉跳。可是，只是一間屋子，我為什麼會那麼害怕？

讓趙軍繼續控制我的身體，然後我們一路無言的進了趙軍的家。

可是，當趙軍的母親看見趙軍的時候，明顯愣住了，她說：「你咋長得和軍兒一模一樣？」

我當時沒反應過來，還在想，原來村民看著我，在他們腦中的形象是趙軍啊，真神奇。

但趙軍母親的下一句話，卻讓我一下子反應過來了，她指著院子裡的另外一個人說：「你真的和我的軍兒長得一模一樣。」

# 第二十五章 破綻

院子裡有另外一個趙軍！

我順著趙軍媽媽的手指之處看去，院子裡正在蹲著喝水的不是趙軍，又是誰？

這一下，不僅我愣了，在我身體裡的趙軍更是著急，若不是我反應過來之後強行壓住他，他恐怕就要開始大吼大鬧了，這算哪門子事情，竟然多了一個自己出來，換誰也不可能接受吧。

「你稍安勿躁，待我開眼一看，便知是咋回事兒了。」我對趙軍安撫道。

天眼分了等級，最高的等級可以看破一切虛妄，看透世界的本質。我的靈覺強大，一開眼便是等級較高的天眼，這點是師傅曾經根據我看見的內容評價過，不說能達到看破世界本質的效果，但看破一個小小的鬼魂卻是沒有任何問題的。

趙軍的魂魄總算安定了下來，我趁機開了天眼細看之下，我歎息了一聲，院子裡的趙軍還能是誰？竟然是前夜犧牲的兩個戰士中的一個，他的遭遇竟然和我一樣！現在被安排成了趙軍的身分。

我是知道真相的人，也經歷過這種事情，我也知道該怎麼去做。

見我在這裡發愣，趙軍媽又問了一次，說：「你到底是誰啊？咋和我家軍兒長得一模一樣？」

趙軍在我授意下對他母親說道：「媽，我也是趙軍啊。」

「你是趙軍，那他是誰？」顯然趙軍的母親不太接受這一事實。

「媽，這件事情和老村長有關係，妳相信不？」在這個村子，老村長可以說顛覆了村民們的

生活，要是平日裡，出現兩個趙軍趙軍喊自己媽，說不定趙軍母親會嚇暈過去，可是在現在，趙軍媽還能鎮定的聽趙軍說話。

老村長的詭異事件，顯然把這個村子人們的心理承受能力都提高了。

而且我授意趙軍讓他故意說與老村長有關，顯然趙軍媽有些動搖了，果然見趙軍媽動搖了，趙軍繼續說道：「媽，我小時候……」

一串往事說下來，趙軍媽也徹底疑惑了。這時，院子裡的趙軍也注意到了這邊的情況，走過來，顯然，當他看見另外一個自己時，反應也很大。

時間有限，我們不能在這件事情上多折騰，我很乾脆的讓趙軍擠進了院子，然後跟趙軍母親說道：「媽，這事兒我暫時先不給妳解釋了，我叫了所有的村民到我們家來，我要和大家說對付老村長的辦法。現在我和這個趙軍談一下，妳就別管了。」

趙軍母親只是一個農村婦女，面對這麼詭異的事情能有什麼辦法？呆了半天，也只好任由我把那個趙軍叫進了裡屋。

其實，經歷一次這種詭異經歷的我就知道，老村長這個怨氣世界的破綻在哪兒，村民們不過是當局者迷，被矇騙的人也不過是霧裡看花，對自己的真實記憶朦朧了，而不是忘記了。

如果在我當時，能有個人提醒我，說不定幾分鐘我就能想起自己是誰，因為老村長能給村民們製造的假像不過也就是這十五天而已。

所以，老村長給人製造的假記憶也就只有十五天，只要把這點點破，被迷惑的人，自然就能知道自己的真實身分。

抓住這個關鍵點，我只和那個假趙軍談了十分鐘左右，他就想起了自己的真實身分，在認清

這個事實後，這個假趙軍不禁滿面悲傷。

鬼魂沒有身體，所以也就沒有眼淚，我想在我眼前這個戰士如果還是人的話，一定會哭得很傷心，老村長對他幾乎是做了一件最殘忍的事——殺死他，讓他以別人的身分，以為自己是人的活著，然後再接受自己已經是鬼，已經死了的真實。

我不知道怎麼安慰他，此時已經有村民陸陸續續的聚集到了趙軍家，我也感覺到自己的身體已經變得有些僵硬，這是鎖住陽氣的必然現象，時間已經不多。

我暗想，再這樣下去，我會不會變成和老村長一樣的殭屍啊，或者是直接因為身體虛弱而掛掉。

不過，現在多想也無益，我望著那個悲傷的戰士說道：「我給你承諾，我會帶著你魂歸故里的。別傷心，下一個輪迴，好好過。」

這一句話雖然簡單，但意義卻不簡單，那個戰士也是心理素質強悍的人，很快就收起了悲傷的情緒，我又低聲跟他吩咐了兩句，然後才讓趙軍主導了我的身體，走出了房間。

我一走出房間，趙軍的母親就迎了上來，關切的問道：「軍兒，怎麼樣？」

「媽，妳放心，等下妳就會知道全部的事情。」反正都準備把事情捅破，我也沒必要再騙趙軍媽什麼，所以直接就讓趙軍這樣說了。

其實，要捅破這個事情有個最簡單的辦法，那就是說明在這今天的十幾天裡會發生什麼事情，會夢到什麼，只要一一應驗了，人們自然會相信趙軍所言。

可是我的身體等不起，村民們總是很積極的，一個小時之後，村民們就聚集在了這裡，一個不漏，我事關老村長，我決定用最激烈的辦法。

暗暗開天眼，需要找到另外一個戰士，果然被我找到了，他此時的身分是一個少年。

就是如此，那個少年！記得在趙軍之前，有三個人逃出了村子，其中就有一個少年，那時是一九五三年的事，到現在是一九九〇年，也不過就三十七年，那個少年很可能在外鄉根本就沒有去世，所以也就不存在魂歸故里一說。

沒想到，老村長的執念如此之深，深到不肯放過每一個村民，竟然讓我們犧牲的戰士頂上了那個少年的位置。

望著聚集而來的村民，我沒有說話。

反而是村民們比較著急了，對著我七嘴八舌地說道：「軍娃兒，你到底有啥辦法嘛？」、「軍娃兒，你當真能對付老村長？」

而且，這樣說破的話，他們會不會怨氣爆發，全部化身為厲鬼？這是師傅給我說明的潛在危險。

看著人們渴望的眼睛，我有些於心不忍，他們這樣陷入了輪迴幾十年，一旦真相說破，他們已經死了幾十年，他們能接受嗎？

可是，這些村民就如同怨氣世界的地基，要想破去這個怨氣世界，必須去說破這個事實。

望著村民們我讓趙軍開口說道：「大家安靜，我的確是想到了對付老村長的辦法。不過，在這之前，我們大家必須醒過來。」

大家很沉默，顯然是不太能理解我的話，醒過來是什麼意思？

沒人問什麼，老村長給大家的折磨已經太深重，聽見有辦法對付老村長，大家的耐心都很好。

「醒過來是一件很殘酷的事情，現在我來提醒大家吧。李二毛，你家的旺財呢？你養了七年

的狗啊，劉富貴兒，你家的牛可是你家的寶貝，你家的牛呢？」

隨著趙軍的一次次發問，村民們都疑惑了，好像喚醒了記憶中的什麼東西，又好像記不起來。

這個破綻是師傅和元懿發現的，村子裡有村民在，地在，地裡甚至有莊稼，老村長給村民們

製造了完美的幻象，可是老村長不能製造的是什麼？是靈魂！

動物們的魂魄是很奇特的，簡單點兒說，牠們一般都擁有完整的魄，但是魂卻殘缺不全，也

許一百頭牛能湊齊一個完整的牛魂，但也可能是一千頭。

有人說，動物能輪迴成人，人能輪迴成動物，也是真的，但其中為什麼會發生這種變化，卻

不是我現在能理解的。

不止是動物，就連植物、魚類什麼的，也有靈魂，可是它們的魂魄就更加殘缺不全了。

不過，現在的關鍵倒不是這個問題，是因為動物靈魂的特殊性，老村長是拘不住動物的靈魂

的，它們會湊成整魂才入輪迴，老村長再強大，能大過輪迴之力嗎？

所以，村裡沒有動物！這就是其中的一個破綻！

趙軍所提的那些動物，在人群中引起了疑惑，但是老村長所構築的世界，讓人們無限輪迴了

幾十年，要破除可不是一句話就可以的。

終究，人們還是沒有徹底想起趙軍所提的動物，有人忍不住說了…「趙軍，你說的這些，我

真的想不起來啊，再說這事兒能和老村長有關係嗎？」

人們是這樣的反應，也在我的預料之中，我沒指望一句話能打破人們根深蒂固的印象，我讓

趙軍繼續開口說道：「這事兒當然和老村長有關係！大家想不起來很正常，但是我說的那些動物

是真的存在過。換個角度來說吧，大家有沒有發現一個問題，我們村子除了我們沒有任何一隻動

物，連隻雞都沒有，大家覺得正常嗎？平時就沒有想過嗎？」

我終於拋出了一個重磅炸彈，是的，村裡子沒有任何一隻動物，不奇怪嗎？要知道，這是農村，不是城市！老村長讓這個村子不停在輪迴十五天，村民們也只能過十五天，在高度緊張的重壓下，不能發現這個破綻也是很正常的。

如果時間長一些，村民們也不是不能發現這個破綻的。

為了構築這個怨氣世界，老村長把村民們原本的記憶統統給篡改給了，在原本的故事中，村裡的動物是先死的。

至於村子裡那些植物，在天眼之下，也無所遁形，全部是用怨氣偽造的，它們和真正植物不同的地方在於，它們根本不會自然擺動。

葉子啊、花啊、果實啊，全部是木然而固定的模式。包括一陣風吹過，它們擺動的樣子都幾乎是一模一樣，看起來非常彆扭！

老村長的能力可以這樣去偽造植物，但不可能偽造活生生的動物。趙軍的話說完之後，起到了我預想的效果，人群就被這個重磅炸彈炸開了似的，開始驚恐的討論起來。

可惜他們的討論不在重點上，他們討論的竟然是我們村的動物到哪裡去了，是不是被老村長吃了。

這時，趙軍又開口大聲說道：「大家別胡猜，動物當然沒有被老村長吃掉，而是牠們根本不存在，或者說不存在幾十年了。這關係到我開始說的那個問題，我們必須醒過來了，這只是一個證明而已，證明我們這個村子是假的，一切都是假象，接下來，我要大家跟我去一個地方。」

村子是假的？趙軍的話一句比一句駭人，村民們面面相覷，搞不懂趙軍是一個什麼意思，盡

扯一些玄的，連村子是假的都扯上了，雖然老村長讓村民們的心理承受能力提高了不少，可也沒高到能接受自己生活在一個假世界裡的高度。

有人有些懷疑的說道：「趙軍，我們這是相信你，你也不能蒙我們啊，我們的村子咋能是假的？我們每天還在這裡吃喝拉撒，種地等收成呢！你該不會是拿著大家開玩笑吧？」

就知道會是這樣，我讓趙軍說道：「我知道這很難讓大家接受，這樣吧，大家跟我去一個地方，去了之後我們再說這個問題。」

我讓趙軍帶大家去哪兒？很簡單，去的就是老村長出事兒的那條河。

村民們是在村子裡吃喝拉撒，可是鬼需要吃喝拉撒嗎？身體都沒有了，需要嗎？我想起了在祠堂裡抽的菸，吃的乾糧，那些都是假的，具體我不知道是什麼東西，但我知道那些東西都應該是怨氣所化，或者是本來早已腐朽的食物！

所以，村民們只是自以為在吃喝拉撒罷了，老村長可以用怨氣幻化村子裡的一切東西，他唯一幻化不了的只有一樣，就是那條河，他的功力沒有大到能憑空幻化一條河出來。

村民是以鬼魂的方式活著，但他們的生命只有十五天，而且由於某些陰影，這十五天裡，沒有一個人去那條河邊，老村長死在那條河就不說了，重點是有人在那條河邊發現過老村長的鞋子。

悲劇就是從發現鞋子開始的，人們對那條河有本能的畏懼，所以不想去那條河。

走在路上，這個村子裡的人當然就開始懷疑了，不禁問我：「趙軍，你這是要帶我們去哪兒？是去那裡嗎？」

我大聲說道：「是去那條河，大家鼓起一點勇氣吧，想要擺脫這無止盡的痛苦，我們必須面

324

對。」

人們不懂什麼是無止盡的痛苦，可是痛苦卻是實實在在的，所以這句擺脫，多少安撫了人們，讓大家鼓起勇氣和我一起來到了河邊。

剛到河邊，不知為何就開始吹起狂風，是老村長要出現了嗎？我心裡一陣兒緊張，而人們更加的害怕，有人甚至忍不住想跑了。

因為是趙軍的視角，我根本看不見元懿，只能感覺他在我的身邊，我忍不住大喊了一聲：「元懿，幫我。」

然後對人們說道：「大家如果連這個都不敢面對，那就等著老村長來報復吧。」

我的話起了作用，人群終於不再慌亂，而我也不知道元懿做了一些什麼，總之風竟然漸漸平息了下來。

這不是代表元懿的道術就比我師傅高明，而是這次是有備而來，大家都會拿出壓箱底的東西，只是一些代表著老村長怒氣的狂風，元懿還是有本事鎮下去的。

但是，情況很緊張，我不能再有更多的時間了，既然風起，那麼老村長隨時都會出現，我很乾脆的在河邊蹲下，捧起了一捧水，然後對大家吼道：「過來，看看你們有誰能完成這個動作！」

這就是老村長的怨氣世界最大的破綻！

先用動物不存在來說事兒，取得大家的信任，然後再帶大家來河邊，我要做的就是那麼簡單，但是也不簡單，因為村民們對這條河有本能的畏懼，或許在無限的十五天輪迴中，老村長已經在大家腦中根深蒂固的植入了不能來河邊的想法，我要破去其實把握也不大。

我唯一的把握就是老村長留下的另外一個矛盾點，大家再畏懼來河邊，也大不過對他的畏

懼，我的破，就只能從這裡出發。

手裡是一捧清涼的河水，現在它正緩緩從我手中流失。人們非常的疑惑，為什麼我要他們做這個簡單的動作，但還是有人猶豫著做了，接下來更多人都開始做了。

讓人們驚恐不已的事情發生了。沒有人，沒有人能捧起哪怕是一滴河水，不僅如此，人們還發現他們的手都根本都不能碰觸河水，或者說是根本感覺不到河水的存在，那水的觸感，水的溫度……

這一次，人們徹底慌亂了，很多人不甘心的一試再試，但結果都是一樣。

鬼只是屬於另外一個世界的生命體，他們是虛無的一種存在，怎麼可能影響到實實在在的物質世界？他們可以影響人的精神，人的想法，可就是不能實實在在的去給人一巴掌！

換言之，他們根本不可能捧得起河水。

在村子裡，他們開門關門，移動物體，都是因為那是整個村子都是老村長的怨氣世界，一切都是幻覺，就如同普通人進來都會受影響，以為看見了村民們開門關門，拿東西，其實一開始就會發現村民們只是以靈體的形式自由穿梭在村子裡，不存在什麼開門，關門，更不存在手持物體，他們手持的只不過是虛無縹緲的怨氣所化的東西！

怨氣化形，也就是這個道理，腦中想什麼，眼中見什麼！

看破虛妄，就是不受其影響，而保持自我清明，始終堅持我之所想，自然不動如山，看到的也就自然是真實。

這一份功力，佛家更為擅長，說起修心，確實是佛家見長。

所以，我師傅一開始也沒看透這個世界的本質，嚷了一句未解之謎。

326

他們崩潰了。

我眼見著，原本普通的村民，身上全部都冒出了黑色的怨氣，難道是要化形厲鬼了嗎？

化形厲鬼？如果現在就出現這樣的結果，可不是好玩的，慧大爺師徒雖然超渡的功夫驚人，但面對這樣一個怨氣世界，可不是普通的超渡就可以了。

必須要擺出超渡的陣法，做足一定的儀式，可不是普通的超渡就可以了。

得道高人尚且如此，更不要說原本只是普通人，更受控於老村長的村民了，這個事實幾乎讓他們化形厲鬼的！

一百多隻厲鬼啊，累積了幾十年的怨氣，想想就讓人毛骨悚然，必須得阻止。

我對著大家大聲喊道：「大家不用再試了，我只是要給大家證明一件事情而已，我說過有辦法解決。我們會擺起老村長的，我保證！」

我的話多多少少起了作用，至少人們的情緒不是那麼激動了，畢竟化形厲鬼與否，只在一念之間，這一念，你情緒平靜，放下怨氣，抱著善意死去，也許再多的不公冤屈加諸於你，你也可以放下今生，再入輪迴。那一念，你情緒激動，怨恨湧上心頭，帶著恨意死去，也許只是一件可以化解的小事，也可讓你瞬間化身厲鬼，擺脫不了今生的因果。

所以，當時的心境是非常重要的，要阻止村民們化身厲鬼，最重要的就是讓他們平靜，喚醒他們心中的善。

大家的情緒稍微平靜些以後，有個村中的老人開口了，他說道：「軍娃兒，告訴我們，這到底是咋回事兒？為啥你可以捧起河水，我們就不能，給我們說清楚前因後果吧？」

另外一個老人也站出來說道：「軍娃兒，你到底是不是軍娃兒，我咋覺得你特別不一樣，你到底是哪個？」

看來村民中也不缺乏聰明之人，我坦然的望著大家：「我的確是趙軍，我是一個逃出了村子的人，可是我又再次回來了，之後又再次逃出。這幾次的經歷，讓我想告訴大家的是，我們錯了，大家還沒認識到嗎？我們錯了！」

村民們沉默，是的，他們誰不知道趙軍的錯了，是指什麼錯了？是指老村長的事情！

「我不想給大家說什麼大道理，我只是想說，那一天，換成是我們大家任何一個人掉到了水裡，遭遇了同樣的事情，心裡會是什麼想法？都是平日的鄉親，他有沖天的怨氣也是正常的！有時候，我自己也悄悄的內疚，只是因為害怕，我不想說出來，可天底下有一個大道理，大家是明白的，欠債還錢，殺人償命，我們都欠了他的，我們就該還他。」這段話是我放任趙軍說的，沒想到，趙軍可以說得那麼簡單動人，也許這也是他正常的想法吧。

「我是想還，可是後悔也來不及了。」

「說還，要咋還啊？」

「難道要還一條命嗎？人都死了啊……」

顯然，大家是動容的。這樣的事情，這世上沒有完全杜絕了善的人，因為每個人生來都有一顆本心。

「大家想想老村長的好吧？有些事情他付出了越多，怨氣也就越大，他喜歡這裡的每一個人，到這時，自然也就恨這裡的每一個人，除非他對這裡的人沒感情，反倒也就沒那麼大的怨氣了。而且化身為鬼之後，生前的全部感情都會化為怨氣，除非能從根源上解了他的怨氣。」這段

328

話是我說的，趙軍顯然是不懂這些的。

可是要怎麼才能從根源上解除老村長根源上的怨氣？這是人們現在的疑問，我卻不能解決，因為事情已經發生過了，那件事情就是老村長根源上的怨氣，可是一切能重來嗎？

這件事無解。

我說出了我的答案，大家沉默了，那一幕在每個人的心裡都如此的印象深刻。

有人蹲了下去，抱住了腦袋，悲傷的問道：「那要咋辦？」

顯然，一提起老村長，大家一時間就忘了剛才的「河水事件」，顯然老村長的事情也勾起了大家的善。

其實，人們不是不愧疚，不是不後悔，而是在當時被生死沖昏了頭，事後，事情也到了無法挽回的地步，大家就任由人的劣根性發揮作用，本能的逃避，全村的人都在逃避！

但只要有人站出來說錯了，動之以情，曉之以理，大家自然也就會面對這件事情。

我看時機成熟了，於是大聲說道：「其實，大家也不必想著去化解老村長的怨氣了，因為他已經變了，不是那個老村長了，是一個受怨氣支配的怪物。他也許很痛苦，但自然有人會解脫他！至於，我們，我們在幾十年前就已經還給了老村長！」

「你說什麼？」人們開始不解，什麼是幾十年前就已經還給了老村長？

「現在的時間是一九九〇年，我們早在一九五三年就已經死了，還不明白嗎？我們現在是鬼魂，而不是人！我們已經還了這筆債，只因為老村長現在變成了一個受怨氣支配的怪物，他身不由己的不能放過我們。」我大聲說道，儘量把事情往好的方面說，不引起人們的怨恨。

我心裡很緊張，我怕這個時候，人們想不通，化身為厲鬼，那這個事情也就沒有意義了，就

算怨氣世界破了，我們要面對的，也是百八十個厲鬼，外加一個老村長。

而且渡化的力量是善的力量，從一定程度上能削弱老村長。

果然，我的話音剛落，人群中先是一陣騷動，然後我眼見著沖天的黑氣騰空而起，普通的村民身體上也開始泛起紅光，那是化身厲鬼的前兆啊。

「九〇年？這都幾十年了？」一個聲音尖厲地說道。

「你說我死了？」另外一個聲音尖厲地說道。

「我是鬼？哈哈，我是鬼？」又一個顫抖的聲音。

是的，這個事情任誰不崩潰？南柯一夢，還是噩夢，夢一醒來，卻發現自己不是人，是鬼了！

我大聲說道：「這世間因果，是有因才有果，是個人就知道欠下的該還，還完了，我們就安心的去輪迴！這是幸運，背著一身的債去輪迴，怕是下輩子也不得安生啊。現在有高人來超渡我們，我們也不用受這苦了，其實我們又算什麼苦？老村長承受了這怨氣，怕是連超渡，連下輩子的機會都沒了。還不明白嗎？我們錯了，我們還有下一世的機會，我們卻把老村長坑到連輪迴的機會都沒了啊！」

人，畢竟還是善的，雖然這個善常常弱於人的自私，這是無奈的事情，這個世間，你不能要求每一個人都不自私，就如你不能要求這個世界每一天都是陽光燦爛。

不突破桎梏，不經歷的心，只是一個本心的源，還不能叫做本心。

自私，就是天道的考驗，人們需要用很多世來突破它，每個人都有很長的一段路要走。

我的話成功的抓住了這一點，告訴大家，我們的未來很光明，我們不需要再有任何負擔，我

們解脫了，然後再喚起大家的善，而且我沒有說謊，老村長如此為惡，確實沒有了輪迴的機會！

怨氣開始在肉眼可見的情況下漸漸消散而去，村民們身上的紅光也消失了，表情竟然變得悲傷而後悔。

我看著這一幕，心中感歎，若是再來一次，悲劇還是會發生嗎？總是在確保自己無憂之後，才能做到同情他人，抱著一顆善心看待他人。

可是，又有錯嗎？換成是我，我是對自己身邊的親人朋友抱有善意多些呢？還是對每個人都抱有一樣的善意？

發自本心的善意！

長長的路，是啊，整個人世間都有一條長長的路要走，但我們至少知道，我們是要追求什麼的，否則也不會宣揚善行，批判惡行，老祖宗也不會把行善的準則寫進書裡，把這精神讚揚，然後流傳下來。

我在感慨著，一場危機也總算化解，我剛鬆了一口氣，就聽見元懿用特殊的方法對我說道：

「陳承一，我要撐不住了，我爺爺留下的法器壓不住這老村長的怨氣了。」

# 第二十六章 危急

元懿的話剛落音，詭異的一幕就發生了！

首先是河邊上忽然就狂風大作，接著河水就如故事裡所說的那樣，開始翻騰起來，更駭人的是，這一段的河面竟然開始泛起詭異的紅色。

接著，一個嘶啞難聽的聲音憑空傳來：「你們一個也跑不掉！特別是你，你這個人，我要讓你生生世世都在我這裡受盡折磨。」

這聲音裡包含著沖天的怨氣，讓人心底發顫的恨意，元懿果然壓不住老村長了，老村長就要出現了。

人群開始驚慌，我此時無疑就是人們的主心骨，人們全部把希望的目光都投向了我，每個人都在慌亂的問我咋辦？

我很想去幫元懿一起鎮壓老村長，但現在我的狀態顯然不行，至少我必須讓趙軍從我身體裡出來，我才能動用法術，而且從剛才開始，我就能感覺自己的虛弱，而且有一種更不好的感覺，那就是自己的生命在流逝！

我現在身上的溫度不比死人高，身體也僵硬得連指頭都不能成功伸直了。

師傅說過，要快速的解除這種狀態，除非以損耗自己的壽命為代價！

我大喊了一聲：「慧大爺，好了沒？要死人了！我和元懿撐不住了。」

然後我凝神對元懿說道：「你再撐一會兒行不行？想盡辦法撐一會兒。」

332

這句話，我用上了靈覺為引，元懿自然是能聽到，半天我才收到他的回應，是如此倔強，他

說：「我不會弱了我爺爺的威名，就是拖住他而已不是？你放心好了。」

我明顯能聽出元懿連說話都費力，有強行支撐的意思，可是這人！頭一次，我對元懿在心裡

竟然生出了一絲佩服。

我轉頭對大家說道。

我說了，能帶大家解脫的。」

我的話稍微起了一點兒作用，大家稍微冷靜了一點兒。

至於元懿，我也不知道他用了什麼辦法，風勢小了，河水的紅色也開始淡了，這一幕看在大

家的眼裡，大家也更加信服我的話了。

這一次，我真的應該感謝元懿，若不是他，老村長絕對是要先對付我這個罪魁禍首，不管他

的出發點是不是為了保住他爺爺的威名，可我欠他的，我記下了。

也就在這時，一個聲音忽然響起：「承一，帶村民們來祠堂超渡。」

聲音很大，聲浪在整個村子裡迴盪，滾滾不止。這個聲音，不僅我聽見了，連村民們都聽見

了，佛門可不止有天眼通、天耳通，修到高深的境界，全身五感一言，無一不通。

用佛門獅子吼的功夫，蘊含靈覺吼出，自然鬼魂也能聽見。

我心中一喜，村民們臉上也露出了欣喜的表情，我在心裡大吼道：「趙軍，出來，帶村民們

去祠堂，接受超渡！我要留下來幫元懿。」

此時，必須阻止老村長，否則他破壞了超渡的事兒，這後果我不敢想！

趙軍的靈魂也流露出了一絲欣喜之意，能得解脫誰不渴望？下一刻，趙軍就離開了我的身

體，原本我的身體是他的靈魂在支撐，他一離開，我忍不住全身一軟，一下子跌倒在地。

我顧不上那麼多，趙軍也看不見我的情況，只有我能看見他和普通的村民，我喊道：「快帶

大家去。」

這一聲是用靈覺吼出，趙軍自然能聽見，趕緊的帶著村民趕往祠堂，我也不知道師傅的陣法

是否布完了，需要我和元懿擋多久。

趙軍離開了我的身體，我自然也就能看見元懿了，此時我看見他雙手掐訣，正在支撐著一件

法器，那件法器也是一個玉皇印，一般用於鎮壓的法器，多是用印。

不用開天眼，我也能感覺到那法器上，法力波動得如此強烈，元懿用自己的功力支撐，難免

有些勉強，我也會御器的口訣，雖然那法器不是我的，沒經過我的蘊養，作法起來會非常困難，

但是總會緩解一些元懿的壓力。

彷彿看出了我所想，元懿吼道：「你待在那裡好好休息吧，我撐得住！你別插手！」

這人還是如此驕傲啊！

但此時，就算我想插手也插不了，趙軍一離開，我就全身乏力、虛弱、僵硬，甚至連動一下

指頭都困難，要知道我全身的生機是被鎖住了，魂魄也被壓在了靈台，除非有人幫我解開繩結，

除非再有一個魂魄上我的身，操縱我的身體。

可那可能嗎？再上身，可能只能透支我的壽命去支撐了。

元懿此時的情況也很艱難，如果透支功力，就要動用本源了，後果是非常嚴重的，元懿絕對

已經透支功力了，我看見他鼻子湧出了鼻血，嘴角也在流血。

但就是如此，擺放在身前的法器竟然還在微微顫抖，那股鎮壓不住的意思非常明顯。

一般的道士鎮壓什麼東西，法器顫抖絕對不是什麼好現象，那只能說明一點，就是鎮壓不住，平常人看見，只是以為碰到了啊，風吹的什麼，哪知道這其中的危險？

我不能欠元懿如此大的恩情，我必須去幫他。

巫婆什麼的都會，當然他們祭獻的不一定是壽命。

我在心裡默念口訣，開始祭獻自己的壽命，這一生只要過得充實而沒有遺憾就是了，活多少年其實不算太重要，至少我是如此想的。

可是這項秘術在施展的時候，總是有異象產生，靈覺強大的人甚至在秘術沒完成的時候都能有感覺，元懿身為道士，靈覺一定比普通人強，他顯然感覺到了。

他罵道：「你媽的陳承一，是不是到這個時候還要影響我？我不承你這個情，你給我停下來。你看不起我是不是？」

說話的同時，元懿噴出了一口鮮血，顯然分神對他來說已經是極大的負擔，我不敢再繼續下去，如果我繼續，害他分神枉送了性命，那我絕對會內疚一輩子。

我歎息了一聲，暗自停止了法術，只祈求師傅能快一些！可是，我不能無動於衷，師傅不是說過嗎？人的意志是最強大的，我努力的，非常努力的想伸出自己的手，那我就靠意志先解開這壓制魂魄的繩結，再解開鎖陽結。

我的身體就像是殘廢了一般，沒有知覺，可是我強行擠壓自己的魂魄，讓一魄回歸身體，這個過程非常痛苦，大腦就像要爆開了一樣。

於此同時，我的手也在努力的想要動，因為我看見元懿的臉色已經慘白，另外，一件更危急

的事情在發生，那就是他用來鎮壓老村長的玉皇印竟然隱隱出現了裂痕。

那老村長如此逆天嗎？我不想看見元懿深陷如此的危機，我的靈覺一次次衝擊自己的靈台，這樣做非常的危險，一不小心就會把自己弄成傻子，可是我沒有退路！

就在我陷入痛苦，大腦如同一柄重槌在敲的時候，元懿的眼中忽然閃過了一絲痛惜的意思，望著他的玉皇印，我正巧也看見了這一幕。

沒有辦法，衝擊靈台的痛苦就在於它再痛，我的意識也非常清醒，想昏過去都難。

忽然，元懿的眼中出現了一股狠色，他收起了玉皇印，在收起玉皇印的瞬間，天地就變了顏色，忽然之間狂風大作，河水翻滾，那猶如鮮血一般的紅色，從河底翻騰上來，刺得人眼都是一片恍惚。

難道元懿是要放棄了嗎？

看的出來，那玉皇印對元懿來說非常的重要，他心疼這印章，不想再用玉皇印來鎮壓。可我也能知道，玉皇印絕對是元懿的最強法器，這種時候他不會藏私的！

我歎息一聲，這也怪不得他，如果是這樣，那我情願透支性命，自己頂上！

這樣想的時候，我的腦袋一疼，出現了瞬間的恍惚，感謝我那強大的靈覺，竟然生生衝破了自己的靈台。

336

# 第二十七章 瘋狂的元懿

恍惚的感覺揮之不去，像是看什麼東西都不真切，而且全部是慢動作，就算如此我也應該慶幸了，沒有強沖靈台把自己沖成一個傻子。

手腳終於可以稍微活動了，但卻是那麼的不靈活，我看一切的事物像是慢動作，可自己的動作比慢動作還要慢！

元懿已經收起了他的玉皇印，我感覺此時的天地已是一片大亂，瘋狂的風吹得人連呼吸都困難。紅色的河水，彷彿融入了數萬人的鮮血。更恐怖的是，狂風吹起這河邊的青青綠草，那些草葉竟然化成一團一團的怨氣散開。

這個怨氣世界開始破滅了嗎？

遠處，如同洪鐘大呂般的誦經聲傳來，我看見一圈一圈金色的光暈蕩開，每蕩開一層，就能明顯的感覺，這瀰漫的怨氣要少一分。

可就算如此，也不解救我和元懿此時的危機。

我顫抖的手終於拉住了紅繩，我這時才發現一個關鍵的問題，我不會解這繩結，這繩結如果不按一定的解法解開，就算我強行把它扯斷也是沒用啊！

是的，就算他把我丟下，就算我看見元懿轉身就走，難道他是要把我一個人丟在這兒嗎？

冷汗從我的額頭流下，我也無話可說，此時的情況如此危急，他有什麼理由為了我，拖累自己？這頂多只是道德上的問題！

再則，他也沒有要求我留下幫他，是我自己要留下的。

有些三不甘心，我忽然發現我能體會到老村長的感覺了。不同的是，他是完全的不甘，而我只是有一些罷了，畢竟在之前，元懿是盡全力幫了我的，從他慘白的臉色來看，他甚至動用了本源力量。

自救吧！靈覺的強大，讓我記憶力分外強悍，師傅曾經說過，會綁繩結，因為解繩結，不需要功力，只需要解開繩結的最後兩個扣就行，因為功力一般就凝聚在最後兩個扣兒。

當然，你要記得綁的方法，才能順利解開，我開始努力回憶著師傅最後結扣的綁法，不到最後的時候，我不能放棄。

可是就在這時，河水再次開始翻騰，翻騰得是如此的厲害，大片大片的水泡浮起，就像是很多大魚在水下呼吸。

「嘩啦」一聲，有什麼東西竄出了水面，這聲巨響，當然吸引了我的注意力。

我看見一個頭冒出了水面，那張黑色乾癟的臉我是如此的熟悉，是老村長！

我在心裡哀嚎，殭屍從一定程度上來說，也就是不腐朽的乾屍，哪有殭屍喜歡泡在水裡的，我真的想罵娘。

接著，我看見，老村長以驚人的速度朝岸邊靠攏。

元懿此時走到了河邊的一塊空地，忽然就停下了腳步，我看著元懿，這小子是良心發現嗎？準備救我了？

同時，我也很奇怪元懿的淡定，老村長出現了，他竟然不回頭看一眼，只是平靜的往前走，

直到他走到這片空地停住，他連表情都沒有什麼變化。

我終於想起了繩結的綁法，激動之下，我也懶得想那麼多了，用顫抖的手指開始解起繩結，原本只要知道綁法，解繩結是很簡單的，只是我的動作僵硬，手指顫抖且緩慢，反而把這件事變成了一件費力的事情。

「陳承一，你且看我元家的法術如何！我要讓你看見奇蹟！」元懿忽然朝我大聲吼道。

我正在專心的解著繩結，連老村長到到岸邊沒有，都不曾注意，元懿這樣朝我一聲大吼，反倒把我弄愣了，他這話什麼意思？

畢竟剛才沖了靈台，我的反應不是那麼靈敏，還來不及細細思考元懿話裡的意思，卻只見元懿忽然轉過身去，面對著老村長，手裡握著一張我看不清楚的紫色符，衝老村長吼道：「你等邪魔妖物，不用囂張，且看我元家天師如何收你。」

元家天師？這元懿瘋了？自稱天師？連我師傅都不敢說自己是天師！而且，他要一個人對付老村長？

我不知道元懿要做什麼，畢竟每一脈的術法都有自己的獨特之處，就算同一脈的兩人，或者因為師傳不同，彼此都有些不會交流的不傳之秘。

但我直覺，元懿用的辦法一定是傷人傷己的辦法，剛才動用玉皇印，明明都很勉強的。

一邊想著，我一邊努力解著繩結，我不能眼看著元懿如此冒險啊，或者他有他固守的驕傲，可是起不是因為我嗎？我在心裡怒吼著，元懿，你別他媽的讓我欠你！

元懿再也沒有回頭看我一眼，而是說話間，已經把紫色的符貼在了自己的靈台處，然後開始大步踏起步罡。

我忽然有了一絲明悟，原來一開始元懿就沒打算逃跑，而是要找一塊地方踏步罡，畢竟步罡不是什麼地方都能踏的，而是要選擇一定的方位，好上對上天星辰。

元懿的步罡我認不出來，這也是正常，可是步罡總有共通之處，我隱隱能感覺出來，元懿這步罡是要引天雷！

貼在靈臺上的符，我也不知道是什麼符，但是在靈台處，那一定要增強自己的靈覺！

我知道元懿要做什麼了！他要引天雷！他瘋了！

要知道，雷法是道家術法裡最艱難的法門，要成功的引出雷法，各種要求苛刻之極，我在動用下茅術的時候，因為神志不清，準備妄動五雷訣中的一訣，引其中一雷轟擊別人，就是十分危險的做法。幸好被別人及時打斷是我的運氣，否則就算我引雷能打死別人，我自己也會成為廢人一個，再不幸一點兒，我說不定也會死去。

而在當時，我只是運用手訣，可這元懿發瘋一般的竟然踏起步罡來配合，那所引之雷的威力肯定也巨大無比，他自己能承受嗎？本源將被一抽而空，靈覺耗盡！

本源還好說，最多就是變成一個體虛的普通人！那靈覺呢？靈覺是靈魂的力量，靈魂的力量要耗盡了，好一點兒，就是靈魂虛弱，從此陷入長長的沉睡。

不好一點兒，那就是靈魂變得殘缺，人也就會死掉！

最壞的結果，那就是魂飛魄散。

一想到這裡，我全身都冒出了細毛子汗，恨不得自己能快一些，再快一些。

在那邊，老村長已經非常靠近岸邊，而元懿已經開始念誦咒語，隨著聲聲的咒語和步罡踏出，天空變得陰沉起來，在這一片烏雲聚集，眼看著就是一場大雨將要落下。

雷訣已經發動了！

我在這邊急急死了，暗罵道為什麼不是冬天，雷訣限制頗大，一般只能在春夏秋三季動用，如果想要在冬季動用雷訣，那是要多厲害的人才可以辦到。

如果此時是冬季的話，元懿也就動用不了雷訣了。

可是，此時是夏季，雷訣最好發動的夏季！

我有些絕望，小面積的聚雲落雨，就是雷訣已經發動的徵兆，當第一道閃電劃過的時候，雷訣想要阻止都不可能了。

快啊，快！我在心裡怒吼著，估計是我那充滿了急切的念力起了作用，我的動作竟然快了起來，順利解開了第一個結扣。

我明顯感覺到繩結對自己的靈魂壓制一鬆，靈魂竟然能漸漸歸位了。

可此時元懿的步罡已停，他竟然馬不停蹄的開始掐動起手訣，那手訣我無比熟悉，竟然就是五雷訣，他掐五雷訣的方法，竟然我這一脈的五雷訣一模一樣，而且他引動的竟然是天雷！

最高等級的天雷？元懿到底是有多好強，竟然引動天雷，他是想要魂飛魄散嗎？

此時，老村長已經到了岸邊，半個身子都浮出了水面，開始一步一步的朝前走，步伐飛快，他的目光冰冷，怨毒的望向元懿，我甚至從他的目光中感覺到了一絲對元懿的忌諱！

老村長也感覺到了天雷的危險嗎？他也害怕嗎？

我忽然覺得元懿非常的英雄，可是我不能允許他那麼英雄下去，我動作飛快的解開了第二個繩結，感覺全身一鬆，徹底的扯掉繩結，感覺對我的身體恢復了控制權。

可是，有什麼用？此時的情形已經危急萬分！

我手腳能動了，可是冰冷得可怕，這樣的冰冷帶來的後果就是僵硬無比，陽氣被鎖，身體虛弱，術法一樣無法動用，因為身體承受不起。

但是我還是一骨碌翻身起來，準備去阻止元懿，我來不及解開我身上的鎖陽結了。

因為還不能適應身體的僵硬，我的步子並不快，明明元懿就離我不到兩百米，可是我卻覺得那麼遙遠。

元懿根本不看我一樣，獨自掐動著手訣，我們頭頂上的雲層越來越厚，低低的，壓在人的心頭，那麼的沉重。

元懿的咒語聲越念越大，已經近乎瘋狂，不知道的人肯定以為他在跳大神，可這只是一個美麗的誤會，因為這手訣換我來做，也是同樣的效果。

道家所有的口訣都要存思，要求整個精神沉浸進去，人的精神一旦沉浸於某件事，喜怒哀樂自然被牽動，雷之一物原本就屬於狂暴的象徵，元懿咒語念動到瘋狂的地步，說明咒語已快完成，當咒語完成的時候，天雷自然就會落下。

我無法言明我心中的著急，費盡全力的走動了那麼久，我也只走了五十多米，根本來不及阻止元懿了，我只能大喊：「元懿，住手，幫我解開鎖陽結，我用請神術助你，你用玉皇印鎮壓，

無奈，元懿根本無動於衷！

我大急，元懿根本沒有上次在村中遇見那個老頭兒的本事，可以生生打斷別人的施術！

難道就如此了嗎？我不甘就這樣放棄，還是繼續大步朝前走去，卻不想後背忽然就沒來由的一陣發冷，瞬間就起了雞皮疙瘩，而在心裡，我有一種大難臨頭的感覺。

拖到我師傅過來！」

老村長！

我下意識的轉頭一看，剛才還在爬上岸的老村長已經失去了蹤影，他到哪裡去了？我只顧自己走路去阻止老村長，卻把老村長這個存在給忘記了。

我有一種強烈的，不找到他不甘心的想法，不由得轉身回頭找他，可是因為身體的不靈活，我竟然被腳旁的一塊石頭給絆倒了。

而就在我身子往下倒的瞬間，我看見一個黑色的身影正朝我撲來，那尖銳的爪子就貼著我的臉擦過，帶起的風讓我的臉上都起了一串兒雞皮疙瘩。

老村長先襲擊的目標竟然是我！怪不得我剛才感覺到那麼危險！這就是靈覺強大帶來的預知！可這預知沒有什麼用，我只能苦笑著感謝是我身邊這塊石頭救了我，感謝我的身體那麼僵硬，所以才會摔倒。

老村長一擊不中，由於慣性，堪堪往前衝了五米多才停下來，而我這僵硬的身體根本還來不及爬起來。

我們倆有了一個短暫的對視，我看見，也能感覺到他對我的恨意，那麼多年構築的怨氣世界，竟然被我三言兩語破去，聽起來是兒戲了點兒，可這就是事實。

他低估了人們在絕境中，對救命稻草的渴望，我的出現和我的話就是人們的救命稻草。

但不管他是低估還是高估了我，總之他恨我。

我絕對躲不開他的第二擊，因為面對殭屍那麼能打的傢伙，你只有三個辦法能對付它。

第一，你比它還能打，前提是你也要和它一樣不怕疼，不怕傷，除非被打死。

第二，你有高明的道術能夠成功克制它，鎮壓它。

第三，你跑得比它快！

別以為手槍炸彈什麼的能對付殭屍，就算能對付的也只是普通的殭屍，對於這種動作快若閃電的殭屍，除非你不惜使用大面積的爆炸物，而且必須要威力十足的那種，否則現代武器沒什麼大用。

但是大面積，威力十足的爆炸物，國家能輕易動用嗎？答案是不可能，特別是找不到目標的情況下。

當然，如果我們能聯繫到上級的話，說不定有這種可能。

我的腦子裡閃過很多念頭，但這些念頭應該是我死前最後的念頭了吧？我自嘲的想到，卻不料，就在這時，一道閃電劃過了我頭頂的天空，這只是一道很小的閃電，波及的範圍也不過這方圓一里，可這代表著元懿的雷訣已成！

終究還是阻止不了了，我的心沒由來的一陣絕望，就算和老村長這樣危險的對峙都沒有讓我絕望，卻不想元懿的雷法卻讓我徹底絕望了，我救不了他！

彷彿是感覺到了危險，老村長結束了和我那不到兩秒的對峙，直直朝我撲來。

我有些木然的面對著老村長，卻聽得元懿如同雷神一般的一聲怒吼：「雷來。」接著我看見紛繁的雨點落下，猶如悲傷絕望的淚水灑下，於此同時，一道金色的雷電從天空落下，準備轟擊在老村長的身上。

那只是一條細小的雷電，可永遠不要懷疑雷電的威力，它是世間唯一帶著毀滅意志，對陰邪之物有最大克制的東西。

在鬼片中，往往那些厲鬼會出現在雷雨夜中，那是多麼荒謬的拍法，有什麼不要命的鬼物敢

直接出現在雷雨夜中？

「啪嗒」一聲，老村長的身體落在了我的面前，我聞到了一股難聞的焦糊味兒，看來這個強大的老村長也怕這個，至少面對天雷他全無反抗之力。

雷訣一成，天雷盡落，緊接著第二道雷又朝老村長劈去，同樣是一道細雷，可是老村長是有智商的傢伙，他想也不想就爬起來，努力想跑出這個範圍。

「轟」「轟」「轟」，雷電不停落下，如果這裡還有其他的人的話，說不定就以為這只是夏天的一場小雷雨，沒什麼好奇怪的。

畢竟東邊日頭西邊雨，是夏天常常出現的自然景象，可他們哪裡能想到，這是一個道士用生命導引的雷法呢？

老村長不可能再對我有威脅了，我掙扎著站起來，一步步走向元懿，大顆大顆落下的雨點打濕了我的身體，模糊了我的視線，讓我冰冷的身體更加的冷，可這也比不上我的心冷，那是因為眼睜睜的看著元懿可能就要死去，而自己不能阻止的一種冰冷。

看了一眼老村長，我心頭竟然第一次生出了濃濃的恨意，為什麼？為什麼你要恨天恨地，恨盡所有？死了一個村的人不夠，還讓他們無盡的陷入恐怖輪迴，接著，又要我們一個個的為你陪葬嗎？

元懿用生命導引的天雷，也只是讓你畏懼嗎？因為我看見他身形依然靈活的跳入了那條河中，那條河中到底有什麼？河水裡就能避開天雷嗎？

水可導電，雷擊在水上，威力只怕更大，雖說元懿的雷雲只籠罩了方圓一里的範圍，但還是籠罩了一小部分河床，正確的選擇絕對不是逃進河裡才對啊。

可是，此時是思考這個的時候嗎？我繼續朝元懿的方向走去，我也不知道我這樣還能挽回什麼，老村長已經逃出了雷雲的範圍，可是元懿的天雷還是不斷，朝著老村長身影最後消失的地方轟擊。

我數著天雷的道數，元懿竟然招了二十七道天雷，雖然只是一個小範圍，威力也不怎樣的天雷，可這也是他的極限了。

當最後一道雷落下的時候，我終於走到了元懿的面前，站在我面前的，是一個全無血色，七竅流血的元懿，他的目光都已經有些渙散。

在平日裡，元懿雖然是一個囂張的人，可是衣著潔淨，風度沉穩，也有一副高人風範，此時卻是狼狽無比。

我們站在雨中，元懿望著臉色同樣慘白，被凍得沒有知覺的我問道：「陳承一，我元家可是厲害？比你師傅如何？」

我喉頭滾動，輕聲說了一句：「元家很厲害，我們師徒自歎不如。」

元懿露出一絲微笑，喊了一聲爺爺，身體轟然倒下。

# 第二十八章 大陣

綁在我身上有兩道繩結，剛才我只是解開了第一道壓制我靈魂的繩結，而身上還有另外一道鎖陽結，鎖住了我的陽氣，讓我的身體虛弱不堪，想要抱起元懿都沒力氣。

元懿還有呼吸，只是具體怎麼樣了，我卻不知道。但是，我不能讓元懿死，一定不能！

雨點紛紛擾擾的打在身上，我拖著元懿深一腳，淺一腳的往前走，我沒有力氣背起他，可是我也不能把他留在這裡，我怕潛入河中的老村長隨時會回來。

茫茫的雨幕中，我很痛恨自己，痛恨自己平日裡頑劣，只是完成師傅佈置的任務，便不再多學，要是我能在空閒的時間，跟師傅學習這繩結的打法多好？

師傅曾經說過，如何打各種繩結很重要，所需功力也不是很多，只是這活兒比較精細，比較考校耐心。

可我偏偏喜歡大威力的術法，瞧不起這些細枝末節，如果在今天我能順利的解開繩結……

望了一眼緊閉著雙眼的元懿，我心裡恨，我不殺伯仁，伯仁卻因我而死，這種感覺太難受。

雨水打濕了我的臉，模糊了眼前一切的景物。對的，只是雨水，我低著頭埋頭走著，不想承認自己眼中還有淚水。

「是打不開鎖陽結嗎？」一個聲音在遠處響起，是我師傅。

我抬頭，一直壓抑的淚水忽然就奔湧而出，這一次師傅沒再扮演從天而降救我的人，師傅也是人，不是神，不可能每次都在關鍵的時候來救我，這一次我慶幸有元懿在，有一塊石頭剛好絆

倒了我，那下一次呢？

這一次的淚水不是為見到師傅激動而流，而是為了自己的無能而流。

望著師傅一步步走來的身影，我忽然明悟，這個世界上沒人能永遠的保護你，自立才是關鍵，這種自立有時也並不是為了自己，在某種時候，這個世界上沒人能永遠的保護你，自立才是關鍵，終究有一天，是該我去保護師傅吧？終究有一天，是該我去侍奉父母嗎？也終究有一天，我要還上元懿這人情。

師傅默然不語，只是伸手為我解開了鎖陽結，一股溫暖的感覺頓時遍佈了全身，不再壓制陽氣，我的生氣總算回到了身體，雖然我依舊冰冷，依舊虛弱。

依舊是默然不語，師傅走過去要背起元懿，我攔住了師傅，說道：「我來吧。」說話間，我把元懿背在背上，雖然感覺沉甸甸的有些邁不動步子，可是我說什麼也不想放下背上那個人。

師傅沒有阻止我，只是轉身走在我前面，一如往常，總是他走前面，我跟著他的背影前行。

只是這一次，我覺得師傅的背影有些蕭瑟，他有些低沉的聲音傳入了我的耳中：「可曾怪我來晚了？」

「我怪我自己。」我同樣低聲的回答道。

「承一，你是長大了。」師傅身子一頓，卻沒有回頭，接著他說道：「回去好好學習道術吧，這一次你沒錯，心有餘而力不足不算錯，在下一次，你會心有餘而力也足的。」

師傅的話對我充滿了鼓勵，可是我卻難以開懷，我說道：「還有下一次嗎？元懿他⋯⋯」

「引雷從來不傷人，但也只限可引之人。不然道家雷法流傳頗多，知道的人豈不是人人可引雷，完成這大威力的法術？不可引而強引才是傷他的根源，引雷而來傷他靈覺，控雷傷他功力，

348

徹底壞他本源。所幸的是，元懿底子扎實，這一場雷法才沒要了他的命。」師傅很平靜地說道。

我不懂師傅為何會那麼平靜，只是有些悲傷的說道：「那元懿會怎麼樣？」師傅依然平靜。

「一生修為盡廢，傷及靈魂，如若好好護理，也許有醒來的一日。」師傅很平靜。

「師傅，你為啥不說點什麼？元懿他……」我終於忍不住開口。

「說什麼？說悲傷的話，不如做實在的事。元懿不可引雷而強引，就是他要付出的代價。強引的根源是因為他的執念，這也是代價。這世間事，一飲一酌，哪能有果沒有因。可是，這次他的目的卻是為了保護你，你已經背上了因，所以你該要怎麼做，你自己心裡怕是有數，而不是這時的背上。」師傅說道。

我默然，然後說道：「師傅，我知道了。」

「嗯，元懿有一個女兒。」師傅再說了一句，接著就閉口不言了。

談話間，我們早已走出了雨幕，走進了村子，慧覺誦經聲不止，我莫名發現，竟然有很多縷真切的陽光透進了這個村子。

「大陣已成，就等他上門。」師傅忽然說道。

「可是師傅，元懿的雷法我覺得並沒有傷到老村長太多，這……」

「對付殭屍，最好的辦法是火。」

村民們的靈魂是強悍的，因為幾十載的恐怖輪迴，堆積的怨氣，讓這些靈魂強悍。

可是村民們的靈魂又是脆弱的，一旦剝離了怨氣，他們只是幾十年飄蕩在這裡的孤魂野鬼，沒有三尺埋身地，沒有供養，受盡折磨，又怎麼能不脆弱？

所以，慧覺在村民們身死的祠堂超渡亡魂，除了他和慧根，我們並不能靠近，因為生人的陽

氣有可能都會把這些村民的魂魄沖散。

我坐在一塊大石上，據師傅說，此時整個村子都已經覆蓋在大陣之下，而這一次大陣非同小可，人只能在陣法預留的一些位置待著，才能確保不受傷。

我不知道這是什麼陣法，竟然厲害到如此的程度，連人都會傷及，可是師傅卻不肯說，我想在這種關鍵的時刻，師傅是不想出什麼岔子吧。

老村長畢竟是一個太神奇的存在，他有時好像知道我們的行動。

慧覺的誦經聲還在繼續，我也不知道什麼時候會結束，師傅說過，一整個村的怨氣，就算高僧也要超渡很久。這個很久是多久，師傅說可能是一天一夜。

時間緩慢流過，每一分每一秒，我們都很緊張也很壓抑，生怕老村長會出現，可時間卻又流動得非常快，這一轉眼，已經是月上中天。

人們在陣眼預留的位置生了一堆堆火，每一個預留的位置只能待五個人，而且非常靠近，我沒有看見凌青奶奶和凌如月，同樣也沒有看見孫強兩爺孫。

我這次也不好奇了，我想師傅應該是有安排吧。

師傅、我、沁淮待在一起，此時沁淮已經生起了一堆火，喊道：「承一，下來啊，你要在那石頭上坐到死啊？」

我跳下大石，首先看了看在火堆邊依舊沉睡的元懿，然後再蹲到了沁淮身邊，沁淮扔給我一支菸，說道：「承一，你師傅說給元懿含著藥丸裡有百年人參，是真的嗎？」

「嗯。」那瓶有百年人參的藥丸，說起來是師叔送我的，因為太過珍貴，師傅總是隨身帶著，還有另外一個原因就是人參在關鍵時刻有吊命的作用，沒想到用在了元懿身上。

原本，我體虛也可以用人參補，可是幾次的折騰下來，我已經虛弱到虛不受補的情況了。所以，不敢妄動這藥丸。

「真搞不懂你們，到底是有錢呢？還是窮啊！你說一枝百年人參扔出去，多好的日子了……」沁淮碎碎叨叨的念著，他只是想讓我輕鬆一點兒，可此時他卻忽然不說了。

我有些詫異的望著他，沁淮卻有些驚恐的望著我說道：「承一，我眼皮跳得厲害。」

沁淮的話剛落音，我就感覺到一種巨大的危機感，而師傅早已經站在了大石頭上，神色嚴肅的左右觀望。

這倒不是說沁淮靈覺比我強大，而是因為我的心思剛才都還在悲傷，不經沁淮提醒，我還真沒有注意。

四周靜悄悄的，人們在分批的睡覺守夜，看不出哪裡不正常，我望著師傅，也沒有從他的臉上找到答案，難道剛才是錯覺？

畢竟只靠靈覺行事判斷，不見得準確。

師傅也有些迷惑，剛對上我的目光，準備說點什麼，卻發現有一個人走出了安全地區，朝外走去。

那人一臉無辜加著急的望向師傅，說道：「姜師傅，我真的想方便一下，憋一天了，我不可能在人面前那啥吧？」

原來只是個內急的人啊，他說話合情合理，也沒什麼值得人懷疑的地方，我重新蹲在了沁淮旁邊，只是心思警惕的還在觀察著，師傅則沉吟了一陣兒，問道：「你要去哪裡方便，不要離得太遠了。」

那人一臉恐懼的說道：「姜師傅，我就在那草叢裡解決一下，我怕得慌，你要盯著點兒我啊。」

師傅點點頭，那人就捂著肚子朝不遠處的草叢跑出，眼看他就要跑進草叢了，我忽然覺得這人看我的目光很怨毒，我有得罪他了我一眼，我像是有感覺似的，也盯了他一眼，我忽然覺得這人看我的目光很怨毒，我有得罪他嗎？

疑惑只是一縱即逝，下一刻一股不對勁兒的感覺就瞬間瀰漫了我的心，師傅曾經說過，以前道家常用搜陰符來判斷陰邪鬼物的所在，否則就算是天眼也判斷不出某一些情況，就比如上身，那需要高等級的天眼才能看出來，可惜搜陰符早已失傳，現在打著搜陰符名號的都是一些沒有什麼功力的假符。

如果有一張搜陰符，我們這次的行動就不會那麼被動了。

我當然也沒有搜陰符，能依靠的只有自己的靈覺，但我也不知道哪兒來的自信，忽然就站起來，對那個快要鑽進草叢的人喊道：「你等一下！」

光靠眼睛看不出來，但是近身的話，道家有的是辦法判斷那個人是否被上身了。

那個人真的停住了，但沒回頭，所有人包括師傅都疑惑的望著我，不知道我要幹嘛，我懶得解釋，只是大步走向前去，想去親自檢查一下那個人，這個時候寧可得罪人，我也不敢冒險，那個又是鬼，又是殭屍的老村長，誰敢放鬆？

就在我走過去的同時，那個人忽然回頭了，朝我陰惻惻的一笑，這時，師傅也察覺到不對勁了，吼道：「攔住他。」

我只是想著攔住他，卻不想那個人卻舉起了手中的武器，對著我，扣動了扳機。

我只是想著攔住他，看看有什麼不對勁兒，卻沒想到如果這個戰士真的被上身了，那他手中

352

有配槍，豈不是很危險？

「媽的，小心！」我從背後被人推了一把，撲倒在了地上，我回頭一看是沁淮，子彈沒有打中我，卻打中了沁淮的手臂。

我發覺我最近真的是個掃把星，自己倒楣不說，也連累著別人倒楣。

在師傅的命令下，人們紛紛行動，準備去攔住那個戰士，那人卻一副豁出去的表情，舉著手中的槍一陣亂射，沒什麼準頭，卻還是擦傷了幾個人。

人們畢竟是有顧慮，這個人還活生生的站在面前，是以前的戰友，不可能對著他開槍，可他已經不是他自己了，對著人們開槍卻毫無顧忌。

師傅身為這次行動的指揮，不能眼睜睜看著這種情況出現，只得沉痛的下令：「開槍吧。」

被老村長上了身，他的魂魄再回到身體的可能性已經很小，慧覺又在主持超渡大陣，如果他的魂魄沒有被老村長拘住，很有可能會下意識的被吸引去超渡大陣，總之站在面前的，可以說，只是一具被他人控制的行屍走肉。

師傅的命令看似下得很無情，因為上身不是不可以挽救，但實際上卻是最現實的，因為上他身的厲鬼是老村長。

面對師傅的命令，換來的是人們的一陣沉默，還有幾道憤怒的目光，那幾個人是這人生前的好友，顯然不能接受我師傅的命令。

可現在是解釋的時候嗎？師傅再說了一次：「別忘了你們是戰士，開槍！」

終於有人扣動了扳機，卻不想那人的反應更快，扔下手中的武器，轉身就跑，動作快得不可思議，而方向赫然就是慧覺超渡的祠堂。

看見如此的情形，師傅毫不猶豫的追了上去，我望了一眼沁淮，沁淮懂我，立刻說道：「我沒事兒。」我也轉頭追了上去，同時跟著的還有幾個戰士。

這些戰士都是一把好手，在追逐的過程中，不忘邊追邊開槍，無論如何，先把上身在那個戰士身體裡的老村長逼出來再說。

可不想，那個戰士好像毫不畏懼子彈，只是回頭望了我們一眼，下一刻，我就見他從褲兜裡掏出了一個紫色的東西往嘴裡塞，然後毫不猶豫的嚥下去。

那紫色的東西是什麼？原本在這夜色中，我的視力不可能好到能看清他手中的東西的，可是那紫色的東西，竟然發出一層淡淡的螢光，想不看見都難。

吞下去那個東西以後，那個戰士竟然放慢了腳步，面朝著我們走來，奇異的事情發生了，子彈打在他身上，明明中了要害，可是他依然沒有倒下的朝我們衝來。

師傅原本跑在我身後，沒有看見那個戰士吞噬紫色植物的一幕，可是看見這一幕，師傅卻臉色一變，吼道：「糟了，我們中計了。承一，你先回去，一有不對，你替我發動大陣。這是陣眼之物，這個怪物他們對付不了，我要幫忙對付著。」

說完，師傅從他隨身的黃色布包裡掏出了一件兒物事給我，我一看，是一面令旗，這只是一套令旗中最大的一面，也就是陣眼之旗，其餘的八面陣旗，想必師傅已經佈置好了，只要這旗一插上，念動咒語，就能開啟大陣。

「師傅，咒語呢？」我急忙問道。

此時，那怪物已經衝到了一個戰士面前，張嘴就朝那個戰士咬去，師傅扔出一本冊子給我，然後喊道：「不要被他咬到，快退！把他腦袋打爛，或者把他脊椎打爛。」

354

我無心留在這裡，而是轉身往回跑去，師傅一定是早已料到有意外，才提前把咒語記錄下來，師傅一定是用冊子記錄了，口口相傳的咒語是不能用冊子記錄了，師傅一定是早已料到有意外，才提前把咒語記錄下來，那麼這次的事情一定不能耽擱。

其中的原因我不想去想了，別人不知道，可我知道，大陣的陣眼，就在我坐的那塊大石頭身後。

幾分鐘以後，我終於跑回了原來的地方，卻發現人們一個個全部神色驚恐的蹲在那裡，包括沁淮也是，一張臉煞白。

我大步走上前去，抓住沁淮問道：「沁淮，沁淮，你沒事兒吧？到底怎麼了？」

沁淮望著我，說道：「他在土裡冒出來，他藏在土裡。」

「誰？」我一時間沒明白沁淮的意思。

「一個黑色的怪物，出來有個人剛好就在那塊土旁邊，他一下子就把人殺了。」沁淮有些發抖，我的心一沉，我明白沁淮看見了，他看見老村長了。

我強自鎮定，往周圍看了看，果然，一具開膛破肚的屍體就在不遠處，我走過去，看見那人的眼睛還睜著，臉色凝固著一個驚恐的表情，我去幫他閉上眼睛的時候，感覺他身體還是熱的。

我明白師傅的意思了，魂魄出竅，上身，引開我們，然後躲在土裡的殭屍之身，再趁機出來，老村長是要做什麼？師傅又是怎麼發現的？

可現在不是想這些的時候，我拿著那面令旗，徑直走到了那塊大石的後面，我要發動陣法！

我已經沒辦法形容我心中的憤怒了，就是這樣，我們這邊已經死掉了兩個人。

人們不知道我拿著師傅的令旗要做什麼，可我師傅不在，人們卻不自覺的把我當成了主心骨，有人告訴我，老村長朝著祠堂的方向跑去了，我知道他的目標一定是慧覺師徒，他要阻止人破壞怨氣世

界，無疑殺了慧覺師徒，這事情就好辦多了，有誰超渡的本事能高過高僧？

我擔憂的望了一眼祠堂，然後用力拍了拍沁淮的肩膀，以他和我的默契，他應該明白，我是在無言的安慰他。

然後，我站定在陣眼面前，毫不猶豫的把那面旗幟插了下去，當旗幟入土之際，天空忽然就陰沉了下來，狂風一下子就吹起了，可是和那些陰風不同，這陣狂風是吹得讓人心底如此的爽快，彷彿要吹散這個小村籠罩的陰霾。

我掏出放在懷裡的小冊子，上面記錄著咒語，因為念咒之時不能中斷，而且關鍵字節的停頓什麼的都有講究，我不能照著念，只能背下來再開始行咒。

咒語不長，也就三百來字，我的記憶力也算好，而且在重壓之下，我很快就記熟了咒語，確認無誤後，我把那本小冊子重新塞進了懷裡，開始行咒。

這符和陣法到底是什麼，師傅之前沒有告訴我，但是看著天色，我卻知道，這陣法應該是雷火大陣，道法不是人們想像的那麼神奇，什麼憑空生火之類的純粹是扯淡。

所謂雷火大陣，有雷才有火，雷生之火，是天火！當然，這只是道家的說法。

因為有陣法的幫助，聚集雷電磁場，我念咒存思也就要輕鬆許多，跟雷電的溝通也就順利了很多。

和元懿不同，他是在召喚雷，而我只是在引導雷，讓它落在陣法之內。

我閉上眼睛，念動著咒語，我看不見外面的情形，也沒有心思想別的事情，可我能感覺到狂風拂面，也能嗅到空氣中的濕氣，這才真實的生活的氣息，早就應該有一場狂雷來徹底摧毀這個到處瀰漫著腐朽的小村了。

三百多字的咒語抑揚頓挫，當我行咒完畢時，我睜開眼睛，發現師傅已經回來了，身上還有血跡。

此時，儘管是在黑夜，也能感覺那股暗沉之意，還有天空中蘊含的狂暴！

「除了這預留的幾個罩門，還有祠堂中是安全的，畢竟不能打斷慧覺超渡。我要去一趟那邊。」師傅很簡單地說道。

「我來主持大陣嗎？」我問到，其實我從來沒有主持過陣法，也不知道該如何主持。

「這個陣法是自動發動，不用主持，只是陣法太大，蓄勢需要一定的時間，沒你們什麼事了，好好休息吧。是生是死，都是命，我去了。」師傅說完，轉身就走。

在這個時候，我聽見慧覺的誦經聲終止了，換上的是慧根兒的聲音，一種不好預感像紮根在我的心中，揮之不去。

我對一個戰士說：「幫沁淮把子彈拿出來吧，幫他弄一下傷口，我要去一次。」

沁淮擔心的望著我，終究還是沒有開口，我轉身小跑步，跟上了師傅的腳步，師傅看了我一眼，什麼話都沒有說。

接著，師傅快步的跑動起來，我也跟著師傅跑了起來，我們都在擔心著慧覺。

我沒問師傅那個上身的戰士怎麼樣了，也沒問老村長的鬼魂究竟逮到沒有，我和師傅沉默的跑著，原本就離得不算太遠的祠堂，不到十分鐘，我們就已經到了。

推開祠堂的大門，村民們的靈魂早已經不見，要知道這個村子難以超渡的是整個村籠罩的怨氣，而不是那些靈魂，他們應該是被渡走了。

我也是第一次看見這個祠堂的真面目，是如此的淒慘，牆上留著暗紅色的血痕，地上盡是枯

骨，早已分不清楚誰是誰，可能因為有高僧超渡的念力淨化的原因，這一切讓人看著並不覺得淒

屬，只是哀傷。

我沒聽見師傅說話，卻能感覺他的憤怒，我抬頭一看，那個愛吃雞蛋的慧老頭就站在祠堂的大門口，嘴角全是血跡，胸口上更是有一大片暗紅色的血跡，手持禪杖，守在大門。

和我對峙的，是那個黑色的身影——老村長。

透過慧覺的身影，我看見慧根盤坐在法壇前面，一張小臉蛋兒上全是淚水，可是念誦經文的聲音依舊沉穩，充滿了悲天憫人的念力。

老村長像是忌憚著什麼，沒有上前，又似乎是被綁住了，我不太懂佛門的法門，可我看出來慧大爺有一種油盡燈枯的意思。

「為什麼不叫凌青、孫魁他們幫忙，他們就在附近，你我算到他必來這裡，可你……」師傅的聲音刻意平靜，可是我卻發現他每說一個字都在顫抖。

「超渡未完，大陣發動需要時間，他來得太早，這是你和我沒算到的，我只能拖住他，因為凌青、孫魁要在關鍵的時候出手。再需要一小會兒，超渡就會完成，大陣也成，我鎮不住多久了，該你了，立淳。」說話間，慧大爺彷彿很累很累了，扶著禪杖緩緩坐下，接著又一口血噴了出來。

師傅閉上眼，深呼吸了一下，然後說道：「我還沒准你死，你和我單挑了幾十年，還沒有個結果，你不許死。」然後，師傅從背後的黃布包裡拿出了拂塵！

死？慧大爺已經嚴重到要死的程度了嗎？我的眼圈一下子紅了。

師傅拿出拂塵，就是要拼命了，別人也許以為師傅最厲害的是道術什麼的，想想吧，引雷而

358

下多麼威風，可是我卻清楚，我師傅最厲害的是他的拂塵——拂塵三十六式！

這柄拂塵，是老李都鍾愛的法寶，拂塵柄由桃木心製成，據說是千年桃木心，而且用了秘法製作，堅硬無比，卻又韌性十足。

而在普通的拂塵絲裡，隱藏了三十六根由老李親自刻畫陣法的精鐵鍊，鐵鍊邊緣無不鋒利無比，這樣的拂塵用來殺人都可以，除魔抓鬼更是利器，因為上面刻畫的陣法精妙無比，功力可以很好的傳導於拂塵之上，而且陣法也會因為功力發動，據師傅說，上面的陣法全部是克制陰氣的陣法，而且煞氣十足。

師傅常說，這拂塵有違天和，太過犀利，而且上面的陣法也不該屬於人間，所以他輕易不會動用，一旦動用那就是拚命之時。

那時的我雖然也是個小道士了，但不代表道士就是迷信之人，我對什麼不該屬於人間是嗤之以鼻的，開什麼玩笑，不屬人間，難道屬於神仙？

但是現在，我隱約間已經對天地有了一種敬畏，也覺得這個世界很神奇，我相信這柄拂塵應該很厲害。

師傅要拚命了，做徒弟的自然也會跟上，我決定要動用下茅之術。

慧大爺坐下，從懷裡抖抖索索的摸出了一個雞蛋，他還沒有剝開蛋殼，就又咳出了一口鮮血，而此時老村長動了，他狂吼著撲向慧大爺。

慧大爺都沒看他一眼，只是用顫抖的雙手繼續剝著蛋殼，於此同時，我師傅也動了，配合這個拂塵，老李自創了拂塵三十六式，據說是改編自一套鞭法，而師傅出手就是威力極大的一招，在老村長撲向慧覺的時候，他身形一動，狠狠的朝著老村長抽去，一柄拂塵，生生的抽得老

村長倒退了一步，拂塵在老村長身上所過之處，竟然冒出了陣陣青煙。

我也不再猶豫，有師傅在，我內心很安穩，我放心閉上眼睛，掐動手訣，開始施展下茅之術，鬼中有惡鬼，法力高強，可是還有更厲害的，那是鬼仙！

這一次，我要請鬼仙上身，反正我身體虛弱無比，陽氣不足，這正好能讓鬼仙順利上身。

師傅這一次沒有阻止我！

# 第二十九章 趕屍人孫魁

下茅之術，我已經做過一次，這次再請也就順利了許多，而這一次，我已經瘋狂了，溝通的全部都是鬼仙一級的。 慧大爺的模樣，讓我心底有說不出的痛，這種痛不是能用言語來表達的。

師傅也和我一樣！否則，他也不會動用那個所謂有傷天和的拂塵三十六式。

當我睜開雙眼之時，一股強大的力量瀰漫了我的靈魂，這股力量還是帶有無比的陰冷之意，和上一次的狂暴不同，這一次我的心中竟有一種毀滅一切的殺戮。這是下茅之術的不足，你只能分清哪一個強大，卻不能分清所請之鬼的性格，所以請鬼只能是下茅，畢竟鬼物就算修成了鬼仙，也還是鬼物，也許它只是因為強大，度過了劫數，不代表它沒有沾染因果，沒有作惡。而且下茅之術對身體的傷害是最大，它不像中茅、上茅之術，所帶的是正能量。

同時我看見師傅和老村長戰鬥得很辛苦，師傅全身上下很是狼狽，衣衫也破了，面色呈一種怪異的紅潤，這是功力透支的表現。畢竟師傅不是師祖，也許由師祖來施展這拂塵，說不定就拿下了老村長，因為師祖功力深不可測。

但還好的是，師傅沒有受傷，反倒是老村長身上多了很多冒著陣陣青煙的痕跡，不過和老村長戰鬥也不能受傷，第一是因為老村長下手的人幾乎都死了。第二，我想起了師傅說的，別讓他咬到，咬到後果應該很嚴重！

看見師傅這個樣子，我已經顧不得這許多了，面對殭屍，所有關於傷魂的手訣都沒太大的作用，我起手就五雷訣，和元懿一樣，我所引之雷是天雷，既然拚命，我也就不再留後手。奇怪的

是，這一次雷訣的掐動不像上一次那樣阻力重重，很是不順。相反，我的手訣掐動得順利無比，且已經和雷電建立起溝通，我能感覺到空氣中瀰漫著狂暴的雷電，含而待發。

慧大爺見我掐動五雷訣，忽然說道：「承一，停下來，慧根兒的超渡就快完成，你克制五分鐘，和你師傅一起掐動雷訣。」

我師傅也看見我掐動了雷訣，大吼一聲，用拂塵掃過老村長的下盤，絆倒了老村長，然後吼道：「凌青，孫魁，行動！」

此時，天空中烏雲密佈，狂風吹過，已經帶起了呼嘯的聲音，那濃濃的雨意，幾乎用鼻子都能聞到，大陣已經快蓄勢完畢了。我不知道為什麼要拖延五分鐘，我生生的停止掐動手訣，卻因功力被逼回去，吐了一口血，師傅來不及給我解釋這許多，一把拉住我，說道：「去外面。」

我壓制著心裡的那股冰冷的殺意，恨不得毀滅再毀滅的意念，非常的辛苦，任由著師傅把我跌跌撞撞的拉出祠堂。

師傅知道我在壓抑上身之物，非常辛苦，也不和我計較，畢竟茅術要很快的完成才是最好，但這個時刻，大家都豁出了性命，這一點兒又算得了什麼？是的，每個修者心裡都要有一條大是大非的界限，有些事不能做，而有些事必須做！

當師傅拉我出去的時候，老村長就毫無顧忌的撲向了慧覺，畢竟毀滅慧覺師徒，阻止怨氣世界破，才是老村長最終的目的，我很擔心，可這時，一道紅色的影子快速飛向了老村長，然後趴在老村長的後腦上，狠狠咬了一口！

我還沒來得及看清楚，就已經被師傅拉動著跑出了祠堂，在祠堂外十米的一個地方站定。剛站穩，我就看見，此時老村長的身上密佈著那種紅色的蟲子，而老村長竟然一動也不能動。

362

那紅色的蟲子是什麼？凌青奶奶和如月終於出手了嗎？我只是隱約能看出那紅色的蟲子像是蠍子，可又不完全是，蠍子什麼時候有翅膀了？凌青身影出現在了祠堂的院子中，手上拿著一個奇怪的樂器，在努力的吹奏，可是我看樣子是那麼的吃力，凌青身影出現在了祠堂的院子中，手上拿著一個奇怪的樂器，在努力的吹奏，可是我看樣子是那麼的吃力，因為我看見那丫頭整個身體都在顫抖。就在這時候，一道閃電劃過了天空，師傅忽然對我說道：「承一，如果這一次我們要死去，你怕不怕？」

「我怕，可是不拚一樣會死。」我大聲說道，但是說這句話的時候，我很辛苦，因為在努力的壓制著身體裡的鬼仙，我恨不得現在就掐動雷訣朝老村長劈去。

「這裡是整個大陣威力最強的地方，你知道嗎？我們的計畫就是把老村長禁錮在這裡，然後毀滅。可是老村長比我預想的還強……總之，我一個人引雷，所帶來的天火不夠，需要你。」師傅說話好像頗多的顧忌，但他話裡的意思我卻非常的明白，因為陣法無眼，傷老村長也會傷我們。

「師傅，我還有那麼多事沒做，我不會死。」我大聲地說道，因為風聲太大，我必須這樣大聲的吼叫，可這樣大聲說話的感覺卻很爽快，連帶著我的話也多了幾分自信。

「是的，我也有很重要的事沒有做。我們不會死。」師傅也大聲地說道。

「死了也無所謂，師傅，你下輩子要再當我的師傅。」我忽然間豪情萬丈，在生死間徘徊，我不再是躲在師傅背後那個小孩子了。

「說了，我們不會死。」師傅的聲音平靜了下來，天空中越來越多的閃電劃過，照亮了師傅的臉，我發現師傅眼中有一種非常堅定的信念，我不知道是我的哪句話讓師傅有了如此堅定的信

念。

就在我們交談的時候，老村長已經被那些蟲子完全壓制在了院中，一動也不能動，我快兩天沒見著的孫強這小子也出現在了院中，我看見他用五色的繩子不停的在捆綁老村長，脖子，四肢都有蟲子不停掉下來死去，可是又有新的蟲子不停撲上去，我看見凌青奶奶和如月兩個人都在顫抖著，我不懂蠱術，可我知道，要控制那麼多蟲子，一定非常吃力。

孫強在捆綁完老村長以後，就推開了門，我看見凌青奶奶和如月兩個人都在顫地上，那盒子裡是朱砂。我知道他們爺孫倆是趕屍人，可我卻不懂他們具體要怎麼做，但是孫強的爺爺為什麼會拒絕孫強遞過去的朱砂呢？

容不得我多想，藉著祠堂的光亮，我看見孫強的爺爺拿出了一把類似於錐子的東西，朝自己的心口戳去，他要做什麼？我壓抑鬼仙強很辛苦，所以不敢叫出聲來，卻聽見師傅在一旁失聲喊了一句：「孫魁，你幹嘛？用自己的靈魂強行帶動殭屍，你會死的！」

我也聽見孫強喊道：「爺爺！」喊話間，竟然要衝上去奪走老人手中的錐子。

我第一次知道，那個老人原來叫孫魁，此時他大吼道：「人死或者重於泰山，或者輕於鴻毛。老姜，強子，你們不要阻止我，我多年趕屍，早已屍氣纏身，醫院報告出來，我已經患上了絕症，沒有多少日子了。這次就讓我幹件轟轟烈烈的事兒，很多年前到現在，人們一直都不待見趕屍匠人，可他們不知道，我們也是很厲害的。哈哈哈。」

這又是一個第一次，我聽見這個叫孫魁的老人說那麼多的話，可他的話卻如此的震撼我，我看見孫強頹廢的蹲了下去，抱著腦袋，或許是在痛哭，可是不怪他不堅強，因為我也想哭。師傅

364

望著這一幕，不知道在想什麼，他忽然對我說道：「承一，你也長大了，剛才都跑得比師傅還快了。」

我不知道師傅說這話是什麼意思，下意識的說了一句……「師傅，那是你沒用輕功，這夜裡……」

我想說這夜裡不好動用輕功，卻被師傅打斷，他說道：「孫魁這次怕是要離開了，我們老一輩的總要離開，而你們年輕一輩的總要長大。」

忽然間，師傅大喊道：「老孫，我會親自為你作事的。」

「好，記得幫我下輩子找個好人家！」孫魁很爽快的回了一句。剎那間，我的淚水也跟著流了出來！

我不明白師傅為什麼不阻止孫魁，難道就因為他患上了絕症嗎？在很多年以後，我才明白，男人之間的友誼，最珍貴的不是所謂江湖義氣，你衝第一，我第二的那種所謂熱血，而是一份尊重，從心底尊重自己的朋友。

師傅對孫魁就是這樣一份尊重，他知道孫魁的願望就是如此，想在生命快要終結之時，為趕屍人記上一筆功德，這畢竟是國家的行動，師傅就選擇了尊重。

是啊，與其讓孫魁在醫院裡等死，不如讓他自己去選擇一個沒有遺憾，綻放生命的方法去完成自己最後的日子。

如果不是友情深到了一定的地步，一定不會理解這種尊重的。

閃電越來越密集的在這個小村的上空交錯，孫魁動作很快的在自己身上七個地方分別戳了那麼一下子，在雷光的映照下，他的動作竟然有那麼幾分悲壯的味道。

蟲子一個一個掉下來死掉，沒有新的蟲子再飛過去了，可老村長還是定住不動，我不懂這蟲術的奧秘在那裡，不過我相信凌青奶奶和如月一定給孫魁留下了充分的時間。

凌青奶奶在如月的攙扶下向我們走來，而我看見孫魁用手指沾著自己身上的血，在老村長身上寫寫畫畫，我也不知道在做什麼。

凌青奶奶走到我和師傅所站的位置，然後在旁邊坐下了，她說：「立淳，我累了，先歇息一會兒。」

我回頭看見凌如月，她的臉色很難看，估計剛才那一場動作，也耗費了她太多的心力，可是我卻發現這小丫頭臉上全是淚水，她望著我說道：「三哥哥，孫魁爺爺真可憐。」

我一把抹乾了臉上的淚，回了一句：「他不會白死的。」

我師傅，我看不出他是否哀傷，我只聽他低聲說了一句：「孫魁不可憐，我知道他很滿足。」

大家靜靜看著，接下來是孫魁的時間。

為什麼要滿足？去死還是滿足嗎？那時我顯然不能理解，凌如月也不理解。

凌青奶奶拍著自己的胳膊，忽然也說了一句：「我認識他也有三十幾年了，想當初還是立淳你介紹給我認識的。我從來沒看過他像今天那麼豪情萬丈的樣子，他是真的很滿足。」

「是啊，我猜慧覺也這麼想。」師傅說道。

我和凌如月對視一眼，我們看不出老一輩的人到底是哀傷還是平靜，可從他們的話間，我聽出來了，他們幾乎是半輩子的戰友了，為何對一個戰友的離去，能如此的淡定。

此時，孫魁已經在老村長身上畫完了符紋，然後他拿出了一個鈴鐺，走到孫強面前說了幾句什麼，然後我就看見孫強朝我們走了過來，當他走到我身邊的時候，我一把攬住了他，說道：「小

強，以後我就是你親哥。」

孫強的淚水停也停不了，只是沉默著點頭，我注意到他的指關節捏到發白。其實這小子已經很堅強了，如果要我這樣親自看著親人去死，我會瘋的，即使我的親人只能再活一天，我也不能這樣看著他去死。

這不是孫強不重感情，而是因為我太重感情，幾乎已經成為了我纏繞一生的執念。

慧根兒誦經的聲音還在繼續，可是我們的眼前變得清朗起來，這種感覺不知道怎麼形容，可就是心頭清明的感覺。

可這時，慧根兒那悲天憫人的誦經聲忽然消失了，變成了一種威嚴且壓迫的聲音，我看見我周圍的草木開始大片大片的枯萎，無數的黑色氣息炸開，然後在天空中瀰散不見。

這樣的情景只是一瞬間，我再看時，整個村莊變了，終於變成了那種荒廢了幾十年的荒村模樣，地裡的莊稼不見了，那些看起來很完好的房子不見了，能看見的只是斷垣殘壁，還有淒淒的荒草叢生。

老村長的怨氣被渡盡，因為怨氣而產生的幻覺也就再也不能迷惑人眼，這才是村莊的真實模樣。

慧根兒的誦經聲停止，那個威嚴的聲音也已消失，我只聽見一聲稚嫩的聲音，著急帶著哭腔的喊了一聲師傅，這聲師傅喊得我心底一沉，莫不是慧大爺出了什麼事兒？

我幾乎要把持不住自己衝出去了，無疑，我對慧大爺的感情也是極深的。

可下一刻我卻聽見一個虛弱的聲音說道：「慧根兒別鬧，我們看孫爺爺表演。」

還好，慧大爺還活著！我稍微鬆活了一口氣！

可能怨氣世界被制破，原本已經被制住的老村長忽然發出了一陣兒震天狂吼，於此同時，天空劃過了一道最大的閃電，照得眼前一切白晃晃的。

發狂的老村長，悲壯的我們！

「孫魁，快，蟲毒壓不住他了。」凌青奶奶失聲喊道。

蟲毒？還有蟲毒能壓制殭屍？我簡直不敢相信，蠱術真的太神奇！

可孫魁只是望著我師傅，大聲說道：「老姜，可以了嗎？我們哥倆再配合一次吧！」

師傅望了一眼天空，說道：「來吧，你只管引來，我接著！」

我身旁的孫強哭得已經上氣不接下氣。我望著孫魁，忽然覺得這老頭兒對師傅好深的感情，在這一刻，竟然只是望著我師傅喊話，我不知道他們之間的往事，可我覺得很嚮往他們的友情。

沒有理會任何事，孫魁開始念起奇怪的語言，然後搖動起手中的鈴鐺，開始邁動步伐，我看見了讓我這輩子都銘記在心的畫面，那個不可一世的老村長竟然跟著孫魁的步伐，也邁動起步伐來。

我看得出來，老村長在掙扎，可是走在他前面的孫魁卻是那麼的威嚴而不可抗拒，鈴聲響亮，聲音堅決，只是一步再一步的踏動步子，老村長只能硬生生跟著。

趕屍人，如此豪情！趕屍人，也能如此瀟灑！

我耳邊是孫強嗚嗚的哭聲，我眼前是孫魁那彷彿在跟天地談笑的咒語聲，我看見師傅忽然抹了一下眼睛，對我說道：「承一，準備雷法。」

然後對凌青奶奶點頭，凌青奶奶說道：「接下來，就麻煩妳了。」

凌青奶奶點頭，翻手一懂，我還沒看清楚，就看見一隻火紅色的大蠍子趴在她的手上：「殭

368

屍最是陰邪之物，這小傢伙的陽毒夠他受！」

師傅點點頭，然後望著前方，孫魁已經離我們不到三米的距離，師傅和我同時開始掐訣，在我們掐訣的同時，天空中第一道雷電終於落下，嘩啦一聲擊打在這荒蕪死寂的村子裡，然後神奇的大火沖天而起。

我壓抑了太多的悲傷，這一次我決定引動七十二道天雷，我他媽的劈死你這個被怨氣控制了的怪物。

由於大陣的幫助，我的雷訣掐動得分外順利，我只是擔心待會兒的控雷，以我的功力能不能支撐，可是又怕什麼呢？我動用下茅之術，自有鬼仙幫助我。

我其實沒有發現，我的身體已經冷到這帶著濕氣的狂風一吹過，竟然都能在皮膚表面留下了一層薄薄的霜，我這樣的身體怕是關不住自己的靈魂了。

可是，人的命運從來都是不可預知的，這才讓人生充滿了樂趣，不管是危險還是悲傷，到終結的時候，總是最寶貴的財富。

當時的我只顧引動雷訣！

「轟」「轟」「轟」，天地間的驚雷不停落下，我在雷聲中聽見孫魁對師傅說道：「老姜，我累了，在這裡歇息一會兒，看你收了他。」

沒有聽見師傅的回應，因為他和我一樣，在掐動雷訣，不可能給出孫魁回應。

當我掐動完雷訣，睜開雙眼的時候，我看見老村長就站在離我兩米不到的地方，那張恐怖的臉上貼著一隻火紅色的大蠍子，是凌青奶奶把他固定在了這裡！

此時，先我一步掐完雷訣的師傅，已經控制著第一道天雷落下。

# 第三十章 落幕？

隨著師傅的第一道天雷落下，奇異的事情發生了，那雷電打在老村長的身上，竟然帶起一小片雷火，燃燒了好一陣子才熄滅，老村長發出一聲痛苦的嘶吼，幾欲掙扎，卻掙扎不動。

這就是雷火大陣的作用，化雷為天火！

緊接著第二道雷又落在了老村長的身上，同樣帶起一片雷火，跟著，我召喚的天雷第一道也跟著落下，我感覺身體像被抽空了什麼東西，可是瞬間又補上了。

我知道這是有強大的鬼仙在支持我，所以我也毫無顧忌，跟著師傅，陣陣雷電毫不猶豫的落下。

看著老村長被雷火燒得慘叫連連，我心中竟然有一種快意的發洩感覺，當然，這其中有上身鬼仙的原因，也有自己壓抑了太多悲傷的原因。

所有人都沉默，天地間只剩下陣陣的雷聲，我也明白師傅為什麼固執的要把老村長引來這裡了，因為從天上由陣法引來的落雷，竟然大多數都落在此地，有很多打在了老村長身上，帶起了威力更大的雷火，也有很多打在我們的周圍，我們的周圍也起了陣陣火團。

因為這裡太危險，其餘人早就在凌青奶奶的帶領下進祠堂避開了，只有老孫頭還握著個旱於杆坐在那兒，臉上還帶著期待的笑容，可是他的雙眼早已閉上。

他已經去了！

我一邊控制著落雷，一邊流淚，心裡說不上的悲涼，就這樣去了嗎？

370

因為現在我和師傅在控制落雷，雷火劈不到我們身上，但是老孫頭的屍體卻難免暴露在雷火之下，可奇怪的是，在如此密集的雷火之下，老孫頭的屍體竟然安然無恙，是上天庇佑嗎？

不，上天不會去管這等小事兒的，我看見的是師傅分外吃力地在控雷，事實上，他應該比我輕鬆，他只是在保護著老孫頭的屍體而已。

此時，那隻紅色的大蠍子已經掉落在了地上，老村長恢復了行動的自由，可是我們怎麼能任由他？

一道道的雷電落下，猶如一張電網把老村長包圍在了裡面，裡面火光沖天，我不時看見老村長身上燃起熊熊大火，然後又詭異的熄滅，這些火勢還不足以把他消滅？

我滿心震驚，卻發現一個事實，老村長不停在往嘴裡塞著一種紫色的植物，那植物發出淡淡的螢光，是不久前我看見的那個。

我知道他想衝出來，想給正在控雷，已經毫無防備的我和師傅致命一擊，可是如此密集的雷火，他又怎能如願！

七十二道天雷說起來很多，可是實際釋放起來卻是很快，眼看還剩下九道天雷沒放，我的心有些慌亂，因為在我和師傅周圍，由於雷電的密集，已經起了沖天大火，我和師傅要怎麼出去？

我忽然想起了師傅對我說過的話，怕不怕死？原來在這個地方，真的是如此的危險！

「承一，控制九道天雷一起落下，我們給他來下狠的，然後我們就衝出去。」師傅忽然大喊到！

是啊，我看見老村長猶有掙扎之力，而且我還看見他把一個紫色的，球狀物塞進了嘴裡，有突破這萬千雷電的徵兆，那紫色的球狀物又是什麼？

所以，師傅的判斷是對的，我們要來就來一下狠的！

我努力的集中精神，控制著九道天雷同時落下，接著師傅剩下的七道天雷也跟著落下，彷彿老天還嫌這樣氣勢不足一般，跟著有三道粗壯的天雷也同時打在了老村長的身上！

「轟」，就像一個炸彈憑空爆炸一樣，天地間忽然巨響，我和師傅同時被震了出去，我就倒在一團火的旁邊，那散發著高熱度的火焰，一下子就讓稍微有些迷糊的我清醒了過來。

我不知道算不算我運氣好，我竟然被震出了那雷電最密集的地方，而師傅就在我旁邊。

我剛鬆了一口氣，卻發現師傅手持三張紫色符，毅然又衝了回去，我大喊了一聲師傅，跟著站了起來，卻在這時，由於七十二道天雷，幾乎已經耗盡了我的力量，請上身的鬼仙忽然就離去了。

我身子一軟，那是身體和靈魂同時的虛弱，我一下子趴倒在地，卻聽見師傅喊了一句：「事情還沒有完，我還要帶孫魁出來。」

我的眼前一陣一陣的發黑，卻死死的盯著師傅的身影不肯閉上眼睛，我看見一個火人衝出了大火，那是老村長嗎？還不死？

也看見師傅手持三張符，迎了上去，我咬著牙齒，努力不讓自己昏過去，卻感覺有兩雙手扶住了我，一看，是凌青奶奶和如月，她們強行拉著我後退。

我聽見了師傅快速念動咒語，然後將三張符在地上擺放好，在那個時候，那個火人已經撲到了我師傅的面前，我離得不算近，可也能感覺那火人沖天的怨氣。

接著，我看見原本散亂的火團忽然沖天而起，幾乎是以肉眼捕捉不到的速度朝這裡燃燒而來，一下子吞沒了我師傅和那個火人的身影。

我心大痛，喊了一聲師傅，雙眼一黑，就昏了過去。

也不知道過了多久，似乎只是一瞬，我在迷糊中彷彿看見師傅被燒死的景象，他掙扎著是那麼的無助，周圍沒有人！沒有人！

我的心彷彿被重槌敲打過那麼痛，一下子就醒來了，看見的卻是凌如月關切的目光，我顧不得那麼多，只是喊道：「師傅，師傅！」

凌如月讓開了身子，我看見的是連天的雨幕，周圍盡是青煙裊裊，還有一些未熄滅的雷火，也在雨勢下，漸漸熄滅，我還看見一個身影，很狼狽，腳步很蹣跚，背上還背著一個人，是我師傅！

我的淚水奔湧而出，忍不住顫聲問到凌如月：「如月，我昏迷了多久？」

「不到兩分鐘，你才暈過去半分鐘，這大雨就落下來了，可憐我和奶奶必須站在這兒陪你淋雨，怎麼昏過去了還那麼大的力氣，死拽著我們不肯走，拉都拉不動。」凌如月看似責怪我，可是語氣竟輕輕鬆了下來，這一場驚心動魄的大戰，就這樣結束了，總算結束了。

這樣的輕鬆，是每個人從心底生出的感覺。

師傅走到了我面前，還是倔強的背著孫魁的屍體，他的臉上身上全是黑色的，被大火薰過的痕跡，他說道：「那三張符，是火符，引火最是厲害，火是朝老村長燒的，不是朝我，我避開了。」

這場雨也落得及時，不然我和老孫就出不來了。

雷火陣，是必然有雨的，這和元懿引天雷是一個道理，只是它落得那麼及時，卻是讓人料不到的。

可是，老天！它什麼時候又讓人看透過？

一陣陣虛弱的感覺朝我襲來，這幾天對於我來說，簡直就像天天遊走在生死的邊緣，我很累，真的很累，我想睡過去，可是我還不能，我牽掛著一個人——慧覺。

師傅不肯放下老孫頭的屍體，只是背著他徑直走在了前面，我被凌青奶奶和凌如月兩個女人扶著走路，頗有些不好意思，可是我自己真的邁不動步子了。

師傅走進祠堂，放下了老孫頭的屍體，拍拍老孫頭的肩膀，然後蹲在他的面前點上了一杆旱菸，孫強一下子撲過來，抱住老孫頭，痛哭著悲呼著爺爺。

沒有人要拉開孫強，如果悲傷，那就盡情的悲傷吧，老孫頭已去，這悲傷是可以盡情發洩的。

這不同於元懿，他還在，我還背負著一身的果，需要還。

一個虛弱的聲音插了進來，是慧覺，他說：「慧根兒，扶我到老孫頭旁邊去。」

慧根兒乖巧的點頭，扶著慧覺一步步走到了老孫頭的旁邊，慧覺望著老孫頭，手上還捏著半個染血的雞蛋，他喃喃說道：「你和姜立淳這個混蛋是一夥的，你們老抽旱菸，我就吃雞蛋，你這袋子旱菸沒抽完，我這個雞蛋也沒吃完。我看我要下來陪你了。」

師傅忽然憤怒的轉過頭，說道：「老孫頭是死而無憾，你是嗎？我說了，不准你死！」

面對我師傅的轉過頭，慧覺只有苦笑，而凌青奶奶則拉過慧覺的手，直接替他把起了脈，過了好一會兒她才對我師傅說道：「內臟破裂，有內出血，好在他功力高深才能撐到現在。可是，凝固的瘀血又在他體內形成了阻塞……」

凌青奶奶還沒有說完，我師傅已經大手一揮，吼道：「我管他什麼，我就算為他施展逆天改命之術又如何？」

說完，我師傅又看了一眼孫強，他顧及到這個孩子的感受，蹲下去說道：「強子，不是我不

為你爺爺施展此術，也不是我不阻止你爺爺，你爺爺最大的願望，是讓人們有一天不再嫌棄趕屍人這個職業，見到他們就跟見到髒東西一樣。你爺爺……」

孫強抹乾眼淚對我師傅說道：「姜爺，我知道的，爺爺死之前已經跟我說了幾句話，姜爺，我很感謝你不要命都把我爺爺的屍體帶出來。」

孫強沒有說老孫頭兒最後跟他說了什麼，也沒人追問，也許在他心中，那是一份最珍貴的記憶，並不需要和他人分享吧。

而他肯定也明白，我師傅不要命都只為帶出他爺爺的屍體，又怎麼可能不願意為他爺爺施展逆天改命之術呢？這只是個簡單的道理。

師傅又安慰了孫強幾句，然後就沉默。

見我師傅沉默了，慧覺忽然說道：「什麼逆天改命，我不接受，我佛門中人，早就看透生死了。」

慧根兒一聽自己師傅說這話，立刻眼淚汪汪的看著慧覺，可是我師傅也不多言，拉著慧覺的手也不知道在上面寫了什麼，慧覺全身一震，忽然就歎息了一聲，念了一句：「阿彌陀佛。」

看樣子，慧覺是要接受了，到底是什麼字，讓慧覺這個佛門中人都起了如此的執念呢？我很好奇，可是在這種悲涼的氣氛中我也沒有多問。

倒是凌青奶奶忽然從腰間掛得亂七八糟的竹筒裡面拿出了一個竹筒，然後從裡面逮出了一條軟軟的蟲子遞給了慧覺，然後說道：「什麼逆天改命之術，還沒有到那個時候，這件事完了之後，

跟我去苗疆。老姜他們那一家的老三在苗疆採藥，我們那裡的巫醫也很厲害，讓他們給治治，然後再去醫院鞏固一下吧。」

慧覺看著手上的蟲子，有些無語的盯著凌青奶奶，問道：「我是佛門中人，不吃肉的，妳要我煮了吃下去？我不幹！」

凌青奶奶斜了慧覺一眼，說道：「誰給你吃肉了？這條靈蟥我可捨不得給你吃掉，我是讓你現在吞進去，待會兒還要給我吐出來。」

儘管我很悲傷，可是凌青奶奶的話還是讓我忍不住打了一陣兒乾嘔，這軟趴趴的蟲子要吞進去？要取個那麼好聽的名字，叫靈蟥。

蝗蟲？不像啊！難道是那吸血鬼——螞蟥？螞蟥？是的，很像螞蟥，我全身雞皮疙瘩起得更厲害了，誰敢吞那玩意兒進肚子啊？不得被吸成乾屍？

凌如月像看土包子一眼的看著我，然後頓了半天才說道：「對於瘀血不通的地方，螞蟥可是極好的。不過，靈蟥太難培育，算了，給你說了你也不懂。」

至於我師傅拿出旱菸杆兒來咬著，吐著煙，神色已經安定了許多，我聽他在念叨著什麼，原來是：「立仁在苗疆啊，那太好了。」

我終於撐不住，睡了過去，只是這一覺睡得很安穩。

當我再次醒來時，已經是第二天的早上，這個村子沒有了怨氣籠罩以後，連陽光都透徹了很多，只是師傅說過，這些怨氣也不可能一時渡盡，總還是要些時日，慢慢散去。

至於那些變異的蟲子，師傅只給了一個意見，這裡需要大規模的灑下殺蟲藥，就是如此。

那些自然是國家要處理的事情，犯不著我們再來煩心，沒有了老村長的存在，這裡的一切都

將變得簡單起來。不過這裡還是留下了許多謎團，我不清楚，就比如河中有什麼，那紫色的植物是什麼，以及晟哥。

沒人給我解釋什麼，師傅說通訊設備已經不受干擾，他必須趕緊聯繫上面的人，可是他又說了一句莫名其妙的話：「根莖已被吞食，還有嗎？」

什麼根莖？我更不懂！

此時，我只知道我已經不在祠堂，也不知道是誰背我來這裡的，這裡是一處稍微完好的村民民房，不過也是，祠堂那個屍骨遍地的地方，想想也不是人能睡的。

這個早晨很安靜，我一出門就看見沁淮在門口晃蕩，我還是很虛弱，不過看著手臂被吊起的傷。

沁淮，我還是忍不住說道：「哥們，對不起啊。」

「咱倆誰跟誰啊？這一次那麼危險，不掛點兒彩，我都不好意思說我來過！再說，換成一樣的情況，你不也得救我嗎？那槍威力一般，彈頭又是斜著飄來的，我沒啥大事兒，算擦傷啊，擦傷。」

這時，凌如月牽著慧根兒過來了，我習慣性的想一把抱起慧根兒，卻尷尬的發現，我竟然沒力氣抱起他，只能捏了捏他的臉蛋兒問道：「你師傅呢？」

「額師傅含著人參片兒在睡覺呢，額明天就跟姐姐去苗疆，哥哥你去嗎？」慧根兒半是普通話，半是陝西話的跟我說到，那語氣逗人得很，我聽著都忍不住笑。

「額師傅含著人參片兒在睡覺呢，額明天就跟姐姐去苗疆？我也不知道，一切但憑師傅安排吧，我只是身在四川，有些掛念我的父母而已。」

沒有回答慧根兒的問題，我看著凌如月說道：「咋這麼安靜？」

「昨天道士們都累了，那麼大的陣，那些道士們要各自主持一方，至於其他人去收集那些村

民的屍骨，一起給埋了，這是你師傅要求的，他說雖然超渡了，也不是那麼快投胎，總是要有個埋骨之地。」凌如月簡單的回答道。

「是啊，那些死去的戰士魂魄經過超渡，應該擺脫了老村長，魂歸故里了，但屍體不能帶回去，只能火化了，帶骨灰回去。這一次的事兒，這些戰士都覺得太恐怖，他們能打能殺，可是面對這些，還真的不如道士。」沁淮在我旁邊也補充說道。

我雙手插在褲袋裡，有些茫然看著天空，說道：「術業有專攻，怎麼就不如道士了？上戰場殺敵，難道我們還比他們強？而且這一次，犧牲了不少戰士……」

說著，說著，我的聲音就變得低沉了！

老村長真的滅了嗎？就跟做夢一樣！可是犧牲了那麼多人，他還不死，也就太逆天了。

這時，師傅已經處理完彙報上面的事兒，走出來，對我們四個說道：「走吧，我要親自為孫魁做場法事，你們跟上吧。」

我心裡又是一陣兒難過，問師傅：「孫強呢？」

「守他爺爺，守了一夜。」師傅簡單地說道。

沁淮則說道：「孫大爺真的很英雄，這老村長滅了，他有一半的功勞！我到現在也不敢相信，老村長就那麼滅了，太他媽厲害的一個怪物了。」

我師傅有些茫然，喃喃的說道：「殭屍身我親眼看見燒成了飛灰，厲鬼魂也是鎖魂大陣困住了，然後鎮壓，渡盡怨氣後，應該是魂飛魄散。嗯，是滅了吧。」

378

# 第三十一章 事出有變

夏日十點的太陽熱度已經高得嚇人，搭好的木臺上，燃燒的火焰使得周圍的空氣都因熱度變得扭曲，看起來模糊而不真實。

師傅哀傷的聲音在這裡迴盪：「嗚呼哀哉，我友孫魁……」這是師傅親自給孫魁寫的祭文，哀傷卻也大氣，在祭文中，師傅簡略回憶了孫魁的一生，也講述了他們共同的友誼，我聽著這篇祭文，發現師傅和孫魁一起真的經歷過好幾件大事兒，雖然只是簡略的一筆帶過，可也讓人聽著覺得心驚肉跳，更為他們這種可以同生共死的友情而唏噓。

一場法事，由於條件的限制，有些簡陋，可是師傅卻做得盡心盡力，想必孫魁爺爺也沒有遺憾了，有自己最好的朋友，一個功力高深的道人為自己渡化，送自己最後一程，這人生也算圓滿了。

在法事的中途，慧大爺來了一次，他想親自為孫魁念一篇超渡的經文，卻被我師傅阻止了：

「這是我道家的法事，你佛家的人來攪和啥？」

「孫魁是你朋友，就不是我朋友了？看你這樣子，跟我搶你生意似的。」慧大爺毫不示弱，

「一場朋友的法事，竟然被他說成搶生意。

「你就是搶生意了，要單挑嗎？」

「你欺負老子受傷了，是不是？」

這明明就是孫魁爺爺的法事，我師傅和慧大爺這樣鬧著怕是有些不像話吧？我是小輩，自然

不能阻止，於是走向凌青奶奶，開口說道：「凌青奶奶，你看我師傅和慧大爺⋯⋯」

「由著他們去吧，孫魁生前就愛看他們倆鬧騰，讓他再看一次吧。」凌青奶奶語氣淡然，但眼神哀傷，我轉頭一看，我師傅和慧大爺雖然在鬧騰，可眼中一樣有一抹化不開的悲傷。

或許，他們是故意的。或許，他們當孫魁還在，還是這樣自然的鬧騰。

孫魁爺爺的屍體帶回湘西顯然不現實，除非趕屍，可這裡馬上就會有上面的人來接手，趕屍是不現實的，何況孫強也沒那份功力，把屍體趕回湘西。

「帶回骨灰就好，爺爺說過，如果以後他客死他鄉，一罐骨灰能帶回家鄉就好。」孫強如是說道。

所以，這場法事進行了整整四個小時，最後，由我師傅親自揀了孫魁爺爺的骨灰入罐，把還滾燙的罐子交給孫強的時候，我那一直沒流淚的師傅終於流下了一滴眼淚⋯「老朋友了，昨天還在和我說話，如今住在了這罐子裡⋯⋯」

師傅的眼睛紅得厲害，終究沒再說下去，凌青奶奶用手帕擦了擦眼睛，慧大爺直接用袖子抹了一把臉，老一輩的人淡然，可也並非真的能做到看淡生死，只因這份濃濃的情意放不下。

下午三點，這裡的所有事情已經處理完畢，是時候離開這片村子了，擋住村子的那座大山，濃霧已經散盡，只因沒了陰氣，也沒了怨氣。

那些蟲子在大規模的灑過一次殺蟲藥後，應該會死一大批，而沒了陰氣和怨氣，自然陽間的陽氣會重新瀰漫這裡，剩下的，也會隨著生老病死的輪迴，慢慢變回正常的蟲子。

畢竟蟲子的壽命不長，這樣的淨化用不了多少年，也許國家也不會只灑一次殺蟲藥。

不過，這些也不是我再能關心的了，一個老村長讓所有人都身心疲憊，我和所有人一樣，只

想快點離開這裡，只不過，我望著入村口，有些哀傷……

師傅失去了一個好朋友孫魁，我在那裡也失去了一個好朋友——晟哥，人生總是不停的得到與失去，誰也避免不了，我這次失去一個好朋友，可我得到了什麼呢？難道是哀傷？

我在沉思，師傅走在我旁邊，問道：「三娃兒，想什麼呢？」

我不想提晟哥的事情，一邊走著，一邊對師傅說道：「我就在想老村長很厲害，好像能洞察我們的一切行動一樣。」

「這是我也沒涉及到的領域，不過我收藏的古書倒是有記載一些，厲害的鬼物，周圍的瀰漫陰氣也是它的一部分，這一片地兒全部被陰氣所籠罩，我想是不是這個原因。」師傅也不是很肯定地說道。

雖然老村長被滅了，但他留給我們的謎題不少，至少現在我們還不能解開。

我相信師傅一定知道得更多，就比如關於那紫色的植物，可惜他好像沒有興趣給我說起。

面對師傅的回答，我有些震驚，這樣說來，老村長真的厲害的超乎想像，就這樣被滅了，讓我有一種不真實的感覺，不過師傅的說法顯然也是最合乎事實的說法。

「師傅，還記得昨晚老村長的調虎離山之計嗎？」我問道。

「順便我也看了看路，此時我們也快走出村口，再走一會，就要到山腳了，翻過那座山，剩下的路也就好走了，不過今天應該走不出這片地兒，還要在以前的總部休息一晚，明天才能離開這裡吧。

師傅有些奇怪我怎麼忽然提起這個，於是問道：「記得，怎麼了？」

「師傅啊，老村長身體化為了厲害的殭屍，魂魄則是厲鬼，那天晚上引我們出去的是厲鬼，

可殭屍怎麼還能行動？」我就是不解這一點。

師傅望了我一眼，說道：「三娃兒，我一直告訴你，別忽略了基礎的知識，這一點我講過多少次了？殭屍只有兩魄，甚至有的只有一魄，它們幾乎沒有智慧，很多都是憑本能行事。而鬼物呢？我也說過，由於沒有身體，魄已經無限弱化，魂則強大無比，這下你懂了嗎？」

我有些汗顏，我當然懂了，魂魄是厲鬼，簡單的說，應該是魂是厲鬼，魄則控制殭屍化的屍體，所以老村長能一分為二，而我們用雷火殺死老村長，其實有些取巧，因為師傅先鎮壓了他的厲鬼魂，他的殭屍身只有一魄，所以老村長他也就傻乎乎的。

如果它們合二為一的話，那麼事情要複雜一些！

所以，老村長用調虎離山之計引開我們，二為一的參加戰鬥，至少我們還要多做一件事，就是逼得他魂魄離體。

只是，我還有些疑惑，老村長是有什麼限制，輕易不能離開這裡，那到底是什麼限制呢？

此時，我們剛剛走到村口，我不禁問出了這個問題，順便還說了一句：「師傅啊，這老村長的厲鬼鎮壓得也太容易了一點兒吧？」

師傅忽然臉色一變，說道：「糟糕，老村長原來住在哪兒，我必須回去一次。」

我心也跟著一跳，事情還沒有完嗎？這老村長當真是陰魂不散嗎？我大著膽子問道：「師傅，事情有多糟糕？」

「不算多糟糕，老村長應該還留有一魂，一受怨氣滋養，最厲害的魂！就如我們需要一個埋骨地，在輪迴之前，鬼魂是在一定的範圍內四處遊蕩的，可總是留有一魂在埋骨地一樣。老村長

不能入輪迴，自然只能成為鬼修、屍修，就是他的怨，所以他才不能輕易離開這裡，昨天那一戰，也許他感受到了巨大的危機……」師傅的話沒有說完，就停住了。

這裡所有的人看見師傅停下了，自然也跟著停下了，議論紛紛，因為不知道發生了什麼事，我卻體會到了師傅話裡的意思，老村長或許察覺到了此次，是他的劫數，所以故意分出了厲鬼魂，派出了殭屍身讓我們殺死，表面上看是調虎離山之計，實際上則是為了麻痹我們，為自己留一線生機，這才是根本所在！

可是，師傅怎麼察覺到了，有什麼地方不對勁兒嗎？

師傅開口正欲對我說些什麼，卻見在村子裡一道黑氣沖天而起，普通人的肉眼都能看見，這變化來得太突然，所有人都驚恐不已。

我心中震撼，這才是真正的壓抑了幾十年的怨氣吧，這樣沖天的氣勢！

師傅冷哼了一聲，說道：「不過一縷殘魂，還想做惡？」說話間，師傅已經拉開了架勢，一張符握在了手中。

師傅的話剛落音，卻出乎意料的，所有人都得到了一個回應，這不是尋常的說話聲，而是那種直接讓人心裡有感的回應：「一縷殘魂又如何？不是一直想收了我嗎？那就解了我的怨氣吧，不用想著鎮我，這次我拚盡全力，也要拉著一個人陪葬。」

師傅二話不說，開始掐動手訣，可是那怨氣卻以驚人的速度朝我們蔓延過來，當怨氣籠罩我們的時候，我的眼前一黑，明明是白天，在這怨氣的範圍內，竟然直接就像是黑夜來臨了一樣。

這番話說得不明不白，一邊又要人解了怨氣，一邊又要拉著人陪葬，誰知道什麼意思？

可是師傅的動作也很快，在怨氣瀰漫的同時，他的手訣也已經落下，這手訣一出手就是威力極大的鐵叉訣，專門用來對付冥頑不靈的厲鬼，它的功效除了把厲鬼魂叉出上身之人的身體外，只要不刻意限制功力，還能叉得厲鬼魂魄散。

這個手訣，師傅一般都是用來恫嚇厲鬼，真正使用則還是頗多顧忌，畢竟有傷天和，因為魂魄散幾乎是最慘的結果了。可是老村長為惡多年，師傅顯然是不會顧忌那麼多了。

手訣落下，黑氣中響起一聲悶哼的聲音，沒想到老村長不閃不避，竟然生生承受了這一指，多年怨氣的累積加諸於魂魄，一個鐵叉指顯然還不能讓他完蛋，可誰也沒想到他就這樣承受了，他究竟想做什麼？

就在我也驚疑不定的時候，忽然看見漫天的黑氣開始迅速集中，化為了一隻鬼爪，向我衝來，這一切就發生在電光火石之間，我還來不及反應什麼，就覺得身子一輕，像是被什麼人拉走了。

我回頭一看，正巧就看見自己的身體一下子軟倒在地，師傅滿臉憤怒焦急的把我往後倒下的身體接住。

又是我？我這已經是第幾次遭受這種磨難了？我都懶得去想了，可細想之下，也只能是我，畢竟一開始魂魄被拘，還沒恢復又被鎖陽壓靈，緊接著，還不顧肉身的承受能力，強施下茅之術，動用雷訣。

所以，我已經到了非常危險的邊緣，用師傅的話來說，就是再次回到小時候的狀態，處於陽不關陰的狀態，可能睡個覺，魂魄都會離體一會兒，需要這次回去後好好補回來。

這樣的情況下，老村長不選我，又選誰？

恍惚間，我聽見師傅怒吼：「帶我走，他會死的。」

是的，說不定我就會死的，這麼三番兩次的折磨換成普通的道士早就掛了，我從小底子扎實，師傅又是藥膳，又是香湯一路給我補來，我才能撐到如此的程度，可這一次呢？

逢三劫，逢三劫，難道我躲不開這個劫難？

就在我胡思亂想的時候，我聽見一陣兒癲狂的笑聲，然後是怒喝：「死或不死，是他自己的事，我既然能構築一個村子，我也會為他構築一個世界。」

接著，一陣強烈的睏意朝我襲來，根本無法抵擋，我像疲累了一千年一般，終於閉眼睡去。

我是在一陣兒飯菜的香味兒中醒來的，當我睜開眼睛，我看見媽擔心的坐在我旁邊，我心裡一陣兒內疚，說道：「媽，我以後不衝動和人打架了。」

我腦袋有些疼，依稀記得我昨天因為漁場的事情和人打架了，這漁場眼看著要收穫了，村裡人都有自己的小算盤，發生一些摩擦也在所難免，我脾氣暴躁，昨天忍不住和人打架了，好像結結實實挨了一下之後，就什麼也不知道了。

媽見我醒了，明顯有些高興，但只是一瞬，接著她的臉就嚴肅起來了，走過來，使勁拍了一下我的肩膀，說道：「你以後再去和人打架，你被打死在外面好了，你爸火著呢，這事兒還多虧老村長出面處理。」

想起老村長，我心裡一陣兒熱乎，他可是個好人，村裡哪家沒有事情麻煩過他？可他總是那麼無私的為每個人解決難題，調解村裡的事兒，昨天那打架的事兒，又少不得讓老村長頭疼了。

老村長是個好人啊，想起這個，我的心裡一陣兒內疚，從床上爬了起來，跟我媽悶聲說道⋯⋯

「媽，不然明天我去次老村長家裡道歉？」

「不用了，老村長是個熱心人，就沒想著要你們這群小崽子道歉什麼的，他明天要去巡視漁場，你們這群小崽子能消停一下，他就省心了。」我媽說道。

「那我明天也去巡視漁場吧，然後跟老村長說說話。」我說道。

「嗯，去吧，你把劉家的小子打傷了，你也被人打傷了，這事兒老村長說了，等明天巡視完漁場，在他家辦一桌，拉你們一起說說話，別想著報復啥的了，知道嗎？都鄉里鄉親的。」我媽說道。

我悶悶的點點頭，然後被我媽拉出去吃飯了。

第二天，是個秋高氣爽的日子，大上午的河邊就很熱鬧，漁場要收穫了，老村長要巡視漁場，村民們也來湊熱鬧，畢竟漁場裡的這些魚兒是村民們的希望啊。

沒辦法，苦日子過慣了，好不容易有了過好日子的希望，誰不熱心啊？特別是看著漁場裡時不時浮上來的魚兒，哪個不是滿心喜意？

老村長樂呵呵走來了，村民們看見他來了，都很熱情的打著招呼，老村長親切和每個人都打招呼，和每個人都家裡長家裡短的念叨兩句，一點兒村長的架子都沒有。

走到我面前的時候，老村長給了我一巴掌，說道：「三娃兒，傷好點兒了？」

我有些訕訕的笑笑，表示好了。

「好了，還去打架嗎？」老村長笑瞇瞇的看著我。

我紅著個臉，表示不打架了，不給老村長找麻煩了。

老村長哈哈大笑，使勁兒拍了兩下我的肩膀，說道：「下午到我家去喝酒，我大早上特意宰

386

了一隻雞，還割了一斤肉。你們幾個臭小子一點兒也不給我省心，一起喝一次酒吧，你們能握手言和，我就最高興了。」

我心裡一熱，哪家的雞不是寶貝啊？這年頭，肉也不是能天天吃的，老村長為我們那麼破費，就為了我們幾個打架的事兒，我都不知道怎麼表達了，他真的是個好村長。

和大家打完招呼，老村長樂呵呵的跳上船，我也跳上了船，可不知道咋的，我拿著撐杆大腦卻一陣兒空白，我一時間竟然忘記了怎麼劃船，這不是扯淡嗎？我明明就在這條河邊長大，幾歲就會撐船了，現在咋會有無從下手的感覺呢？

老村長一招呼，大夥兒紛紛都跳上了船，樂呵呵的划著小船就和老村長一起去巡視了。

我試著用了一下撐杆，卻發現莫名的很順手，我長吁了一口氣，我想我昨天是被那一下敲傻了吧，還真以為自己不會划船了。

老村長吼道：「走吧，要和我一起巡視漁場的人一起吧。」

老村長在前面，我們跟在後面，船兒蕩起一陣陣水紋，水面上，魚兒時不時的躍出水面，秋高氣爽，每個人的心情都很愉快，這真的是個好日子！

# 第三十二章　解謎

我期望今天能順利巡視漁場歸來，如果是那樣，中午我可以在老村長家裡吃一頓好的，而老村長說了，最多再過二天，整個村子都會忙碌起來，因為漁場在那個時候就收穫了。

吃頓好的，漁場收穫，想想這些生活是多麼的美好。

而無論從哪個角度看來，我的期望都只是很平淡的期望，可老天爺就是有這樣的本事，可以讓這麼平淡的期望都落空！

是殘忍的現實！

船兒在水中打旋兒，天上狂風大作，暴雨傾盆，水面上還翻騰著如同沸水一樣的泡沫，這就

我弄不明白，為啥風和日麗的日子會忽然就變成這樣，我在船上慌亂無比。

此時岸邊的情況也沒有好多少，人群開始嘈雜慌亂，我在風雨中看見我的爸媽，兩個姐姐在

岸邊對著我呼喊，心裡一陣兒淒涼，我不想死，我想活著，我還有許多事沒做。

我沒有孝敬爸媽，我沒有娶妻生子，我沒有想到這些，我就眼眶發熱，我拚命的想把船划向

岸邊，可是在這風雨中，船兒怎麼也不聽使喚。

「大家不要胡亂的划船，讓船順著水啊……」老村長的聲音適時的響起，就在這個時候，他

還在擔心著大家。

聽見老村長的話，我稍微心安了一些，沒有再胡亂的擺弄船了，不止是我，大家都沒有那麼

慌亂了，畢竟長久以來，在村子裡，大家都對老村長形成了一種依賴的心理。

388

彷彿是對應了這話，在老村長喊了幾聲以後，風雨竟然小了許多，水面也平靜了許多，竟然可以順利划船了，大家一片輕鬆，我擦了一把臉上的雨水，也高興的拿起船槳，準備划船歸岸。

可就在這時，在那邊的水面，忽然起了一道大浪，飛速朝我們奔來，那是什麼？所有人都驚恐的睜大了眼睛，不知道那道大浪底下到底掩藏著什麼。

在岸邊忽然有人跪下了，我看見那是村裡的老祭祀，由於離得遠我聽不清楚，只隱隱聽見什麼河神發怒了之類的話。

這話讓大家的心底更慌亂，也不知道是由於誰開始，大家開始拚命的朝岸邊划船，我也是其中的一員，特別是看到我那已經站在水裡，幾乎被水淹沒了整個雙腳的父親我更著急。

可是和村裡其他人比起來，我划船的技術不算很好，很快我就落在了後面。

又是老村長，他減慢了速度，開始用自己手裡的船槳，推每個人一把，有了這推力，划起船來果然順利了很多，我很快趕上了大家的腳步。

我感激的望了一眼老村長，繼續朝前划船，也不用太擔心老村長，畢竟他那划船的技術，在村裡都是頂好的。

果然，老村長很快追了上來，一會兒就划到了前面。

每個人都在爭搶著朝前划著，那道浪頭沉甸甸的壓在每個人的心裡，是那麼的沉重，原本看著不遠的河岸，此時看起來卻是那麼的遙遠，遙遠到生與死的距離。

岸邊的人們都在聲嘶力竭的呼喊，呼喊自己的親人快一些，我的家人也是，此時岸邊的親人成了人們爆發的最大的力量。

只是老村長，不知道怎麼的，我望著他的背影有些淒涼，他一直以來都挺孤獨，誰都知道，在村子裡，他除了一個遠方侄兒，幾乎是沒有親人。

我的心裡有些同情老村長，可就這一愣神，我又被落下了，我趕緊不再多想，而是奮力的朝前划去。

其實這個時候，誰沒有一點兒自私的想法？就如同兩個人同時被老虎追，跑不贏老虎，能跑贏另外一個人，也能贏的生存的機會。

河神總不可能吃了全部的人，只有落在後面的才會「遭殃」，這個道理誰不懂？連我也懂！

我想活著，我捨不得家人，漸漸的，我看周圍人的目光也不是那麼友善了，在生死面前，昔日的鄉親，竟然被劃定為了競爭對手。

這是錯嗎？我不知道。我只知道我真的不想死。

就在大家都爭先恐後的時候，老村長忽然停下了，我雖然在奮力的划船，還是注意到了這一幕，是怎麼了？

接著，我聽見老村長在喊：「幫幫我，搭把手，我的船漏水了。」

我的心裡一緊，老村長的船為什麼會在這個時候漏水啊？這不是明擺著會沒命嗎？我咽了一口唾沫，慶幸自己的船沒在這個時候漏水。

接下來，我看見了老村長四處求助，可是周圍的船一艘艘的划過，卻沒有人理會老村長，我的心很痛，說實在的，老村長是個好人，看他這樣，我不忍心，可是……

我也快划到老村長的旁邊了，我又要怎麼做？這種小船兒，加一個人上來，勢必影響速度，救他就等於兩個人一起死啊！

可是我還沒有划到老村長的旁邊，就看見老村長的船已經快沉沒了，到底是破了多大一個洞啊？船竟然沉沒得那麼快？

還不容我多想，原本就因為那浪頭不平靜的水面，忽然又起了一陣兒大浪，直接掀翻了老村長原本就搖搖欲墜的船。

老村長掉到了水裡！

我的心又是一緊，竟然不往那邊看，我不想承認，我雖然同情老村長，可是我沒有救他的勇氣，因為我沒有自己去死，然後救人的覺悟。

也許老村長就是被河神選中的人吧？而且一個人死總好過兩個人死吧？我還那麼年輕！也許老村長已經那麼大的年紀了，他……

這樣想著，我心裡好過了一些，彷彿也覺得給自己找了強大的理由，可以撐住自己不去救老村長的立場。

此時的岸邊，人們有些沉默，沒有人喊一句救老村長，我看了一眼我的家人，他們有些羞愧的低著頭，也在沉默。是啊，有親人的，當然希望自己親人平安，不會想要自己的親人送命。

沒有親人的，出於有些微妙複雜的立場，不好說話。

畢竟都是鄉里鄉親，都認識，如果貿然叫誰去救，那誰也被害死，算誰頭上？

人的心思有時候就是那麼複雜，因為複雜，才不會純粹的去判斷一件事情的是非，這是人性的悲哀，我自己也一樣悲哀。

船兒飛速的划動著，我看見了讓我憤怒，血氣上湧的一幕，我看見有人舉起船槳，朝老村長的手打去，有人喊著別拉翻了我的船。

我的心再次疼痛，我扭頭望向一邊，我一定不動手，就推開，推開老村長就好！

這樣想著，我繼續朝前划著，但有意無意的我在避開那邊，我不想掺和進去，我無力阻止別人，卻改變不了自己的自私，我同情老村長，可我又該怎麼做？

但是逃避往往不是解決事情的辦法，我的船終於划到了老村長的面前，不知道為什麼，是不是出於本性，我有意無意的放慢了船速。

也就在這時，老村長那雙已經被砸到變形的手，搭在了我的船舷上，看著那雙手，我的心一陣兒抽痛，那些人瘋了嗎？他是我們的老村長啊！就算不救，何必把一個老人家砸成這個樣子？

我原來就做好了決定，不要動手，只是推開老村長，畢竟他的手已經這樣了，估計只是搭上船舷，不能真正用力逮著了吧。

我舉起船槳，想要推開老村長，我知道他的侄兒還在後面，他侄兒能救他吧。

可是，那一刻，我卻下不了手，我看見了老村長的眼睛，是那麼的想要求生，是那麼的不捨，又是那麼的傷心絕望。

在某些時候，你不能去看這樣一個人的雙眼，那會成為你一輩子忘不了的夢魘，那眼神流露出來的資訊，是直指心底的。

我忽然有一種臉紅發燙的感覺，老村長是知道我不會救他嗎？我真的不救嗎？

我的眼前浮現出了自己小時候鬧著要當戰鬥英雄的一幕，浮現出自己小時候對壞人本能的鄙夷，浮現出見義勇為是自己曾經渴望的行為。

我想起了老村長樂呵呵的要我去他家吃飯，想起了他熱心的幫助每一個人，是該得到這樣的結果嗎？該？

老村長這樣的善良人尚且如此，別的人這樣對我們，我們又該怎麼想？

如果整個村子的人都落難了，別村的人這樣對我們，我們又該怎麼想？

我們是人啊！不是冷血無情的動物！

救，救他！就算死了，我也比內疚著活好！我伸出了雙手，抓住了老村長的手臂，一把把他提上了船。

當我把老村長拉上船以後，這個小小的船兒就明顯的一沉，速度也慢了下來，可我的心卻莫名的一陣兒輕鬆，我以為我父母會怪我那麼做，可是我發現無論是我父母，我姐，他們敢正眼看我了。

隔得很遠，我看不清楚他們的眼神，可我就是能感覺，他們的內心也像放下了一塊大石，他們不敢拿兒子的命去換得內心的安寧，可是兒子一旦做了，他們反而坦然了，不然他們怎麼會抬頭挺胸那樣驕傲的看著我呢？

我不知道我的舉動引起了怎樣的效果，可是我發現岸邊的人群很安靜，每個人好像都被觸動了的感覺。

我胸中有鬱悶，此時也忍不住吼了一句：「我×你們媽的，都是鄉里鄉親的，你們不救也就算了，你們還敢下手打人？就算你們活下來了，能挺直腰桿不？」

這一聲吼了下來，人群更安靜了，前面的船兒雖然速度不減，但我沒聽見一個人敢駁我。

這時，後面追上來了兩條船，這兩人其中一人還是昨天和我打過架的人，他顯然在後面看清了一切，我不知道我罵了一嗓子之後，這兩人會是怎麼樣的反應，可和我打架那人忽然扔了一根繩子到我船上，說道：「兩個人總比一個人強，一起吧。」

要知道船泊在岸上，總是要根繩子綁住的，而繩子的另外一頭是固定在船上的，他把繩子拋

給了我，意思就是兩根船同生生共死了。

我心裡一陣兒感動，卻不想另外一條船也拋來了繩子。

我忽然就有種感覺，在危難面前，人不是純粹的善或者純粹的惡的，他們也許也在搖擺，一

種從眾的心理在影響著他們，人性有時不是我們想像的那樣悲哀。

我不知道我這麼一個鄉野小子如何有這樣的感慨，也就在這時，前面有一條船調頭了，兩

條，三條。

岸邊忽然有人高喊道：「我們一群人怕個槌子啊，大家都下水，今天不能死一個人！」

「就是，我們也下水！」

「對，我去拿鋤頭！」

我心裡覺得熱血沸騰，剛才那冷漠的一幕好像不曾存在過！

可就在我感歎美好的時候，忽然我發現我眼前的世界出現了一條黑線，我以為是錯覺，揉揉

眼睛再看，確實這條黑線是存在的，這是怎麼回事兒？

可還不容我多想，我就看見天空起了陣陣的裂紋，接下來，天空就這麼在我眼前破碎了，

當我再次睜開眼睛的時候，我身處在一片模糊的環境，我仔細一看，是在水中，而這時，我

周圍的人也消失了。我剛想大喊，可一下子眼前一黑，就失去了知覺。

可剛才那是怎麼回事兒？老村長的怨氣世界破了嗎？老村長人呢？

就在我百思不得其解的時候，水面開始劇烈的翻騰，我聽見一個聲音在對我說：「你解開了

也想起了一切。

「我的心結，謝謝。」

這個聲音我無比熟悉，因為我聽過了好幾次，就是老村長的聲音聽起來卻那麼的正常，就像一個普通老人的聲音，不再恐怖，我想是因為怨氣消除了的原因吧。

但接下來呢？我知道一旦厲鬼的怨氣被消，心結解開，剩下的只能是魂飛魄散！可我還沒有回到現實的世界中去，這老村長還要幹什麼？

我還來不及說什麼，就聽見老村長接著說道：「我在怨恨裡過了很多年，解脫了也好。解開心結的時候，心結裡的一切都會重播，當這些過去後，你就可以出去了。有很多話想說，但是不說了吧。」

有很多話想說，但是不說了？我聽見這句話的時候，心裡忽然有些發酸，也不知道為什麼。

是啊，一切的陰差陽錯，一切的恩恩怨怨，終於因為我的一個善念解除了嗎？一個人的選擇影響了一群人的選擇，然後上演了這個悲劇，終於落幕了嗎？

老村長，要的只是一雙伸出的手！

這個世界恨，有時要的也許只是一雙伸出的手！

就在我感慨的時候，我的視角飛快的轉換，我再次看見了那一天在這條河上的悲劇，那一刻我彷彿化身了老村長，心中滿是悲涼，絕望，恨⋯⋯

當捲過來的浪頭將老村長淹沒的時候，我彷彿看見了自己被淹沒，我想大喊，我也滿腔的對這個世界恨，可是我作為一個旁觀者，什麼都喊不出來。

接著，我的視線來到了水下，我看見一條像鯰魚又像鰻魚的怪魚，在水下翻騰，吞噬著老村長的身體，這時，老村長還在掙扎⋯⋯

呵呵，這就是所謂的河神？這個時候的我對於這種水中的怪物還沒有任何的概念，可是在以後我就會知道這是什麼。

我看著這怪魚吞噬老村長，心裡就如同在滴血，這時候老村長還沒有死啊！

在掙扎中，我看見老村長重重的落在河底，在河底下有一小片紫色的植物，很美，因為葉子太有油感，所以看起來就像是散發著淡淡的螢光。

老村長在那一刻終於死了，可是那怪魚卻不知道為什麼，忽然就離開了！

別人也許不清楚，可是做為道士的我很清楚，怨氣太重的屍體，魂魄不是那麼容易離體的，那個時候老村長的魂魄還在他的身體裡，如果開了天眼，能看見那一片黑氣沖天的景象。

植物！紫色的植物！

我的心開始狂跳，這就是老村長變為怪物的契機？如果沒有這片植物，老村長最多化身屬鬼，而且出於某些限制，他只能在河床周圍活動，也許只能報復來河邊或者河上的村民，不可能造成那麼大的悲劇！

這植物是惡之花嗎？

我睜大眼睛看著，在老村長屍體掙扎著落下的時候，砸爛了一小片這樣的植物，所以那植物流出的汁液慢慢滲進了老村長的屍體。

我說不上來什麼感覺，因為那植物就給人那種飽含汁液，一碰就碎的感覺，又給人分外堅韌的感覺，老村長的屍體為什麼會砸破那麼一小片兒，有特殊的原因嗎？

總之，在無形中，時間流逝得很快，我看見老村長動了，他彷彿有知覺，又彷彿沒有知覺，總之他塞了一片兒這樣的植物進嘴裡。

在安靜的水中，有魚兒來啃噬老村長的屍體，可是老村長貌似全無反抗之力，他好像只會偶爾機械式的吃下一片這樣的植物，可我發現，啃噬他屍體的那些魚全部死了。

不是那種翻白肚皮，漂浮在水面上的死，而是腐爛，然後死去。

我不知道過了多久，在無形的空間中沒有時間的概念，大概是三天吧，我看見老村長忽然睜開了眼睛，然後在水中茫然的看了看自己的雙手，接著咆哮了一聲。

那一聲咆哮是無聲的咆哮，因為水淹沒了所有的聲音，接著我看見老村長站了起來，再之後，我陷入了一片黑暗當中！

「不，不要去報復，都沒有好的結果！」我也不知道在這黑暗當中掙扎了多久，才終於喊了這一句話。

其實，在喊出這一句話之前，我一直身陷於黑暗中，不知道什麼時候曾經出現過一道看似光明的門，我差點就走過去，可是我不知道為什麼又告訴自己不要走過去，我情願選擇黑暗。

再之後，我又身陷於黑暗中，直到喊出了這句話。

我意識到自己好像是閉著眼睛的，我很努力，很努力的想要睜開雙眼，那個人就好像知道我心思似的，一雙手握在了我手上，喊道：「三娃兒，你是不是要醒了？」

而那雙手好像給了我無形的力量一般，我終於睜開了雙眼，我迷迷糊糊的看見一張胖臉帶著笑容杵在我的眼前，我的意識還沒恢復，可是我的嘴卻虛弱的喊出了兩個字：「酥肉。」

「太好了，三娃兒，太好了，三娃兒，醫生，他說話了，他說話了！」我聽見一個無比熟悉，無比親切的聲音在我的耳邊，是誰呢？我覺得我好想要見到他。

「三娃兒，把這湯喝了吧，這是你師傅吩咐的。」酥肉遞過一碗湯給我，醒來已經差不多五

天了，可我的身體還是很虛弱，酥肉嚴格按照我師傅給的方子給我燉湯喝，可是我卻喝不下了。

只因為我覺得太油膩了，心中又有事兒。

「不喝了，你給我喝了吧。我明天想出院了。」

「三娃兒，我找個大媽給你燉湯容易嗎？你娃兒就這樣糟蹋啊？行了，快喝吧，裡面的肉我已經撈起來吃了。」酥肉不依不饒地說道。

肉被撈起來吃了？我無語的望了酥肉一眼！還是接過湯碗喝了下去，然後認真的對酥肉說道：

「我明天必須出院，我已經好了，就是身子虛一點兒，老在醫院待著幹嘛？」

「你出院又準備幹嘛？」酥肉問道。

「去看看我爸，媽，然後去苗疆找我師傅。」我其實自己也不知道幹什麼，總覺得要先找到我師傅再說。

「你也別忙出院，你出院，你那哥們就不知道啥地方找你了，等到他再說吧。」酥肉見我喝下了補湯，就這樣說道。

我五天前醒來，前兩天還有些渾渾噩噩的，太多事情記不清，這是魂魄不穩的表現，但我還能認出酥肉，在酥肉的照顧下，前天我終於好了一些，慢慢的大腦清晰一些了，很多事情也一一回憶起來了。

而到昨天下午，我就已經完全清醒了，一清醒我就拉著酥肉追問我師傅的下落，還有很多事情，可是酥肉說了，我師傅走的時候給了話，要等我完全好了，出院了才能把事情說給我聽。

這也就是我急著出院的原因，至於酥肉剛才說我一個哥們要來找我，我完全不清楚是咋回事兒，不由得問道：「誰要來找我？」

398

「還能有誰？就是那啥沁淮。」酥肉一邊收著碗，一邊說道。

「沁淮啊……」我點頭，不再說話，心裡一片空落落的，特別沒依靠，也不知道該說些什麼。

酥肉在我旁邊坐下，也不知道從哪兒掏了一個肉包子出來，大口啃著，吃完一個，又掏一個，然後再吃一個，再掏一個。

我終於忍不住了，說道：「酥肉，我數著的，你吃了五個包子了，剛才湯裡的肉也被你撈來吃光了，你娃兒是想被撐死嗎？」

酥肉很吃驚的望著我，說道：「三娃兒，你娃兒終於和我說一句人話了！」

「啥意思？」我就沒懂酥肉的意思。

「啥意思？」酥肉激動了，聲音也不由得大了起來，嘴裡含著的包子餡兒噴了我一床，「你一醒來，見到我也不激動，也不和我敘舊，除了要找你師傅，要出院，就是他媽的發呆，你還知道我存在啊！」

我原本在清理床上的包子餡，一聽酥肉那麼說，心裡忽然一陣兒內疚，不由得抬頭對酥肉說道：「這幾年我去了北京，我也很想你，想我們小時候的很多東西。但就算這樣，我也覺得我像不曾和你分開過，我覺得我在你面前，就是隨性而為做自己，不需要客套，也不需要表達什麼。」

我說的是真話，如果不是酥肉這樣問起，我覺得以上那番話我都不需要解釋。

這麼多年以來，我太瞭解自己了，因為太重感情，所以不太會讓別人走進自己的內心，可是一旦我在乎了，我就是這樣，很坦誠，也很自然，我一點也不會對我在乎的人虛偽或者戴上面具。

酥肉聽完我這番話，包子也不吃了，拿著半個包子在手裡發愣，半晌才眼眶有些發紅的說了

一句：「我以為你去北京了，有出息了，接觸的都是些大人物，早把我忘了了，你說你娃兒醒來都不問我一句，你現在在幹啥呢之類的。」

這個酥肉，我又是好笑又是感動，從床上坐起來，很自然從他上衣兜裡摸了一根兒菸出來點上，然後問道：「我覺得你幹啥行業都好，哪怕你是挑大糞的，你也是我兄弟，這個我問來幹嘛？」

「你才是挑大糞的！」酥肉一下子站了起來，衝我床邊，就給了我一下，我一樂，又還了酥肉一下，我們就像小時候那樣鬧騰了起來。

這一鬧騰，酥肉對我的距離感終於沒有了，我的心也漸漸放輕鬆，說實話，老村長的事兒給我的陰影太重了。

後來，直到護士來干涉罵人了，我們才吐了吐舌頭，沒再鬧騰。

這時候，酥肉因為胖，早已氣喘吁吁，而我最近比較虛弱，也是上氣不接下氣，兩個人很沒形象的橫躺在醫院的小床上，我叼著那根沒點燃的菸問酥肉：「說吧，你現在在幹啥？」

酥肉一臉驕傲的說道：「我也沒啥大本事，可最近在成都做生意，也算掙了些錢。」

這小子從小的願望就是掙錢，掙大錢！沒想到真做上了生意，還是在成都。不過，我現在是在成都嗎？我想著，不由得問道：「酥肉，你小子做的啥生意啊？我現在是在成都？」

「你還講講這些年你的事兒唄，分開那麼久了，我特別想聽。」酥肉隨口說道。

「我還真糊塗，醒來五天了，還不知道自己在成都啊？你別管我做啥生意，你到時候就知道了，給我講講這些年你的事兒唄，對酥肉我沒有什麼好隱瞞的，於是把這些年的經歷，包括老村長的，都一五一十的告訴了酥肉，當我說完的時候，月兒已經掛上了天空，比起白天的燥熱，夜風是那麼的清涼。

400

當聽完我所有的故事之後，酥肉半天回不過神來，過了好半天，他才抖抖索索的摸出一枝菸來，抖抖索索的點上，吸了一大口，才問道：「三娃兒，你說的都是真的？太他媽玄乎了啊！」

我苦笑了一聲，搶過酥肉那根才抽了一口的菸，也吸了一口，當煙霧吐出來的時候，我輕聲的說道：「我也希望是假的。」

「不過，我也相信！這餓鬼都見過，我還有啥不能相信的？你不知道，你們離開了那麼些年，我想起小時候的經歷都像是在做夢，我都懷疑那些是否存在過。可是，三娃兒，這老村長的事兒，真的我有句話想說，這老村長有啥錯啊？憑啥該這樣的下場啊？」酥肉有些忿忿不平地說道。

「很多事情只在一念之間，所以說一念生死是對的。如果他死的時候，不是恨而是看透，那麼他也就不會被怨氣支配，不會最終還是魂飛魄散。而且村民們當時是一念善，也就……」我說不下去了，這世上的事兒沒有如果，就算天定因果，有時你也必須感慨敵不過人的一念，因為天道畢竟不會讓誰誰魂飛魄散，你的一念有時逆了你的命數，逆了天道，結果自然也就是逆天改命的結果，你就必須承擔逆天改命的結果。

不要以為只有道家施展大法力才能逆天改命，人的一念有時候也能逆天改命！

這就是道家和佛家的相通之處，一花一世界，一木一浮生，不管花裡的世界，還是木裡的浮生，都是念，你的念頭決定了你的世界，世界裡浮生的命運。

天道之下人生存，可天道無情，只是規則，在你的世界，比天道大的是你的念頭，這不是天道能左右的，所以人定勝天，不是說人力比天強，而是你的念頭最終改變了天道賦予你的命運，勝過了天。可勝天，並不代表是好的結果，就如老村長……

我的話，酥肉慢慢的思考著，過了半天，他忽然對我說道：「三娃兒，其實我是很善良的，偶爾做一下奸商，也沒事兒吧？」

「啊？你做啥了？還奸商？」我一愣，這酥肉還跟小時候一樣不靠譜啊？

酥肉抓了抓自己的胖臉說道：「也不算奸商吧，就是地攤貨多賣幾個錢？」

「你小子到底在賣啥？」

「嘿嘿！」

# 第三十三章　師傅的留言

最終我也不知道酥肉在賣啥，這小子打死也不說，就如同我師傅他們到底咋回事兒，他也打死沒跟我說。一定要堅持我出院了再說。

「你娃兒嘴巴還挺嚴實呢，說吧，我師傅給了你什麼好處？」我問道。

「你看我當漢奸的嗎？」一邊去啊，老子打小就是一副英雄樣兒。我媽看電影時就說了，我說我兒子長得和董存瑞那麼像呢。」酥肉這小子吹牛一向不用打草稿。

酥肉說這話時，我正在喝水，聽了這話我一口水差點噴了出來，望著酥肉說道：「你媽沒心眼兒呢，說這話？你長得不像你爸，倒像董存瑞了，你爸還不得把你媽抽死？唉喲，酥肉，你可別逗我了，說還在住院，萬一笑死了咋辦？」

「咳⋯⋯」酥肉被我的話一堵，面子上過不去，咳了半天才說道：「三娃兒，你就沒發現，我爸長得也特像董存瑞嗎？」

「哈哈哈是啊，是啊！我說你爺爺老抽你奶奶呢。」我笑得上氣不接下氣。

「你娃兒不對啊，拿我爺爺奶奶開玩笑？」酥肉一副憤怒的樣子。

「是你先不對的，拿你老漢開玩笑！有你這麼胖的董存瑞嗎？哈哈⋯⋯」我笑得很開心，我忽然領悟了為啥我和沁淮那麼好，原因就是那小子和酥肉一樣，說話愛扯淡，還是個特沒心眼的天生樂天派。

估計沁淮和酥肉會特合得來吧，我是這樣以為的。

和酥肉打打鬧鬧的日子過得挺快，三天以後，就在我耐不住，不想等沁淮，堅持要出院的時候，沁淮來了。

「狗屁，你別一副公子哥兒的做風啊，老子還是公子哥兒。」酥肉忿忿不平的罵道。

「得了，你丫是哪門子的公子哥兒啊？哥兒這氣派你學的來嗎？」沁淮一副不屑的樣子。

「廢話，我是我媽老漢的公子哥兒！我這氣派你又學得來嗎？」酥肉這小子嘴也不弱。

我頭疼的走在後面，看這兩個活寶吵來吵去，一起因就是我準備出院，沁淮指揮酥肉扛行李，酥肉不樂意了，當然所謂的行李不過就是一個手提包，幾件衣服而已。

我原以為他們兩個會很合適的，可沒想到，這兩人在一起，就跟我師傅和慧覺在一起一樣。

酥肉住在荷花池一帶，據說是成都一個搞批發東西的地兒，不過九〇年代這個地方也真夠雜亂的，總之酥肉帶路，七拐八繞的，差點沒把我和沁淮繞昏，才到了地方。

酥肉租住的地方是一棟比較老舊的居民樓，他帶著我和沁淮上了二樓，一打開門，那屋子裡撲面而來的味道，差點沒把我和沁淮熏死。

隨處亂扔的衣服、吃的、菸頭、嗯，還有襪子，這能不熏人嗎？

「我說哥們兒，這是人住的地方嗎？」沁淮看見酥肉紅著臉，忙著收拾，不由得開口挖苦道。

酥肉原本還有點不好意思，一聽沁淮這樣說，把手裡的東西一扔，嚷嚷道：「不住滾蛋啊，我說你們又不是小姑娘兒，我收拾個屁，這是男人本色。」

沁淮當然不能滾蛋，這小子也沒啥潔癖，很乾脆的把行李一仍，往酥肉那髒兮兮的沙發上一坐，說道：「沒，哥兒我很適應，偶爾也體驗一下民間生活。」

「我呸，說得自己跟皇帝似的，我出去買點兒吃的，有些話你別忙著跟三娃兒說啊，我們喝

幾杯再說。」酥肉出門的時候，特別吩咐沁淮。

沁淮這次沒和酥肉爭什麼，只是點頭。當酥肉走了以後，沁淮對我說道：「你這哥們兒不錯，很義氣，照顧你那麼久，還特關心你。」

其實酥肉也和我說過沁淮不錯，不顧奔波，說回趟北京，又馬上要回來陪我，讓我們一定等著他，很義氣。

就是這兩人咋一見面就吵成這樣呢？

而且，這兩個人明顯的知道什麼，為啥不和我說呢？我有種不是太好的預感，我很想問，可是我還是忍住了，經歷了那麼多，我也稍微穩重了一些。反正那麼多天也等了，不在乎再多等一兩個小時。

酒過三巡，放在報紙上的滷菜也吃得差不多了，沒怎麼喝酒的我，看著喝成個大紅臉的酥肉和沁淮，終於開口問道：「說吧，你們到底在瞞著我啥？我師傅他們怎麼樣了，怎麼會離開？」

沁淮聽聞後東張西望的又喝了一杯酒，然後對酥肉說道：「酥肉，這四川的東西是好吃，就是好辣啊！」

「辣嗎？就這滷菜？還沒咋放辣椒呢！」酥肉順著沁淮的話就說了，看樣子是打算無視我的話。

我沒說話，只是自顧自的倒了杯酒，酥肉見狀，一下子就摁住我的手，說道：「三娃兒，你這身體還沒恢復好，喝啥酒啊？」

沁淮也拉著我，說道：「哥們兒，你身體虛，不帶這麼玩的。」

我掙開他們兩個，直接把那杯酒喝了，然後說道：「你們別和我裝傻，說吧！酒壯慫人膽，

喝了酒，你們說啥，我也能承受得住。」

我沒怪他們兩個，我知道，這樣表現，一定是他們有啥話不好跟我說，所以我也做好了心理準備，喝了一杯酒，又點上一枝菸，靜靜等待著。

沁淮和酥肉兩人你望望我，我望望你，最終兩個人一五一十的把事情跟我說了。

前半部分是沁淮跟我說的，他告訴我在出村的時候，老村長不是把我纏上了嗎？大家都以為是老村長把我的魂魄帶走了，其實不是，我師傅在查看以後告訴大家，是老村長的一縷殘魂進了我的身體，然後給我營造了一個夢境，能不能從夢裡醒來，就看我解不解得開老村長的怨氣了。

就像很多植物人，他們有時候並不是大腦一片空白的睡在床上，而是沉淪在了夢境的世界，最後慢慢死去。這是被一種屬鬼纏身的表現！很多屬鬼往往會讓人倒楣，當人的氣運低到極點的時候，就這樣趁虛而入，去報復。

如果事情到了這一步，基本是沒辦法挽救的，一切只能靠自己！除非那個人的身體強壯，能承受某種祕術，可稱為植物人的，往往身體都是遭受了大難，不可能強壯，就如我的情況。

我師傅無奈，只能把我帶出了那片地方，連夜送到了成都的醫院，當然他也做了一些什麼，至於是什麼，沁淮不懂行，也說不清楚。

接下來，是酥肉告訴我的，他說不知道我師傅是咋找到他的，反正那天晚上他正在睡覺，我師傅就帶著人上門了，第一句話就告訴他：「三娃兒現在很危險，而我要事纏身，待不了幾天，你幫我照顧他。」

酥肉當時嚇傻了，問我師傅我會死嗎？

我師傅只是告訴他：「不會死，我相信我徒弟的本心，他會醒來的。」

總之我師傅在醫院待了兩天，在第一天，他很驚喜，說是我掙脫了夢境，然後不眠不休的守著我。在第二天，他忽然說到我魂魄穩了，然後就要離開。

這時候，一直守著我的沁淮、凌如月也準備要離開了，而在離開之前……

酥肉不說了，我望著沁淮，沁淮也不說話了。

我盯著他們，再次倒了一杯酒，這次他們沒有阻止我，我一仰頭又倒了一杯，就這樣我一連喝了三杯，酒勁兒上湧，臉色潮紅，這才說道：「無論咋樣，你們瞞不住，說吧。」

酥肉拍了拍沁淮的肩膀，然後自己也喝了一杯子酒，才說道：「讓我來說吧，三娃兒，你師傅說要離開你三年，去辦件事兒，這三年要你自己歷練，他說北京的宅子裡給你留下了一些東西，還有一封信。就是這樣。」

酥肉一口氣說完了所有的話，然後忐忑不安的望著我，連同沁淮也很忐忑的望著我。

我卻注意不到這些了，我被這消息給弄傻了，愣著，半天回不過神來。師傅要去做什麼？師傅不要我了？難怪我覺得他這些年總有些怪怪的。

我不知道自己沉默了多久，直到手裡的菸燙到了手，我才回過神來，沁淮和酥肉不敢說話，無論是他們中間的哪個都知道我和師傅之間的感情。

可以說，從六歲半開始，我幾乎就沒離開過師傅，這次卻硬生生要和我分開三年，這是什麼意思？

我不解師傅為什麼會這樣，我有一種強烈的被遺棄的感覺，我受不了這個！

「啪！」是酥肉把酒杯使勁放在桌子上的聲音，他忍不住了，大罵道：「三娃兒，不是我說

你，你咋跟個姑娘兒似的？啊？」

我望著酥肉，眼中盡是怒火，我心情不好，不知道酥肉這時候來惹我是啥意思？

可是酥肉卻不管不顧的說道：「三娃兒，這世上誰能靠誰一輩子？我初中讀完，混完兩年技校不也離開父母了嗎？大男人的，總要一個人面對這個世界？你當姜爺是在奶娃兒呢？你現在都還不斷奶？你說你不像娘們像啥？」

沁淮點了枝菸，也和我說道：「是啊，承一，你很幸運了，姜爺放心不下你，走的時候特意找了酥肉來陪你，我也趕回來陪著你，沒讓你單獨一人面對這個世界。當然，和酥肉比起來，我沒資格說這話，因為我都沒離開過家。酥肉那時候，我相信也是一個人出來的吧，你自己想想吧。」

他們倆的一番話總算讓我冷靜了下來，我忽然覺得是的，我是很幸運，有那麼好的兩個朋友在陪著我，不是很鐵的哥們也不會這樣對我說。

是啊，總是要獨自一人的！我的內心苦澀，倒了一杯酒，然後說道：「今天啥也別說了，陪我喝。」

三天以後，我和沁淮踏上了去北京的火車，這三天我什麼也沒想，就和沁淮還有酥肉喝了三天的酒，讓自己的大腦儘量空白。

原本我打算去看下父母的，原本我打算去苗疆的，原本和很多原本，在師傅離開了以後，都變成了迷茫！

我迫不及待的要去看師傅給我留了什麼東西、什麼話，我覺得只有那樣我心裡才有譜，我才知道我下一步要做什麼！

再一次的從四川到北京，而這一次，師傅已經不在我身邊。

下了火車，回到了熟悉的胡同，我甚至來不及和沁淮道別一聲，就跑回了家。

推開大門，我有些恍惚，恍然覺得我還能看見師傅坐在院子裡，悠閒的喝著茶，等著我，可是院子裡空落落的。

這和以前不一樣，以前他也常常會離開，最久的一次離開過兩個月，可我總知道他能回來，不像這一次，他甚至不願意親自對我說些什麼，就走了！

三年，真的只是三年嗎？

我衝進了屋子，屋子裡的一切都沒改變，甚至沒什麼灰塵，顯然師傅回來過一趟，我知道師傅的習慣，直接衝進了師傅的房間，我什麼也沒看，眼光只落在師傅留給我的一封信上。

我有些顫抖的拆開信，師傅熟悉的筆跡映入了我的眼簾。

承一：

你看見這封信的時候，我已經在追尋我想追尋的東西的路途上了，原諒師傅的不告而別，只因為很多事情不能細訴。

三年是一個師傅對你的承諾，那個時候如果我沒有死去，三年以後來苗寨找我吧。到時候，你就等在這院子裡，自然有人帶你去找我。

這屋子裡的東西，你小時候也見過，大多是你師祖留下來的，你知道師傅並沒有什麼積蓄。

修道不易，特別是現在這個時代，如果不能前行，就把這些東西一一變賣了，我不會怪你，我想師祖也不會怪你。

藥材在老地方，給你留下了一年份的。

法器也在老地方，是我常用的一些，威力還不錯。

我的要求很簡單，這三年，你不能妄用道術，除非自保！因為你的道術還沒成熟到能為人解難，為自己求得生存的地步。而用道術做些欺人的事，更是我不容，你切記。

另外，這三年，不要想著和你父母長聚，你知道你自己的命數，一年和你父母待一月也就行了。

最後，這三年，我希望你精習道術，在紅塵中更加成熟，希望三年後，我們師徒相聚，我能看見一個不一樣的你。

信寫到這裡就完了，後面是師傅的落款和日期，而我的淚水早就打濕了這信紙。

是的，這信寫得很簡單，也沒有太多的抒情和解釋，可是這字裡行間裡透露的資訊和感情卻讓我不得不落淚。

師傅說如果他還活著，那麼意思是他要做的事情很危險。

師傅給我留的東西，對我的希望，每一個字都是很深切的感情，他……

我抹乾眼淚，輕輕折好信，放入信封，然後放進了貼身的衣兜裡，我決定這三年無論走到哪裡，我都會隨身帶著這封信。

其實，我很想去苗疆的，師傅說過要去苗疆治療慧大爺的傷勢，說不定我一路打聽去苗疆，我會找到師傅的。

可是，我打消了自己這個念頭，就如同酥肉說的，我是沒有斷奶嗎？師傅要我自己磨練三

410

年，我卻馬不停蹄的去找他，這算什麼？

打好了主意，我總算不那麼難過了，三年就三年，我不相信我還能活不下來了。

摸了摸衣兜，沁淮離開的時候，借了五百塊錢給我，我就靠著這五百塊錢生活吧。

晚上的時候，我給自己弄了一頓簡單的晚飯，正吃著呢，有人上門了，我以為是沁淮，打開門，卻發現不止沁淮一個人，和他一起來的，還有靜宜嫂子。

此時，嫂子的肚子已經有些明顯，可是精神還好，我連忙招呼他們進來坐下，看著靜宜嫂子，我忽然覺得自己很突出息，和她的事情比起來，我的事情又算什麼？

嫂子坐下，什麼都沒多說，直接問我：「我是和姜爺一起回來的，我知道全部的事情，我想問你今後有什麼打算？」

我沒直接回答靜宜嫂子，而是問道：「靜宜嫂子，妳咋會來北京？」

靜宜嫂子說道：「我必須來北京待著了，因為你知道，你晟哥做的事情不算光彩，雖然現在還在調查，可我估計，呵呵……總之呢，我在這裡待著，是上面的意思，我覺得也好，哪裡待著都不妨礙我把孩子帶好。」

靜宜嫂子的話說得含糊不清，可我明白靜宜嫂子的話裡的意思，因為晟哥，她的生活以後估計也不能自由了，晟哥這事兒太嚴重了吧？

我想起了那詭異的紫色的植物，我再傻，也明白了，晟哥就是為了那個！我同時也很佩服那個組織的能量，竟然能在河底，老村長那麼厲害的怪物手底下得到那植物，不知道用了什麼辦法，之後，晟哥就義無反顧的走了。

看著嫂子，我有些難過，沁淮也是一樣。看看她的男人都為她帶來了什麼啊！要知道嫂子也

是高材生，也有大好的前途，晟哥這樣一走，把這一切全部都毀了。

不用腦子想都知道，經過這事兒，嫂子以後根本不可能得到重用！說不定，一身所學都得不到發揮，這對科研人員來說，是多麼難受的事兒啊！

看我和沁淮難過，嫂子反而哈哈大笑了起來，說道：「兩個傻小子，別難過了。我很幸福啊，有寶寶陪我，北京也有不少人照顧我，而且我還能領一份不錯的工資，比起很多漂泊的人來說，我不算幸運嗎？倒是你，三娃兒，還沒跟我說，你有啥打算呢？」

我望著靜宜嫂子說道：「我把這裡的事情弄一下，然後我就先回四川看看爸媽吧。別擔心我，嫂子。不也就三年嗎？」

我當道士那些年（貳）下

**高寶書版集團**
gobooks.com.tw

**DN 241**
**我當道士那些年（貳）下**

作　　者　仟三
責任編輯　吳珮旻
企劃選書　蘇芳毓
封面設計　林政嘉
內頁排版　賴姵均
企　　劃　鍾惠鈞

發 行 人　朱凱蕾
出　　版　英屬維京群島商高寶國際有限公司台灣分公司
　　　　　Global Group Holdings, Ltd.
地　　址　台北市內湖區洲子街88號3樓
網　　址　gobooks.com.tw
電　　話　(02) 27992788
電　　郵　readers@gobooks.com.tw（讀者服務部）
　　　　　pr@gobooks.com.tw（公關諮詢部）
傳　　真　出版部　(02) 27990909　行銷部 (02) 27993088
郵政劃撥　19394552
戶　　名　英屬維京群島商高寶國際有限公司台灣分公司
發　　行　英屬維京群島商高寶國際有限公司台灣分公司
初版日期　2020年 12 月

國家圖書館出版品預行編目(CIP)資料

我當道士那些年（貳）／仟三作 -- 初版. -- 臺
北市:高寶國際出版:高寶國際發行, 2020.12
　　面;　 公分. --（戲非戲；DN241）

ISBN 978-986-361-955-0(上集:平裝). --
ISBN 978-986-361-956-7(下集:平裝)

857.7　　　　　　　　　　109018621